莫须有先生传

废名 著

泰山出版社·济南·

图书在版编目（CIP）数据

莫须有先生传/废名著. -- 济南：泰山出版社，2024.6
（中国近现代名家中长篇小说精选）
ISBN 978-7-5519-0834-4

Ⅰ.①莫… Ⅱ.①废… Ⅲ.①中篇小说－中国－当代
Ⅳ.①I247.5

中国国家版本馆CIP数据核字(2024)第105758号

MOXUYOU XIANSHENG ZHUAN

莫须有先生传

责任编辑 徐甲第
装帧设计 路渊源

出版发行 泰山出版社
　　社　　址　济南市泺源大街2号　邮编　250014
　　电　　话　综 合 部（0531）82023579　82022566
　　　　　　　出版业务部（0531）82025510　82020455
　　网　　址　www.tscbs.com
　　电子信箱　tscbs@sohu.com
印　　刷　山东通达印刷有限公司
成品尺寸　165 mm×240 mm　16开
印　　张　22.75
字　　数　320千字
版　　次　2024年6月第1版
印　　次　2024年6月第1次印刷
标准书号　ISBN 978-7-5519-0834-4
定　　价　49.00元

凡　例

一、本书收录了作者的经典中长篇小说，主要展现了作者的思想情感、审美旨趣与价值观念，以及当时的时代风貌等。

二、将作品改为简体横排，以符合现代阅读习惯。原文存在标点不明、段落不分等不便于阅读之处，编者酌情予以调整。

三、作品尽量依照原作，保持原作风格及其时代韵味，同时根据需要，对原文进行了适当的删减和订正。

四、对有些当时惯用的文字，如"的""地""得""作""做""哪""那""化钱""记帐"等，仍多遵照旧用。

序

　　《莫须有先生传》行将正正堂堂的出而问世，差不多举国一致要我做一篇序，因为它难懂。这个乃令我为难。大凡替人家做传记，自然是把这个人的事迹都说给你们听了，若说难懂，那是因为莫须有先生这人本来难懂，所以《莫须有先生传》也就难懂，然则难懂正是它的一个妙处，读者细心玩索之可乎？玩索而一旦有所得，人生在世必定很有意思。世上本来没有便宜得好处的事情，我今日之不乐做序，正恐与诸君无益也。然而昨日得见苦雨老人替此《莫须有先生传》做的序，我却赶忙想来说它一句，说来却是我对于莫须有先生的微辞。我记得我兴高彩烈的将此传写到快完时，我对于它的兴会没有当初那么好，那就是我对于莫须有先生渐渐失了信仰的一个确实的证据了。中间有一个时期，曾经想借用庖丁解牛的话，"臣之所好者道也，进乎技矣"，算是我对于莫须有先生的嘉奖，后来乃稍有踌躇，因为我忽然成了一个算命的先生那样有把握，不知道生时年月日，休想说吉凶，天下事情独打彩票你我倒实有几万分之一的希望，操刀没有到十九年就不敢说庖丁先生的话。然而这是我对于老人的一点抗议，读者大可不管许多，《莫须有先生传》实有一思索的价值也。是为序。

民国二十一年二月八日，著者。

目　录

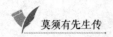

莫须有先生坐飞机以后

莫须有先生传

第一章　姓名年龄籍贯

　　莫须有先生，那么天下并没有这么个人，是你凭空杜撰的？可不是吗？我因为无聊，而且我们大家现在开办一个《骆驼草》，我得做文章，我想我最好是动手写我的《莫须有先生传》了。我好久就想替我的莫须有先生详详细细的做一个传。这一说把人糊涂了，果真有这个人没有？你最好是不管许多，我说有说没有不是一样吗？只要我不骗你就是了。其实骗不骗也还是我的事，不干你事。话说这位莫须有先生座落在什么地方，曾经有一位渔翁去拜访过他，这是我的的确确知道的，所以，别人我不敢说，这位蓑衣老人，他今天看了我的文章，已经猜得出一大半了，"他要替他做传了"——反正你还是著急，一个"他"字，是吗？老头子然后就一躺，这样休息一下，还叹了一声气。昨天我亲眼看见他老人家这一躺，一躺就躺在他的炕上了，简直不枕枕头，令我不敢快活，所以我以为今天也如此。这到底说些什么？又是什么"渔翁"，又是什么"炕"，到底这个故事出在那一块呢？这位渔翁又是谁呢？那你真是麻烦极了，你如果真要知道，那你就去索隐好了，反正我是不一定拼命反对索隐这个学说的，只要你懂得道理。凡事都有个道理。

　　当初我以为莫须有先生原来就姓王，那一下我真是喜欢极了，比在北京大学毕了业回来还要喜欢。因为我知道莫须有先生曾经做过一部小说，而大凡伟大的小说照例又都是作者的自传，其实伟大不伟大又是一问题，这里且不管，这部小说是他的初出手，主人公姓王，名字叫做王道生，深恶痛绝人家逛窑子，王道生只是烦闷，这个我还不怎么留意，只是记住了罢了，但是，一天，好几年

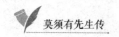

以前的事，我因事上一个警察派出所找一位敝戚，外几区署我没有留心，总之离韩家潭不远，无原无故的我拿一本号簿翻了看，无原无故的首先碰见"王道生"三个字，我问敝戚这上面的名字是干什么的，他说是他们"查窑子"的，戒严期内，做嫖客都得上号簿，"你们公寓里不也要立个簿子吗？"是的，我为得这个簿子同警察生气，他说我没有职业，有好几回几乎没有挥拳，然而我立刻抓住的是这一个"王道生"了，这一定是莫须有先生无疑了，我有我的道理相信这个王道生与那个王道生完全有关系。后来听说他有一个固定的住所，牧童遥指"三槐堂"，那这一个王字确凿而又确凿了。我告诉你，莫须有先生这个住所在乡下。谁知自从蓑衣老人下乡探访以后，三槐系四槐之误，其实也不见有这么一块匾挂在堂上，门前四株槐树而已，而且他是租人家一间半房子，一个院子里还同住有主人，三槐堂就不错也不归莫须有先生，我乃忽然明白派出所的那个大发现完全是我无理由了，自己可笑了。

莫须有先生的年岁又是颇难说的，莫须有先生自己有的时候也捉摸不定，好比他在乡下最喜欢骑驴子跑，那个地方赶驴的真多，都蹲在一个石头桥上等候，都认得莫须有先生，莫须有先生拄了他的拐棍扬长而下（是山路也，须得下坡），天地之间一时变动，一群牲口，都是给一根绳子拉也拉得不肯快跑，真是人类与畜生太不同意了，说时迟那时快，鸡口牛后，马为仰天鸣，风为自萧条，把莫须有先生包围得清冷极了，一挥手，好像行一个当兵的礼，又好像地球上一个最大的政治家登台演说，一挥手——

"我只要一匹呵。"

一骑就骑上一匹走了，听得背后那些家伙论长道短：

"这位老先生人不错。"

这是一位最诙谐的说，莫须有先生认得他，他常常逗莫须有先生玩。

"他姓什么？老是看见他一个人走来走去。前些时还听说侦缉队跟了一个人跟了好些日子，是他不是？若说这位老先生，我看他也不错，是一个好人。”

莫须有先生风吹得欢喜，乐得虽执鞭之士，贫而不骄，富而好礼，不禁莞尔了。编辑先生注意，这并不是莫须有先生把《四书》记错了，他以为"贫而不骄"是很难得的，记得一位隐君子的话，"文人摆穷架子，是不很知道理的"，便是这个意思。但是，一不小心，"这位老先生"，忽然回转头来把耳朵捉住了，几乎没有坠马，"人家怎么叫我叫老先生"？区区之心好像不忘恋爱，这一下子完全失败了。悲夫。你错了，莫须有先生那里想冒充年少？那是多么自杀的事。莫须有先生驴背而伤逝了。"如果我是一位老先生，我应该是什么样子呢？那一定有胡……"于是一捋须，而没有了。而莫须有先生不能不看见胡子，而天下人的胡须都算不得事。无论如何得不到著落。走在半路上想望见自己，当然无著落。如果是一位小姐出城逛野景，那自然手带皮包，随时可以打开镜子点点胭脂。然而那又怕绑票。"我只愿我不顶难看就是了。"一个大问题又轻轻的解决了。"我好久好久不见我的父和母呵。我有一个哥哥，我有一个弟弟，我还有一个大姐姐，姐姐，我早已听说你过了四十了，然而我总以为你还是一位大姑娘呵。我们都还幼小呵。我的故乡呵，我完全把你忘记了。"于是莫须有先生完全不是此地人，完全是一个孩子了，不由得扬袖而不让批评家赏鉴眼泪，同戏台上的哭的一样。而砰的一声莫须有先生的拐棍落了，吓得驴子一站就站住了，不肯走了。

"莫须有先生，你不要怕，我替你拾起来。"

"扔了他算了，我不要这个东西！"

"这个棍儿不错，给老头儿拄了倒好，是花椒木的，妙峰山买回来的是不是？花几个铜子呢？"

这一来这个传记完全失了信用了，莫须有先生实人实地了，莫须有先生连忙一打岔：

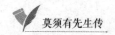

"什么妙峰山！妙峰山在那里？我压根儿就不知道！我的一位好朋友送我的！"

"就是昨天骑我的驴上你家里去的那一位吗？那位老先生也不错，住在碧云寺，四月初八上妙峰山要骑我的驴，不凑巧那天我要进城驮粮食。"

"奇怪，你们称呼人都称老先生。"

莫须有先生喜笑颜开了，他的这位好朋友是一位年的青essayist，穿西服打领结打得顶快，莫须有先生不胜爱敬之至，见面就握手，"恋爱是最要紧的，不要畏缩，对于女人总要热诚，不可太世故"，把好朋友弄得窘极了。顺便有一桩事，关乎一位更年青的诗人，一天，莫须有先生特地去拜访这位诗人，看了他的桌子上摆了一张相片，Keats的，莫须有先生呢，他自以为是信口说得好玩的，我看也未必，认得是Keats他这样说：

"这个穷鬼他也穿西服！"

莫须有先生自己且不管他，总之话一出口他就笑了，他不晓得他的可爱的小朋友实在受了一点伤，兆昌呢绒号定了一套衣服，下了定钱而取不出来，明天就要参与一个朋友的婚礼哩。莫须有先生一旦知道了，那一晚上他简直睡觉不着："上帝呵，我以后总不说话呵，做一个人为什么这样难呵，总有错处呵。"

第二章　莫须有先生下乡

莫须有先生为什么下乡，也是人各一说，就是乡下的侦缉队也侦不明白了，只好让他算了。蓑衣老人访他那一天，彼此都不肯多说话，莫逆于心，他说了一句，"乡下比城里贱得多"。我们似乎可以旁观一点，但那么一个高人岂是这么一个世俗的原因？不知道的不必乱说，知道的就无妨详细，且说莫须有先生那一天下乡。

莫须有先生一出城就叫了两匹驴子，一匹驼莫须有先生，一匹，当然是莫须有先生的行装，一口箱子一捆被。还有一个纸盒儿，里面活活动动的，赶驴子的不晓得是什么玩艺儿，——莫须有先生又不像耍把戏的天桥老板，要从莫须有先生的手上接过去：

"莫须有先生，你这是什么东西？也给我，都绑在一个驴上，几十里地，走也走一半天，拿在手上不方便吗？"

"这是我的闹钟呵，我买了好几年，搬家也搬了好几次了。我总怕我清早不能早醒。所以别的我还不说，我的钟我总不肯让我的房东拿去了。"

莫须有先生似乎有点乏了，无精打彩的。他的几个房东都是几个老女人，而今天早上，那一双"京东"的小脚，简直不高兴莫须有先生要打鼓的进来，很不耐烦了。

"你赶快把东西绑好呵，我要到那头赶午饭呵。"

"我也巴不得说话就走！站了一半天，问你这个匣子是你自己拿着还是怎么样——你不说话还要著急！我比你还著急！"

原来刚才莫须有先生并没有说话，是站在那儿想心事。这位驴汉实实在在著急，说话一嘴口涎，把莫须有先生弄得退后一步了。

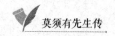

其实是想道理，依然安安稳稳的双手叉腰立正，年青的时候动不动就爱打架，现在脾气应该学好一点了。

"这是我的一口钟，路上颠颠簸簸的，我自己拿着。"

城门之外，汹汹沸沸，牵骆驼的，推粪车的，没有干什么而拿了棍子当警察的，而又偏偏来了一条鞭子赶得一大猪群，头头是猪，人人是土，莫须有先生呢，赶忙躲开一点，几乎近于独立，脖子伸得很长，但这么一个大灰色之中无论如何伸不出头来，瘦伶仃的，立在那儿真真是一个地之子了。

驴汉其二，他是不大着急的，四面光顾莫须有先生——

"莫须有先生，我们要走呵。"

莫须有先生从他的背后掩鼻而趋之道：

"我在这里。"

于是莫须有先生觉得他要离别这个他住得很久的城门了，他也不知道为什么了。

走了还是不大走。非敢后也，驴不进也。驴不是不进也，人太挤也。一位算命的先生也拄了他的棍子夹在当中走，莫须有先生的驴汉冲锋道：

"边走！"

这一来，瞎子拄了棍子而不走了，而且摆起他的瞎子的面孔，昂首而侧目：

"我劝你和气一点罢。"

"对，人总要和气一点。算命先生，你让开我们一步罢。"

莫须有先生得意得很，给了这个家伙一个教训了，驼了他的背，拉了他的驴绳。算命先生也得意得很，就让开一步了。

"算命先生，我的跨下是一匹呆相驴，如果高车驷马的话，唉，我一定向你行一个古礼了，这我怕它把我摔下来了。"

"你走你的罢。"

算命先生，你也走你的罢，莫须有先生一走一低昂已经过去了。

"赶驴的汉子，你难道不看见吗？那位瞎子先生多么从从容容呵，我爱他那个态度。"

"我不看见！我不看见我不也是瞎子吗？——王八旦草的！我看你往那里走！"

驴要往那个阴沟里走，一鞭子从屁股后来，把莫须有先生吓得一跳，开口不得了。

于是无声无臭的约莫走了半里地，依然是百工居肆以成其市。莫须有先生忽然一副呆相，他以为他站起来了，其实旁观者清，一个驼背，生怕摔下来了，对了面前打着一面红旗一面绿旗的当关同志道：

"喂喂，慢一点！慢一点！——我就只有这两匹驴子。"

说到"我就只有这两匹驴子"，莫须有先生已经吞声忍气了，知道了。

"糟糕，屙尿的工夫。"

而一看，不言不语，首尾不相顾，都是巴不得一下子就飞过去的人，都给这一个铁栅栏关住了。原来这是铁道与马路的十字交口，火车要经过了。

莫须有先生仔细一看，他的驴汉缺少了一位，仓皇失措，叫驴汉其二：

"驴汉其二，你的那位朋友怎么逃了呢？你怎么一点也不留心呢？"

这位朋友撅嘴而指之，莫须有先生愁眉而顾之，这才放心了，他在那里小便。

"人总不可以随便寻短见呵。"

这是怎的，莫须有先生就在最近曾经想到吊颈乎？我们真要把他分析一下。然而鸣的一声火车头到了，大家都眉飞色舞，马上就可以通过去了。而莫须有先生悬崖勒马，忘记了他是一个驼背——

"这都是招到山西去打仗的兵呵。怎么这么多呵。一辆又一辆，

你们连一个座位都没有呵。你们的眼光多么怯弱呵。父兮母兮，天乎人乎，吾思而使尔至于此极者而不可得也。刚才我一出城门的时候，看见一个人赶一个猪群，打也打不进城，钻也无处钻，弄得我满脸是土，不舒服极了，现在你们又在我的面前而过呵，弟兄们呵。唉，上帝，莫须有先生罪过了，他的心痛楚，这都是他的同胞呵，他的意思里充满了那一些猪呵。然而我不能不这样想呵。你们叫我懂得了一个道理。从前我总不明白，人为什么当兵呢？那不明明白白的是朝死路上走吗？然而他是求生呵。人大概总是要生存的，牲口也是要生存的，然而我们是人类，我们为难，便是豢养，也是一个生之路，也得自己费心呵。这是怎样的残忍呵。我们实在是辛苦呵。为难的就在这生与死间的一段路，要走呵，我看得见你们的眼光的怯弱呵。至于打起仗来，生生死死两面都是一样呵，一枪子射过来，大概没有什么的罢，一个野兽的嗥叫罢了。这个声音悲哀呵。实在的，马牛羊，鸡犬豕，此六畜，人所食，都有这一个嗥叫。上帝呵，弟兄们呵，命运呵。而今而后，吾知免夫。我要努力。"

莫须有先生忘形了，他吊了一颗大眼泪。而栅栏门一开，肩相摩，踵相接，莫须有先生走也走不进。

到得真真到了乡下，莫须有先生疲乏极了，栽瞌睡，一走一低昂，惹得那一位驴汉不放心，厉声道：

"莫须有先生，你别睡着了！我看你不大像骑过驴的，一摔摔下来了就怪不得我！"

莫须有先生闭了眼睛不见回音。驴汉其二，睄一睄莫须有先生的样儿，齿笑道：

"这个人真可以。"

"你们不要骂我呵，让我休息一下呵，你们走慢一点就是了。唉，旷野之上，四无人声，人的灵魂是容易归入安息的。"

"前儿就是这儿出了事。"

　　驴汉其一自言自语，而莫须有先生的睡眼打开了——

　　"出了事？出了什么事？"

　　"两个强人把一个庄家老的五十块钱抢走了，还朝他的腿子上来一刀。"

　　"嗟夫，我的腰怀也有三张十块的票子，是我的半年内修行之资。"

　　莫须有先生他以为他站住了，摸一摸他的腰怀，而且糟了，明明自己告诉这两个强人了，腰怀三张十块的票子！事至于此，乃小声疾呼道：

　　"你们把我往那里驼呢？我明白，我完全不能自主，我不能不由你们走，你看，你们完全有把握，一步一步走，莫须有先生要站住也奈你的驴子不何了。"

　　"莫须有先生，你看，前面来了一乘花轿。"

　　"驴汉其二，你比你的朋友高明得多，他动不动就吓唬人，我看了你我就放心了。对，一乘花轿，这个旷野上走得很寂寞呵，一点也不热闹，然而看起来很好看呵，比城里之所见大不同。这不晓得是谁家取媳妇，新姑娘她的肚子不晓得饿不饿？走了多远？"

　　"莫须有先生，你的肚子饿了吗？我们刚刚走了一半。"

　　"我不饿。这位新姑娘不晓得是长子是矮子，如果是一位美人的话，总要长高一点才好，那才合乎凌波微步，罗袜生尘，否则，唉，把人类都现得矮了，令我很难过。"

　　"莫须有先生，矮子倒有好处，做衣服省材料。"

　　"驴汉其二，你不要胡说！你再说我就下来打你！"

　　莫须有先生伤心极了，不知为什么，我们简直疑心有一位姑娘爱他，人长得矮一点。

　　前面到了一个所在，其实什么东西也没有，平白的孤路旁边五棵怀抱不住的大树，莫须有先生一望见那树阴儿，振起精神出一口鸟气：

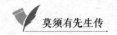

"好了好了，到了到了。"

"到了还有五里！"

"你们无论如何非下来不可，莫须有先生要在这个树脚下躺一个午觉。这个太阳把我讨厌死了，我的身上有三十块钱，本来应该有五十的，那个小滑头骗了我，几时我再进城同他算账，我只怕他一见面就恭维我那就糟了。我不怕强人，我连虎列拉都不怕还怕强人干什么呢？你们只听我的话下来就是了。我舍不得这个大树的阴凉儿好。万一他乘其不备，把我的财物抢去了，把我的生命也夺走了，同裁缝杀张飞一样，趁张飞睡觉，那天下事也就完了，算不了什么。不瞒你说，因为你们两位今天也辛苦了一趟，不多的日子以前，我简直想出了一条妙计，只是我不肯同我的爱人开口呵。我想，反正是没有什么意义的，我不如同我的爱人一路去游历一回，观一观海，一跳，同登天一样的踏实，手牵手儿，替天下青年男女留一个好听的故事，而我呢，实在也落得一个好名誉，情死，因为单单自杀，总怕人说我是生计问题，怪不英雄的。我的爱人呵，你现在在那里呢？你也应该努力珍重呵，人总要自己快乐一点才是。莫须有先生现在正骑了驴子在村下走路了，前面便是一个好休息之所，你不要罣念。"

怎的，树脚下一只野兽，是狼？莫须有先生又站住了，探头探脑——

"喂，你们二位小心，不要走，那树脚下是什么东西，别让它害了我们的性命。"

"莫须有先生，你简直是一个疯子，一只骆驼怕什么呢？"

"骆驼？对，一只骆驼，还有一个汉子伸脚伸手躺在那里哩。也难怪我，你们是走近来了才看见是一只骆驼，一，二，三，四，五，这五棵树都多么大呵，所以我远而望之以为是狼哩。唉，鹞鹰飞在天上，它的翅膀遮荫了我的心，我没有见过这么好的树，干多么高，叶多么绿，多么密，我只愿山上我的家同这路上的大树一样——还有几里地就到了，二位驴汉？"

"五里。"

"那么你就传出去，离莫须有先生家有五里，路边有五棵大树，于是树以人传，人以树传，名不虚传。"

第三章　花园巧遇

山上的岁月同我们的不一样，而《莫须有先生传》又不是信史，而我有许多又都是从莫须有先生的日记上钞下来的，那一本糊涂日记，有的有了日子没有年月，有的又连日子都没有，有许多我翻来翻去竟是一个号码，所以《莫须有先生传》也只好四时不循序，万事随人意，说什么是什么了。

然而首先总得把"莫须有先生的房东太太"介绍过来，其价值决不在莫须有先生以下，没有这位莫须有先生的房东太太，或者简直就没有《莫须有先生传》也未可知。莫须有先生当然是有的，不过那做传的人未必是我了。莫须有先生与莫须有先生的房东太太说起来遇合也算巧，是在一个花园里，那一天莫须有先生徒步旅行，走进这一个花园，坐到一个四百五十棵的杏树底下歇息起来了，旁观道：

"那一位老太婆，你蹾在那里干什着？如果是解溲，那是很不应该的，这么一个好杏林，总要让它寂寞一点总好，不必拿人世的事情来搅扰它，何况你这个举动不一定好看，就是我这样讲了你一顿，也很违反了我的节制之术了，一出口我就觉得不好，我只应该掉头而不顾。然而倘若是做文章，自然应该用心，万一一时写不好，信口胡诌，人家等待你的稿子付印，那又不妨随便对付一下，让它瑕瑜互见，反正是那么一回事，也并不就不合乎古人惜寸阴的那点意思。然而人总不可以在这自以为没有人看见的地方做不大雅的事，不是别的，仿佛对不起人生似的。到了自己年纪大了，尤其应该留心。"

"呀，那里来了一个学生，——他咕噜什么？我这么一个岁数难道还怕你看不成！"

话虽如此，这位解小溲之人面红耳赤了，她只是恼羞成怒了，她是一个最讲体面之人。如果她不是痛爱"我的先生"，也睁几个钱，她说她宁肯饿死，不干这个"简直算是要饭"的勾当了，她只喜欢替人出主意，尤其是将来替莫须有先生出主意。这一句就得下好几个注解。一，"我的先生"者，老太婆的丈夫也，首先被介绍于莫须有先生是这样介绍，轻轻的一句："莫须有先生，我的先生是一个不中用的人。"莫须有先生踌躇不敢答，不晓得说谁，聪明的太婆也就领会了，枯槁的面上大家风度还在，年过五十而依然含羞，不能不远远的指着要莫须有先生认过一番，道："我是他的夫人黄氏。"其时他盖站在他的院子里的一角。莫须有先生不胜恭敬之至。二，所谓这个简直算是要饭的勾当，是说她此刻坐在这个花园里打骆驼草也。骆驼草，系骆驼吃的草，那么我们这个周刊之命名骆驼草，或者也不为无因，然而那完全不是我的功劳，是我的一位朋友的高才，我只是打坐一旁默认乡下有打骆驼草这么一回事而已。打骆驼草在这个地方是一个公共的生计，因此骆驼草四十枚一百斤。压在称上一百斤，驼在老太婆的背上大概要一百二十斤。莫须有先生的房东太太也背得起五十来斤，花一天半的工夫。她照例跟了她的街坊"三角猫太太"各背了各人的重担往那里煤铺里走，这家煤铺养了五只骆驼，这位三脚猫太太来历很长，有机会再说，诸位留心罢了。三脚猫太太每每把她的街坊逼得一个人坐在路上不肯回去，有一回有一个"学生"看见她坐在路上哭，立刻她就要让她的莫须有先生知道了。三脚猫太太卖完了骆驼草，拿了六十枚五十回家，莫须有先生的房东太太则拿一十八枚，有时也有二十，而三脚猫太太大口大嚷大步走，她的街坊只好说："你先走一步罢，我歇一会儿，——嗳哟。"三脚猫太太先走一步就走了好远，然而谁也顾不得这苦口一声嗳哟。三脚猫太太驼了她的骆驼草

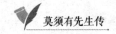

一进煤铺的门，一屁股坐下板凳，露着她的一对猪娘奶，大口大
嚷："拿称来，把我的约一约。"莫须有先生的房东太太偏头不
顾，实在看不上眼："你睄你那样儿！一个老娘儿们！"言一个老
娘儿们何必那样。这一个老娘儿们实在颠斤簸两，连煤铺的掌柜也
说："不能占你的便宜，称是公平。"此地有一句歇后语，"驼煤
的，"言下就是说你不认老子。则驼煤的掌柜是什么一个人物。三
脚猫太太她不渴，她刚才在路上钻头到一个挑水的水桶里牛饮了一
顿，弄得她的街坊也看不上眼，心里说："要是我有钱我就不买这
个水！"然而歇了骆驼草坐在煤铺门口她渴，她渴她想茶喝。她在
家里，饿死事小，得沏一壶茶，但久已没有喝过好茶叶了。慢慢的
她道："掌柜的，把我的也约一约。"掌柜的就把她的也约一约。
她是最喜欢买东西的，即是说她喜欢拿了权衡估量分两，好比买一
斤菠菜，也得把自己的称拿了出来，每每弄得卖菜的不卖给她，
走到她的门口不鲛喝，丈夫回来她就哭了："卖菜的也睄不起咱
们！"然而现在是卖东西，卖东西她总是大方的，好比她家祖传的
一对铜佛爷，卖给打鼓的，打鼓的喝了她一碗茶，讲了许多话，给
了一百二十枚佛爷拿走了，丈夫回来责备她，他在三里之外干一个
差事也，八元一月，然而欠薪，这些事他比他的夫人坚决多了，责
备她说不该拿祖业来打鼓，而且："拿到城里去，卖给外国人，你
晓得要值多少钱呢？"于是她说她的腰痛，两天不吃饭了。而现在
是打骆驼草卖，给亲戚朋友看见了多寒伧，而她实在乏得很，口渴
得很，站不起身来，而卖东西给人就得卖，不能不让东西卖了再空
手回去，至于这个东西值得几个钱，此刻她倒实在是舍得的，所以
她也不管骆驼草压在她的背上是多少斤，煤铺掌柜说："老太太，
今天你的是四十一斤，"就是四十一斤了。四十一斤给一十七枚，
拿在手上一看："今天怎么给我一个小铜子呢？""老太太，我还
多给了你，要是别人我只给一吊六。"这一个小铜子伤了我们的莫
须有先生的房东太太的心，她要起身也站不起来了。"嗳哟，这简

直算是要饭。"站起来就回去了，买了一个火烧，拿到家里去吃。她也常常说："人为什么要吃饭呢？不吃饭不好吗？"然而她说她费的粮食很少，她的先生吃得多，她只是多喝茶。这一层算是交代清楚了，然而莫须有先生坐在这个四百五十棵杏树底下也口渴起来了，但他不肯上树，巴不得他的头上那一棵大杏子一吊就吊在他的嘴里。"唉，可惜我不是樱桃口，那真是好吃极了。"言犹未已，吓得莫须有先生一跳——

"莫须有先生，你不要想吃这个杏子，那是很苦的，因为白白的想了一趟。"

"你不是刚才被我讲了一顿的那个老太婆吗？你不怪你自己难道还怪我吗？你想来报仇吗？你怎么晓得我就是莫须有先生呢？这一定是那个做文章的家伙弄笔头，他晓得我们两国交兵，首先替我通了名姓。"

"莫须有先生，我坐在那里把你望了一半天，对不起得很，我看你同我的大的学生一般年纪，模样儿也相像。"

"那不对，那不对，我是南方人，你是北方人，决不能相像，只是我有一个大旷野的气概。"

"唉，那两个小的死了我不说，我的这个大的学生如果留给我，现在也同莫须有先生你一般高了。满了十岁那一年他就丢了，留下我们两个老夫妻如今受苦。那一天我卖了骆驼草回来，走不动，坐在路上歇一程，自己简直好哭了，一个小学生挟了书包放学回家，对着我看，我看他就是我的银儿了。我的银儿同人家的孩子不一样，先生总说他用功念书。"

"老太婆，你不要向我讲这些话，我是一个没有主张的人。关乎你的事情我不能有意见发表。若有莫须有先生自己呢，那我明明白白的知道，我或者属于厌世派，无论世上的穷人富人，苦的乐的，甚致于我所赞美的好看的女人，如果阎王要我抽签，要我把生活重过一遭，没有一枝签中我的意。但是我喜欢担任我自己的命运，简

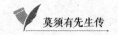

直有点自傲，我做我自己的皇帝。唉，老太婆，糟糕极了，我竟得意忘形，总是想表现自己，实在是我的浅薄。当了你讲什么命运，那又简直是我的不是。"

老太婆只听了"皇帝"二字，叹气道：

"唉，皇帝，早已走了，可怜见的，给你们一个姓冯的走了，我们这里的人大家都恨他。"

"我并不姓冯，——我看你的样子你一定是一个旗人。"

"是旗人又怎么的？我才瞧不起你们汉装哩！多好看，一双小脚！"

"我并不是同你抬杠，你说的很对。我且问你，你刚才为什么吓我一跳呢，叫我道：'莫须有先生，你不要想吃这个杏子。'偃鼠饮河，不过满腹，然而我总喜欢长江大海，看花也喜欢它是一个森林，自己站在里头是不失其为大的。"

莫须有先生这一说又望到树顶上去了，巴不得他头上那一颗大杏一吊就吊在他的嘴里了。

"莫须有先生，你再也别提，这原来是我们跑马射箭之场，自从皇帝打倒以后，把它改作花园，种了各样果木，归城里什么衙门管辖，派了一个姓什么的在这儿看管，专门欺负我乡下人，你如摘它一个苹果吃，他说你是'偷'，送到区里去，我们才不愿听这一个字哩。"

"你老人家完全是一个写实派，一说又说到事实上去了，我们以后可不要这样。我看你又很是一个道德家，又很有点儿反抗精神，我呢我可不这样想，果子而说偷，我很有一个妙不可言，一口咬了却大杀风景。前朝有个东方朔小孩子你晓得吗？他跑到王母娘娘的花园里，大施其狡狯，我简直想拿他来编一本戏哩，将来成功了一定请你看。"

"我有一个本家住在城里，也常常带信来请我们进城，叫我们也看一看电影，我可不进城，你想，又没有好衣服……"

这一说她觉得她寒伧透了，难过极了，头脚都那么脏，衣服那么褴褛，坐在这么一个好树林里头。但是，谁能够晓得在这里遇见莫须有先生呢？

"这简直是一个叫化子。"

不由得不顾莫须有先生而叹息，抱膝而坐，望一望头上的杏子，一颗一颗的。

"莫须有先生，你没有看见，到了苹果熟了的时候，挂在树上，那真有点意思。"

"这也就'够哨'的了。"

莫须有先生一眼望尽杏林，特意用一个北京字眼回答，但他怀疑他用错了没有，连忙看老太婆一看，老太婆不加可否，这样说：

"你们南方的橘子好，从前我们家里的老太太活在的时候，一进城总是带一大筐子回来，她老人家喜欢做人情。"

接着她又生气了，她不晓得她是嘴馋——

"猪肉我们吃不起，那倒是应该的，猪要人喂，我的一位街坊成天的忙一只猪，把个人弄得脏死了，头年过年的时候冷不防好好的一只猪还病死了哩，——我们摘一个苹果吃吃算什么呢？为什么欺负我们乡下人呢？那个老头子，我算是哨他不起，跑到乡下来管这么一个园子，见面还不理人，有什么架子摆得？有一回我的先生为一件事情求他，他叫他媳妇说不在家！小媳妇倒不错，也是你们汉装，嫁那么一个老头子！我们土生土长的地方长出来的果子我们吃一个不行吗？"

"你不要同我吵架，我此刻的心事完全同你不一样，我实在懒得回去了，我也不知道往那里去好，我如果有那么一个运气那就好了，一阵风吹到一家员外的花园里，给绣楼上的小姐看见了，打发丫环下来，问我是做什么的，缘何到此，我就一长一短，说些好听的故事，说我怎样上京赶考，一路上饱经风霜，现在不知此是何处，'你是何人！'这一唱把个丫头吓走了，跑上楼去告诉她的小

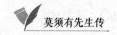

姐，多情的小姐就把我收留起来，别的我不敢说，目下的问题总算解决了，因此我还可以做好些诗。"

"我也正想打听你，莫须有先生，你是做什么的呢？"

"首先就被你拷问起来了。我是做什么的呢？实在连我自己也不明白。"

"你如果有什么为难的事，现在天色也不早，你就上我家去歇一天，只要你不嫌弃，——只是我们乡下没有什么可口的了。"

"莫须有先生的房东太太，你别吹牛，你跑到这个树脚下来干什么差事，我早已看穿了，——我走路已经走得很饥了。"

"莫须有先生，你怎么晓得我的房子租人？你听见谁讲的？你愿搬到我们乡下来住吗？那咱们两人都好。我不能够要多钱，若是莫须有先生的话，简直情愿帮忙。"

"你只帮我一天做两顿饭，随你的便做做就得了，反正人总是要吃饭的。我喜欢吃肉。"

"那你馋得很。"

"有许多事言之而不能行，有好几回我发愤自炊自爨，我的日记上都有，一单食，一瓢饮，结果总是弄得我焦头烂额，而又有钱，而且我到底还是一个艺术家——你看这是什么话？曾蒙一位小姐这样夸奖我。"

"一位小姐夸奖你？那她一定是一个好姑娘，连我也爱她。是的，莫须有先生，并不是我恭维你。艺术家，这是什么话？连我也不懂。"

"大概就是说一个人活在世上，还能够快乐一阵，做做文章。"

"莫须有先生，那更好，我的院子里清净极了，你的文章包然做得好。"

"我的文章我还能卖钱。"

"那更好，那要什么样子的文章呢？——我家里我们老爷子当初还积了许多文案，都给我换了取灯儿！"

"什么都行，好比我走进这个树林以来，目之所见，耳之所闻，都是文章。"

"莫须有先生。"

"什么？"

"你别把——"

"什么？"

"那很寒伧的。"

"哦，我知道，我知道，——你叫我的文章里不要有刘老老大观园小便这一回是吗？我知道，我知道。"

第四章　莫须有先生不要提他的名字

莫须有先生接着就跟了他的房东太太上他将要久住的家了，心里怪难受的，不知为什么，好像自己同自己开了一阵玩笑，而西山的落日，同你打一个招呼，他一点也不肯游戏，告诉你他明天还得从东方起来。总之你从一个路人得到了一个着落，于是你完全是一个漂泊家伙了。而且，人世的担子，每每到了你要休息的时候，它的分量一齐来了，而一个赤手空拳之人，就算你本来是担了一个千斤之重，儿童相见不相识，笑问客从何处来了。然而莫须有先生没有这些，他怕他是一个小偷，因为他跟在他的房东太太的后面耽心狗来咬哩。

"唉，房东太太，人这个东西很有点儿自大，他不以为他可笑得很，到了日暮途穷的时候，他总有个前不见古人后不见来者之概，他能够孑然独立，悲从中来。"

"莫须有先生，你不要睄不起人，我们两个老夫妻，居尝过日子，总不敢得罪人，好比我现在把你莫须有先生招了来，一月有几块钱，人家也都不嫉妒我，决不能想出法子来弄得你不能安居，好比失物啦，口角啦，这类的事情是包管没有的。"

"口角我倒也不怕，我最喜欢看你们老娘儿们吵嘴，——我们两人讲话无从谈起了，我讲的是那个，你谈的是这个。"

"你的话也并不难懂，只是还带了一点湖北调子，——唉，说起来真是，我在武昌城也住了七八年咧，那时我家老爷子在湖北做官。"

"那你住在那一条街呢？——嗳呀，你这一说不打紧，可把那一座城池完全替我画出来了，我虽然不是在那里头生长的，在那里也念过好几年书，街头尾都走到的。我很想回去看一看。我有许多少年朋友都在那里生生死死，都是这个时代的牺牲者，所以，那个城，在我的记忆里简直不晓得混成一个什么东西了，一个屠场，一个市场，一个个的人都是那么怪面熟。我也不肯说我是一个慈悲主义者。"

"到了。"

老太婆这一说，很知理的回身一笑，对了莫须有先生站住了。莫须有先生也双手叉腰立正，仿佛地球上的路他走到了一个终点，站在那里，怪好玩的。

"莫须有先生，请进。"

莫须有先生不进，贪看风景，笑得是人世最有意思的一个笑，很可以绘一幅画了。

"我站在这里我丰富极了。"

"你如果喜欢凉快，你就在这个石头上坐一坐，我去沏一壶茶来，不要老是那副呆相，叫人看着怪可怜的。"

老太婆简直有点生气，皱起眉毛来，这一低眉，她把她的莫须有先生端端正正的相了一相了，慈母手中线，游子身上衣了，莫须有先生的可怜的皮骨她都看见了。

"嗳哟，莫须有先生，你的脖子上怎么那么多的伤痕？"

"过去的事情不要提，我也是算九死一生了，——我们两人的话都说得殊欠明白，单从文字上看来，人家要疑心莫须有先生是一个红枪会似的，刽子手割他不断。非也，我生平最不爱打拳，静坐深思而已。我害了几次重病，其不死者几希。"

"唉，这么个好人，遭了这么多的磨难。"

"医门多疾，不要把自己的事情看得那么大，那是于自己一点好处也没有的，——我且问你，我的门口这几棵槐树栽了多少年呢？很不算小。"

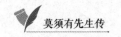

"你的门口！你的门口你怎么不晓得呢？我还没有得你的租钱我的房子就典给你了！"

"你也未免太那个了，太是拜金主义了。我以后总不说话。令我怪寂寞的。我的意思只不过是羡慕这四棵树不小，——我常想，今之人恐怕连栽一棵树的意思也没有了，目光如豆。"

"别及，别及，是我一时发牢骚，你请进。"

说着她几乎要援之以手，怕莫须有先生从此杳然了，昔人已乘黄鹤去了，那她的房子可又要闲着了。莫须有先生就跨步而进，鼓一肚子的气，而且咕噜着。但是，一进去，一位姑娘——可不是吗？从那边的玻璃窗探头而望！是坐在炕上做活哩。莫须有先生只看见了头发，看见了头发下的一面，就不看见了，于是站在那里动也不动了，做诗了。

"庭院深深深几许？老太婆呵，世界实在同一块玻璃一样的不是空虚。我常常喜欢一个人绕湾儿，走一个人家的门前过，过门而不入，因为我知道那里头有着个可人儿。然而那也要工作得意的时候，否则我也很容易三魂渺渺，七魄茫茫，简直站不住了。唉，在天之父，什么时候把你的儿子平安的接回去，不要罚我受苦。"

"我去端条凳子出来，咱们两人就在这院子里坐坐。"

老太婆就那么得意，去端凳子了。莫须有先生立刻也得了救，因为有点活动起来了，好像一个小耗子，探头探脑，但听得里面唧哝唧哝一大堆，听来听去一连有好几个"莫须有先生"，有的加了一个问号，有的又表示惊叹，即是稀罕，缘何到此？最后一句则完全不是娇声，板凳快要端出来了，这么一个汗流浃背的神气——

"他要租咱们的房子住，——姑娘，等一会儿你就出来见一见。"

姑娘大概就在那里张罗什么了，一声不响的。

"莫须有先生，咱们这个院子好不好？一共是七棵枣树，——你请坐。"

"我的这个名字没有大起得好，曾经有一个朋友表示反对，本来一个人的价值并不就在乎他的名字，但在未见面以前它简直应该是一个神秘，我有许多天上人间的地方，那简直是一个音乐，弹得好看极了，决不是'莫须有先生'所能够表现出来，——总之你在人前不要随便提我的名字，要紧！"

"那你顶好是躲到书房里去，十年不下帷！——我随便讲讲怕什么呢？"

说着她把她的嘴鼓起来了。莫须有先生也把他的嘴鼓起来了。幸而头上吊了一颗枣子，砰的一声落地好响，把莫须有先生的脑壳抬高了，不期而开口：

"结杏子的时候你们山上怎么就有枣子？"

"大概这个枣子于我们家里的日子很有关系，而你的精神上也受了一点伤，不知不觉的就碰出来了。七棵树，你看，去年一共卖了一百五十斤，我自己还晾了二十来斤，——一会儿我的外甥女儿就拿出来，我叫她拣那好的盛一碟子，请莫须有先生尝尝我们乡下东西。"

外甥女儿就出来了，一出来就来得很快，——然则站在门缝里还睄了两下不成？来得很快，以致于要摔一交了，跨过门槛的时候脚不踩土了，然而把我们的莫须有先生站起来了——

"姑娘，你吓我一跳。"

姑娘已经就低下头去，纳踵而履决了，莫须有先生一看也就看见了，赶忙称赞道：

"姑娘，不要害羞，不要以为我是城里人，这是一点也不要紧的，明天自己再做一双好鞋，只要是天足就好看了，——你不晓得，我们那里都是'满炕乱爬'！你不要错听了我的话，其实我那里并没有炕，我只是羡慕你们姑娘们大家坐在炕上做活，谈心事，世事一点也不来纷扰，隔着玻璃望一望很有个意思。"

姑娘一站站起来了，满脸通红，偏了眼睛向她的"姨"虎视一眼，破口一声：

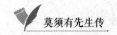

"你叫我出来!"

于是扔了枣子不管掉背而进去了。莫须有先生站在地球之上鸦雀无声了,凡事都不可挽回,连忙又坐下去。

"房东太太,我没有失礼罢。"

但房东太太望着屋子里鼓嘴——

"我叫你出来!叫你出来为什么不好好的就撤身进去呢?怕什么呢?人家笑咱们不知礼!"

连忙又光顾莫须有先生——

"莫须有先生,可怜见的,丫头今年一十六岁,三岁上父亲就没了,她的妈听她娇生娇养,我不在家就来替我看家。你不要见怪。"

莫须有先生望着那一碟枣子,不肯抬头。

"我的肚子现在也不饿,这个枣子真是红得好看,你且让它就在地下摆着,一会儿月亮就上升了。"

"不是你这一提我倒没了主意,——好在莫须有先生是一位高明,要是我们这乡下人,就说我的东西是舍不得给人吃,是摆看的。"

"你总是讲这样实际的话!真要讲,则你我的肚子都不行了,我的文章今天也不能交卷了,——你晓得这个夏天的日子是多么长,我们两人从什么时候一直说到现在?都是一些空话。我看我怎么好。唉,我的父亲常是这样替我耽心。"

莫须有先生忽而垂头丧气了,仿佛他很抱歉似的,他的灵魂白白的跟他过了一些日子,将来一定要闹恐慌。其恐慌盖有如世间的经济恐慌哩。

往下的事情我们不得而知了,我们只晓得他老先生中了意,说他大后天就搬来,而明天鸡鸣而起,坐汽车跑进城,后天就是莫须有先生下乡了。

第五章　莫须有先生看顶戴

应该是明天的事，而莫须有先生挪到今天来了，他下乡了。凡事还是这样懈怠不了，可见修养工夫不到。他一到了这四棵槐树，就自认到了，同一个害乡思病的鬼抬头认"望乡台"三个字一样，叫人好哭，那么一抬头——

"正是正是，不错不错。"

然而树影浓深，万籁俱寂，一点反响也没有，只好自己更进一步，站到门楣之下，敲门了。敲门亦不见应。于是躲在那个角落里叹息起来："嗳哟，我如果为了恋爱失了恋，那我此刻无立足点了，世人俱弃我了。然而我为什么这样悲伤呢？世人呵，你如不曾在爱的春风里一度过日子，那我实在替你抱歉呵。这个寂寞是怎样的咬人呵。人生为什么这样的有意思呵。"

怎么的，这样胡乱说话，我简直不肯往下写了，我简直疑心他在那里刺伤我了！看他这副可怜相，似乎也并不是一个胜利者，我也只好洒一把同情之泪了。我刚才好像正有一段心事，不得已就胡乱睡它一个午觉，此刻醒来，模模糊糊的。那么你还钞书写字干什么呢？算了，不说。凡百事都让它是一个模糊现象才最有意思，说得好听一点就是神秘二字哩，等那般不中用的人大吃一惊。

莫须有先生大吼一声：

"你们这个村子里都在困觉不成？怎么这么静呢？"

"谁呀？"

"我！我今天来了！"

"你，你是谁呀？"

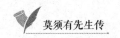

"莫须有先生，你难道就不记得吗？我踌躇了一半天，最后决定今天就搬来了，我想我早到一天你早得一天的房钱，你一定是不会不欢迎我的。"

"糟糕，今天就搬来了，这么个急脾气！——这怎么好呢？"

这怎么好呢，莫须有先生的房东太太实在没了主意，赤手空拳，几乎要拍起巴掌来，"这怎么好呢"，她刚才自己摇了二十斤煤，此刻正在那里"洗脸"哩，前天在花园里穿的那一件蓝布衫儿身上都没有了，身体肤发受之于父母，衰老于天地。不但此也，莫须有先生规定了明天来，她也预算好了，明天一早起就把屋子里打扫得干干净净，虽然今天也并不就不干干净净，有什么对不起人，而她的一件夏布衫儿也于昨天早晨在箱子里看过了一遍，明天好穿，出门如见大宾，为什么今天就跑来呢？急则智生，她可以叫莫须有先生等一会儿，乃大声回答道：

"莫须有先生，你等一会儿。"

莫须有先生就等一会儿。然而莫须有先生好奇，空手站在那里也实在无把握，过了五分钟就不行，乃隔着门缝望一望，好像一个狐狸想上树——

"我看你在那里干什么？"

"你怎么这么的同小孩子一样呢！我叫你等一会儿就等一会儿！——我在这里洗脸。"

门外之人只好碰壁，然而实是缩了头，然而很有点儿生气，"我为什么同小孩子一样呢？"生气就生气——

"洗脸！那你就是猫洗脸！你为什么骂我呢？你这个讨厌的老婆子！——猫洗脸就是有客来，我们乡间有这么个传说。"

文章上有这么一转折，莫须有先生也自觉可笑了，就笑："工程浩大，还没有走进第一步就同人家吵嘴，有什么意思？"原来到此他是发愤要做一番工夫也。乃掉背而向树，看树上的那个知了知了儿到底躲在那一个枝子上。

"这个虫儿奇怪，躲在叶子里头叫人看不见。"

不提防，大吃一惊，无声无臭的门儿就开了，整齐严肃笑容可掬的一位老太婆开门而不出位叫一声"莫须有先生你好"了。莫须有先生也就五官并用，几乎思索不过来，险些儿没有失礼，丢开四百五十棵杏树底下一场相见不提，"今天你怎么这样打扮"也不说，回敬一声道：

"房东太太，你好？"

于是再也不敢乱说话，主宾相从，入太庙，每事问，赏鉴了一半天，三间屋子，——开张第一回不是说一间半乎？那大概是极力要形容莫须有先生之家并不舒服，因而不免夸大一点，其实是三间，三间屋子陈列了许多古董，莫须有先生实在忍不住要赞美，低声下气，摇头，盖等于不相信世间，说他再也不下山，等于一鞠躬，而又说话：

"房东太太，我真真的佩服你们。吃饭既然是那样的艰难，而屋子打扫得如斯之大雅，而一件古旧的夏布衫儿，这么的好铜钮扣，也决不拿去打鼓，殊为莫须有先生理想中的人物，人世真是好看多了。"

"你且把你的东西自己归着一归着。"

"那我可要请你今天别发牢骚，既然是我负这个责任，既然是我在这里头用功睡觉，那一切又都要照我的安排。"

"这是什么话，不及不及。"

"好比你的这许多东西，我殊不能够有用。"

"合用你就留着，不用的我就挪到我那边去，——这个笔架同砚池你不喜欢吗？是我家老爷子当初从凤凰城带回的。"

"凤凰城，这个名字我就很喜欢。这两个小玩艺儿实在很有意思。我看一看就够了，用我总是喜欢用在自己的，无论到那里我总是自己带着，——这个匣子里装的是什么东西呢？"

"帽匣子，里头装的是我家老爷子的花翎顶戴，我打开莫须有先

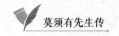
生看一看。"

"那好得很，自从我长大成人以来简直忘记了，幸亏你这一提，小的时候我看见我的舅父头上带着这么一个东西，喜欢极了，而又不敢要他给我玩一玩。不知怎的，我仿佛知道这个东西他是决不会给我们小孩子玩似的。"

"你看——唉，如今都用不着了。"

"你又何必感伤呢？时代已经过去了。"

莫须有先生看着这个花翎顶戴，他知道这比他的舅父阔得多了，而儿童世界的花翎顶戴，他今生再也看不见了，那是怎样的好玩呵，——你又何必感伤呢？你还可以玩古董。

"老太婆，我小时所喜欢的东西，我记得清清楚楚，那简直是想不通的事，好比我最喜欢过桥，又有点怕，那个小人儿站在桥上的影子，那个灵魂，是我不是我，是这个世界不是这个世界，殊为超出我的画家的本领之外了。"

老太婆自言自语，不晓得咕噜些什么，莫须有先生忽然大摆架子，不屑于听了，停顿了一会又说他的话：

"麒麟之于走兽，凤凰之于飞鸟，猫捕耗子，耗子唱耗子戏，我都喜欢，而我所最不喜欢的就是拿来做花翎的那个孔雀，只看见它的羽毛，不看见它的生命，令人怪没有意思的，所以我在什么公园里看见有人围着一只孔雀看，我就觉得这些人没出息。"

"莫须有先生，你这个人一点同情都没有，你不晓得我的心里是怎样难受……"

"哈——我且问你，你那个东西是谁的呢？"

"什么？"

"那里，那墙上挂的弓。"

"我告诉你过，我们保卫皇室，人人都得有跑马射箭的本领，这个弓，便是我们的曾祖父当初在关外所用。"

"好不好，这个东西就挂在我这里？我喜欢看它。"

"那有什么不可以？"

"哈，那我高兴极了，——有一位老汉，同我相好，他说他愿得一枝百战钢枪挂在他的凤凰砖斋壁上。他原是江南水师出身。"

"那这个相框子我拿走不拿走呢？是我们老爷子同他的几位好友在吉林省城照的。他老人家喜欢喝几杯，你看，这个就是。下雪的天，大家坐在亭子里喝酒。"

"是不是我们黄冈的竹楼？——唔，你也把它取下来罢，拿到你那边去挂着罢。这个我有说不尽的心事，我的高明的房主人千万请原谅。古之人，或者一张画像，如果中意，我也是喜欢摆在我的屋子里的，仿佛觉得我于他是不相干，好比我有一张杏坛讲学的孔丘，我的一位朋友送我的。我的母亲六十生辰，曾经寄我一照片，我也只好珍重它收藏起来了。惭愧得很，我总有一个绝缘的意思。我之搬到你这里来住，那也实在是一个住旅馆的私心，彼此之间有不必关系的可能。"

说着他张皇四顾，有一件事情不由你作主的样子，叫她给他一点纸，她问他什么用，他说他要上茅司，于是他出了门上茅司，走得很快，不言语。方其出门时，叮咛了一句：

"话没有说完，回头再谈，——昨天有一般朋友请我上会贤堂，他们都喝醉了，我只是吃菜。"

于是我们也只好下回再见了。

第六章　这一回讲到三脚猫

莫须有先生蹬在两块石砖之上，悠然见南山，境界不胜其广，大喜道：

"好极了，我悔我来之晚矣，这个地方真不错。我就把我的这个山舍颜之曰茅司见山斋。可惜我的字写得太不像样儿，当然也不必就要写，心心相印，——我的莫须有先生之玺，花了十块左右请人刻了来，至今还没有买印色，也没有用处，太大了。我生平最不喜欢出告示，只喜欢做日记，我的文章可不就等于做日记吗？只有我自己最明白。如果历来赏鉴艺术的人都是同我有这副冒险本领，那也就没有什么叫做不明白。"

"莫须有先生，你有话坐在茅司里说什么呢？"

"我并没有说话呵，这就完全是你的不是了，我没有净一净手，不是阵阵堂堂的自己站到人世之前，你就不应该质问我，——糟糕，不巧得很，我平白的一脚把一个循到这儿走路的蚂蚁踏死了。这只好说是它该死，也算是它的人的一生。有什么了不得的事？"

于是莫须有先生低头而出了，没有净一净手，而一看，吓得一跳，这个露天茅司的一角之墙立刻可以有坍台之势，好在我已经出来了。不知是侥幸今遭呢，还是以警后来，自言自带笑：

"倘若在这个里头埋没了，那人生未免太无意义了。"

"莫须有先生，你以后多谈点故事，不要专门讲道理，那是不容易叫人喜欢听的，而且你也实在不必要人家听你的道理，人生在世，过日子，一天能够得几场笑，那他的权利义务都尽了。你多多的讲点故事我们听，我们都喜欢你了。"

"我告诉你，你不要怪我生气，你这讲的是什么话呢？你叫我不要讲道理，你可不就是讲道理我听吗？你懂得什么呢？我什么都能讲，故事多着哩，但我不能轻听你们妇人女子之言，我高兴怎么就怎么。别以为我住在你们这里，人家可以贿赂你，可以买通我。好罢，你倒杯水我喝一喝，就是谈故事说书人他也不能够只是讲话，他得让他的喉咙不干枯，你简直还没有尽过宾主之礼。"

"莫须有先生，这个不能怪我，我一见了你我什么都忘记了，我可怜你，这么年青青的，这么的德配天地道贯古今，这么的好贞操！"

"你最后一句意思是好是坏，不明白，——算了算了，以前的话都不算数，算是一个开场白，从今天起努力谈故事。唉，人生在世实在就应该练习到同讲故事一样，同唱戏一样，哀而不伤，君君臣臣父父子子，一切一切关系都能够不过如此，恋爱也好，亡国也好，做到真切处弃甲丢盔，回头还是好好的打扮自己。"

"你喝一杯茶，你的房主人祝你平安多福。"

"嗳呀，谢谢你。"

莫须有先生一饮而尽，愁眉莫展，他以为他来得十分好看，两袖生风，恨不得他的爱人从精神上相应惊赏他这一个豪饮了。

"我讲一个故事你听。从前有姊妹两个，爱着一位男子，姐姐爱他的美貌，妹妹爱他的才学，以为他将来一定状元及第。这位姐姐据说生得体面极了，她的头发可以系得一只老虎动弹不得，妹妹十分妒她。一天三个人在后花园里摆宴，妹妹行酒，把他们两人喝得醉醺醺的。最后一杯，你猜是什么，是一杯毒酒，斟给她的姐姐，姐姐接着就要喝。白面书生，正大发其豪兴，举着他的酒杯道：'世上有一个人，如果是这人，只要是这人，斟一杯毒酒斟得满满的请我喝，我一定毫不踌躇，一饮而尽。'说时迟那时快，那位命定的人捧了她的杯子喝了一半，连忙递到她的爱人嘴上，两个人盖都到了一个忘我的境地，深深的接一个吻，也便是他们最后的一呼

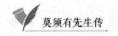

吸了，而同时天上雷公电母一齐动作，把个可怜的妒妇吓得变成一块石头。"

"石头，变一块金子那就好了。"

"唉，没有办法，各人的意识都给各人的生活状态造就了！你就只记得金子。令我很寂寞。"

"好孩子，能够寂寞那就好了。我看你刚才说话的神气我很有点耽心，我怕你超出写实派的范围以外。人生是没有什么可以叫做一个醉字，那只是一个不得已的糟踏，在艺术上也难免不是一个损失，好比你的故事在我看就没有讲得好玩，恐怕就因为你此刻的气候不适于讲故事，那实在要同游手好闲的人茶馆里谈天一样才好。你的心事我也不必问，我只是想劝你一劝，血气方刚，戒之在斗，暴虎冯河，吾不与也。这个斗字的范围是很广的，不必是好勇斗狠。忍耐过去就好了。"

这一来莫须有先生一字也不提，把个脑壳伏了案而不知干什么来，大概是痛定思痛了。总不致于是害羞，给人家教训了一顿。忽而又一抬头，好像拈花而一笑，笑得好看，道：

"如果是我早年做文章，这里我实在应该是对了你一位长者啜泣了，这我怕它不得体了。刚才我实在是有一段心事，猛然袭上心头，无已就信口胡诌几句，再也不必多说。你且让我把东西归着一归着，从明天起就发愤用功。我的行装总是简单的，你看，这是我的两部好书，一是英吉利的莎士比亚，一是西班牙的西万提斯，都是世界上的伟大人物。有趣得很，这一部杰作，据说英吉利的莎翁也曾得而见之了，殊不知他掩卷而如何？"

"你给我看一看，上面有什么画儿没有？"

莫须有先生就双手捧着《吉诃德先生》递过来道：

"你要知道，这不是玩儿的，仔细！"

"你看你——怎么这么个寒伧劲儿？有什么大惊小怪的？我什么没有见过？姑娘们出阁做的针线活好看的多着哩。"

"唉唉唉，店主东你带过了黄骠马……"

谭老板唱卖马了。盖不胜其悲矣。一会儿什么都有条有理，富润屋，德润身，只是心里寂寞一点，看来看去还只有看他的房东太太，不觉坐下而失言——

"你过你那边去罢。人到了自己活到高寿固然可以夸耀，但我总是一个崇拜青年主义者。"

不觉抽一根烟。

连忙又修正——

"现在一切事都决定了，将来我的故事一天好看一天，我们两人从此相亲相爱，让我在人世无奇之中树它一个奇迹。说不定世界会忽而发达起来，那你就同我一路获得群众了。"

"你这是什么话？你难道还有什么野心不成？我只要碗小米粥喝。"

"说得好玩的。人生的意义在那里？就在于一个朋友之道。前人栽树，后人乘阴，互相热闹一下子，勉励勉励，不可拆台，后之视今亦犹今之视昔也。"

"现在我请你过我那边去坐一坐。"

"请。"

"请。"

于是莫须有先生请到南屋子里去了，这一来，风云变化，压根儿他失了语言了。却是为何？他说：

"唉唉唉，老太婆，我殊起了一个沉默之感。"

老太婆没有听见，又打算在那里张罗什么。

"你这一面镜子总有好几十年了罢。莫须有先生是怎样的感动于一个打扮之镜呵。"

原来目光直射于老太婆的妆台之上。这个四方上下倒真是干干净净的。

"我且就正于高明，我常独自徘徊，我如是一绝世佳人，总惆怅

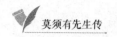

于丧失一面镜子，其不能遣诸怀盖不下于丧天下之可原谅，因为我不知道规矩。原来那时我是打算披发入山也。我其以佛龛的玻璃证明我的红颜乎。我其晚节不终乎。尼姑思凡乎。悻悻于打扮之情，则修行人正是一个入世之士也。鸟兽不可与同群也，吾非斯人之徒与而谁与。第一还是恋爱的好。"

"别又胡说！从明天起不好好的用功，我还不敬重你！"

然而莫须有先生又不听话，一偏头，寓目于壁上的一张照片了。这一下子可压根儿一句不说。他的样子，简直是在那个壁上已经用了十年之功，用心而不忘形，越看越好看，实在比那一张美人还可叹息了。主人看他这么的看，全个村里静悄悄的，不觉而也往墙上一看，她看的是什么，莫须有先生不得而知了，——大家为什么都不说话呢？然而莫须有先生又已掉头，莫须有先生的房东太太含羞半带笑——

"莫须有先生，这是我二十六岁的时候在北京城照的。"

手上端了一碟核桃，预备请莫须有先生尝一尝，权端在手上忘记了。

"老太婆，人生实在应该有一个敬字。"

往下再也说不出了。门外又有谁敲门，而门虽关而未闩，一推就开了，莫须有先生探头一看而又退后了好几步，因为有他的房东太太赶出去趋而迎之，于是三个老娘儿们一齐来它一个单腿儿了，于是大姐你好，好，三舅妈你也好，也好。莫须有先生大笑而实未笑。

"听说你家来了一位莫须有先生，我们就特意来看看。"

"我就替你们介绍，这就是莫须有先生。莫须有先生，这是房后头大老太太，这是我们的三舅妈。"

莫须有先生大恨，恨相见之晚，三脚猫，好一个三脚猫！我听说你为人悭吝极了！但他不知道操的是那一国的Language，我们的三舅妈一点也没有听见。都在院子里，三个老娘儿们，就扫过一边，侧耳而低语，见面就不能不谈心事，各有其心事，喜形于色，而同以莫须有先生为目标，挤眉弄眼，可佩服的莫须有先生几何不取一个防御战线了，而以其房东太太为最得意，听你奉承的样儿。三舅妈开口，本来就开口，而这一开口莫须有先生知道是叫莫须有先生听者——

"莫须有先生，你要买鸡蛋，你就买我的。"

"哼，我知道，你是为什么来的。"

"你们南方的先生都讲卫生，讲究吃鸡蛋。头年我们这儿也住了一个学生，总是买我的。"

"你到底以我为先生还是学生呢？怎么在你的眼光下莫须有先生全无区别呢？"

而于其时其房东太太赶快赶了过来，得意而这一下——

"这位老太太央求咱们，求莫须有先生替她写一封信，她的少爷在山东，在铁路上干点差事。"

这位老太太，即房后头大老太太，已带在眼光之下了，莫须有先生大窘，但也只好打发她走：

"你们的来意我都知道，诸承不弃，至为铭感，但今天的事情我总得结束，明天再写好不呢？就是这样办。再见。"

于是莫须有先生丝毫不客气钻头到他的屋子里去睡一觉了，外面世界是怎样多事他完全不得而知了，及其醒了，睡眼朦胧，请他的房东太太前来，吩咐道：

"咱们买鸡蛋偏不买那个三脚猫的！你几时把她的来历告诉我听。"

"也是咱们的街房，咱们叫她叫三舅妈，也怪好的。"

"三舅妈？不，就叫三脚猫！以后就叫三脚猫！"

第七章　莫须有先生画符

弹指间过了几天，莫须有先生忽然之间想一件事，如果有人称我是个隐士，我倒要看他的口气怎么样，我恐怕他不知道我的本领是有多大了。在乡下过日子比城里盖更是要现出他的本领来，这里千万是饿死事大，那其人之尸首一定是给老鸹啄得寸骨寸伤了，若夫城里，至多也不过由区里贴它一张招领的告示，行人倒毙，倒是孤独得行。于是传语于天下诗人，你们做诗，你们就躲在你们的都市里头算了罢，切切是不可下乡。莫须有先生很爱你们。于是又再三叮咛，至死不悔，你是做《莫须有先生传》者，你就听莫须有先生的话，你最好是让人把你归于一个理想派罢，那你就懂得莫须有先生了，莫须有先生也就爱你了。凡事都不可以太是独具只眼，对不起人生了，而莫须有先生的生活也就太劳苦。做文章的时候总应该相亲相爱，热闹一场。然而或者还要归功于莫须有先生我的性格。莫须有先生，你说些什么？我们殊不懂，你且告诉我们，你上回的事情还没有结束，你到底代写平安家信没有呢？那个，我是写了。昨天我叫她今天来，本是一句官话，她今天就来了，那个老帮子。我打听得她专门会欺负我的房东太太，好比她家藏有枣子，然而不给她的外孙女儿吃，一定要带了这四个小虫上咱们家来，来了谁又叫你那么慷慨的自动的破费呢？那么慷慨的自动的破费，一个孩子你给了三颗，待到人家走了你又为什么同我莫须有先生唧咕呢？你自己说的，可怜的我的房东太太，你连个女儿都没有，那你还是怕得罪人呃，还是从character上就是那么的庸人自扰呢？怎么又那么的会体贴人情呢？我在间壁都听见了，一个孩子你给了三颗，你说：

"不要紧的，自己家里的东西，不给孩子吃留着什么意思呢？"

"叫二姥姥谢谢。丫头！我说出来一会儿就都追着来了！再走罢，回去，别闹，间壁的莫须有先生在那里午困。"

莫须有先生听了甚是寒心，你这简直比那终日一群的没有本事的乡下侦探还应该防备，连我的午困的时间都给你探察出来了。莫须有先生无论做工无论睡觉，向来都是人不知鬼不觉的，有的时候只有梁间燕子闻长叹。待到你人财两空，我的院子里也很是孤独，你就对我摆了那副苦相唧咕唧咕——

"莫须有先生，刚才这个老帮子，她家的枣子比咱们多得多，总是带了她的外孙女儿上咱们家来，我怎么好不给呢？嗳哟，我一生就是做人情做死了。碰了个爷们不中用。我总不敢得罪人。"

"语无伦次，殊属可笑。"

是我还了她一个齿笑。地球上既然不只有你我两位主东老少，你为什么专门把自己苦了呢？一定也要把我算在里头呢？我忽而觉得我的态度很可爱，自己蹲着觅石子了。然而我可不拿石头扔人。一定要画十字也可笑。刚才这个老帮子，其实我早已给了她一个钉子碰了，就是那天她毫不知禁忌掀开帘子蹑足于我的莫须有先生的窗明几净之前，其时我正在那里做诗，一心做诗，然而埋头一嚷：

"干什么的！"

我知道了，知道她果然来了，来要我写信，而且知道她是一个空手来。

"哈哈哈。这里没有你的座坐，你的年纪决不能吓唬我，在诗坛上是不能有客气二字的，你自己来了你就自己站着，等我把这个韵脚推敲好。"

"我求莫须有先生替我写一封信。"

"替你写一封信？那自然是莫有价值之可言，但也可以写，而且，我忽而悟得一个谋生之道，将来我到天桥去摆一个摊子，一面

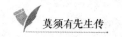

文王神课，虽百世可知也，一面就专为你们老娘儿们写信。今天当然不能就讲价钱，——你就拿来罢。"

然而我还是丝毫不屑睬她，我一点也没有荒废我的工作，只是横伸这一只斫轮手出去："你就拿来罢。"莫须有先生，你的手将永远是一个空手，你不如收回去。这个我自然知道。绝妙好诗，至此已是搁笔，我就掉背而偏向之了。你看她，嬉皮笑脸，老奸巨滑，完全看穿了我的战略——

"莫须有先生，你借我一张信纸，咱们乡下，什么也不方便，想上街买点什么，不说花钱，连个人也求不着。"

"不说花钱——"

你看，这个要紧当儿她要我掉头一看，我的房东太太她打听了消息混进来了！进来了她就做了我的一个书僮，侍于其侧一声不言语，然而我知道她有一肚子的话，开口这样低声问——

"大姐，你吃了没有？且等莫须有先生把功课做完，昨天我已再三为你通报了，今天一定写。"

你这样会讨好！那结果还是我的人情还是你的人情呢？哼！我不如赶快自动的把信纸借与她！我闻得一屋子的葱味，我就这样恨她——

"房东太太，你一定吃了罢！"

"是的，刚刚偏过。"

"我就奇怪你们北京姑娘们也都爱吃个葱儿！"

我又知道我的话说错了，束手来不及了，而一看，"咱们姐儿俩"已经是正在交头且接耳，莫须有先生的话等于白说了。

"我求莫须有先生借我一张信纸使使。将来莫须有先生有什么换换洗洗的，缝补缝补的，二妹妹你就拿到我那边去，咱们姐儿俩不要拘泥，我们家有的是工夫，不比二妹妹你是一只手。"

"现在园子里她们洗衣一套裤褂不晓得是一吊儿？昨天莫须有先生还叫我拿去，——我嫌那儿暑假男男女女学生太多，那些老娘儿们，如今都在城里做活做惯了，分不出个爷们和堂客的衣服来，搅在一块儿！简直的我怕她洗不干净。”

“我们少奶奶在家反正是闲着，你就交给我，不要紧的。”

“一套裤裙不晓得是一吊儿？”

“好像听说是两吊一套。”

姐儿俩思忖思忖着，而莫须有先生这时摇头竖耳于他的安乐椅之上忽然的不觉技痒哈哈哈大笑三声。

“哈哈哈。哈哈哈。哈哈哈。”

“莫须有先生，你不要闹得玩儿，你吓我一跳。”

“哈哈哈。我的房东太太，你完全是忠心谋国，我看你永远吃不着她一颗枣子，我劝你不如少为我出主意，一切事都交给我自己来办，做生意就做生意，做人情就做人情，让我便宜行事。那么来，这位老太太，你不是来请我写信吗，而且借你以其纸，马上我就动手，你要知道，你看，昔高祖皇帝御笔梅花之笺，莫须有先生好容易设法从一位尊府上盗来的，预备那三年不见之秋，念我意中人，写下相思句，嗳哟，好不悲伤，到如今只落得在你们的面前钩心斗角！莫须有先生一切零用物件，虽不多，殊没有一件下品，既然你照顾来了，也实在无法通融，就是这个写。哈哈哈，这一口气说了好几百字，拿到商务印书馆去一定值得好几毛了，所以无论如何我没有吃亏。”

“大姐，你瞧这个信纸多好看。这个画儿好，咱们乡下人那里见过？”

“我的眼睛瞧不真。”

“我知道你瞧不真！我听说你就不讲究好看！——我的房东太太，你看过戏没有？戏台上的信真写得快，一溜就完了。我的手法也差不多。不知所云。急急如令敕！”

第八章　续讲上回的事情

上回的事情后来打听得并不就是那样简单的完了事，莫须有先生还自动的出一个信封儿，而且替她费了三寸不挠之舌而津贴之。而且，掏出中华民国的邮票，大英帝国的字母，张大元帅之小照，认清4Cts就撕下一张道：

"这位老太太，我这并不是替你省事，今天我第一遭要试它一试，前儿上山时特地买回来的纪念邮票，你拿去只用得认清那P·O·字样的筒子往里一扔，——这回你的眼睛睁得真罢？一切手续俱已完备，你看，张大元帅，不久听说就要给日本人炸死了。"

"劳莫须有先生的驾，——咱们如今都是街坊，有什么事少不得要来麻烦麻烦莫须有先生。"

"好罢，现在你走。我的房东太太，你也走。我真不晓得，我的世界，是诗人的世界，还是你们各色人等的世界！维摩诘室，有一天女，或者就是狐狸的变化也好，只要她忽然一现身，我也并不以为幻。何物老妪，中寿汝墓之木拱矣，发短心长，我倒不以为真。"

于是她就要动身走了，且走且老眊不肯放松而看之。

"莫须有先生，你这不是替我写的信吗？"

"不是你还要怎么样？"

"你干吗贴一张纸烟画儿呢？年青人做事总要老成一点！我上七十岁的人，求你写一封信，你不写你就拉倒，为什么逗我一个老太太呢？把我的信上贴一张画儿！我为得要我的儿子寄点钱回，站了一半天，求你写一封信！"

"你是怎么的！这不也就是四分之邮票吗？我刚才讲了一半天，你完全不能入耳吗？好，我自认晦气。你且拿去发了它，如果你的儿子不寄钱回，你再来找我。"

"莫须有先生，你这话可说左了。你只能说这个信一定接得着。可不能说那个钱准寄得到。"

"这话你千万修正得是。你且替我向她解释一解释，你们生平难道就没有寄过信吗？难道都是白寄吗？不花这个四分吗？我的错处在那里呢？"

"我活在世上还没有要我写信的人。"

"令我不胜同情，——就一直算到昨日为止，我也还没有写过情书，——老太太，我劝你不管三七二十一你走罢，你这可以省得四四——十六个铜子。"

"大姐，莫须有先生的见识总要比咱们高一层，你就信托他的话。"

"那我还要不要花钱呢？"

"要花钱！一十六枚！你就给我！——目下我正在同海淀邮局交涉，统此自治村内，只要一个信箱，就挂在我的门口，每日只须派人骑脚踏车来取一趟，晚上我还可以点一个火把，毋须你们跋山，走马路，摔交！"

"晚上点一个火把——那咱们家又恢复了原状了，从前我这门口就无论天晴下雨总有一盏灯。"

"如今这个年头儿都给他们南方的学生占上风了。二妹妹，我扰了你。"

"不及，——大姐你走？"

"走。"

"哼，你这样掉头不顾我，算是我扰了你！呵呵呵。"

以一个欠伸了之。于是安乐椅之上瞑目而息了。其房东太太，送了客回头，忍不住还要踵见一踵见，掀帘而入，一见其人高卧不

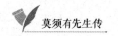

打眼，又缩头掉背而逃之，而莫须有先生则又咳嗽一声留住了。那么他其实也很愿动摇，凡百神气都是勉强而为之。

"你没有睡着？我生怕我把你惊动了。"

"你看我摆头摆头，殊是无此答话之佳兴，世间上的日子把我过得疲乏之至。"

"你这句文章倒做得巧！摆头就应是不语。"

那么莫须有先生就不语。而且有目之人也尽管可以不看人。你说他生气也好。你说他冷静也好。你骂他瞎子也好。总之莫须有先生一并不看你。然而她忍不住有话说——

"刚才这位老太太，咱们决不能把衣服交给她拿去洗，——我生怕莫须有先生三人当面答应了，那她将来就恨我，说我把持，说我为莫须有先生出的主意。你想，眼面前的几个人，怪客气的，她把价钱要贵了，那我怎么好还价呢？"

忽然之间悟得一件大事，自己讲了一顿，莫须有先生大概已经睡着了，生气也不中用。

"二位贤弟，拿杯水与本帅解渴……房东太太，秋天到了，风吹得很凉，我的夹衣还在天和当……我的母亲她说她想念我……父亲你不要责备我……至人无梦……栩栩然胡蝶也……"

"嗳呀，莫须有先生一定是说梦话！这叫我怎么办呢？我没有主意。莫须有先生……我且探探的走……"

第九章　白丫头唱个歌儿

"今天天气还是热着哩。"

"我劝你不要学我们北京话，怪瘪扭的，难听！"

"哈哈哈，这可见我如今实在有进步，你这样说我我可觉得很好玩，一点也没有同你们争长短的意思。从前我在学堂里念希腊拉丁的时候可不然，总以为我的pronounciation不容分说绝对正确，笑人家为什么那样笨伯，舌头转不过来，然而有一位窗友一天他说一句凭良心的话，说他很佩服我，说我的读书能力实在高，只是读的音不对，我就气得像一个虾蟆似的，一肚子气，——我的音为什么不对呢？如今我实在抱歉，我从打电话里头觉悟了，我的口音大概是不大巧妙，好比四，十，二，越说越不成，总把我的电话接错了。"

今天天气还是热，主东二人坐在树阴凉下凉快一凉快。莫须有先生刚刚起来，午困一觉起来，一见他的房东太太在那里抱膝而坐，便也跑去结个伴儿拣块石头坐下了。

"呵呵呵，——你看我还没有大睡醒。人一天能得一欠伸，倒也自在不过。"

"呵呵呵，——你看我的瞌睡也来了。"

"你这一呵欠可打得难看极了，可见老而不死真是——不说不说，这一说就不好。"

"我劝你以后要检点一点，不要老是那么得意，——我看你的生活其实也未必快活，只是自己动不动会扮个丑脚样儿，结果人家以为你就是神仙，谁也不耽心你，然而神仙他还没有人嫉妒。"

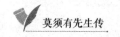

"那么我有人嫉妒是不是？首先你就嫉妒是不是？哼！——快活其实倒是真快活，首先人家就没有我这么有闲，然而这是我自己的功劳，我于是非得失之间，辨别得清清楚楚，世界果足以累我哉？"

"我说的就是这个，你偏偏还是这个！你看，人家都把你忘记完了，自从搬到我这里以来，何曾见你接着一封信？"

"你这个倒也说得中肯，——我看你简直看穿了莫须有先生这点工夫未到家！人要是能够相忘，那他活的日子恐怕就很长了，我还不能，想念一个人总还以一种响应为悦乐，实在同你们乡下老太太爱见个人情差不了多少，总之这的的确确还是离不了自己的表现。记得曾经有个'黄毛丫头'这样给了我一个当头棒，说，'你那里是爱人呢？都是表现你自己！'你看这话怎么说得清，令我一惊不小。这人儿，那发儿，金黄之色，夕阳无限好，站在桃花源上看落英，真是且向花间留晚照了，所以我叫她叫黄毛丫头她倒很是骄傲，不生气。"

"那她一定像一个外国人。"

"唉，我这个人如今简直是个抽象的人，凡百事都是自己闹得玩儿，自己拿了自己做材料，掉来掉去，全凭一只手，——嗳呀，昨夜里我倒真做了一场梦，是的，……觉来知是梦，不胜悲。怪清冷的，仿佛身在异域，非月亮世界不能如此。我告诉你，我是这样的可怜，在梦里头见我的现实，我的现实则是一个梦。我的母亲知道了她就说她要替我说个媳妇儿，——老丈你总能原谅我们这少年情怀。"

"我知道，你不要……"

"你知道，你知道什么！到时候我给房钱你你知道说不要！你干脆要了倒好，省得我多说话，费心！我也知道你一大部分是好意，但如今年头不好，而且，交通银行，我一伸出去，要你接着，这时候，应该是你的，应该是我的，人大概都有点舍不得。……你知道，你知道什么！我不如我自己，自己哭一场，嗡，嗡，嗡……"

"你别这样调皮哭那里就是纸上嗡嗡嗡呢？"

"我如果同林姑娘一样，眼儿动不动就红得起来，那我告诉你听罢，在家为孝子，在国——如今应该是说群众领袖，不必跑到你这里妄自成仙了。唉，这其实都是场面话，莫须有先生说话素来是非常检点的，听了你今天的教言，尤时时刻刻打算提醒，下笔最容易得意，以后应该格外朝平心静气方面做工夫。"

"你这一说我倒又不懂，——你有什么心事呢？"

"我就告诉你听罢，反正上帝都知道，亚们！有好几回，我想，这时候我如果掉几点泪儿，孤儿寡妇之心都被我骗了。如今我也未必出家了。然而，修行之道我还未必懂。然而，我敢说，大凡幼年出家的和尚，那他完全是胡闹，糟踏了这桩事业。"

"总之你这孩子的事情完全莫名其妙。"

"我总不怕，世间上的事除非我自然不做，做了我总不以为罪过。"

"你好大胆！"

"我又苦于太小心，时常激起我一种反感，自己嘲笑自己，人为什么这样的无聊呢？人生就让它是一个错误的堆积又算什么呢？然而我总是顾虑，顾全彼此的生活，因此我懂得许多，对于因为生存而消失生命我不欲随便说话。人之所以异于禽兽者几希，但也就太大，克己复礼为仁，仁者人也。一切都基于这一个人字。一个人字里头自然有个己字。所谓文明盖亦在此。汝能听得懂，则思过半矣。我生平太劳伤了，——总有一日白云千载，飘飘然其如我何！汝全不懂？你是何人？我难道是同影子竞走乎？形影问答乎？哈哈哈，今天完全唱了一出独白。睡了一觉精神非常好。常言道，黄连树下弹琴，其苦也乐。"

"你听！"

"听我的进行曲？"

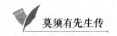

"不是的！你听，外面为什么那样闹？"

"那么我去看，——我正要趁个机会逃走也。"

于是一跃而逃了，撇下他的房东太太独自思量，莫须有先生生平一定有许多不可对人言之事，将来一定有人向我打听，——我也还是说不出个所以然来！而且我还不知道这几天他的经济来源到底在那里？这个对于他的影响又如何？他是不是专门说大话？手上没有一个大是不是也同我一样爱发牢骚？全无所知，全无所知。莫名其妙，莫名其妙。

却说莫须有先生并没有走得远，他知道她背后一定有议论，便把个耳朵靠在夫子之墙窃听一下，这一下非同小可，舌头伸得不敢出来，我是不是专门说大话？霞之客？饮露之士？今年的运气为什么这样的不佳？……

"莫须有先生，你在这里？你扑蝴蝶玩？"

"你——你是谁？三脚猫太太！我那里是扑蝴蝶玩？你读过《红楼梦》？认得过薛姑娘？不错，这个蝶儿倒好看，我们故乡叫它叫梁山伯，你看，它飞了。你上那儿去呢？"

"我上地里去，去蚂蚱，把我的白薯秧子都吃完了。"

"今年的蚂蚱虽然多，据我之所见，它并不吃白薯，你这是讽刺我，有一回明月之夜听说是你的地界特意盗了你一个。然而你来得倒好，因为我正在这里想吊颈，望着这一棵树想着杨太真是菩提树上吊死了。"

"那为什么呢？"

"我守株待兔，我丢了一个铜子。"

"丢在那里呢？"

"你不要找，找着了是我的，——就在这树底下。外面为什么那样闹，我的房东太太告诉我，那么我去看，再见。"

原来白日当天，一棵古槐，东家西家一家一个媳妇儿各搽了一脸粉一场口角。莫须有先生就作壁上观。而且，莫须有先生三缄其口。咳嗽了好几下，生怕得意了妄叫了一声倒好。

"我知道，你是有心来同我找碴儿！我赔你！这么一点儿事，就力笨儿头赶车，跟我翻儿了！——我怕你？"

"我怕你？哼，见鬼！什么东西！"

"你是什么东西！你是什么东西！——哼，自己不拿镜子照一照！"

"我吗我馋！看见人家饭熟了，看见人家家里煮饺子，就抱了孩子来帮忙！"

"哼，死了阎王钩舌头喽，冤枉人哪。"

你这就是一个打败的神气喽，莫须有先生心想。那个家伙她张飞卖刺猬喽，——人强货札手。莫须有先生刚刚从一个日本人学得这句北京话喽，说也说不好。我还不知道是不是用在这个碴儿喽，且听她下文是什么。她是：

"你是个瞎子？你睄不见？你把我的梳头油盒儿打倒了？"

"我是个瞎子！我睄不见！看你把我怎么的！"

"我把你怎么的——我欺负你！去告诉爷们！"

"人家的爷们能干人家就告诉！"

"能干又怎么的？挣了你的？吃了你的？"

这倒非要打听一打听不可，莫须有先生心想。骂就骂，打就打，为什么要供出个爷们来，什么阿物儿？幸而其旁站有一位胖丫头，就赶紧几步施礼：

"小姑娘，你也在这里看打架？家居那里？姓什名谁？"

"我叫小白子。"

"那么敢问，这两个娘们——刚才我睡觉的时候好像听得有个人古槐树下叫卖梳头油，这殊是一个好题目，大概忽然因为梳头油的盒儿而起，你说应该不应该？殊不应该。那干脆还梳什么头！因此而天下大闹。两造各搽一脸粉，倒还有个意思，相骂不致于太俗，自然也全无诗情。那个家伙她平日为人如何，儿亦有所知

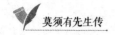

否？"

"我姥姥叫我今天不上学。"

"小姑娘，我看你也搽了点儿粉，打扮得很好。"

"远望青山一座，近睄姊妹两个，不容分说——嘴巴两个！"

"你这唱的是什么歌儿呢？"

"谜儿，我姥姥告诉我的，——你睄，可不是嘴巴两个吗？"

"哈哈正是，小姑娘——"

"莫须有先生，你睄白丫头多好看。"

原来三脚猫太太挺身而出也。

"三脚猫太太，你为什么也来了？"

"莫须有先生，你冤我，那里看见个铜子？"

"那么我冤你，耽误了你的工夫，今天的事情我简直照顾不过来，你看，那两位大嫂越闹越有劲儿。"

"嗳呀，真是，原来是你们姐儿俩，怪好的，有什么了不得的事呢？"

"三舅妈，你睄，她把人家梳头油盒儿摔了，摔就摔了，谁也没有报应你，东西有得买，她倒反转来咬我，——这是我的不是？这是我的不是？三舅妈？"

"请让我说一句，我自己介绍，我是莫须有先生，我看你盛气凌人，刚才之所言亦不若此刻之有理。再请三脚猫太太公评。"

"哟，这一盒儿都撒了！哟，还有一点！"

三脚猫太太如是说。

那位大嫂远远的坐着动也不动一动，说：

"只有你说的，只有你长了嘴，——死了阎王钩舌头喽。"

"三舅妈，不知道就说我欺负人家，——你老人家看我是不是欺负人的？我的妈呀，把我的梳头油摔了还说我悌爷们的势欺负人呀，他有一个礼拜不回来呀，而今不站岗升了巡长呀……"

莫须有先生大声喝住道：

"不准这么个寒伧劲儿！哭得像个泪人儿似的！既有今日何必当初！"

"今日怎么样！当初怎么样！你干吗插嘴！"

"我不同你吵，我不同你吵。我走，我走。"

第十章　莫须有先生今天写日记

　　光阴似箭，日月如梭，不觉又到了莫须有先生睡午觉的时候。但很不容易眼睛一闭心里就没有动静了，世上没有一个东西不干我事，静极却嫌流水闹，闲多翻笑白云忙，房后头那个野孩子还把我的墙上写一个我是王八，他以为莫须有先生一看见就怒目了。天皇皇，地皇皇，我家有个夜啼郎，今天早晨我上街我也念了它一遍，我倒好笑我以为有什么新的标语，我又被它骗了。至于那个剃头店之对我生财，则全无哲学上的意味，令我讨厌。这叫做《我我歌》。我还是睡不着。狗吠深巷中，鸡鸣桑树巅，但与我何干？然而听它越有诗情我越不成眠，我就詈而骂之，无父无君是禽兽也！乡邻有斗者。或乞醯焉。有《孺子歌》曰八月十五月光明。七月七日穿针夜，夜半无人私语时我都听得见！针落地焉。于是我大概是睡着了，因为有点儿说梦话。非非凡想，装点我的昼寝门面。但你们不晓得，与木石居，与鹿豕游，并不若你们戏台底下令人栽困也。但你们也有万万赶不了我的地方，我虽然神经过敏，形影相随，瞻之在前，忽焉在后，总算自己把自己认得清清楚楚了。但我也不可丢了我的好梦，于是我就梦，梦，方其梦也不知其梦也，我梦见她，她，她虽然总是一个村姑娘的本来面目，父为富家翁，但最是静女如姝呵，月姊如今听说是一个商人之妇呵，那时湘云宝钗最是要好，姊妹二人总在一块儿做女红，满庭萱草长，她绣着个荷包儿，忽然若有所思了，停针不语，姐姐一眼就看穿心事，钉问道：

　　"你想什么？"

"昨夜我做了一个梦。"

"梦见什么？"

"我梦——不告诉你！"

"你不说我已经知道，——我有话我总是告诉你，你有话你总不告诉我！"

我在梦里也巴不得一下子知道，一个梦也悭吝什么呢，舍不得告诉人呢？她，她，她总是一个悭吝人似的，但一点也不像北京的女大学生叫老妈子上街买花生米怕老妈子赚钱，她才不是小气呵，实在比浪子的豪华更是海阔天空鸟不藏影呵，一枚钥锁它之所有才真是一个忠实的给与呵。

"姐姐，你说这两句诗怎么讲？"

如是如是，这么写这么写，可爱的人儿就把"这两句诗"就在手上写，但我在梦里只看见一双素手，手心里还点了一点乡下女儿胭脂，看不见有什么两句诗，而姐姐就在她的手上这么认这么认。有诗为证：

"破我一床胡蝶梦，输他双枕鸳鸯睡。"

这两句诗是个滥调，怎么讲怎么讲，而可爱的女儿听来生气了，怒形于色，言道：

"我讲错了！我以为他——"

"我知道！我知道！这七个字就是你做的梦是不是呢？你以为他——你以为这一个'他'字指一个人说的是不是呢？我舅娘还没有打算我妹妹的事情我妹妹就把自己嫁了！"

在梦里我看见姐姐一张油嘴说得妹妹脸通红了，我就躲在这一位静女梦前偷偷的画了一个十字。话说这位月姊之为人最是利害，就在阿妹面前她也不饶她一遭，简直的像个旗人似的懒得可以，随地吐痰，我就讽刺她一下，我说，观世音的手上托了一只净水瓶，净水瓶内插了一枝杨柳枝，要洒就很有姿势的向人间一洒，比咱们万牲园狮子口里水喷得好看多了，我话未说完，她说你看你看，观

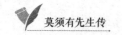

世音观世音，你看你看就啐我一脸，自己倒笑得个前仰后合，我就，我就——醒了！醒了遥遥听得房东太太为我张罗张罗正在那里喷水熨犊鼻裈了。奇怪，做这么一个古怪的梦，好在尚不下劣而已。我就鸦雀无声把眼睛打开，这个正午的时候，门口的树阴凉儿一定是好，我且出去凉爽一凉爽，说话时莫须有先生已经就在槐下立影儿了，呵呵呵，仰面打一呵欠。说话时门当户对一位侏儒也已经一出门也离不开地球了，盖也在他的门口了，所以莫须有先生认他一眼。而他也不觉相视。人生很新鲜之一刹。说话时门当户对一位徐娘也是出必由户了，睡眼尚是朦胧，而不觉屦之折也，于是哈哈又自站住，我怎么的！——我盖是不修边幅，有奶便是娘，三年我养了两个孩子，你这个侏儒我怕你看见什么！我怕莫须有先生外来的人挑眼，说咱们旗人女人不是样儿，我说我上角门买盒烟儿，我只好又退一步，把衣服扣好再出去，所以我刚刚一露面我又进去了。于是侏儒咄咄书空，时日曷丧，真可以，真可以，这个年头儿叫人不好活，今天真可以，我说出来凉快一凉快，莫须有先生他懒得同人说话，我吃窝窝头我也不巴结你，所以我也进去了。于是莫须有先生恍然大悟，他们都出来了，他们又进去了。但莫须有先生始终没有觉到三人以前他是孑遗，三人以后他又离群，一个人用不了这么多的树荫而来回踱步，断断续续的曰，大家的时间都是一样的，大家的梦也是一样的做，而梦不同。于是凉风暂至，快哉此风。

说话时天天来卖烧饼的卖烧饼来了，就叫人买他的烧饼，烧饼喽，所以莫须有先生问他：

"你干什么？"

"卖烧饼的。"

卖烧饼的，莫须有先生就仰而大笑，说话时挑水的也挑水来了，卖烧饼的尚不走，挑水来了说我也凉快一凉快，于是就我也凉快一凉快，所以莫须有先生不问他，而又认得他，所以又问他：

"你身上尽是汗。"

你身上尽是汗，莫须有先生又来回踱步。

莫须有先生来回踱步。踱到北极，地球是个圆的，莫须有先生又仰而大笑，我是一个禅宗大弟子！而我不用惊叹符号。而低头错应人天天来掏茅司的叫莫须有先生让开羊肠他要过路了。而莫须有先生之家犬猚猚而向背粪桶者迎吠，把莫须有先生乃吓糊涂了。于是莫须有先生赶紧过来同世人好生招呼了。

"列位都喜欢在这树阴凉下凉快一凉快？"

列位一时聚在莫须有先生门前偶语诗书，而莫须有先生全听不懂。背粪桶的还是背粪桶，橐子行，今子止，挑水的可以扁担坐禅，卖烧饼的连忙却曰，某在斯某在斯，盖有一位老太太抱了孙儿携了外孙女儿出来买烧饼。

"你们也喜不喜欢作牧猪奴戏？赌钱其实有的时候也很有意思，好比就在这天幕之下就行，就好比杠房的执事人等，你们总看见过，那些瞌睡虫真有个意思。"

说话时人已散矣，就好比杠房的执事人等一时都跟棺材走了，不，是舁而奔之。莫须有先生乃觉得人生遇合亦殊有趣，对于这几位路人目而送之。莫须有先生之躲婆巷盖是南北一字形，而可贯东西，故亦颇如十字街云。

那一位买烧饼的老太太，就是房后头大老太太，尚抱了孙儿看了外孙女儿吃烧饼，对了莫须有先生也点一点头，老太太盖也想说句话儿云。

"这是我的孙儿，还只有八个月，还不满一个生日，看不出不是？抵得人家岁半的孩子不是？"

"我不发表意见。"

"是在山东生长的，他爸爸在山东做事，头年我叫他把媳妇就带去，生了个孩子我又要她回来。"

"我的话都给人家删掉了。"

"我的少爷事情倒不错，可以的，一月关二十块，铁路局不欠

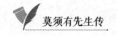
饷。"

于是孩子好哭，她就走了，走了却叫一声莫须有先生：

"莫须有先生，他也听媳妇的话！"

他也听媳妇的话，莫须有先生心想今天的日记就止于此，吾将进去读《南华经》矣。说话时房东太太却已出来，出来刚刚探首，门墙颇深，探首却只见有莫须有先生，探问道：

"莫须有先生，你同谁说话？"

"我知道，你是想出来同谁说话。"

"我是想出来说说话儿，所以我赶快把衣服晾干了又都收进去，收进去我又把它平叠好了又把它晾干，把事情都做完了，你看我成天这忙劲儿！我倒是不甘心替人家做事所以我心里很不平，但我又喜欢张罗张罗事情，所以莫须有先生自己洗自己的衣服我又生气，说你是同我闹瘪扭儿，——哟，这一个大槐树虫儿！哟，麻得很！"

莫须有先生一看，真是奇怪，槐树上果然吊槐树虫儿，而奇怪，它不懂人之惊异而自惊异，莫须有先生站在三度空间里跳起来捉它了。

"莫须有先生，我再通知你，你别怪咱们好礼，你刚才所见其一露口角的，是咱们的二奶奶，听了我嚷槐树虫儿又已经出来了，我比她要长一辈，已经向我来一个单腿儿——二奶奶，哟，别叫我害臊！不用得请安！你好？"

"好。"

"今天天气够晴的。"

"够晴的，——我说我做点活，就总是犯困。"

"有小孩的人那里还有工夫做活计，把这三伏天过了人爽快一点再说罢，——夏季天我就怕闹虫子！你说有树遮阴凉儿好不是，可又爱闹虫子！"

"敢情。"

"头年咱们院子里走一条长虫，哟，可了不得，扁担来长，要不亏莫须有先生我就没有法子，吓得我只跑，莫须有先生随手拿一块石头就把它砸死了，——人家有主意不是？你说等你去拿家伙长虫可不就跑了？跑得快着哩，可了不得，我所怕它。"

"敢情，——咱们谁不怕它？"

莫须有先生风吹得欢喜，人生说自己的话听他人之言真是不可少的快事，但总要与自己有关，最好是关乎我的名誉之事，恭维我，所以我再听你们说罢。

"这几块石头好，都是莫须有先生搬来的，咱们坐一坐，二奶奶。"

"坐，——大妈你坐。"

"我坐。"

莫须有先生自道，我也坐，远远的坐了一块石狮子座，私心倒也喜欢听一听远远的有一场私话坐在那儿说，但简直的不知所云。

"如是如是如是——都是家事，莫须有先生只看见我嘴动。"

"我听见我听见我听见——没有外人，莫须有先生只看见我点头。"

莫须有先生只好自分是一个世外人，抱膝而乐其所乐道，我倒不管闲事，有时也有点好奇而已，然而好奇就是说这里无奇，我也并不就望到恒星以外去了。我虽然也不免忿忿，但我就舍不得我这块白圭之玷，不稀罕天上吊下一块完璧，你听说那里另外有一个地球你也并不怎样思家不是？只有这个仇敌与友爱所在之处谁也不肯走掉。我把我的门口一共搬了几块好石头，所以预备童子六七人，现在你们两人一人坐其一，还有其一，还有其一，要不是还剩下我两块石头，我就讨厌你们两人跑到我的门口来纷扰了，奇怪，世上事都是一个心理作用。说话时已经又来了，又是一位街坊女人来了，又费了几寸唇舌，请坐请坐，坐，又坐了其一，莫须有先生向来不在名字上讲究，所以只好让这一位是无名坐客了，而她恰是

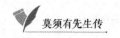

不爱插嘴的一位，但也是闻听了人言而拿了活计来坐树而做活而暂
不做活者，莫须有先生知道她是一位孀居。最后却是三脚猫太太来
了，三脚猫太太是挑了泔水桶而来，所以三脚猫太太乃是出来挑泔
水。人们都是见一见三脚猫太太的泔水桶而后台见三脚猫太太，以
为国人皆掩鼻而过之，而三脚猫太太见了列位施礼道：

"这儿凉快。"

"三妹妹，你也坐会儿，——你总是忙。"

莫须有先生的房东太太请三脚猫太太。

"三舅妈，我不起来。"

二奶奶不修边幅的姿势请三脚猫太太。

"你坐你坐，你不起来，——我也坐会儿。"

莫须有先生遥遥一见三脚猫太太卸了担子赶紧向腰包里掏出今
天的日记来，今天一定莫须有先生作三脚猫语录，快点快点，——
我催我自己快点！快点拿出本子来！慢点慢点，快点快点，——再
是叫你快点！有趣有趣，第一句，第二句，有趣有趣，今日明日，
日复一日，见面招呼，捆肚子挨饿，只有三脚猫太太完全保留了当
年的嫁装，你们保留了向日葵，将以当落华生，铁蚕豆，你们骂她
汉奸，骂她啃地（读者作恳地之恳观之），因为三脚猫太太一年打
八个粮食，你们买煤球只提了筐子去买，可惜皇帝如今打倒了，埋
没了你们的个性，不然倒也有个意思。三脚猫太太的女孩儿真有个
趣，一天她上皮匠那儿去取了新鞋回来，一望望见莫须有先生正在
马路上绕湾儿，赶紧就双手剪在背后，不让莫须有先生看见我的新
鞋，好比莫须有先生南向而走，她北面而来，往者大道如矢直视，
来者手剪在背后低看，一心想我将趋而过之，过之矣，回头我再看
莫须有先生，莫须有先生也回头错看见她，而她还是手剪在背后又
回头再看莫须有先生，所以莫须有先生看见她手剪在背后的新鞋，
而她以为我不让莫须有先生看见我拿了什么东西！她盖也上学，今
天开学人家都穿新衣，妈，我也要穿新布衫儿，妈就给新布衫儿我

穿，今天过年大年下妈也要我去打粥，今天过年大年下妈叫我穿新棉袄，我就穿新棉袄，我就喜欢得很，我就上街，我就到粥厂里去打粥，今天过年妈说拿回来给猪吃，但人家不让我进去，我就哭回来，三脚猫太太有所不知，粥厂里看见你的女孩儿穿新棉袄不以你为贫民故不让你进去也。这一叶纸已经填满了，再只有一行的空白。哎！三脚猫太太打一个大喷嚏。三脚猫太太已经挑了泔水桶告辞了。

"三妹妹你不坐一会儿？你走？"

"我走，姐姐。"

"三舅妈，我不起来。"

"你不起来，你坐你坐。"

于是坐者就以其手指行人之背而以其嘴作手势曰：

"这一位三奶奶就不得味儿！人家坐在这里凉快，她放泔水桶！"

"大妈，我就不爱理她老人家。"

于是再以其手指其庭院挂墙之枣树而以其嘴作手势曰：

"我就怕半夜里刮风，一刮风就把我几颗枣子都刮下来了，一天亮我就爬起来，我说开门我来拣起来，你那里看见一颗？都给她拣去了！我就佩服人家起得早！"

莫须有先生连忙翻一翻日记而更正曰：

"房东太太，你这说的是去年的事，今年还没有到时候。"

"我可总忘不了不是？"

言下那一位不修边幅者乃注目于墙头之青枣而沉思曰：

"我倒也年年够了几个，可不是骂我？"

"二奶奶，咱们娘儿俩怪好的，你是一个大方之家，所谓折花不插发，随手够几个尝尝，不要紧的，不要紧的。"

说话时三脚猫太太从院墙里内应道：

"哟，一半瓢东瓜就不要了！——哟，再是我的猪的！"

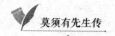

原来三脚猫太太盖是进莫须有先生食夫稻之家而挑泔水，泔水里头扔了半瓢东瓜。

"哎！——有人骂我！"

原来三脚猫太太第二个打喷嚏，莫须有先生赶紧又再记一笔。莫笑莫笑，回头人家听见了说咱们笑人家。可乐可乐，可乐着哩。

第十一章　莫须有先生写情书及其他

莫须有先生今天一天却是为何，茶不思，饭不想，窗户门都关得个水泄不通，至今未见收回成命，这么早晚儿！原来事先他发了一个口号也，其词曰，今天非至万不得已时，房东太太，你不得进来。所谓万不得已者何？好比街坊邻舍不慎而失火，大有殃及之势，你千万一拳把玻璃击破然后拉铃，这是最要紧的，我如果统了八十三万人马而割须弃袍，那倒还不算什么，曰伤人乎不问马，若夫老农老圃，决不能凡事都退一步想，不以这样的遭难为遭难，这样的烤焦了我以为是人世最无聊的事，正同绑票把我绑去了一样，你想我为什么不躲避一点呢？此其一。又好比至诚之所召，有个人儿来了，唉，是耶，非耶，梦耶？总之你得赶快通报。外此不得开门。谁能出不由户？所以我决不会私奔，这个请你放心。也决不寻短见，这个话简直就不应该说，此是何地，纸笔墨砚之间也，古圣昔贤光被四表，总之一切你尽管负责好了。……

此刻该责任人在门外跺脚。我一定要进去看一看！这么早晚儿！夕阳不是要西下了？她就不管三七二十一进去看一看，将上堂，声必扬，但也一点反动没有。于是而纳履而也破洋袜振破焉，加它一个戒备，屏气似不息者，扶墙摸壁，一定要管见一管见，一，二，三，嗳哟，什么都照样不动，什么都只要个人儿来看，画屏金鹧鸪一点也没有褪色，点之恐其飞去矣，莫须有先生则伏案哩，并不打鼾，好一个昼寝的样儿，乱七八糟，风吹雨打，一概是梅花之笺，不像云姑娘枕头的芍药，也一定好比宝哥哥水上的桃花，落得满身，满书，满地，满砚台，皆是。

"他原来在这里写信哩。"

舍不得还要再偷看一眼，极目四方，然后洪崖乃拍肩：

"莫须有先生，醒来。"

"风雨如晦～～～鸡鸣不已～～～我是梦中传彩笔～～～欲书花叶寄朝云～～～"

"唉，唱得好听。"

"猛抬头不觉得～～～"

大概是皮簧之类。揩一揩眼矢。

"想不到我就睡着了。"

"把个信纸撒得满处是，我替你拾——"

"就让它好看得了，飞落吾身，是我袈裟，你不信我做个和尚样儿你看——"

"唉真是，阿弥陀佛！"

"悲哉，悲哉。"

"你打算写信给谁呢？"

"无法投递，你不必问。适才夜半天上有个飞机出现是不是？此夜月明人尽望，炸弹千万乱抛不得，嫦娥姑娘虽然厌世，可也最是怕死的，她可再也无处逃。"

"你还是说梦话！"

"雁过也，正伤心，不传消息但传情，——他人尽猜，那人能解。"

"明儿就过中秋，等我上街去买几斤月饼回来，我看你今天一天憔悴多了。"

"不然，我的心总是清明的，抵掌能谈天下事，你不信我绘个地图你看，这是黄河，这是长江，大江东去，经流至此折为九江，莫须有先生生于斯，长于斯，至今国破山河在，春草明年绿，再走回来也是一样，这，这，这大圈圈里头有个小圈圈，小圈圈里头有个黄圈圈，就是咱们北京，莫须有先生一生最，最重要的地方。"

"这儿西上大概就是咱们门头村。"

"莫须有先生遁世不见之所，不留意你就随便走露出去了！"

"可见不能怪人家，都是你自己的不是，连个地名都不肯告诉人，人家也同你一样在那里受苦，有心没有主意。"

"是呵，一步一莲花，怎开遍这千山万水？哼，让我仔细推敲一推敲——你一定把我的信都偷看过了！这个令我生气！你怎么晓得我写的就是情书呢？"

"你这样会做文章！生怕有个漏洞！——我并不认得字！"

"文章倒是真做得好，要不是有心人他就以为是滥调，我且把这两笺念给你听——开头都是事实，你休想知道，这几句你听了也莫名其妙，亦各言其志罢，曰：

嗟夫银汉，好像姑娘的一匹布，上帝叫我走到这里，长啸两三声。似曾相识彼岸之在望，无可奈何流水之无情。彻底澄清，羡鱼没有。飘飘荡荡，也不流红。玉容空想像——但愿人长久。

我无论在那里总喜欢有一个'人'字。赋得公毋渡河也。李白《横江词》恐怕受了一点影响，然而版图不同，天河你总听见说过。做诗填词总要有境界。"

"现在是什么时分，你知道不知道？你肚饥了没有？"

"这个题目之下总不好说吃饭，所以我决意睡它个不醒，既然你把我叫了转来，以后一切我都不管，至少节前是要躲账的。"

"你不要给钱我，我不要你的！刚才咱们营子里有个卖茨菇的进来，我也买了两斤，放在沙锅里煮上了，你就吃一点罢。"

"那很好罢。这个东西我虽没有吃过，想来必定是大雅的。"

"你来。"

"我走。"

往下大索茨菇。相传莫须有先生系个肉食之流，是他生平最大憾事，好在多少总有点诗意，过屠门则趋而过之，以为这使得他的印像很不好。有时杨柳岸，雨濛濛，打把伞，骑个驴，过青龙白

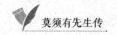

虎桥，上天下第一泉，为的是买细头鱼，弄得家来按母亲的手法烹调，这一天就只看见他忙，酱油醋，还要葱，乱手乱脚，厨房本不算小，总不能有两个人，逗得他的房东太太也等不得了。她说，我直到活到五十岁了才吃得这么好鲜鱼。莫须有先生则曰，这算什么呢！等有一日我回家过年，那我一定要我的母亲给我带好许多腊货来。唉，桃花流水鳜鱼肥，你们无分了。他又喜欢烙饼，而且也一定要躬自围炉而看，且说话，且碰头，一直到哟，碰了我的手，接在手上就是吃了。然而想不到今天这么早晚儿还有茨菇给我，我就发表意见了——

"已经要得罢。"

"已经要得。只要水一开就行。这东西，吃到没有什么可吃的，是个玩意儿。"

"对，颇好看，像芋头。"

于是已经捧得一颗，然而非到院子里尝不可了。今天一天未见天日矣。忽而又一掉背，忽而又一掉背，画地是一个圈圈，东西盖两易面，茨菇之余香未已，莫须有先生欲辨忘言，愁眉莫展殊是好容颜，赶快又掉回，而说——

"房东太太，这是你们玉泉山茨菇是不是？它很有一种香气，像我们南方什么东西我想不起来，我简直想不起来！"

"那是什么东西呢？"

"等我思之，我的故乡你不要忘却我，——哦，得了，是菱角！是菱角！是菱角！"

于是而动也不动一动，却是望天出神。人的思想应该如飞鸟之过目。天上的星出现了没有？叮叮叮，这么早晚还有人敲门，吓我一跳。

"房东太太，你还要为我张罗什么？今天的晚吗？门外有人叫门，你去答应。"

"你且到屋子里去。是找你的我就通报于你。"

故不动，飞鸟之过目。天上的星出现了没有？月亮当然就要上来了。是？相信？有把握？什么？人类岂不也可怜，也可笑？昨日你记住了，明朝那里是你的？胡为乎"明朝"？四面已经是夜大概是实在的……

"莫须有先生！来的不是别人又是两个巡警！"

"有话好好说，何至若是小气呢？"

"倒也没有什么事，查户口，叫我告诉你，问你是干什么的，问你有多大年纪。今天上午本来已经来过一趟，是我打发他走了，我想这些讨厌小子错过了总不要紧。"

"哈哈哈。这第一问容易答，刚才我不小心忽然变成一个哲学家了，你就告诉他说莫须有先生是一位哲学家。第二问，等我写信回去问我的母亲，她一定没有忘记我的生日。"

"何必若是麻烦呢？我随便说一句就是，打发他们走就是。"

"听你。"

"你不要这样板着面孔！"

言下盖已一溜烟矣。

第十二章　月亮已经上来了

月亮已经上来了。

山中方一日，世上几千年？然而怎么的，吾们这个地球并没有走动，静悄悄的？

"房东太太，我忍不住要说话了，——你不答应我？你栽你的瞌睡？那么又算了罢。"

那么又算了罢。好一个明月之夜。地下的树影儿好。树上的风声儿好。北国之秋真高。我的房东太太像个猫儿似的，抹黑一团，然而一个人并不就是一个影儿，不然这个地球一点意义也没有了，我那里还坐着这一块冷石头看月呢？我看你一天的工作也实在累了，到了个日入而息的时候就总是栽困，及至一呵欠醒来你又一肚子有得讲的，人为什么那样爱说话？你不答应我，我实在有点凉了，我不如起来运动一下，起舞弄清影，何似在人间，一！二！三！这个把戏也没有什么意思，我不如高山仰止望鬼见愁，你看，我正其瞻视，虽然望之亦不见什么，实有个高山恶林在，那儿深处便是一个樵夫之家住着个小白庙，白马之白，白雪之白，夫鬼见愁者，西山之最高峰也，唉，谁知道我的抱负，月下花前五岳起方寸……

"莫须有先生，你凉不凉？凉我们就进屋子里去。"

"听你的便，若夫我自己，我自有主宰。"

"你站在那里答应我？"

"刚才是立于一个人的想像里，其为色也黑夜而日月出矣，万物惟花最是一盏灯。出斯言也，盖已同他的房东太太当面说话矣，其为夜，我们两人都顾影堪怜，——你醒来了？今天是什么日子？奇怪，我怎么什么都忘记了，想不到到了今日尚有这样的一个幻灭，好像一连有好几天的烦恼，凡百言语不知所云，文章至此大要绝笔，忽而黄石公从大佛寺带几本书来，一昼又加半夜，游戏大海，阿耨多罗三藐三菩提，于是又自烧香，自作揖，赶快掉转头来同你说话，以便那做《莫须有先生传》的人有个结束，嗳呀，瞻望前途，恐怕还有四万八千卷亦未可知，但这都不能够管，大凡做一件事就得让这件事像个样儿才是道理，带一点开玩笑的性质都不要紧，否则我就要骂你，你简直就不行，简直就什么也不懂，是故名为可怜愍者！过几天就是我的生日，今年的生日可同往年不一样，在一个人的一生应该是做一个记号的日子，所以我忽然想起就在这里写一笔作为日记。"

"哈，那在那一天呢？你告诉我，我一定要替你做生，——不久以前那个巡警来问你有多大年纪，你怎么说不记得，叫我随便答应一句呢？我说了莫须有先生有三十岁。"

"那很好，届时我想进城去一趟，藉此拜一拜诸位亲友，真是久已阔别了。另外打算买一点礼物回来送你。"

"别及，咱们都是自家人，用不着，日子长着哩，现在我晓得你手下并没有钱，等将来莫须有先生发财的时候，怕不多花莫须有先生几个？我们两个老夫妻，孤苦伶仃，活到七十八十又那是有准儿的事？那才真是受罪哩，到那时就全靠莫须有先生照顾照顾。"

言犹未已，莫须有先生已经就沉思半日，不敢抬头。发财，莫须有先生或者发或者不发，固然也是没有准儿的事，万一不发财呢？我看她这一番话完全是衷心之言！好在事先说出来了！莫须有先生你好苦也！你的爸爸妈妈你将置于何地！听说扶老携幼散而之四方。好一个桃花源，看来看去怎么正是一个饥寒之窟呢？那我将一点意思也没有，无聊得很。好了，我且不管，我且说一句大话，从明天起我就立志，立志修行，普度众生，誓不达到目的不止，

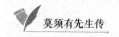

且慢慢先从自己用点苦茶饭试一试。就是这个主意。然而我要答覆她：

"房东太太，我生日之前一天我一定搭汽车进城。"

"不要去，就在家里，你喜欢吃萝卜，就买二斤萝卜一斤羊肉回来炖。算是我请你，不要紧的，我有钱。"

"我不，我一定要进城去，我不吃你的。从下月起我也设法子不欠你的房租，你如果一定要贾门贾氏，说不忙不忙，莫须有先生留着用留着用，那我就三十六计走为上，如有复我者，则索我于枯鱼之肆矣。"

"你看你，怎么说这么些个？这是什么意思？我同你一点也不分心眼，你难道就真个怕我们穷人沾惹你不成？穷人难道就做人情人家也不相信？俗语说得好，'同船过渡，五百年修'，做一个人不宜心劳日拙，过到那里是那里。"

"听一言来心作惊，好似雕翎刺在心，哈哈哈，哈哈哈。"

"别又小孩子似的！"

"我完全了解你，我完全了解你，我早已就完全了解你。"

"那你还进城去不去呢？"

"那么我不去。"

"对，就在家里。"

"对，就在家里，去我又怕我乱花钱。我又怕耽误了工夫，这一月的功课完全没有符合预算，只做了四分之一，岂止这一月，简直就从来如此，可恨之至。不去？精神上已经动摇了，明天一定做不了事。去罢，玩两天，可怜见的，有点儿关不住了。不去！唉，'行行停出门，还坐更自思'，古人盖已先得我同然矣。然而我的事情都细若牛毛，那里值得这再思三思，然而什么又算是天下大事，老实说，一切大问题莫须有先生都已解决了，所差的就是这一个人家常过日子的琐事，好比清早起来，今天这地扫不扫呢，要扫却这脑子偏有点不舒服，不扫眼睛偏又睄它不干净，其实很干净，心理作用。好，我还是决定不去，万一扬长而去了，你也说没有去，不然不到一个月光景，城里乡下，乡下城里，那这部信史将真没有个完结的日子，让人家去做别的题目罢，你说是不是？我唱一首诗你听：

卖药修琴归去迟，
山风吹尽桂花枝。
世间甲子须史事，
逢着仙人莫看棋。

唉，忘却了你我头上都还有一颗月亮，它好不寂寞，人生即时行乐耳，说时迟这时快，你看，我抱膝而坐，举头望明月，一段心事猛然袭上心头，这一想想到好远，十几年以前，人的记忆真古怪，简直比命运还要不可捉摸，怎么无缘无故的又要我咀嚼这一个苦甜呢？"

于是莫须有先生看月而问天，沉思而不语，曲肱而枕之，坐的就是一块冷石头，凉得颇有意思，房东太太则是一个小板凳儿，她此刻精神尚好，大有作竟夕之谈之势，连忙又不怕腰痛，站也站不起来，就站起来了，身材长得太高，出乎莫须有先生的不意而升堂，而入室，又出来，原来是进去拿椅垫，其实想当年大概就是孩子的一块尿片，一站站到莫须有先生之座右，吓得莫须有先生一跳，打个冷噤，她道：

"你起来。"

莫须有先生完全无意识作用，便起来，又坐下去，这些琐事也全不值得叙述，也容易明白，坐着不凉罢了。照样她又坐了她的小板凳儿，照样又当面而谈，莫须有先生开口便道：

"那时我以多愁多病之身，病则有之，愁则是说得好玩的，总之我孤身住在一个庙里，庙曰鸡鸣，和尚乃一个春米的出身，修行

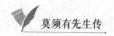

甚好，吃菜喜吃豆芽菜，我的屋子在佛堂之前，他的屋子在佛堂之后，所以菩萨照顾小生的地方较和尚多得多矣，夜阑人静，我喜欢望一堂黑暗菩萨的长明灯若鬼火燃，倒真有点怕鬼，又怕蚊子，因为是夏天，照例我则不要灯光而静坐一室。此庙亦孤立，小生窗前便是旷野，旷野之极是古城，古城之外又是旷野，荒冢累累矣。月夜的草露，一滴滴恐怕都有灵魂，相视则一齐以泪眼而看我，我又怕吊死鬼一下把我扼住了，赶紧收回头来，舍不得这良辰美景照例要窗眺十分钟乃睡也。唉，一生的恨事就在这里出现了。"

"你往下说罢，干吗就这样垂头丧气呢？"

"一日之夜，正是盂兰盆会之佳节，街鼓动，禁城开，北邙山上放口，抱城河里淌河灯，把我这里弄得分外的寂寥，烧火和尚他早已打鼾了，当不住这一天明月，照我颜色憔悴，今夜我要把我的窗户关起来，一手一足之劳，我都非常镇静，怡然自得，我就关窗，但是，胡为乎来哉，此女子的声音也，唉，人籁，我生平有两位女郎的声音，调伏得一个伟大的灵魂若驯羊了，不要耳朵而万籁俱寂而听，人籁其实也就是天籁，因为它未曾理会得你也，且问，我何以就小窗风触鸣琴弹了一个哀弦呢？"

"之乎者也一大堆，到底是什么意思呢？是不是说有一个女子深更半夜跑到你那个庙前去了呢？"

"再一听，是我所最耳熟的一个声音，我便已有几分明白了。可恨人间为什么要有一个月夜？夜就应该是一个盲人之国，让我看不见光明。我并不是嫉妒，我是伤心，一放眼的工夫我已不能不分明的有了月下的我的鱼大姐的背影了，再也涂抹不掉，好在那一位情郎我无论如何识别不了，我所认识的男子当中没有这一个人，只好说他是快乐的化身罢了。鱼大姐，莫怪我怨你，可见你完全没有想到你的可怜的好弟弟，如今应称莫须有先生，你难道不知道这就是他的窗前吗？此刻他就在这个冷庙里头吗？"

"我完全明白了，这个姑娘太可耻，除非你们江南风俗不同，要在咱们这儿，没有那个事！"

"不入耳之言来相劝勉，只令人悲增切怛耳，你说这些话干什么呢？你就不替我想一想，鱼大姐是我的什么人？她的真名实姓到底是那几个字？这一个字只是一个影射！她是一个好姑娘，谁也赶不上她聪明，常到我的姑母家来玩，所以我们常常在一块儿，她总是逗得我羞，笑得我窘，她就乐了，然后她就无精打彩，殊是寂寞，以一个极其爱我的眼光瞥我一眼，然后又掉过头去同别人打岔。她读的书比我多，见识比我高，常常给了我许多的好意见，我自愧不及。我从不敢说，'鱼大姐，我爱——'但是，鱼大姐，他是那么一个傻，而且，你说，这是最招人爱的地方了，你别故意装个大姐样儿，跟着大家说我笑我！"

"看起来这姑娘生来最大方不过。"

"那一夜我是怎样从那个窗前掉过头来不顾，我全不记得了。自此以后，我到姑母家去，同鱼大姐会见，鱼大姐就总是问我，'莫须有先生——'昔日之我也，非今日之我，今日犹然那可就糟了。'莫须有先生，我看你心里不知怎样的悲伤哩，身体好些吗？有什么事不告诉我们呢？'我就总是躲开，人世最难为情总莫过哑的一声双泪落君前罢。年深日久，我离了家乡，东西南北，鱼大姐我把她忘却了。三年两载，鸟倦飞而知还，又是说不定的，就在五年前的一个秋末罢，我回乡去，又从家里出来，到九江，住旅馆，等上水轮船老不见来，我独立江岸，望着过江人来来往往，仿佛游子此一去不再返的一个预兆似的，不知怎的我很是寂寞，一个个男女渡客都于我有情，都是我的故乡人上这个商码头来做买卖的，长江天堑，望得见那边的沙洲便是昨夜我还留宿一晚的小池口了。从我家到九江，一日之程，朝发夕至，而照例是不能即时渡江，要待明朝旭日东升，就在小池口择一个客店住住，地图上这还是梅山的地界。到了秋水长天，一轮落日，我所要坐的轮船依然是无有消息，江上有今天最后的一只过江船在那里兜生意，看来看去一个搭客也

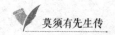

没有，我不禁替舟子著急，我寂寞得哭了。"

"你就只你一个人？怎不结个伴儿出门呢？"

"我就做了这个渡船的搭客了，怎么的我就走上去了。"

"你看这是怎么说！那你不又走回去了吗？"

"是的，这可不明明是扯着归帆，我就走上去了，我一句话也不晓得说，世上只有那个掌舵的人他应该可怜我，他倒也不时看我一眼。那时的莫须有先生一点儿冒险性质也没有，船到江中央，望这边不是，望那边不是，上帝要是一浪打来把世界一下替我了结了它，那倒实在替我省了事，叫一声爸爸妈妈就算了，——The rest is silence."

"你说得好好的，我替你难受，自己倒又顽皮，笑！"

房东太太不愿意了，把个嘴有点鼓起来了，而莫须有先生不在乎，当面也看不见。这个人他那里配到隆福寺去说书，动不动就把一堂同情之心卖掉了，樱桃小口，三寸金莲，一时都加入反叛党，大骂一声真正岂有此理。

"哈，你不晓得，昨天我还做了一篇文章，就用了这一句英国话，很是sentimental，人大概活到一百岁也还是死有余哀罢。这个且让将来的考证家去得意，话又说转来，长江落日，漠漠沙洲，真是好看极了，好孩子，如今足履乡土，反成一个绝世的孤单，日暮途穷，自顾盼，自徘徊，能不怆然而涕下。我又回到昨夜的那个客店里去了。那晓得，那晓得……"

"身上没有带钱是不是？那年我的先生从沧州逃回，一连人都打散了，腰边一个钱也没有，下了一夜雨，好容易央求得一户人家借宿。行旅人都怪可怜的。"

"那晓得就在那个客店里今夜我遇见了鱼大姐。"

"说了一半天原来为了这个丫头！"

"你休怪我生气，你简直叫我不好怎么说话，——高明如长者何以关于这个情场上的玩意儿也是这样小器呢？人到了一个做母亲的资格，儿女们的事应该格外的想法子安慰才是。然而我总是自己安慰自己。茅店已是掌灯时分，客子畏人，进去不是，出来不是，不由我一看，灯火阑珊处你可不是鱼大姐？鱼大姐已经站起来招呼我了。唉，真是，二十余年成一梦，此身虽在堪惊了。于是青灯语夜阑，各道各的前程，鱼大姐她说她赴杭州攻习书文。"

"姐儿俩这一场会见倒真有个意思。如今的姑娘都有本事，她可剪发没有？祝英台，倒又不稀奇。"

"第二天清早，江上风波颇险恶，我们都急于要渡江，刚好有一只'义渡'开船，搭客真不少，英山霍山，宿松太湖，都有人，走江湖的，化缘的，挑菜卖鱼的，都在一个船上。鱼大姐她连头也不暇梳，我看她还有点冷，她说她向来爱晕船，枕手伏着行李怕敢远望了。我们又分别了。再是前年的事罢，我在一个天下著名的花园之城里消夏，闲时无事一个人出外逛风景，一日，记得是月之上弦，将近黄昏，青天已有眉样儿月，我从百尺古塔下到一个有着庄严二字的牌坊之前，万顷荷花亭亭玉立，殊不知何所似，我正在那儿出神，忽然一个老朋友叫我：

"'莫须有先生！'

"此时盖已离莫须有先生时期不远矣，所以此地就不妨写着莫须有先生。话虽如此，设身处地，莫须有先生可奈何也。莫须有先生一掉头，与我的那位老朋友比肩而立，携手而行，野花芳草，步步踏实，正是鱼大姐。世上事早已没有什么可惊异的地方，他乡遇故知，莫须有先生连声问好了，年少道貌，两袖生风，飞起沙鸥一片，落红成阵。

"'你们什么时候来此地的？'

"'多年不见了，想不到今天在这里看见你！'

"鱼大姐又那么孩子似的嬉嬉笑笑。就此祝福！接着他们要我一路上他们家去，我说那很好，适才大有喝酒之兴，没有人拉我去我就懒，今天你们就请我喝酒罢。鱼大姐说那很好，昨天有人送她两

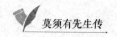

瓶美葡萄。到此我应该极力简省，单讲喝酒的故事你听了。两杯我就微醺，醉了我就向来不说话。鱼大姐口口声声叫我的一个有大志的小名，我是早已记不得的了，但我点头答应。呼我的老朋友则是很古典的两个字，我以□代之。

"'□君，想不到今天飞来了我的乡亲，你也得多多的替我喝几杯。'

"'我今天真是可以骄傲，莫须有先生之来咱们家是如何的一个有意义的事！在我是十年朋友一朝相见，而如今又不仅仅是我的朋友，我真不晓得怎么说才好，鱼子，你把你们梅山的风土人物谈一点点听罢。'

"'莫须有先生忘记了的名字，你喜欢谈什么鱼大姐谈给你听，——你怎么喝这么一点就不行了，鱼大姐斟你一杯，不喝不行！'

"'我知道他向来是不大能喝酒的，你不要劝。'

"'你看，我也不能喝酒，我陪你一杯。'

"'我怕我喝多了就反而鼓不起兴头来，昏昏沉沉的，今晚我应该同你们多多的谈一谈才是，你想我心里是怎样的欢跃。'

"'待一会儿我请你们二人去看电影，——莫须有先生忘记了的名字，去不去？'

"'你们如果高兴，情愿奉陪。'

"□君望着鱼大姐笑道：

"'你知道他不去故意问。'

"'来世我是个男子，我就不同你们一样，——那我一定要讨一个胖女人，小脚，成天的同她玩。'

"'你看你又说疯话。'

"'莫须有先生忘记了的名字，你说是不是？'

"'是。'

"'To be or not to be, that is out of the question.'

"鱼大姐说着几乎连人带马摔交了，一下子又把椅子坐稳了。

"'鱼子你喝醉了。'

"'一个人不能够结婚，一结婚他就只晓得招呼他的太太。'

"'嗳呀，鱼大姐，我真有点头晕了。'

"'吃个梨子，——我替你削。'

"'□君，我们的鱼大姐她老是那样的豪华，大雅。'

"'你们如今都长大了，我也不好意思真个做你们的鱼大姐，——给你，梨，喂！'

"鱼大姐给梨子我吃，吓得我一跳，灯火煌辉，我实在头晕了。昏昏沉沉之中，鱼大姐好像仔细的认识了我一眼。一切在我差不多是一个颠倒，鱼大姐的眼光则向来那么的是一个虎视，这虎又真个可以招得孩子游戏。

"不知怎的我在□君的那个沙发之上睡了一觉了，我一睁眼，稀罕这一个醉后的实在，世界怎么来得这么的不费力，明明是现在，也还有过去，确乎是仿佛没有将来。当时的情景尚历历在目。

"'鱼大姐，怎么不见□君呢？'

"'客厅里会客。'

"鱼大姐在那里做女红哩。

"'睡了一会好些罢。'

"'我真不中用，这么一点酒就把我醉了。'

"'你有好几年没有回梅山罢，你的姑母现在怎么样了你知不知道？她的景况大概很不好。'

"牙齿一剪，针线搁下了。

"'鱼大姐你还会做女红。'

"'你今天才晓得？几时鱼大姐替你做一双鞋，缝一个绣花枕头，给你做生日，好不好呢？'

"'不要笑我。'

"'谁笑你，我才不笑你。'

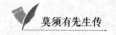

　　"'一个人睡觉实在是很有意思的事，不觉知有我，安知物为贵，好比我刚才一睡就睡着了，你们背地里就说我什么我也不晓得。'

　　"'我们倒没有说你什么，我一个人在这里做一半天活。'

　　"'鱼大姐，如今我深深的感得贞操两个字很有意义，我总算不负此生，将来大概还有进步。'

　　"'我看你比从前聪明多了，从前有点傻，凡事都认真得令人难受，简直的。'

　　"'你的口吻总仿佛你能够包罗万象，其实——'

　　"'怎么样？你又同我抬杠？有话就该说。'

　　"'我忽而起一个——算是肝胆楚越之感罢。有一个画题叫做The Expulsion From Eden是不是？我想我自己来画一幅，——我的意思同那完全不一样。'

　　"我这才觉得在我头上的那天花板白得好古怪，看来看去好像我的眼睛不认得'白'。

　　"'你要不要喝茶？'

　　"'时候不早了罢，我要告辞——'"

　　言犹未已，莫须有先生一脑壳就栽下去了。怎么的，长篇大论一半天，再说几句就不行？要睡觉。自今以后，非万不得已，再也不肯多说话，苦也留着自己苦，乐也留着自己乐，说啬也啬得可以，奢也奢得蔑以复加，你们休要以为我不见识面，你瞧，这不是腾云驾雾大海里翻过筋斗的，行吗？猛抬头，我的房主人那里去了？怎么的你进去了，那我刚才的话，到底是同你说话，还是自己做的梦呢？糟糕，明天早晨一句也不记得了。

第十三章　这一章说到不可思议

白日当天，春风和煦，人生几易寒暑矣，莫须有先生不知从那里行云一趟回来，今番他忘记了没有带了他的拐棍，但摆了一个近视眼的架子，谁也不招呼谁，一大马路，形与影竞走，越走越疾，道听涂说之人都说得上来："莫须有先生今天有事？走路走这么快，简直睄不起俺一眼！仔细石头碰了脚把个鼻子塌了那才糟糕哩！"其实莫须有先生睄人的本领最不可测，那怕是在马路之上，十步以外就观其大略了，含羞半敛眉，自言自好笑，来者东家的那位大娘是也，正是，居尝我笑她很有点儿风雅，头上爱插花，夫"大娘"者，我得声明，关乎一点考据，在山东济南府大概是如此而说老妈子，然而别无书可考，一年之严冬，甫下车，天下有两位好友拉着硬要逛大明湖，几乎没有冻死，披了一件大氅，虎豹之皮；犹犬羊之皮，有一名猎户简直认不得武松，生龙活虎，刚刚只露了吾人之一双眼睛在鼻涕上生动，一瞥瞥见"李白问那家好"，那是酒店，——怎么桃符万户已经过年？而吾们还在外面奔走？酒店隔壁那定是招牌，"保荐大娘"，无须说那就是说老妈子矣，即此便是大娘之缘起，必要时我一定要当作典故用它一下，哈哈，迎面这位大娘来也，我看她望着莫须有先生有点不好意思的样子，腰包里挟了一包什么，一定是乘东家之不备而偷了米，或者简直就是姑娘贴身的一件汗衫儿也未可知，嗳呀，如今告假回家，躲躲闪闪，怕给我看见了，我拿去告诉人，但只我何尝告你去了？你也不打听打听！难怪林姑娘生气，我且不管，我且大踏我的鹤步赶快走过去得了，正是，这一走该隔得好远了罢，莫须有先生孤孤单单的

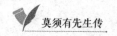

走路，毫无求于人，每每总要惹点是非，怎么的，她咕噜咕噜一些什么？取笑我的鼻子？"仔细石头碰了脚把个鼻子塌了那才糟糕哩！"这倒殊属可恨，好在是莫须有先生，不大在乎这些缺点，记得是谁家丫头也曾经替我起了一个绰号叫做印度人，意思就是说我的这个高鼻子，黑皮，感谢她还谈到灵魂上的问题说我走路影子好看。然而莫须有先生未听见犹可，一听见倒底很有点放不下，身体肤发受之于父母为之奈何！于是就不免生气矣，生气还要自己解释，人有时是应该闹一下，以直道而行，即是以直报怨之直，是怎么样就怎么样罢，不必小气，所以吾夫子不见孺悲，文王一怒而安天下，于是就汽车慢行，等我站住，我要骂人！于是就连忙掉背而追风曰——

"喂，那位大娘，来，予与汝言！你为什么讥刺我呢？你——你怎么的？你怎么又朝回头走呢？"

"莫须有先生，糟糕，我的handkerchief给风吹跑了，在那里，在那个树枝子上挂住了，你去替我拾起来，劳你的驾。"

"就是那个白色的东西吗？草上之风必偃，——是你的吗？刚才我不是看见你把一块手帕儿吊在口袋口边吗？"

"是我的，是我家小姐给我的，她能的病快要好了，昨儿喀老太太也上山来了，说不久就要搬进城去，我家小姐说把我也带回去。"

那么你能就要上街去佣工。莫须有先生权且登高一览。那么她能是疾病而来，我则自修胜业矣。心里贫穷的人有福了，因为天国是他们的！（按，此地有注曰，此马路就从山上下来也，南迄八大处。）

"糟糕，我的帽子也给风吹跑了，——快点！快点！"

"不要紧，不要紧，我把它捉住！我把它捉住！"

"你看，这明明是丢了我自己的东西，我简直无所措手足，简直失了主意。我记起一个故事来了，昔者维摩诘室，即以天华散诸菩萨大弟子上，华至诸菩萨即皆堕落，至大弟子便著不堕，仁者自生分别想耳。像我这个样子不知又将何居？劳你的驾，快点！快点！要援之以手了！"

"老娘一脚把它踩住！"

那一脚不把它踩住，盖已在五十与百步之间矣，然而莫须有先生道旁生气矣，登时把个嘴鼓起来，一句话也不晓得说，科头看他世上人。又却是，风吹发。

"哼，这也不能怪你，仁者自生分别想耳。但那个捏笔之人可恶，大嫂你不知道，他说你能要小便，按嫂溺援之以手，溺，《说文》水名，从水，弱声，今人用为人小便之尿字。"

"你这个人不好，我以后总不同你说话，——你把我的手巾还给我！"

登时一辆摩托驶来，莫须有先生乃大踟蹰一下，唐僧念佛，什么妖怪，讨厌讨厌，抵死尘埃，及至一眼睁开，世上惟有一个人，我还是以一个大无畏的精神往前走罢。

话说这条马路，在山上走了一圈，然后直达八大处，论踪迹之多要以莫须有先生为第一，那真是朝云暮雨，打伞骑驴，应有尽有，把个天天上课点名写笔记瞟女学生的家伙们痛痛快快的教训了一顿，下此就是东交民巷的摩托卡，下此则就要算齐瞎子，夫齐瞎子又不过是一个算命的瞎子而已，山北的土著，却要往山南算命，有时莫须有先生看见他带月摸索而归，其时莫须有先生正坐在一块望夫石上吊嫦娥，那他今天的买卖一定最不错的了，然而莫须有先生想招呼他而又不肯招呼，此来我本是自寻孤独，又何必同一个盲人打岔呢？或者我就把他当作"自然"也好，莫须有先生，你骄傲你的罢，你实在也同萤火一样我一点也看不见。言罢莫须有先生哈哈大笑，始终还是让我做了一个批评家，把他大骂一顿了。然而这是后话，暂且不表，莫须有先生望一望那个汽车的后影，赶紧又无精打彩，不要耽误了时间，我已经有三个月完全是呆头呆脑，说话时就把那一重山两重山完全走过来了。再只要到了那一个转湾处

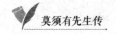

自然就会转湾，他日知君从此过，你不信有一家茶铺为证，你如要拜访莫须有先生，就向那一位掌柜的打听："喂，掌柜的，劳驾，这儿有一位莫须有先生是吗？"那他就高兴极了，答应你是有的，门牌十四号，门口四棵槐树就是。有时是女掌柜的走出来，但不免要盘问你的底细，你能从城里来的？在那个衙门里干事？你能如说是大学出身，那她一点也不知道名贵，因为她能一位侄儿子也在警官大学里念书，如今还没有当营长。因此莫须有先生常常忿极而生怨，简直就当了房东太太的面而大骂曰："你们这一些旗人！男的当兵！女的是老妈子！唉，我们简直何从了解起！"于这个茶铺之外，还有一个东西可作纪念，那就是咱们这个破落户一家出一份子而新买得一根绳子所汲深之所焉，话说这柳阴深处，露井桃边，常常有几位坐井而谈天，把吊桶搁置一边且不管，莫须有先生背地里很羡其桃李精神鹦鹉舌，不过是黄河以北的atmosphere罢了，因此又很动了乡关之思，此刻正走到这个关口，想一跃而逃之，但已经给她们看见了，你看，一时都作耳语，可不是议论我？说我的什么呢？于是莫须有先生只好施一个鸡鸣狗盗之计，登时驻了马，探开锦囊来看，束手不知检点，不觉而学一个西施之捧心而其里，众位褒姒一睹烽火齐声大笑了，逗得莫须有先生面红耳赤，不知为什么，犹伴不知，其中有一位则蹑足而前，探到莫须有先生之耳后，看你看什么书！莫须有先生乃以一个水平线而斜出其近视之光曰："你认得字吗？我故意把我的诗捏倒了！我聊以遮眼耳。今天我出来一趟，完全成就了这一本诗集。"连忙又修正曰："话休传错了，我并非怎样一个了不起的近视眼，你看，我作如是观察你们，是取笑于一个schoolmaster之看《群强报》耳。"这个娘儿们直匍匐而归耳，然而非常之有所得，莫须有先生则目送之曰，你打仗最好是不要一个人来。而同时汲水台上桠桠作响，不由人一看，吁嗟乎，世界怎么完全是个变幻，这我可不可唐突，此必是在那一个妆台之上忽而打扮出来挑水足自骄傲之谁位姑娘家是也，我不能只看其后影，吁嗟乎，是何若是之一个古典派，世间上的工作只不啻淑女之装点，春风也在其约束之中，这才是一个真的自由，动静之间，比懒洋洋的一幅图画振作人生多了，其时莫须有先生盖尚在道旁，此时此地岂容作悲思乎，于是宿鸟栖鸦一时都㧌楞楞的飞了，鹤立树影仰首于一巨机器而微言曰：

"此非所谓桔槔者乎，引之则俯，舍之则仰，但姑娘你得站得踏实，唉，我这句话叫做饶舌，岂有春风而摇落树叶子乎，此盖是一个姿态，汝闻地籁而未闻天籁夫。"

"莫须有先生你好？绕湾儿回来？今天天气好。"

"姑娘你好？是的，我真爱你们这北方天气，柳吐新丝也还是秋高听鹿鸣似的，真是春松秋菊可同时，但我也总觉得看不见我江南的云，也总是怅望于一个雨余芳草斜阳，所以我总怀想那两句诗好，'惟有相思似春色，江南江北送君归'，要是我这个时候走回去，姑娘，一过长江，那真是青草跟着我走，大概就好比古代女子步步生长莲花一样好玩。"

"莫须有先生，这到你能家有好几千里地罢，你几时叫一只船把我们都带去玩一玩。我们都没有看见过船，让我们也见识见识。"

莫须有先生一看，这又是刚才临阵而逃者开口插嘴，此刻她就在那里描风捕影，抱膝而坐，垂杨搔首，挥过去还是吹来，眉毛儿乃有点儿愁意，看你答不答应我！莫须有先生却待不理会，无奈心里有心事，唉，人世意中事，眼前人，都只得让光阴错过去，还要学一个应酬世间！于是就谁也不能测其深浅，以一个尽人可敬之态度而远应之曰：

"大嫂，你们在旷野上坐骡车回娘家去也很有意思，十里五里不见人烟，如果下一点小雨那就更妙了，不必想坐船。"

"你再也别说，那简直的把人瘪死了。"

"那为什么呢？"

"那还用得问！"

"宇宙上的事我知道的很少，但有时也不难推知。"

这一来莫须有先生倒很想知道个仔细，其中必有原故，而一看，窈窕淑女，井上之人，听了嫂子的话却原何而不胜其害羞，羞得个桃红浅笑，乐了。

"我们的竹姑娘明儿喀坐彩花轿进城，三十里地也够瘪的！"

"德性！"

竹姑娘原何又含笑骂嫂子？这两个字的骂辞莫须有先生久已夫想翻译其名义而未得，只是很懂得它的神韵。一共有两遭，莫须有先生都是从少女之声音得之。可爱的女郎呵，上帝的音乐呵，园柳变鸣禽呵，凡百事都不是人之所能为力呵，我们那里能够学舌？哦，得了，得了，我们故乡也有一句讥笑人的俗话，"临时上轿，临时撒尿"，盖即是从一个新姑娘那里取材！于是莫须有先生觉得天下事实有雅俗之分，看我如何求仙罢。然而我的意思是说把工夫做到家。

这时来了一个摇鼓的，莫须有先生尚未看见，而竹姑娘遥声一指道：

"摇鼓的，站住！"

于是雀跃而赌身轻，临波而见步阵，两个道旁儿一齐携着姐姐的手而围着摇鼓的担子，买什么呢，买糖罢，莫须有先生心想，远在一旁，好一个眉间相，不觉而有求教于大嫂了，低声问：

"买什么呢？"

"你去问她能！"

"唉，人生在世，忍辱是最要紧的。但其中还得怀一个尊重人之意。"

莫须有先生退步三舍自省扫兴。

"莫须有先生，听说你能会写字，几时替我写把扇子罢。"

第三者忽而开口。

"莫须有先生，你买一把苍蝇拍子送给她。"

第四者又如是说。

"那位大嫂，不可讥讽人，君子以仁存心，以礼存心，还要自反而忠矣，然后则是横逆，我现在常是这样可怜人类，敬重人类，可怜自己，敬重自己，很爱圣人的态度，总是说寡过。"

"莫须有先生，你简直杀风景！简直是一张婆婆嘴！咱们姐儿们，席地而坐，没有事，说句玩话怕什么呢？"

"莫须有先生，你可别言语，她能在家成天的瘪婆婆的气。"

"我知道，我何致若是小气呢？我且问你，我觉得你们北方方言很缺乏语词，好比这'言语'二字，你们读若'原因'，有一天我向一位鄙夫叩问，才知道就是'言语'之音转，我看这两个字就有许多歧义，好比你刚才叫我别言语，是叫我不要回报她能的意思，是不是？是。有时候我在门外叫门，我的房东太太从里头厉声嚷，'是谁？喂，是谁？怎么不言语呢？'这却又是一个通报的意思。有时候她言语我一声，'莫须有先生，我把菜都打点好了，你要用饭你就言语一声'，我知道她这是催我用饭，等一会儿她能没有工夫，但这样很知礼的问，总之这且不说，这是言语的又一义。有时她又这样说：'莫须有先生，你再出去你就言语一声，别闯着个街门就走了！我没看见个人总是出门！'这可不又是一义？大嫂，我一口讲了这么些个，可背着她能报怨她能没有？那可就是我的不是了，她能为人在你们这旗门中很算得一名豪杰，只是很有一个好戴高帽子的脾气，而且也同我一样的总是爱表现自己。"

"莫须有先生，你有什么你说，别这样小媳妇似的，怕什么呢？"

"你说！"

列位都不觉促席而要听了，想逗莫须有先生多说几句，而其第五位则更是赶紧挪过一点身子，嘱耳而语其比肩者曰——

"莫须有先生这人怪有意思。"

于是又正其面扬眉而声咳謦欬了一下——

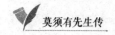

"咳。"

诸位姊妹均听而不闻，莫须有先生独自暗思量——

"这一位我不认得。"

于是这一位就脸红了，束手而不知怎么办，自动的欠一个身——

"莫须有先生你几时来的？好？"

"你看我们这一位傻姐，这叫做后找补，见了一半天面还请什么安呢？你坐下听莫须有先生说罢。"

其邻者拉她坐下听莫须有先生说，而她能可羞极而怒了——

"干吗拉拉扯扯的！"

把一场春风笑得很有意思，而我们的竹姑娘也走来了，掌上是几颗什么好果子，指了一位叫二嫂子："二嫂子，山里红，你吃不吃？"言犹未已，唉，我看见姑娘脸红了，不知是单单请了二嫂子没请他嫂呢，还是不该有我这一个忠心的仆人以致大雅失礼？上帝呵，我求你的公评！女郎呵，你们的贞操是怎样一枝好看的红朵，不久我一定要捧到菩提树下，证我善果，列位且休见笑，偌大的事业岂可没有因缘？结果或难细为解说耳。

"竹姑娘，你给我一颗。"

竹姑娘就给她一颗，就是那第一位喜游戏而为上首者。

"竹姑娘，一个大子买几颗？"

就是莫须有先生才认得者才又开口，讲了一句话，人世万事俱可罢休了。竹姑娘说一个大子买三颗，而且说：

"梅嫂，你吃不吃？"

"结我一个，——呀，酸极了。"

莫须有先生一旁赞美这实在很是一位贤者，一颗酸果嚼着善眼甚是天真，唉，人世色声香味触每每就是一个灵魂，表现到好看处就不可思议。

第十四章　这一章谈到一个聋子

竹姑娘肩上一担水走了，大凡荷天下之重者，每每乃其飘逸之出众而好看了。而莫须有先生，桃李不言，自立其影，倒宛若一个灵魂之飞不起了。众位贤者乃齐声唱一个喏，莫须有先生，你也休息一会罢，你请坐罢，而莫须有先生却又在那里玩弄眼睛，眼睛里飞进了一个什么虫，无可奈何的回答道：

"诸位大嫂，稍等一会儿，我很喜欢听你们谈天，我的眼睛里飞进了一个什么虫，其实未必飞进去了，只是扑了我一下，我就放心不下，人要是能够什么事都随便是很不容易的，我还得从你们女儿们学一个耐性与牺牲之美德，只有你们女儿们才是无名英雄，凡事才不是从一个自我主义那里发源。"

"你要是当着我们哭那就怪寒伧的。"

"那我就未免太是女性了，其实也不然，偏又是你们凡事才不肯当面来，不给人看见，只有我才实在同小孩子一样，什么时候什么地方一下子就会做诗，——哈，你看，我揉了一下子就好了，我说些什么话都忘记了，我也曾在八卦炉里炼了一遭，算得个火眼金睛，而且还加上一个画题，叫做愁眉敛翠春烟薄，所以那猴眼所害怕的那有形而无身之烟我倒会取之而作颜料。"

"莫须有先生，你有那样的本领写信没有？好比有一位女子，两人还未见面，你能够写一封信，使得她过一个不是日子，茶不思饭不想的。"

"大嫂，我且问你，你这一问叫我从何答起呢？"

"对，对，莫须有先生，你别同她胡说！"

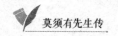

此一打岔，系莫须有先生刚才认识者打岔。以前之间，又是喜游戏而为上首者。其余的俱是凯风自南吹眉逗笑而已。稠林中那一位，莫须有先生心想，那个胭脂儿未免太是涂雅，只有她最是一日不启齿。

"但我得言我之志，唉，深愧无言之志，——大嫂，我且问你，在我没有见她以前，依然是世界，世界就不可思议，说空无是处，有亦无是处，并不比人生之墓还可以凭一丘之草去想像，这个境界，于此于何有？于彼于何有？我何从而动尺素之怀呢？然而人生如萍水，天地并不幻，彼此一朝相见，在昔日之我我不敢说，或者有那样的本领也是有的，诚如尊言，过一个不是日子，如今我则甚是懂得爱情，兹事诚不易，尤其是在我这个可以拿生命而孤注一掷的性格，唉，斯亦可悲矣，在人生这个可笑而可敬之幕上，不可只想着表现自己，一定要躲在幕后亦殊自觉可耻，这样你煅炼你自己，或可在这个虚无何有之乡一手建筑得一座天国，但这个造谒恐怕不是汝辈妇人孺子所能企及，须得是一个大丈夫，大凡什么天堂，并不是自画一块乐地，若作如是想，那不过是市场上的鼠窃狗偷，心劳日拙，不足观也矣，他须得是面着地狱而无畏者，所谓我不入地狱谁入地狱，自然也最是深思远虑，凡事都踌躇着说话，难以称意，总之始终还是他的天资高人一等。"

言至此，有应声而言者曰：

"莫须有先生这一番话倒打动了我，人活在世上有什么意思？还赶不了一个蛇虫蚂蚁，天天惹气受，蛇虫蚂蚁它未必受人的气？我越想越好笑，越生气！哼！"

哼是一个生气的鼻音。

"我的话何所启发于贤者呢？有一回我看见有两位为了一点小事大骂一场，似乎就是——而且汝还是一个败兵之将？"

"是的，是我，为了一点梳头油，——莫须有先生，我向你道乏，还累你帮我说几句。"

"别及别及，你们在旗之人真是穷而好礼，令我怪腻烦的，——那一位著实可恶，至今我尚有余愤，幸而她此刻不在座，否则我一定要同她割席！但过去的事情让它过去好了，不足挂齿，汝之所言，倒有所启发于我，凡事看你从那一面观察，古往今来本就有许多诗人因一时的烟士披里纯而趋向于自然原始，特别是关于爱情上面，你看，那树上的鸟儿，那个胡蝶儿，它是何等的飞得天真，叫得自由呢？然而人为万物之灵，所谓'天真'，所谓'自由'，只有我们生而为人者才意识到，也就是我们的理想，凡百有生则完全是一个本能作用而已耳，好比那个胡蝶，它何曾知道自赏它的好看？我知之濠上也。至于许多麻烦，那也实在是没有法子，其实文化也就在此，原因也未始不简单，好男儿就冲上前去，求改革，求幸福，而我却偷偷的把一切之网自缀在身上，也就错综得很可观，还能够从中练习得一个涅槃，足见其适于生存，善为变化，仍是自然之通则，而今天还能够有这样的好机会同诸位在一起谈个话儿，真是不胜荣幸之至，夫复何言。"

"莫须有先生，你就走吗？不再坐一会儿么？"

"是的，我想回去，要赶回去用功，一个人要总是这样钟情，似乎也是未能免俗。"

"我只说一句话行不行呢？"

又是那第一位善游戏者。

"你说！"

大家一齐催她说。

"你说！你说波！等一会儿莫须有先生走了！"

"两句说了你听不听呢？"

莫须有先生乃耐不住，拂衣而起——

"你专门耽误时间！我于千载一时之顷每每惧得一个大道理！"

于是她就振其衣襟，鼓瑟而作曰——

"莫须有先生，是的，你告诉我们有天国，是的，倘若你走进

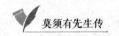

去了，自然是你的灵魂高贵呀，我们妇人孺子不敢攀仰，然而，莫须有先生，我语出至诚，我——我——当着诸位姊妹我我怎么好说呢？我羡慕那个灵魂！我敬重那个灵魂！然而，我自己知道，天国里头没有我呵，我望不见呵，我们女儿们为什么这样的可怜呢？这样的渺小呢？抬不起自己呢？"

言罢四座歔欷，驷不及舌，无法挽回，莫须有先生他还以为是讲笑话，真是忘形得可以，他不觉而失声道：

"大嫂，我且问你，如果真有一个天上，我自己知道，不是上帝给我的，我不认得上帝呵，是——是——我我怎么说呢？我不敢说谎话，是一位女子给我的！是伊超度了我呵。此地殊不可言感激二字，比一个人生还应该敬重，在爱情里头伊忘却自己的身世，高尚其志，然而伊还得自己去追寻人生呵。我应该是一个鬼，然而我升了天呵。我为什么这样的悲恸呵。偶像说，度一切众生，众生愿尽我愿乃尽，我却这一句话而不敢说呵，一言之放诞不啻我地狱之苦刑呵。我愿世世谪贬人间，效犬马之劳，不敢烦厌。"

吃山里红而讶酸者解劝道：

"别及别及，大家都别闹到这地步，令我怪难受的，莫须有先生，你拿……你拿……"

其邻者则忍不住曰：

"莫须有先生，你谢谢她！她叫你拿她的手绢儿把泪儿揩一揩！"

"谁说的？谁说的？我拿我的手绢儿给人？"

"哼，别害臊！"

"你们姐儿俩怎么的，别为这么一点儿事就闹起来！"

莫须有先生因为心里有心事，一概俱不见，拿了自己的一只手在荷包里掏来掏去，掏出一打字纸儿看，其平日相知之深者以为又忽然有了钱要赎当，看过不过五，其不知者以为请看莫须有先生的房东太太拿了包茶叶的纸开了油盐帐单请莫须有先生你看也。谁知俱不是，莫须有先生乃一手奠定文坛，四座皆惊，听了他自己的报告——

"你们看，我还做了一首诗！"

"我看！"

"我看！"

"看看别挤着一团儿！"

于是莫须有先生乃掩鼻而歌曰，这丫头不是那鸭头，头上梳了桂花油。

独有一人不高兴前来，远远而抱膝曰：

"我说，我说，我说还是请莫须有先生自己念给咱们听！"

莫须有先生仔细推敲，此地之"我说"盖就等于一个Hollo！于是不啻一戒尺下来大家都惊起却抬头了。

"对，对，你自己念给我们听。"

"你们说我做得不好波！"

"好，好，不要紧，你念。"

莫须有先生不得已而念之曰：

看呵

草上之风吹得好看，

但是风呵你不要吹，

花呵你不要开，

你们何尝不好看？

只是我当不住我心头的悲哀。

鹧鸪你在那里叫？

你不要叫，

八哥你在那里跳，

你不要跳，

鸟呵我何尝不爱你？

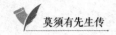

　　鸟呵这一来你晓得我我是真爱你，

　　只是我当不住我心头的悲哀。

　　杜鹃呵你开你真开得好看，

　　青山呵你深你真深得可爱，

　　只是我当不住我心头的悲哀。

　　我叫我叫了一声伊的名字，

　　我吩咐我吩咐到我自己的回声，

　　我坐我坐下这块石头——

　　我坐我坐下这块石头，到此不知已经念完了没有，莫须有先生为什么低下头不语了。

　　"傻姐，你干吗不说话呢？"

　　"你干吗不说话呢！"

　　"这丫头你看你有多利害。"

　　还是莫须有先生自己来打破沉静——

　　"你们大家都不说好，那一定是做得不好的。"

　　"有许多鸟兽草木之名咱们北京人听不懂，好比什么杜鹃呵你开你真开得好看，什么叫做'杜鹃呵你开你真开得好看'呢？"

　　"我的姐姐，你简直就不懂诗，心知其意可也。莫须有先生，你别生气。"

　　莫须有先生他不生气，他驰着想像之马跑上他久已夫失落的一个杜鹃之山了，路上行人犹断魂。猛抬头，乃吩咐道：

　　"你们都回去波，时候不早了，别走回去又受婆婆的气。"

　　于是就回去回去，纳履的纳履，整冠的整冠，肩相摩，踵相接，各人都要挑上一个担儿了。其第一位就权伸懒腰，搭一搭他人之肩膀，慵笑道：

　　"你背我回去。"

　　"你太懒，我背你不起。"

莫须有先生惊讶这一个村女儿出口成章做这么一句好诗，可以把一个美人写得十分美。

"莫须有先生，我们都走了，再见了。"

莫须有先生就自己再唱一个歌儿两步当作三步的也回进他的久出之门了，一进门感觉得这个空屋子怎么的格外的有情，却待声张，但怎么的全无动静，唉，人的一生完全是一个不应该被招待之客，入门各自媚，谁肯相为言，黄鹄游四海，中路将安归，于是就嗤的一声笑了，谁也不知道我这一声嗤，也实在不可给人看见，这叫做戏迷传，模仿中国第一第一中国的一名小旦："嗤！你羞杀奴也。"我不知我的《四书五经》都读到那里去了。我的房东太太她往那里去了？一定又趁着我不在家出去串门子！她总巴不得我进城去住几天！然后她就延了什么姐姐妹妹的喝茶不留吃饭！辱没了我这个娇贵的称呼！其中有着四十二岁没有出门子年年待字日日待字的一位二妹妹，两人最是旗鼓相当，口若悬河："姐姐，累你惦念着！"好比二妹妹牙疼。"姐姐，我向你道乏！"一切割鸡之事。"二妹妹，你晚上来！"好比送客。"二妹妹，你明儿喀来！"好比午夜的时分送客。第二天晨起她就知道昨夜里吵闹了莫须有先生。吵闹了莫须有先生偏偏又一点儿也不能释然，伺其便又一定要道一句歉。实在自己也乏了，瞌睡不足，而且还留了一桌的菜饭碗没有洗，可不还是给我自己留着！深更半夜跑到人家家里来说闲话，谁像你有工夫，串门子！而一看，莫须有先生帘子里头露出朝阳之头角来了，天下大事再只看莫须有先生到底是生气还是并不生气了，这样一说就把话说出口了——

"莫须有先生，唉，真叫做没有法子，你看，昨天晚上耗得我多早晚，一定又吵了莫须有先生的瞌睡，人家来了我怎么好不理人家？我也是怪腻烦的，——哟，咱们这花今年倒开得好，昨儿晚上是莫须有先生浇的水是不是？"

还没有洗脸又喜笑颜开的瞥见她的一盆架儿桃今年倒开得好，

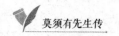

就上前两步拿指头去捻它一下了。

"你睄，怪有个趣儿。"

莫须有先生还没有洗脸，但今天的架儿桃实在是开得太红了，也就满脸愁云吞声吐气的只好说——

"好看。"

"莫须有先生，我那表妹，别睄人长得不体面，倒是个聪明人儿，什么事到手上都办得了，一手好活计，好姑娘，真真少有，总不报怨做老家的一句，自己到了这么个年纪也总不谈一句，轻易不露一句，——莫须有先生，你不晓得，咱们这地方一说人家就笑话！只怪我姑姑她老人家当初不好，一个来说媒两个来说媒总不称她老人家的意，后来人家说也不来说了，如今你死了看你把女孩儿交给谁！"

马上又不说了，看见莫须有先生在那里见白眼了。好容易算是两面各自收回甲兵。莫须有先生一面盥漱一面盖生气，唧咕唧咕唧咕。间壁之人盖就在那儿窃听，那儿盖就是公用之厨房："说什么？没有听清楚他说什么！管他！"于是就管他猛的一低头一心去剥韭菜了。如此之类之事，很多很多，也很有趣也很有趣，不及一一回忆了，只是人在那个父母之邦怎么过过来了？

说一句公平话，概自莫须有先生光降以来，莫须有先生的房东太太小心不大出门，她说别的不说，莫须有先生这块印要紧，是个玩意儿，怪有个趣儿，就放在这个手边下！倘若小孩子跑进来拿走了呢？所以，一日二十四小时，倘若莫须有先生私自出去玩去了，而她此刻又因公须得外出，她就请了她的一位阿兄替她坐家留守，其人虽只是聋舅爷而已，而眼光最敏锐，简直睄得出莫须有先生今天心里有什么事，是忧愁，还是欢喜，是愤慨，还是一时的脾气，可与言，不可与言，不与你生气，至于一切有形之物，不良之人，此地无银三十两，你自然不来，我掩耳盗铃罢了。此刻莫须有先生掉歌而归，正值只有此人在家，忽而自感寂寞，寂寞而就牢骚，牢骚而就大声疾呼道：

"聋舅爷，此屋之主人你的长妹老太太她往那里去了呢？"于是就更寂寞，更寂寞而自觉可笑——

"我又同你说话！"

于是就自己拣一块石头坐下。

"她告诉你出去有什么事没有呢？"

又自觉可笑，就大笑，我又同你说话！莫须有先生盖常常同他说话，忽而自觉可笑。"我又同他说话！"逗得旁边有听众就都乐了。莫须有先生与此中人为伍的习惯盖尚浅。

于是莫须有先生就蹲在那个院子里三十年之枣树下画地，或者写一个什么字，或者画一朵花，或者画一个十字，或者就画地为狱玩，或者就在地球上写一个一大为天之天，我们不得而知了，总之很有点儿稚气，好像人家的善游戏之哀儿，跑到地母墓前，黄昏思想，令人沉默。那个聋子他居然走上前来，莫须有先生忽而很感得一个亲爱之感，对于他抱着歉意似的，平日似不免有轻慢之处，而且不知怎的他今天很带一个愁容，想同莫须有先生说句话儿似的。

第十五章　莫须有先生传可付丙

　　话说那一位重听之人终于叫叫一声莫须有先生呜咽不成言了，莫须有先生已经感得一个预兆，天下一定有一遭生老病死了，但我得振起精神冷静一点，看我对于人生到底是如何的一个态度，我听了一个老娘儿们哇的一声哭叫，也很不免有点悚然，仿佛随人悲歌的样子，其实我仔细一想那完全是一个刺激作用，我并没有动心，是的，我呱呱堕地以来就是如此，生而好奇于死，凡事最不足以动我厌世之感者莫过于死，盖是我所最爱想像的一个境界，但从来不去思索她，走马观花而已，也不喜欢看棺材，也不同我的一位朋友一样见了棺材就怕看，我只觉得它是一具并不好看的器物而已，我所想像之死盖就是一个想像，是经验之一笔画，——其然乎，其不然乎？我尝怀想一个少女之死，其于人生可谓过门而不入，好一个不可思议的空白！然而死之衣裳轻轻的给女儿披上，一切未曾近手，而这一个花园本来乃各人所自分的，千载一时，又好一个不可思议的无边色相之夜呵！莫须有先生平生大概常是这样的千遍万遍自己死了，猛抬头却见人生又在那灯火阑珊处！那个眼光，真叫做静若处女动若脱兔。吁嗟哉，这点意境倒确是很可以骄傲自己一生，就算他一个盲人亦何碍乎天地之间呢？好比人间有一把伞，伞这个东西每每就撑起我的想像，我觉得它好看极了，可以给一个绝代之人行云行雨，粉白黛绿，罗袜生尘，一盖之天下，天下之雨，雨中盖更是一幅朝云的浓淡，都是随了那一把伞而造化之，——呼风唤雨你们有的是术士，拖泥带水北京拉洋车的，我又何尝不可忘记呢？大概莫须有先生的梦里也不能凭空的堆积尸首，因为他说他很是小器，不比造物主那样的大度，降生一个圣人而又亲眼钉十字架了，莫须有先生只在一位大诗人的笔下看见一位女王醉生梦死。有时他的的确确看见自己给人一枪打死了，醒转来正是自己还很是急燥的证据，心里怦怦的跳，做这么一个恐怖的梦。

"莫——莫——莫须有先生，我——我的外甥女儿今天早晨死了！"

"这——这话怎么讲？"

"昨夜里得了病，不到一天孩子就丢了！"

于是莫须有先生这才从后台里头跳了出来，呼吸疾迫，立地乱翻几个筋斗云，而一听大擂大鼓全不为我响应，而台下的大学教授们叫倒好道，这个小丑你别耽误工夫，我们要看的是艺术家杨小楼！看官，世上的事毋乃不可解，这一刹那不是那一刹那矣，听一言而可以发狂，而一封情书又可以续命。莫须有先生赶紧就忙里偷闲，思索到不可说不可说境地，生死之岸来回一遍，全无著落，然后只好以文字做符号，她？她？她？我与她有一面之缘呵，就丢了？这句话怎么讲呵，我虽无论如何望不见造化怎样的形成明日之花朵，但我实在不能从昨日的明眸里写一个一生呵，美丽的姑娘呵，言下我已是一个终身之憾，——怎么的，就因为听了一个聋子给我讲一句话？语言文字代表了一个什么？世上的事都是一个缘起！哈哈，我有所得！有所悟！这是怎么的！这是怎么的！你们且别闹且别闹！我一定有一个参禅之可能！我且把眼睛闭着……

"莫须有先生，姑娘生得太乖巧了，乖巧孩子就短命！"

"我再不听你们说话再不听你们说话，聋舅爷你别哭你别哭，我的世界何所增减？有你们这一个无名的女孩儿以前我是我的世界，没有你们这一个有名的女孩儿以后我的世界也还是我，——等我再观察一下，——是的，世界正同一个人的记忆一般大小，不能因为可怜的莫须有先生一旦死了就成了一个窟窿丢了一个东西呵。什么叫做'我的'？我不如说我的这一枝写字的笔是我的！我在琉璃厂

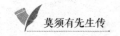

买来的！死了我拿去！在一个古人的梦里我丢了！欲将张翰松江雨，画作屏风寄鲍昭。然而我这个解脱之身躯还得跟着我走呵，不由得我的彼岸之泪回转头来，风萧萧兮易水寒，著实的泣别一下，再认识一下，于是我才真是我所最亲爱的，指鹿为马，认贼作子，形影相随，一直到世俗之语言'莫须有先生盖棺论定'了。人就从此算是死了。今天今天，她，她，她，美丽的姑娘呵，好比我画一幅画，是我的得意之作，令我狂喜，令我寂寞，令我认识自己，令我思索宇宙，本来无一物，颜料的排列聚合而已，时间的剥蚀那是当然的，那又是一个颜料的变化而已，一切，一切，这是一切呵，你们如不感到此言的确实，那是你们感得不真切，是你们生活之肤浅！哈哈，从此我将画得一朵空华，我的生活将很有个意思，千朵万朵只有这朵才真是个玩意儿，诗云鸢飞戾天，鱼跃于渊，你看，飞飞飞来了，飞到我的门前来了，哈哈，原来是姑娘的鹦鹉，鹦哥儿，姑娘如今不在了，你，你，唉，唉，不由我一腔无明洒，洒，洒上花枝都是我的痛悔……"

至此莫须有先生圆睁双眼，大放金光，白昼不幻，怎么的我难道就自己催眠醒来？做了一场梦？说了一些什么梦话？可给人听见了没有？回头人家说我从恋爱里头解脱生死！我的房东太太还没有回来，聋舅爷他还在这儿犹有余悲，——聋舅爷，我说什么没有？可笑我又同你说话！至此莫须有先生大吃一惊，今日之我完全不是昨日之我矣，明镜无所自用其认识矣，十年不能信解之道一旦忽然贯通之矣，我将怎么好呢？还是同平常一样的过日子不呢？我所在之地球总一定还是同平常一样，那么芸芸众生有一人格外别致倒不算怎么无聊之事，值得这一番工夫，否则我是师兄，你是师弟，出门上街买东西，见面拱手拱手，或者又好比太平盛世，褡帽马挂，元旦拜年，恭喜恭喜，发财发财，那这个还成一个什么世界呢？实在的，我只愿我们这个社会是一个合理的社会，人都不自相作践，比凡百动物好看得多，权且就同北京的公园那么个样子，大家都有闲有闲，青年男女，花香鸟语，共奏一个生之悦乐，我呢，好容易达到这个地步，舍不得放弃，我就还是我，独为万物之灵，高高的站在人生之塔上，微笑堕泪，但我怕我这个好像是栽瞌睡，因为此项境界一定只有不梦之寐可以相比，然而是人生最好的一副精神呵，我只怕我保持得不长久，明天早晨起来又是烦闷，见了人又讨厌人家，你们为什么那样的愚蠢呢？但目下我这个造诣总是确实的，本来一个梦已自成其时间与空间，所以如来一念见三世，明天怎么样明天又再看，所谓日月至焉而已矣。我告诉你罢，圣人才真是凡人，经典也大都是小说，只有我这个非圣无法之人最能够懂得道理，斗室之内，天天坐在这里空口计算，就如同小时所读过的一篇寓言所记的一位懒汉一样，躺着躺着，一脚一脚——把我的瓶子踢翻了！糟糕，摔破了！眼巴巴的不胜其顾瓽了，侧耳而万籁俱寂，这是怎么一回事？……

原来莫须有先生刚才自言自语已经跨过门槛自入其室矣，倒在炕上面壁而昼寝矣，咫尺画堂给一个人睡这么一个大炕，所以剩下的隐士之书，以及什么瓶儿画儿，古董玩器，都无立锥之余地，只好把一家破落户之床头装点得满目琳琅了，今年的雨大，四方上下动不动就有屋漏之虞，中夜耿耿，遽而求火，惟恐一生之玩具也还有无妄之灾，若说这一个小花瓶儿，就靠着窗玻璃那一角向隅，至今尚未插花，是从普陀山来的一位长老之所赠，所谓建漆是也，莫须有先生常常惊起却抬头，爱它立那么个小小的影儿，不是月夜，就是灯光，才在壁上，却又云妨，——哈哈话说是我低头错看人了，好一个巨影之人！就是我自己的影儿也，我说我动手去摸它一下子，那晓得镜花水月我就现身说法，而想不到今天今天，是我是我，简直是一个小孩子，一脚就把它踢翻了，摔破了。于是一点小事就令人不能不介怀，——不是的，不是的，你们不晓得，你们不晓得，我是这样的，我常常一会儿心里非常之烦厌，只有我自己知道，我所最要撕破的就是明明曾经是我的一首好诗，好像我作了

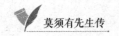

一个什么大恶业似的，如今自作自受，其实我倒很是一个伪君子，凡事最能够不干己，杀鸡为黍而食之，便意坊替庖人洗得干干净净的，我愿我是君子之校人呵，我设想我是校人之鱼呵，于是言语道断人我众生实际上是一个东西，放下屠刀，血流漂杵，豕立人啼，杯弓蛇影，汉朝有个人龛，妲己哈哈大笑，于是莫须有先生就发狂，孤鸾对镜自舞不止，于是就乏死了⋯⋯

于是就搔首而不知所云，刽子手可以一刀要人的性命，而生命之河大江流日夜，一生难说一句称意的话，唉唉，凡人之将死都有一阵糊涂，免不掉一套呓语，我今天怎么的也很有点儿这个光景？⋯⋯

于是奇怪奇怪，莫须有先生这一迟疑，万顷思想都聚中了，圆一个大圆宝镜，里面排了几个人人字，我们站在地球上去望一下，却又是我们的文字：

"唉唉，余忠于生命，今日目此生命为无知也。"

于是又空山不见人但闻人语响——

"《莫须有先生传》是一笔流水帐，可付丙。"

于是回首犹重道：

"我还得等我的房东太太回来告诉她一下。"

又道：

"我虽然还是不废见面说话，那完全是反应作用而已，正如同空间总有回声，天下并无奇迹。"

时候已经不早了，莫须有先生的房东太太已经探丧回头了，走到街门口，抬头一见三脚猫太太，就权且不走了。三脚猫太太今天还是很忙，但也不走了，就说句话儿道：

"姐姐，这是怎么说呢！听说乐子姑娘丢了！"

"三妹妹，你看我的妹妹是该有多命苦，连这一个丫头都不给他留住！我就怕她又不往好里想，——唉，我也怪乏的，半夜里爬起来一直到现在，——三妹妹，你也坐着，咱们姐儿俩说说倒好，这块石头好，这块石头好。"

"你坐你坐，——好好的姑娘就没了！这是怎么说呢？"

"三妹妹！三妹妹！这是怎么说呢！你哭我就更难受了。"

"嗡——姐姐，你不要反转来劝我，这是怎么说呢！嗡——姐姐，我以后总不打我的丫头！丫头总是吵要剪发，明儿就劝她爸爸让她剪发！"

"可不是？小孩子她那懂得许多？看见学堂里人家的姑娘都剪了她可不就要剪？"

"姐姐，像咱们这人家那里说得上好主？说得上个文明人家？可不就说乡下主儿？光了个脚鸭子可不就怕人不要？姐姐，你看，如今城里的女学生，秃尾巴鹌鹑似的头不说，还要光脚鸭子！"

这时莫须有先生忍不住孙悟空躲在那里嗤的一声笑了，而三脚猫太太看见一只马蜂飞到她跟前，大声喝住道，一只马蜂它也来叮人！

"三妹妹你有事你走罢，——你晚上来。"

"晚上来。"

莫须有先生的房东太太坐着一块冷石头还不起身，四顾苍茫，一无所见，却又好像看见自己的一生，人的一生就是这么一个空空洞洞的，而垂暮之年随在可以穿针认线了，自言自语道：

"我的银儿，银儿，比人家的姑娘还长得秀气，一双眼睛，眼睛，就同房后头君子姑娘生得一个模样，莫须有先生总是说君子姑娘长得体面，银儿，你也是没有造化，得病的那一天孩子还是要上学，就爱贪个书字儿，给我留住如今跟着莫须有先生学学本事可不好？聪明孩子就长不大，你别眈君子姑娘，我就替她妈耽心！"

这时莫须有先生全知全能若有所感如是我闻曰：

"唉，唉，亲子之爱，邻人之妒。"

"莫须有先生不知道回来了没有？我一见了他的高明我就挣扎着做事，这么早晚儿他不知道饿了没有？"

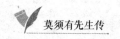

"房东太太，你回来了，我好像好久没有同你说话似的。"

"哟，莫须有先生，你今天怎么这么个样子，颜色枯槁，不要听了我背地里讲一点什么就放心不下。"

"你这话令你记起一个碴儿来，去年今日我得着我昔日之窗友的一封信，他接到我所赠与的我的近影而回我之信，他说读我年来的大作，生气虎虎，而玉照乃很是病容，此言令我有所触感，然而此刻第一句我要告诉你的用世俗之言语是生离死别之事。"

作是语已，微笑堕泪。

"这是怎么说呢？莫须有先生——莫须有先生！你，你别又作那些害怕想头！你听我劝！听我劝！你是能悬崖勒马之人，去年你一夜跑到山上去，急得我打个灯笼满处去找你，几几乎一失足千古恨，我又把你带了回来，一年之后你又作了许多功课，这件事还没有第二人知道，今天你别又再胡思乱想，听我劝！听我劝！"

"今日之事，投身饲虎，一苇渡江，完全是个精神上的问题。"

"嗳呀，真个的，我也觉得样子不同，阶前虎心善，令人一点恐怖的意思没有，世上的事都是说得好玩的，——莫须有先生！莫须有先生！你总该还讲一点道理我听听，看我也能够再进一步不能。"

"凡事都不可勉强。"

"干吗那么急性！慢慢的想一想。"

"我生平是那么个急性子，虽今日亦何能免。为我传语于天下，《莫须有先生传》可以获麟绝笔，从此一团吉祥和气，觉得此心无俗情时替人们祝福。"

"那么再见。"

"愿你平安！"

"愿你平安！"

莫须有先生坐飞机以后

第一章　开场白

"莫须有先生坐飞机以后"，关于这个题目我们也有一点考证问题。"莫须有先生"，那是不成问题的，有著名的《莫须有先生传》为证。然而天下事不提起则已，一提起也还是有枝节，莫须有先生固然有这个人，这个人是不是姓莫呢？在莫须有先生坐飞机以前，从家乡到南京，住在石婆婆巷，那天石婆婆家宴为莫须有先生洗尘，席间两个小姑娘，俱系初中学生，姊道："我们家今天来的客人就是莫须有先生，——你不也读过《莫须有先生传》吗？"妹答道："那他不姓莫吗？"言下觉得这个姓怪蹩扭似的。小姑娘虽是私语，莫须有先生在席上也听见了，他听见了面红耳赤，不觉发生两个念头。"你们小孩子也读《莫须有先生传》吗？《莫须有先生传》有给你们读的价值吗？我现在自己读着且感着惭愧哩。好在你们读着未必懂，而且《莫须有先生传》的销路也未必有那么广，你们大约因为是同乡关系故以一个好奇心买一本看看罢了。"这是一个念头。第二个念头是："她说我姓莫，——你们读过《百家姓》吗？《百家姓》上有姓莫的吗？大概有，从前军阀时期还有一个莫荣新。然而中国国语教育失败，为什么不将莫须有三个单字当作一个复词读，而拆开读一个莫字呢？我在乡间教书的时候便不如此，好比月我写一个月字，月亮就写月亮，蝴蝶就写蝴蝶，主席就写主席，决不说一个主字一个席字，结果成绩很好。"所以莫须有先生到底姓什么的问题已经发生了，连他的同乡都不知道了。不过关于姓名之事，莫须有先生认为没有关系，外国书上说："历史都是假的，除了名字；小说都是真的，除了名字。"可见我们就是

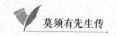

用了一个假名字，仍不害其为真的事实。何况呼牛呼马，本是习惯使然，照习惯说，则莫须有先生已经惯了，连小姑娘们都知道了。《莫须有先生传》可以说是小说，即是说那里面的名字都是假的，——其实那里面的事实也都是假的，等于莫须有先生做了一场梦，莫须有先生好久就想登报声明，若就事实说，则《莫须有先生坐飞机以后》完全是事实，其中五伦俱全，莫须有先生不是过着孤独的生活了。它可以说是历史，它简直还是一部哲学。本来照赫格尔的学说历史就是哲学。我们还是从俗，把《莫须有先生坐飞机以后》当作一部传记文学。关于这部书的名字有一点考证问题，一本作"莫须有先生坐飞机以后"，另一本则作"莫须有先生坐飞机以前"，到底是以前还是以后呢？好像应该作"莫须有先生坐飞机以前"，因为我们看后面所写的是一部避难记，都是莫须有先生坐飞机以前抗战期间在故乡的事情。莫须有先生坐飞机一定是最后胜利以后的事情则无须考证，从莫须有先生在社会上的地位，一个小学教员，与他赴小学履新时所有的资本三块钱——从这两件事看来，抗战期间他决无坐飞机的可能。最后胜利以后，情形当然不同，应该是举国同欢了，谁都可以坐飞机了。我所根据的板本，是"莫须有先生坐飞机以后"，作莫须有先生坐飞机以后亦不无理想，因为在开场白里头有莫须有先生自己的话：

"我这回坐飞机以后，发生一个很大的感想，即机器与人类幸福问题。当我在南京时，见那里的家庭都有无线电收音机，小孩们放午学回来，就自己大收其音，我听之，什么旧戏呀，时事广播呀，振耳欲聋，我觉得这与小孩子完全无好处，有绝大的害处，不使得他们发狂便使得他们麻木，不及乡下听鸟语听水泉多矣。古人说丝不如竹，竹不如肉，以其渐近自然，倘若听了今日的收音机真不知道怎样说哩。坐飞机亦然，等于催眠，令人只有耳边声音，没有心地光明，只有糊涂，没有思想，从甲地到乙地等于一个梦，生而为人失掉了'地之子'的意义，世界将来没有宗教，没有艺术，也没有科学，只有机械，人与人漠不相关，连路人都说不上了，大家都是机器中人，梦中人。机械总会一天一天发达下去，飞机总会一天一天普遍起来，然而咱们中国老百姓则不在乎，不在乎这个物质文明，他们没有这需要，没有这迫切，他们有的是岁月，有的是心事。农田水利他们是需要的，做官的却又不给他们，给他们的是剥削，逼得他们穷，病，而天空则是物质文明，飞机来飞机去，他们也不望着天空发问，还是国家的生产呢？还是国民的血汗呢？他们只觉得飞机也还飞得好玩罢了，同看《西游记》一样，正在田里工作时或辍耕而仰视之。照我上面的话看来，机械发达的国家，机械未必是幸福；在机械决不会发达的中国民族而购买物质文明，几何而不等于抽鸦片烟呢？谋国者之心未必不是求健康，其结果或致于使国家病人膏肓呢？我们何不去求求我们自己的黄老之学？我们何不去求求孟夫子的仁政？我们何不思索思索孔夫子'节用而爱人'的意思，看看大禹'菲饮食而致孝乎鬼神，恶衣服而致美乎黻冕，卑宫室而尽力乎沟洫'的榜样呢？你将说我的话是落伍，咱们的祖先怎抵得起如今世界的潮流？须知咱们的病根就在于不自信，不自信由于不自知，禹治水以四海为壑，这个本事不算小了，如今世界潮流正是'以邻国为壑'哩！咱们为什么妄自菲薄，甚至于数典忘祖，做历史考证把'三过其门而不入'的古圣人否认了呢？这便叫做丧心病狂。这种人简直不懂得历史，赫格尔说历史是哲学确是有他的意义了。中国的历史就是中国的哲学。我们先要认识我们的民族精神，我们的圣人又正是我们民族精神的代表，我们救国先要自觉，把我们自己的哲学先研究一番才是。本着这一部哲学，然后机器与人类或者有幸福之可言，那时我们不但救国，也救了世界。本人向来只谈个人私事，不谈国家大事，今日坐飞机以后乃觉得话不说不明，话总要人说，幸国人勿河汉斯言。"

所以这部书大概是莫须有先生坐飞机以后有心写给中国人读的，虽然写的是他坐飞机以前的事情，是一部避难记。他怕中国读

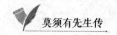

书人将来个个坐飞机走路，结果把国情都忘掉了，他既深入民间，不妨留下记录。或曰，莫须有先生可谓"见卵而求时夜，见弹而求鸮炙"，未免太早计了，我们那里是个个有飞机坐呢？是现在火车还没有通呀！莫须有先生答曰，是的，我们赶快把铁路恢复便好了，飞机则可有可无。

第二章　莫须有先生买白糖

上回我们说莫须有先生赴小学履新时有资本三元，我们现在就从莫须有先生赴小学履新说起。莫须有先生赴小学履新，是挈了眷属一同去，只是把老太爷一个人留在老家罢了。那个老家在县城之内，这个县城差不多已经成了劫后的灰烬，莫须有先生的老家尚家有四壁，以后要建筑房子只须建筑内部。这个建筑内部的工程在此刻六年之后最后胜利之日已经由莫须有先生的辛勤告成功了。其实应该说是太太的辛勤。此是后话，暂且不表。那三块钱的资本，其实不能说是资本，是债务，是太太向其阿弟借来的，不过不久就由莫须有先生偿还清楚了，三块钱，内中应以二元作今日的车资，此去有三十五里之遥，时间是二十八年之秋，那时一元钱还等于一元二角，——说错了，应是一元二角还等于一元。莫须有先生任教之学校设在黄梅金家寨，太太有一位娘家亲戚在距金家寨一里许之腊树窠，今天去就决定先到那亲戚家作客，那亲戚家同莫须有先生也是世交，随后再商量在那里居住的问题。学校对于教员眷属是没有打算居住的地方的。我们且不要太写实了，让空气活动活动好了。却说莫须有先生一家四人，同了一名车夫，同了一辆手推车，出东城，上大道，真是快活极了，尤其是太太同两个小孩快活极了，因为他们在城内住着总是怕"来了"！这两个字代表了残暴敌兵的一切，至今犹谈虎色变，而当时一出城就解放了，就自由了，仿佛天地之大"怎么让我们今天才出来呢"？这便叫做命运。一城之隔而已，城内有恐怖，城外，只要五里之外就没有恐怖的，然而家在城里则不能出来，在城外有职业则又可以出来，这事情是多么简单

呢？人生的恐怖又确实是恐怖，精神的解放又确实是解放，想否认也无从否认。居住问题，职业问题，本来同数字符号一样，好比你的通信处，可以在城里，可以在城外，可以写门牌第一号，也可以写第二号，只是摆布而已。所以我们的生活，生活于摆布之中，有幸有不幸，这便叫做命运。这一只大手掌摆在什么地方呢？为什么不让我们知道呢？以莫须有先生之高明，有时尚摆脱不开，即是说纳闷于其中也，想挣扎也。然而莫须有先生知道，这里完全不是道德问题，不是人格问题，不是求之于己的。至此便是知命，于是恐怖与解放都没有了，是自由，而人生是受苦。那两个小孩，一个叫纯，一个叫慈，纯是弟弟，慈是姊姊，慈十一岁，纯五岁。坐在手推车上的是纯同妈妈。慈同爸爸步行。慈的名字具写是"止慈"，关于这个名字，是莫须有先生得意之作，他说他确乎是竟陵派，无论做什么都不能容易，总要用心思，很难得有文章本天成的时候，独有女孩儿的名字他起得很容易，便是这回到金家寨入小学四年级起的，以前的小名从此不用了。曾经有一位朋友质问道：

"你为什么将女孩子命名止慈呢？"

"'为人父，止于慈。'我喜欢这一句话，我却对于小孩子太严了，尤其是对于我的女孩，故我起这个名字，当作我自己做父亲的标准。我是一个竟陵派，这个名字却是公安派，我自己认为很得意，然否？"

莫须有先生说着感着寂寞，这些老朋友根本不讲究做文章，至于讲究做父亲与否却不得而知了。

此刻走在大道之上，纯坐在车子之上，他本来是好动的，现则同猫睡一样蜷着一团，就是地球给人拿去了他也不管，反正他坐在车上，他不让给姊姊坐，他知道他是平安的，他已经不怕"日本老"了，他睡着了。慈一心跟着爸爸走路，两人走在车前甚远，慈好像爸爸的影子一样，她确是一点心思没有，整个的爸爸就是她的心思了，她整个的付托给爸爸了，平安了。慈最喜欢过桥，爸爸小的时候也喜欢过桥，她常常听见爸爸说，那些桥都在南城外，是到外家去的途中所必须经过的。是爸爸的外家，也是慈同纯的外家。那些桥都有灵魂，有一木桥，有一石桥，有一木桥而现在无有而有沙滩而有桥的记忆。石桥是沉默，是图画，对于它是一个路人，而且临渊羡鱼，水最深，桥影见鱼。木桥是密友，是音乐，常在上面跑来跑去，是跑得好玩的，并不是行路，桥下常无水，桥头有姨家在焉，此是爸爸的姨家；有舅家在焉，此是慈同纯的舅家。今天出东城过桥，一连过了两座伟大的石桥，可谓白驹之过隙，慈觉得很新鲜，但没有深刻的印象，听爸爸说故事而已。方其过头一座石桥时，爸爸说：

"这桥叫做赛公桥，是媳妇修的，媳妇同公公比富，公公修前面的公公桥，媳妇就修这个赛公桥。"

慈笑着没有回答，这是他人的故事，她自己不感着亲切，她觉得这个媳妇多事，她的桥未必真个比公公建筑得好些，她恐怕还要公公帮忙罢。

纯坐在车上醒了，他睁眼望见远山，再看见道旁田里有大萝卜，他说话道：

"妈妈，我们还有多远呢？"

"还只走七里路。"

"怎么有这么远呢？"

他不高兴的口音。妈妈不知道他是想吃田里的萝卜，他自己知道他是想吃田里的萝卜。

"还只走七里路！"

他说不应该"还只走七里路"了。

"你这小孩，不要闹，回头日本老来了！"

他知道日本老不会来，而且他知道妈妈的灵魂今天安稳极了，家里的东西虽然损失殆尽，但那要到需用的时候才感觉缺乏，目下是以平安为第一义了。这个小孩子，莫须有先生总称他为经验派。

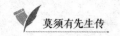

他又惦念他的祖父，不知祖父在家平安不平安了。他直觉地知道祖父在家平安。老人家要看守房子，老人家又舍不得他的房子，非至万不得已时不肯离开。黄梅县城是经过沦陷而又恢复了，即是敌兵占了又退了，而常来打游击。

"他们都说日本老爱小孩子，我不怕。"

这句话是真的，日本老友爱小孩子，日本老的暴行不加之于中国小孩子的身上，在这一点他们比中国人天真多了，中国人简直不友爱小孩。然而纯的话是不高兴妈妈而已，不高兴妈妈不知道他要吃田里的萝卜而已。若说日本老，他实在害怕得利害，因为他知道妈妈害怕，姊姊害怕，爸爸也害怕，连祖父也害怕，谁都害怕。他简直是因为谁都害怕而害怕得利害了。

纯同妈妈已到了公公桥，亦称仁寿桥。过公公桥须得下车，于是下车了。一下车，纯过桥，跑而过之，公公桥是那么伟大，在它上面举步比走路还要安稳，因此纯觉得这回不像过桥了，"像走路了"！他那么地想着。跑到对岸，便跑下对岸沙坝，——他已经自己蹲在萝卜田里了，显得很渺小。他已经拔了两个大萝卜捏在自己手中了。那里可以说是"田畴交远风"，立着这么一个笑容可掬的小人儿，他的欢喜实在太大了。而他只晓得说这两个萝卜真大。如果要他形容世间"大"的观念，他一定举这两个萝卜了。连忙又有一点道德观念，到人家田里摘萝卜这件事不知道对不对，具体地回答这个问题，便是看妈妈责备他不责备他了。萝卜捏在手中又奈何它不得，照他的意思，是连泥嚼之为是，本来是连泥嚼之为是，天下的生物那里不是连泥嚼之为是呢？然而他连忙又举目四顾，这时他又已站在坝上，连忙他又跑下这边沙坝，"沧浪之水清兮，可以濯我缨"了，他站在河边洗萝卜了。这时他慢慢地洗，同刚才连泥嚼之为是没有一点界限了。

最后纯站在桥头一棵树下吃萝卜。吃到第二个萝卜的一半，即是说第一个萝卜已经没有萝卜了，他把那半个萝卜伸到妈妈面前问妈妈道：

"妈妈，你吃不吃？"

"谁吃你的！"

他知道妈妈这一答话的神气，包含着责备他的意思，而且包含着妈妈无限的高兴了。

等他再坐车行路时，他又问妈妈道：

"妈妈，到人家田里摘萝卜，到底对不对呢？"

妈妈笑着答道：

"要是有人骂你小孩子，你就这样回答：'摘个萝卜打湿嘴，老板骂我我有理。'"

纯知道妈妈唱的是歌儿，那么他摘萝卜便不算不对了，自己很喜欢了。

莫须有先生儿童时期在故乡住过一十五年，即是说他从十五岁的时候离开家乡。离开家乡却也常归家，不过那还是说离开了家乡为是，如同一株植物已经移植，便是别的地方的气息了。他在故乡一十五年，离家很少走过五里以外，因为外家在城外二里许，小孩子除了到外家少有离家之事了。他记得到过姑母家一次，姑母家离城十五里；跟着祖父到过六家庵进香，六家庵离城十里；到过独山镇，独山镇离城二十里；到过土桥铺，土桥铺离城二十里。这些对于他都有长远的路程，他对于这些有长远的记忆，虽然时间上，除了姑母家住过半月外，其余都是被大人携带着作了半日之客而已。六家庵与土桥铺，在今日走路的路上，莫须有先生今日出城时便怀着一个很大的"旧雨"的心情，"我今天要走六家庵过了！要走土桥铺过了"！这个旧雨的心情，乃是儿童所有的，乃是路人所有的，而是伟大的莫须有先生所有的了。可笑有一腐儒，今番莫须有先生在故乡避难时，他专说莫须有先生的坏话，说莫须有先生能作什么文章！莫须有先生听了虽不生气，但因此很懂得孔子为什么看不起年老，如说四十五十不足畏，简直还骂老头子"老而不死"

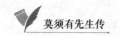

哩。是的，阻碍青年。你们有谁能像莫须有先生一样爱故乡呢？莫须有先生的故乡将因莫须有先生而不朽了。他今天走六家庵过时，顿时又现起关公的通红的脸，因为六家庵供的是关公，而且是故乡有名的第一个关公（关公在乡间同土地一样，是很多的），不过今天且不进去看看关公，心想留到第二回再来罢，今天还是走路，以达到今天的目的为是。留到第二回再来，也不是莫须有先生的敷衍话，他向来不打官腔，他这个人是有那么大的时间的丘壑，他常有一部著作留到十年以后再来继续下笔。再说，我们这部书到后来还有关于六家庵的记载，可以为证了。莫须有先生过六家庵时，是纯在公公桥下洗萝卜时，这是有手表可以为证的。殆及土桥铺时，则一家四人，与一车夫与车，俱休息在一家茶铺里。土桥铺留给莫须有先生的记忆，完全如土桥铺在空间的位置了，街头有栅栏，街很长，很狭，临河。虽是一乡之地，到此乃有异乡之感，莫须有先生觉得这里同他不亲切，大约莫须有先生的亲与族都与此方无关系，即是此方对于莫须有先生无地主之谊了。土桥铺临河，土桥铺没有看见桥，这是莫须有先生小时所不懂的，他只看见栅栏，他只记得栅栏，现在也还是以栅栏与人相见，以旁边一条狭路与人相见，街上的商人以商人与人相见。据说这里的商人多是富商，所以对人不和气。据莫须有先生说，这东乡之人都不和气，有霸气，读书人亦然。纯见了栅栏，见了狭路，见了高临狭路而有一狭狭的楼，一看狭狭的楼是庙，庙为什么在楼上呢？这是他生平第一回看见了。在家里妈妈不许他上楼，而现在这个庙在楼上了。他看见了楼上庙里烧香的香炉，这个东西真摆得高了。爸爸坐在茶铺里告诉他道：

"这就叫土桥铺。"

爸爸是想问问他的意见，他对于土桥铺的印象如何，土桥铺没有桥，不知他亦有质问的心情否。

"那田里的芋头大，——这里的田，泥黑。"

是的，这里的田，泥黑，田里的芋头大，这是土桥铺一带的特色了，莫须有先生听了很是喜悦，纯观察得不错了。

太太在那里有太太的心事，今天到人家去作客，是很寒伧的，想不到生平有这一遭，要做难民，要以难民到人家去作客。这亲戚家姓石，是她伯母的娘家，在太平时代，常常听伯母道其娘家盛况，莫须有先生对于今天将做他的主人那石老爹且一向佩服其古风，且憧憬于腊树窠那地方，首先以其远，莫须有先生小时最喜欢想像故乡顶远顶远的地方了。到了土桥铺，则距腊树窠十五里，车夫说这十五里只抵得十里，那么他们现在离腊树窠近了，却是有点裹足不前，首先表现于太太的神情，再则表现于善于观察的莫须有先生的神情，再则车夫亦能观察之，而纯与慈亦能观察之，于是茶铺里很是寂寞了。太太忽然拿出一块银币来，递给莫须有先生，说道：

"这钱你拿去买一斤白糖，——一斤就是一斤，十二两就是十二两，初次到亲戚家，是我们的长辈，不能不备礼。"

此殊出乎莫须有先生的意外，亦在意中，莫须有先生知道太太有六块银币藏在身边，但不知道今天要拿出来使一使，莫须有先生看着银币十分喜悦了，——莫须有先生颇怀疑这是不是见猎心喜的那个喜悦，即是说莫须有先生是不是还喜悦钱？如果是的，那就很可忧愁，所谓终身之忧也。然而今天却不是喜悦这一块银币，喜悦太太的舍得了。莫须有先生知道太太是极能舍得的人，能施舍而不能得解脱，故每逢看见太太舍得时，总是喜悦，而且惆怅了。这六块银币，说起来有一段历史，是四年前纯在故都生日一位老哲学家送给纯的礼物，其时市上已不使用银币了，而老哲学家送六块银币来，所以太太十分珍重之，希望纯将来也好好地做一个东方哲学家，因为老哲学家的苦心孤诣是如此。

莫须有先生拿了这一块老哲学家的银币，很有感叹，相见无期了。他拿了这块银币走进他小时就听说的有名的一家杂货店，是东乡的大族，是东乡的大贾，至于莫须有先生自己则全无历史，历史

只不过说"这个走进来买白糖的人有四十岁上下"而已。他把银币伸到柜台上，说道：

"买白糖。"

"只能算一块钱。"

"是算一块二角罢？"

"一块，多了不要。"

"一块也买，买一斤白糖。"

"十二两。"

"十二两也买。"

二十八年之秋白糖已是隆重的礼物，少有买者，亦少有卖者，少有零买零卖足一斤者。往后则愈来愈是奇货了。

莫须有先生捧了这一份礼物，可谓鼠窜而归，赶忙交给太太。他对于土桥铺从此一点感情没有了，因了买礼物之后。

第三章　无题

　　莫须有先生一家四人到了腊树窠石老爹家，各人有各人不同的观感。我们且说莫须有先生的观感。莫须有先生的观感可以一句话说明之，即是他到这里来中国的外患忽而变成内忧了。莫须有先生一家人都怕的是"日本老"，腊树窠民众对于日本老如谈故事，如谈"长毛"而已，这里真是桃花源，不知今是何世，而空间的距离此乡与县城只不过相隔三十五里。莫须有先生因此觉得世间的战略亦殊有趣，即是人类的理智有趣，彼此可以断定彼此的事情了，敌人不敢下乡了。然而莫须有先生分明地看得出今天做了他的居停主人那位老年人的忧愁，他一面招待莫须有先生一面心不在焉，心里有家事，而这家事都与国事无关，而这家事是保甲向他要钱要米。分明是国事，而与国事无关，而是家事。是的，甲长来要钱要米，也是为得甲长的家事来，因为他做了甲长他就可以不出这一份钱米了，他的家就可以省得这一份钱米了。保长则不是求省得，是求赚得，所以只有甲长是中国最廉洁的公务员了，而保长也是为得保长的家事来了。莫须有先生今天的居停主人是同今日的社会最不调和的一位代表，即是说他是旧时代的好人，读书世家，讲礼貌，无职业，薄有田地，小孩子也无职业，大儿子已结婚，都怕抽兵。此时食盐一元二斤半，此家便是盐荒之家。可怜的石老爹，在此后六年之内，莫须有先生一次在监狱门前看见他走出来叫莫须有先生，叫莫须有先生是好容易遇见莫须有先生想莫须有先生替他说人情，莫须有先生起初不知道那便是监狱，那不过是乡下人的房子，莫须有先生在门前路过，然而那是监狱，是山中政府所设的监狱，

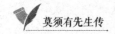

老爹一出门法警便喊他进去，莫须有先生在此乃知自由是可贵，而人世犯法每每是无罪了，无罪而不能不承认是犯法，法是如此，事实是如此。又一次，是三十四年，就在腊树窠本村，石老爹被逃兵正要绑出去枪毙了。"你的房子这么大，你家为什么没有钱呢？"计算起来应是十月与十一月之交，因为那时最后胜利已庆祝好久了，县政府已从山中搬回县城了，石老爹衣服剥光了，等待枪毙了，而县政府自卫队赶到，逃兵赶走了（这位县政府的首长能将逃兵赶走，此外还有好些功绩，老百姓都很喜欢他，而因为得罪县党部书记长不久而被迫去职），石老爹得以救出性命了。莫须有先生却也无缘再见，石老爹除了年老之外，不知尚有何痛苦的痕迹否？此虽是后话，今日应该叙一叙，以后未必有记载的机会了。今天石老爹同莫须有先生两人在客房里叙宾主之谊，莫须有先生忽然大感寂寞，他觉得所有故乡人物除了他一个人而外都是被动的，都只有生活的压迫，没有生活的意义，他以满腔热诚来倾听就在他面前这一位老人，一位三代直民，他望风怀想久矣，今天有不可尽情诉衷曲的吗？然而石老爹只是同留声机一样大声说话，机械的，没有表情，他的情感只是毫没有拒绝莫须有先生的意思而已，——就以这一点就是直道，莫须有先生感激不尽，喜悦不尽，因为莫须有先生到了好些处作客，主人口里总是留客心里总是谢客，怕客扰。在莫须有先生仿佛是人生有历史，痛苦又何尝不有意义呢？石老爹是面前有现实，现实又何尝不等于梦呓呢？他简直不懂得现在为什么要保甲，没有保甲不好吗？他活了六十多岁没有看见这个事，如今家里穷的时候有这个事，有这个事便是出钱出米，有谁家不出钱出米呢？小孩子不中用，要是小孩子中用就不说做官发财的话也就不用得出这份钱米了。莫须有先生向他谈起敌兵的可怕，他连忙说道：

"要到三十五年才太平。"

这句话出乎莫须有先生的意外，使得莫须有先生向石老爹呆望着。

"这是服丹成说的，民国十四年的话，要民国三十五年太平，——那时谁知有日本老呢？他不就是神仙吗？你记得服丹成吗？是你舅父的好朋友，你外祖葬的地方是他看的风水，你舅父葬也是他看的地方。"

石老爹的这几句话句句有意义，他自己懂得，而莫须有先生完全糊涂了。

"今年是民国二十八年，要到三十五年才太平，那不还要打七年仗吗？"

莫须有先生心想，这个时间未免太长了，经了这么长的时间的战事，国家将成何景象呢？再说，他们县城里的人将如何归家呢？又想，历史上的战争每每是有大的数目的时间，现在也正是一段历史，又怎能断定不"还要打七年仗"呢？后之视今，亦犹今之视昔。在这里头过活的人民，度日如年，一年三百六十日，身受痛苦，以时间为久长，将来的历史家只是一笔记载而已。所以石老爹的话，首先是给了莫须有先生一个打击，战事还有那么久长，莫须有先生虽不是相信石老爹的话，但仿佛相信这件事似的；连忙又给了莫须有先生一个镇静，短期内不作归家之计了，好好地在乡间当小学教员，把小孩子养大教大了。莫须有先生于是胸有成竹地问石老爹道：

"老爹，你说我们是不是有最后胜利呢？"

"日本老一定要败的。"

"这也是服丹成前辈说的吗？"

"这个服丹成没有说，——天视自我民视，天听自我民听，说起来日本老奸掳烧杀无所不为，一定不讨好。"

关于胜利问题，莫须有先生在乡间常是探问一般老百姓的意见，一般老百姓的意见都是说日本老一定要败的。虽然头上都是日本老的飞机了，日本老不但进了国门，而且进家门了，一见了日本老都扶老携幼地逃，而他们说日本老一定要败的。是听了报纸的

113

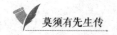

宣传吗？他们不看报。受了政府的指示吗？政府不指示他们，政府
只叫他们逃。起先是叫他们逃，后来则是弃之。莫须有先生因了许
多的经验使得他虚怀若谷，乡下人的话总有他们的理由罢，他自己
对于世事不敢说是懂得了。在二十七年夏，黄梅县城附近是战场，
敌兵当然要占据黄梅县城。后来敌兵退了，即是黄梅地方已失掉军
事性了，敌兵当然不再来，再来不就是无目的吗？无目的不就是胡
闹吗？所以二十七年秋，黄梅县城恢复之后，莫须有先生的家庭随
着县城里的居民又搬进城里。而一般的老百姓则说城里不可居。后
来城里果然不可居，即是敌兵胡闹，敌兵再来，何所闻而来，何所
见而又去了。于是莫须有先生心想，事不可以理推。以理推，莫须
有先生以为敌兵不会强奸的，因为敌兵不都是受过教育的国民吗？
所以敌兵爱中国小孩，莫须有先生以为不出乎意外。然而日本人强
奸。凡在战线附近逃避不及之妇女，不是老弱，便是残废，——中
国妇人四十以上，飞机轰炸之下，父母在小时替他们裹的脚，现在
逃奔国难，不等于残废吗？他们便是日本人强奸的对象。有六十老
妪，莫须有先生亲知其人，其子弃之而不顾，因为虽是母亲确是废
物，逃难时故弃之不顾，而日本人强奸之。此事乃使得莫须有先生
无成见，可有的事都是有的，不以理推而无之。二十八年夏，乡下
人盛传"赛老祖落了一架飞机，日本老要来寻飞机了"！莫须有先
生以为可笑，赛老祖是蕲黄最高之山，是不是真落了敌机且不晓
得，就说敌人真落了飞机，则甑已破矣，顾之何益，到赛老祖去寻
飞机，谈何容易的事，能像小孩子失落了东西就去寻吗？中国老百
姓专门喜欢谈故事，此亦故事而已。而不久敌人兴师动众，果然打
进赛老祖寻飞机，莫须有先生亲自拾得从敌机上散落下来的一张传
单，说如此。此役黄梅县所吃的苦所受的惊，较二十六年大战为过
之，黄梅无可避之地了。"你说日本老腿子直不能上山，他连赛老
祖都上去了，他像猴子一样会上山，他简直是跑上去的！"事过情
迁乡下人又这样说，谈故事似的。然而从这回以后，无人不怕敌

机，“日本老的飞机”简直成了口头禅了，说日本老的飞机就是要你害怕。莫须有先生的一位本家，年已六十，因此精神失了常态，他在飞机来的时候，他觉得飞机到处看见了他，他跑了一上午跑不着躲避处，看见前面有一座石桥，他说：“好了！我到这桥下躲着安全了，他看不见我了！”人人笑他，他找不着有可笑的理由。隔了好几个月，有一位年青人见了他笑道：“老爹，日本老的飞机来了，把那石头桥炸塌了！”老爹吓得当下乱跑起来，那年青人再上前去抱着他他也还是要跑。“日本老的飞机来了！日本老的飞机来了！”另外有一四十岁的商人莫须有先生看见他因赛老祖之役害了疼挛。莫须有先生从此毅然决然地信任老百姓的话，他简直这样地告诉自己：“乡下人的话大约都是事实。”因为是事实，所以无须乎用理智去推断了。若以理推，则人类不应该有战争，除了战争难道没有合理的解决吗？损人利己犹可说，若损人而不利己呢？若自己疯狂呢？同归于尽呢？他综合多方面的意见，众口一致：“日本老一定是要败的。”现在石老爹亦如此说。敌必败，则最后胜利必属于我，是很容易明白的，然而不明白，老百姓只说日本老一定要败，仿佛是说书人谈古，同中华民国不是一个空间的事，不是与自己有切肤之痛的事，凡属谈日本他们很喜欢谈，人生到底还是有闲暇似的，可以说说故事了，而切肤之痛的事第一是“保上又要抽兵”，其次是出钱出米，中华民国最具体的感觉是“保长”，只有他得罪不得，得罪他你就有要到保上去抽签的危险，——这样说或与事实不符，若说你真正巴结了他，或他真正要巴结你时，则你决无到保上去抽签的危险，这是确可保证的。日本老不是他们的切肤之痛，日本老来了他们跑就是了，而苛政猛于虎是他们当前的现实。于是莫须有先生得了结论，中国不是外患，是内忧。他又毅然决然地断定“最后胜利必属于我”，即是说日本必败。中国老百姓多么从容呢？“要三十五年才太平”，他们早已预备长期抗战了，只要政治稍为合理，保甲稍为合法，他们没有不一致抗战的

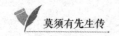

了，即是说他们一致出兵出粮。保甲不合法，政治不合理，他们也还是出兵出粮。这时他们出兵出粮不是因为抗战，是因为怕官。中国人只要少数爱国，即是统治阶级爱国，大多数的农民无有不爱国的了。为什么逼得大多数人不知爱国惟知怕官呢？官之可怕并不是因为"导之以政齐之以刑"而可怕，中国的老百姓简直不怕死，所谓民不畏死奈何以死畏之，官是因为贪而可怕，官不知为什么做官而可怕，官不爱民而可怕。人到了无爱人之心，则凡事可怕。所以中国的少数人如知爱国，大多数人的爱国是自然的，所谓"有耻且格"。不但爱国，而且爱了天下，因为中国人对于敌人没有敌意，虽然有敌忾。这个民族，对于敌人最能富有同情了。日本人真应该惭愧。中国读书人真应该惭愧，因为中国统治阶级是读书人。我们要好好地了解中国的农人，要好好地解救中国的农人。中国农人是很容易生活的，他们的生活简直是牛马生活，然而他们还是生活。你们的现代文明他们都不需要，你们想以现代文明来征服他们适足以招你们自己的毁灭。若他们求牛马生活而不能，则是内忧，那么以后的事情待事实证明罢。莫须有先生当时如是想。

连忙要吃午饭了，较平时午饭时间为迟，因为莫须有先生一家四人到时已是午饭时，于是午饭时乃稍为延迟，临时石老太太要在厨房里张罗张罗，家里来了客了。石老太太在厨房里张罗张罗，则又要同莫须有先生太太（这个称呼很发生过正名的问题，后来经过许多大家的一致同意，认为应该如是称呼）在厨房里说话说话。其实莫须有先生太太不喜欢说话说话，而石老太太要说话说话。她向莫须有先生太太说她的大媳妇，其人是一位蓬头垢面不修边幅的女子，莫须有先生太太早已一望而知了。石老太太说道：

"我总不要她弄饭，我情愿我自己动手，不图这个安闲，我总怕她馋，什么她也得馋馋！"

"大婶子她娘家在那里呢？"

"娘家在蕲州，——你几时看见她娘家有个人来，有个人来望望她的女孩儿？"

莫须有先生太太是一位最富有乡土性的人，照她的意见，替孩子娶媳妇为什么要娶蕲州女子呢？今天她走进石老爹的家门首先就是这蕲州女子说话的口音使得她如到远地了。娘家没有个人来望望，这么远的路，女孩儿该是怎样的寂寞呵。她不知道从腊树窠到蕲州并不算很远，只不过都是山路，她以为同黄梅县城到蕲州是一样的远了。

"她也喝酒，背着人偷着喝，酒壶简直不能见她的面，我没有看见人家过这么个日子，什么都得防！——热！"

石老太太说着已经从灶孔里把正在温着的酒壶拿了出来，拿了出来而且试了一试，试了一试自己乃答应着"热！"即是酒已温得可以了。酒既温得可以，则已经到了吃饭的时候了。连忙又说：

"我一心说话去了，这个汤里给盐没有？——给了盐。"

石老太太说她一心说话去了，忘记了那钵正在熬着的汤里给了盐没有，莫须有先生太太本来想告诉她给了盐，因为她看见她给了盐，而石老太太已经自己答应着"给了盐"了，自己尝了一尝了。莫须有先生太太对于此家大事已思过半矣。

石老爹一家七口，石老爹同石老太太，三个儿子，名字就叫做伯，仲，季，一个女儿，季今年十七，明年就要"适龄"了，有到保上去抽签的危险了，另外就是长媳，那位蕲州女子。这七人都是酒徒，而莫须有先生一家四人则压根儿不喝酒。食桌系正方形，一方坐两人，四方能容纳八人，主客共十一人，所以应有三人不列席。此不列席之三人有一人是当然的，有席亦不列席，何况无席，便是那位蕲州女子。不独此家为然，举一切家皆然，凡属媳妇都不列席。而三兄弟之中，季不敢出席，仲坚不肯出席，于是八席毫无问题。平常诸事对于仲都是十分客气的，仲自己亦毫不客气，总是摆架子，因为要抽兵就要抽他。"几时我跑到日本老里面去，看你把老子怎么样！"仲不高兴时如此说。他说话的意思是表示他

的身价，表示他可以使得爸爸到县政府监狱里去，要你的儿子当兵而你的儿子逃了，你岂不要进监狱吗？至于"老子"则是此乡一般骄傲之自称，毫无恶意，并不是反对老子而自称老子。"跑到日本老里面去"，亦只表示逃的意思，并不真是陷爸爸于不义。莫须有先生在故乡期间，听得小孩子们表示将背父母而逃，不是说"跑到日本老里面去"，就是说"跑到新四军里面去"，跑到新四军里面去容或有之，跑到日本老里面去则绝无。莫须有先生并观察着一个事实，即是中国为父者能慈，为子者能孝，只是不爱国，故为子者决不肯见其父入狱，为父者决不肯见其子当兵。仲在家，亦不过脾气不好而已，他总要使得大家不高兴，可谓特立独行，大家请他坐席，他端了一碗饭连忙跑到稻场上吃饭去了。纯称他"仲叔"，纯顶喜欢仲叔，他看见仲叔端了碗到稻场上去了，他也端了碗到稻场上去了。纯喜欢到乡下的稻场上玩，他觉得他街上没有这个好地方了，何况吃饭的时候到稻场上去玩，那真好玩，仿佛天下只有吃饭最不自由，最是多事，现在自由了，好玩了。纯既不列席，则空了一席，何必空一席呢？石老爹乃喊季道：

"季，你也来喝酒，——何必空一席呢？"

席间伯氏坐在末席，他拿着酒壶，斟莫须有先生莫须有先生谢，斟莫须有先生太太莫须有先生太太谢，斟慈慈谢，于是他生平第一次经验着天下有不喝酒的客人了，他简直想："这还做什么客呢？"伯氏是不大开口笑的人，他这才开口笑了，他家今天来了不喝酒的客人。于是他斟爸爸，斟自己，而且开口笑道："这真叫做主人不乐客不欢。"石老爹很得意，他觉得伯氏这句话能代表他自己的意思。

这时石老太太尚在厨房里，尚未出席。

这时石老太太已经出席，石老太太出席替季代表意见道：

"季怕先生，他不敢出来，他同嫂在厨房里吃饭。"

"季怕先生"，莫须有先生听了不懂，连石老爹也稍为思忖了一下。石老爹连忙向莫须有先生说道：

"莫须有先生，我这个第三的小子，将来要请你帮忙，他字是不认得几个，四书已经读完了，但现在时势非住学校不可，求你把他介绍到金家寨学校去，听说插六年级一年就毕业，毕了业就好了，我老头儿真是感激不尽。"

"你看，真是古话说的，'男服先生女服婆'，我叫他出来吃饭他不来，要躲在厨房里。"

石老太太连忙说，她已经列席在那里喝酒了。这时石老爹伸手到伯氏面前，把酒壶夺过来，说道：

"莫须有先生不是外人，——拿来我自己斟。"

又转向莫须有先生道：

"莫须有先生，我喝酒喜欢自己斟，别人斟我就喝不醉，酒壶放在自己手里，同冬天里火钵放在自己手里一样，不喜欢给人。"

这是石老爹生活最有意义的时分了。因之莫须有先生也十分高兴，他想起陶诗"得欢当作乐，斗酒聚比邻"，等他到这里安居以后，他要常常请客，请石老爹喝酒了。然而莫须有先生又有点意外，他看出石老太太比石老爹还要痛饮，他简直从此才知道什么叫做大量，大量是若无事然，石老太太的眼光是不觉杯中有物，而杯中又确不是虚空了。更奇，其伯氏比其老太太还要痛饮，难怪人家叫他叫汉奸了，他在那里痛饮，以前人不觉，石老太太出来乃显得事实是如此了，此时酒壶已第三次拿到厨房里重装之而又重温之，又在伯氏手中斟酌之。

石老太太一面喝酒，一面同莫须有先生太太说话。莫须有先生则已退席，到外面稻场上看纯去了。纯已饭毕，他向爸爸说稻场上的那石滚好玩。

莫须有先生再进门时，则见石老爹家中在那里吵架，祸首显然是仲氏，他把一桌子的碗，匙，酒杯，统统推翻了，砸碎了。石老太太骂他道：

"把你抽去当兵罢，我再也不心疼！——莫须有先生太太，没有看见人家同我家一样，吃饭好好的，不为什么就吵起来了，把东西都砸了！"

石老爹默默无言。仲常常这样给家庭以损失，现在碗匙这一类的家用品颇不易添置，老爹心里稍有感触，但在其宽容小孩子的心情之下无甚痕迹。他连忙请莫须有先生坐，他又谈起季，说势非住学校不可，要请莫须有先生帮忙。他道：

"季明年十八岁，就要适龄，住学校就可以免役，要请莫须有先生帮忙。"

"我将任教的学校是国民学校……"

"我还有一句私话，莫须有先生不是外人，季已定婚，媳妇家有话来，季要不住学校就要离婚，媳妇家很有钱，所以现在非住学校不可。"

这番话不久莫须有先生都懂得了，对于乡间事情，举凡人情风俗，政治经济，甚至于教育，都懂得了。

第四章　卜居

　　天下事是偶然还是必然？待事情经过之后好像是必然的，简直是安排着如此的；然而在未展开以前，不能知道事情将如何发生，发生的都是偶然了。偶然是要你用功，必然是你忽然懂得道理。那么人生正是一个必然，是一个修行的途径，是一个达到自由的途径。只可惜世人都在迷途之中，故以为一切是偶然的遇合了。莫须有先生在他今番卜居这件事情上面作如是想。

　　原来莫须有先生一家四人在腊树窠石老爹家作客三日，然后在离金家寨不到半里路的地方做了住户，这里应该是莫须有先生今日之家，天下莫能与之争，因为地主是莫须有先生的本家，有两间半房子空着，莫须有先生要房子住自然住这两间半房子了，这还成什么问题呢？然而莫须有先生不知道这些，他把衣食住问题著实放在心里，首先是要解决住的问题，当他抵达腊树窠之日，吃了午饭，虽然山上已是夕阳西下牛羊下来，他一个人出门向金家寨的那个方向走，走进那驿路旁一家茶铺里，他拣了一条板凳坐下了，按他的意思简直等于"筑室道旁"，因为他向茶铺里坐着的好几个人打听："这附近有房子出租没有？"大家都打量他一下。内中一妇人说话道：

　　"这位先生是金家寨的教员先生罢？"

　　莫须有先生答曰："是。"想起古时候没有见过孟嘉的人看见孟嘉便知道是孟嘉，莫须有先生很高兴。总之莫须有先生觉得再不必介绍自己了，自己在社会上的地位既已明白，有房子一定出租了。

　　那妇人便也很高兴，又笑道：

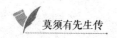

"我一猜就猜着了,我知道是教员先生,金家寨来了好些教员先生。"

"学校什么时候开学我还不知道,——我想在这附近租房子住家。"

"先生买牛肉不买?"

那妇人又说,原来此地私卖牛肉,她以为"教员先生"一定是牛肉的买客了。

"乡下那里还有牛肉卖?耕牛是禁止屠宰的罢?"

莫须有先生说这话时,可谓完全无对象,即是他自己也不知道他是向谁说的,只是随口的说话罢了。凡属随口说的话,便等于贪说话,此话便无说的意义。莫须有先生迩来常常这样反省,他所最缺乏的修养便是说话尚不能离开"贪",不能够修辞立其诚。作文尚能诚,作事尚能诚,因为文字要写在纸上,行为要经过意志,都有考虑的余地,不会太随便的,惟独说话是天下最容易的事了,而且可以说是天下最大的快乐了,很容易随口说一句,即如现在答覆这妇人"买牛肉不买"的话,只应答着"买"或"不买",多说便无意义了。若说答着"买""不买"亦无意义,因为问之者本不知其意义,故答之无意义,是则不然,人家问我,礼当作答,不应问人家问我的话有无应问的意义了。莫须有先生这样自己觉着自己缺乏修养时,自己尚贪说话时,尚以说话为快乐时,而一看那妇人已不见了,即是不在莫须有先生的视线之内了,莫须有先生则又一切都不在意中,简直不以为自己是坐在驿路旁一家茶铺里一条板凳上面了,简直是在书斋里读古人书了,记起了这样一句话:"三人行必有我师焉,择其善者而从之,其不善者而改之。"即是他不觉得那妇人不该问他买牛肉不买牛肉,而觉得自己的答话同她一样错了,他应该第二回不再错了,在说话上面亦不能贪。而再一看,那妇人又来了,这回她很窘的向莫须有先生说:

"我们这里并没有牛肉卖,我刚才的话说错了。"

　　莫须有先生也窘，他乃觉得他处在茶铺里是非场中了。她又连忙道：

　　"我的老板怪我，说我不该乱说话，我们这里并没有牛肉卖，卖牛肉是犯法的，——我想我是一个妇人，说话说错了要什么紧呢？教员先生又不是县衙门口的人，又不是乡公所的人，未必怪我一个妇人？"

　　她说着哭了。

　　"你的老板是那一位呢？"

　　莫须有先生这样问她时，她听了莫须有先生话里的意义时，她倒有点害怕起来了，也许这个人不是"教员先生"，是县衙门口的人，是乡公所的人，是来侦察卖牛肉的，她把眼角一瞥，她的老板不在眼前这几个人当中，她的心又稍安定了。她的老板在她问莫须有先生买牛肉不买时即已离开了，离开茶铺到间壁自己家里去了，而且使了一个眼色把她也召回去了，连忙又命她出来把刚才的话赶快更正了。

　　"我告诉你，你不相信我，我姓冯，……"

　　这一来，莫须有先生姓什么的问题已经解决了，原来莫须有先生姓百家姓上的一个冯字。然而茶铺里几个人都慌了，他们都是姓冯，他们从不知道天下有个莫须有先生姓冯，那么他说他姓冯一定是假装，这个人一定是县衙门口的人（县衙门本来已搬到乡下来了，离这里不远），连乡公所的人都不是，意思便是说比乡级公务员还要高一级，他们从没有听说乡公所里面有他们本家的先生在当差事，那样他们几户人家住在这里何致于专受大族姓的欺负呢？几个人慢慢地都溜了，那妇人也觉得辩解未必有什么用处，以后自己莫多说话就是了，也悄悄地走了。茶铺的主人是一个老头儿，以他六十春秋，站在那里招待任何人的神气，在这黄昏时候又任何人不招待的神气。莫须有先生瞥见他后园有一园的蔬菜，长得甚是茂盛，心想这附近倘若有房子租便好，他可以天天到这里来买菜了。

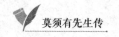

"这附近有房子出租吗？"

莫须有先生以一个恳求的神情问着老头儿。这个老头儿却是最能省略，他不用世间的语言，只是摆一摆头，等于曰："否。"莫须有先生觉得这个老头儿太冷淡，人到老年还是一个营业性质，毫无意义了，莫须有先生不辞而走了。等莫须有先生走后，茶铺里又议论纷纷，一吊牛肉本来藏在后面牛棚里，现在牛棚也给稻草藏起来了。祸首其实不姓冯，只是住在姓冯的家里，是此地有名人物，除了他自己怕县衙门，怕乡公所，别人便都怕他了，连我们在本书第二章所说的专门诽谤莫须有先生的那腐儒都要勾结他了，然而此是后话，等有机会的时候再说。

第二日晨，盥洗毕，莫须有先生同石老爹说话道：

"我还有一件事情要请老爹帮忙。"

"什么事呢？"

石老爹知道莫须有先生决没有为难的事，莫须有先生决不是借钱，不同自己一样常常以这件为难的事令人为难，因为谁都不肯借钱给人，而且也令自己为难，谁又喜欢向人借钱呢？一看莫须有先生踌躇着没有立刻说出什么事来，石老爹倒有点慌了，眉毛为之一振，——石老爹眉毛的振动最容易看得出来！但实在没有慌的理由，除了石老爹自己有为难的事而外（今朝便没有钱买酒），莫须有先生决无为难之事，莫须有先生一定腰缠万贯出来避难，而且读书人无须乎动用本钱，只吃利钱，——他在金家寨当教员国家不给钱他吗？读书该是多么好！古话说的，"一边黄金屋，一边陷人坑"。石老爹的意思集中在上半句"一边黄金屋"，至于下半句则是对仗罢了，毫无意义。莫须有先生是急于要说明事由的，但看见石老爹端着烟袋急于要吸烟，他怕他呛着了，所以暂不说。慢慢莫须有先生说道：

"我想在学校附近租房子住，想请老爹替我找一找房子，——乡下不比城里，不知道有没有房子出租？"

"容易容易，有，有，——就在我这里住不好吗？离金家寨也不算很远。"

这一来莫须有先生反而不得要领了，他以为石老爹是此方地主，想请他帮助他解决住的问题，而石老爹吃烟同喝酒一样，总有点醉意，未必能帮助他解决了，只要解决了住的问题，则他的一切问题都解决了。而这个问题不容易解决。他又向石老爹微笑道：

"我现在只要有一个简单的房子，可以住一个小家庭，然后再居无求安食无求饱可也。"

莫须有先生仿佛感到自己的程度还不算够似的，向外面尚有所要求，要求租一个简单的房子，所以说话时的心情很是怯弱了。石老爹又答道：

"容易容易，——孩子们都不大懂事，昨天莫须有先生刚到，简慢了莫须有先生不说，他们还要吵架，请莫须有先生莫笑话，论理谈什么租房子，倒该在我家里住哩！现在我真不敢留莫须有先生……"

莫须有先生只是笑，无话可说，他说不出话来，因为他中心的问题没有解答。谁知石老爹胸有成竹，莫须有先生的居住问题已经不成问题地解决了。

吃过早饭，石老爹向莫须有先生说道：

"我们两人出去走一走。"

石老爹说话时手中尚端着烟袋，连忙放下烟袋，自己已经走在前面，连忙又退一步，请莫须有先生走，连忙又表示这是一个礼让，还是应该自己做向导。所走的路径正是昨天下午莫须有先生到茶铺里去的路径，一路走还有一条小溪流，莫须有先生见了这个溪流甚觉喜水，仿佛世间的事情应该只是看水，奇怪昨天下午为什么没有注意这个好水呢？那前面不是那个茶铺吗？一个人要是看见山水而因心里有事而不见，未免可笑了。到了驿路，那里还有一个小石桥，过小石桥那茶铺就在桥头，石老爹却是穿过驿路，不过桥，沿着溪流走。走到那对岸旁有一大枫树下有两间半屋子锁着，若不

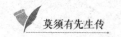

过岸去，还是沿溪走，若过岸去便过那很小很小的石桥，而石老爹
便过桥了，过了桥便站住了。莫须有先生自然也过桥也便站住了。
石老爹站在这边锁着门的门前向着那边开着门的屋内喊叫一声：

"顺在家吗？"

"在家。"

"拿钥匙来把门打开。"

屋内的人已经出来了，莫须有先生心想，此人当然叫做
"顺"。听说"拿钥匙来把门打开"，顺又进去了，连忙又拿了钥
匙出来了，把门打开了。莫须有先生很有喜于此人的态度，做后生
的应该如此，问之则答，命之则行，而且和颜悦色的。不但此也，
石老爹今天也恢复了做长者的权威，十年以来，因为家道衰微，无
论做什么事都没有胆量，真是俗话说的"人是英雄钱是胆"，没有
钱谁还理会你呢？三尺童子亦不理你也。此刻同了莫须有先生出
来，则理直气壮，身价十倍，因为他是替莫须有先生办事，而莫须
有先生是顺的本家，君家有这么一个真正的读书人，从此不怕被人
欺负了。石老爹确实没有一点儿势利之感，是真正的佩服"这么一
个真正的读书人"，自从有民国，乡下盖没有看见一个读书人了，
都是土豪劣绅，所以石老爹同莫须有先生并立于泉边木下，如乐琴
书，至于"不怕被人欺负"，则是世风太坏罢了。他向顺介绍道：

"这是你本家的先生，先生现在要到金家寨学校教书，你把你的
屋子打扫出来，先生就在这里住家。"

顺连忙向石老爹致敬礼，再转向莫须有先生致敬礼，他可谓之
不亦乐乎，而且已经分别亲疏了，讲礼应该是"先酌乡人"了。莫
须有先生于是乎不亦君子乎，连忙安贫乐道了，这里找房子那里找
房子都是多事，天下的鸟儿那里没有房子住呢？这时他对于世间的
任何人都爱，因为任何人都爱所以他分别亲疏了，他爱顺了。顺请
他进屋把房子瞧一瞧，他一心以为无瞧之必要，这个房子一定好。
首先屋旁树好，门前水好。不过此所谓水好，已包含着功利主义意

味，是颂赞饮水方便，不必费人力挑水，莫须有先生可以拿瓢来舀，莫须有先生太太可以拿瓢来舀，慈与纯亦可以拿瓢来舀。莫须有先生见了水又问火：

"买柴要到什么地方买呢？"

"有时门口有得买，驿路上也常有卖柴的，不远到三衢铺下山的路上每天早晨有卖柴的下山，可以去叫来买。"

莫须有先生是不厌日常生活的人，有许多功利主义者简直说莫须有先生对于日常生活有能干，其实这是一个很大的误会，莫须有先生最怕他贪着生活而失掉修行的意义，所谓能干者只是谨慎，有预算，节用，不借债而已。年来日常生活项下，要加上"跑反"一项，即是敌人打游击来了，要把家中用物，第一是身上穿的，其次是厨房用的釜甑之类，都得装在箩担里，一回挑出去（分两次则势已不及），倒也容易安全无事，所以在一般劳力者，跑反简直好玩，等于赶集，赶到敌人所不能赶到之处。莫须有先生对着他的负担却是无可奈何，在二十六年大战遭受损失之后，又一回一回地遭损失，现在则所剩不多了，不过莫须有先生还是不奈何，不能两个肩膀一个担子一回挑出去。他看见那有力气的人挑重担不费力，行其所无事，可以说是他最羡慕的人才了，而此时谁又不能帮助谁，因为谁都有自己的担子。若除了跑反这一项，则一切日常生活之事，莫须有先生可以称之为不耻不若人。现在他一看他明日之家庭，就在这水泉旁边，大树荫下，买柴据顺说又是那么方便，此外似乎真是没有什么要求的，——不是吗？他又有点不相信自己似的，他生平何以总是如此的自足呢？他不知道他是精神上得了这么一个解放，住在这里可以不跑反，劫后家庭将不致于再有损失，不是吗？顺还是请他进屋把房子瞧一瞧。于是他进屋把房子瞧一瞧。顺道：

"要叫砌匠来打一个灶。"

"是的，要打一个灶。"

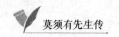

莫须有先生一看，事实是要打一个灶，这个房子里没有灶。

"今天我就去叫砌匠来。"

"那顶好。"

莫须有先生说这话时，心里又有点慌了，话不能说得那么有力量了，只是含糊其辞了，因为他现在除非到学校去领薪水他没有钱，叫砌匠不要开工钱吗？打灶不还要买砖头吗？他从二十六年大学讲师没有得到聘书以来，对于领薪水这习惯已经忘记了，他简直忘记了一个人还可以从社会得到报酬，他只觉得他从来没有得过报酬，他一向只等于比丘行乞，他一向也不要报酬。当前的急务是打灶，打灶要用钱，而自己没有钱，这将成一个什么局面呢？其实莫须有先生还是虚荣心用事，没有钱便说没有钱，大家商量一个办法好了，而他觉得话这样说是很寒伧的。他乃向顺打听事实，第一问是：

"打灶要买多少砖呢？"

"砖不须买，家里有陈砖。"

"有陈砖？——将来我给钱你。"

"这个不须得，是家里本来有的，——莫须有先生只出砌匠工钱，另外买十斤石灰。"

莫须有先生听了这话，知道自己再也不能推辞，顺对于取与之间是很分明的，很合理的，莫须有先生若还要三思而后行，乃是莫须有先生不知礼了，那倒是很寒伧的。所谓不能推辞，有两面的意义，一是不让，砖无须买即不买；不买砖则费用必不大，于是而有第二面的意义，即不惧，莫须有先生连忙伸手到口袋里掏钱，昨天开了车资与路上的零用剩下的资本不足一元，他知道，但他又确信足以应今日之用而有余了。

"你拿钱去买石灰，——大约要几毛钱呢？"

"一毛钱就够了。"

"是的，这一毛钱拿去买石灰，——砌匠的工资要多少钱呢？"

　　莫须有先生这一问时，心里在那里推想，一个灶的工程总不过一个工罢？县城里工匠的工资是三毛钱一个工，乡下当必较低。所以他毫不胆怯，他必然可以兑现的。顺答道：

　　"这个我还不清楚，等砌匠做了之后再问他。工是二角五一个工，打灶不点工，是算锅数的，两口锅怕要算三个工。"

　　这一来莫须有先生又少了好些胆量了，心里在那里算算术，以三乘二角五，要得七角五，自己手上的毛票，给了顺一角，剩下的恐不足这个数目了，他连忙又装到口袋里去，心想"顺未必知道我所有的钱就在手上"，于是他假装道：

　　"等砌匠做完之后再问他，现在先买石灰。"

　　"锅不用得买，锅花子哥那里有得借，反正莫须有先生又不在这里久住，将来又还给他。"

　　"是的，锅便借用。"

　　莫须有先生说这话时，天下事已大定了。当他乍听到一个"锅"字时，很是一个巨大的打击，好在他还能够假装无事了。

　　石老爹于此乃加了好些注脚，解释"锅花子哥那里有得借"的花子哥是什么一个关系，原来花子哥就是昨天茶铺里问莫须有先生买牛肉的那妇人的老板，——莫须有先生不还问她"你的老板是那一位"吗？原来是花子哥，同顺共曾祖，一祖之下一共有四户人家，顺没有同胞兄弟，有这溪边的房屋，佃种有四亩田，那三户是同胞三人，长名花子，尚有六十五岁的母亲，都住在那驿路上，地名叫做龙锡桥。顺连忙陪了石老爹同莫须有先生去访龙锡桥，男的女的昨天都是路人，几几乎成仇敌，今天乃有感情了，莫须有先生认为很难得。中国的家族主义原来根深蒂固，其关键又全在读书人身上，要读书人"道之以德，齐之以礼"，这时可以代替政府的法律。若读书人自私自利，各私其家，则社会的基础动摇了，到处是一盘散沙。若不认识这个基础而求改造，窃恐没有根据。莫须有先生当时如是想。

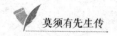

当莫须有先生在外面解决住的问题的时候，食的问题也已经解决了，那是石老太太同莫须有先生太太两人在家里解决的。首先是石老太太开口说话，石老太太将话说出来，可见她处心积虑久矣了，她说：

"莫须有先生太太，你们在这里住家，不要买谷吗？不用到别处去买，就在我家里先称一百斤，而且我把牛替你们辗出米来，辗得熟熟的。"

"要买谷，那好极了，那省事得多，免得向外人买。"

莫须有先生太太说这话时，很有点沾沾自喜，喜其得了胜算。她心里正在那里有一桩心事，买谷，等莫须有先生上学领了薪水再付价。因为不能付现，故稍难开口，而石老太太替她说出来了，看石老太太的神气迫不及待，惟恐她的谷卖不出去了。"这个人家为什么卖秋谷呢？难道有急需吗？要是我我就不卖！我宁可不用钱！"莫须有先生太太暗暗地又为这个人家惜。这时卖谷，叫做"卖秋谷"，卖秋谷不是勤俭人家的风气，勤俭人家谷要留到明春卖。除了完粮纳税，农家用钱本来可用可不用，在现在连食盐都不列为必须品的，故秋谷非一定要卖不可。在乡村同城市不同，卖谷者少，买谷者亦少，因为大家都有食粮，在此秋冬两季，若秋冬两季而没有食粮则为乞丐，根本上谈不上买粮了。故卖谷不易得买主。石老太太知道莫须有先生之家将要买粮，认为是千载一时之机，故约定莫须有先生太太买她家的粮。连忙又说明卖谷的原因：

"莫须有先生太太，你不知道，我的女孩儿，不就要到人家去吗？什么也没有！如今的布贵，我想卖点谷去买几尺布！"

莫须有先生太太听了这话，十分同情，把她自己做女孩儿时的寂寞都唤起来了。莫须有先生太太生平不知道贫贱，但做女孩儿不能自己高贵，是贫贱了。女孩儿家，除了穿新衣服，怎么能见自己的高贵呢？若男子则应是令闻广誉施于身，不愿人之文绣也。

"现在先称一百斤谷，过几天再付价，可以不可以呢？"

"可以可以，——你们是等学校里发钱是不是？我们就靠卖这点谷！"

在许多事情上面莫须有先生太太比莫须有先生有见识得多，莫须有先生太太知道事有两端，而莫须有先生总是屈指计算，即执一。即如此回领薪水之事，莫须有先生以为须满月之后，莫须有先生太太说未必然："你去问一问，或者就可以领。"其时是上学第二日，莫须有先生果然一问便领着了。领了薪水，首先打发人进城看看老太爷，兼以还那三元债务，其次是付谷价了。这个食的问题，若是莫须有先生，恐不能如此容易解决，因为他非手上有钱便不敢向人买谷，——倘若过几天还是没有钱呢？那岂不向人失信吗？莫须有先生太太常常这样取笑莫须有先生："照你的办法，人不会饿死吗？"莫须有先生也便笑道："那是不会的。"往下的话则是莫须有先生对，莫须有先生从不考虑到饿死问题，他总是那么用功罢了。在用功之后他总觉得容易罢了。

等莫须有先生同石老爹两人从龙锡桥回来的时候，则莫须有先生太太同慈同纯都已在腊树窠的辗场，莫须有先生一看知道这里是在辗米，但不知道是他自己家在这里辗米。他看见慈坐在辗上，他以为慈喜欢替人家坐辗，莫须有先生儿时也喜欢替人家坐辗，那个辗场是在莫须有先生外家的村子里，也便是莫须有先生太太做女孩儿时自己家的村子里，而现在这辗场可以笼统地说是在桃花源了，莫须有先生喜出意外，他想不到在这个乱世他一家人还能够有所栖息了。腊树窠的辗场是在小山旁，又为小溪所环抱着，大树则因为多而不觉奇，触目皆是。莫须有先生站在那里，嫣然一笑，他喜欢观察小孩子的心理，看是不是同自己小时的欢喜相同。他觉得这两个小孩将来都能安贫，即是能忘势利，因为他们都能有自己的欢乐。慈的心理同于莫须有先生的成分多，纯则是经验派，莫须有先生不能推测他，要等他的话说出来之后才能了解他。好比今年春，一家人寄住在黄梅多云山莫须有先生的姑母家里，山系背村的方

向，只有莫须有先生下榻于村后向山的书斋里，开门便可见山，纯同妈妈姐姐则住前面的屋子，在到达此家之第二日晨，纯一起床，连忙跑到爸爸后屋里去，要爸爸替他开门，爸爸问他这么早开门做什么，他说："我看山还在不在那里？"莫须有先生乃笑着替他打开门看山还在不在那里了。所以莫须有先生戏称他为经验派。那么经验派者乃是不信理智，结果应经验亦不足信了。那么信的是什么呢？照小孩子的经验，今日有的东西明日可以没有，故他今日去看昨日之山还在不在那里，故沧海桑田就理智说小孩必不以为奇，然而看见昨日的山还在那里，于是丢开理智而信耳目了。莫须有先生从此不敢说他懂得小孩子，即是他不能懂得纯，小孩子认识世间的现象，到底是用推理还是用经验呢？他看着纯总觉好玩，而且纯常常批评莫须有先生，不同慈只是信服爸爸了。现在在这辗场上，纯看见爸爸来了，他跑近去，问爸爸道：

"爸爸，你猜这辗的是谁的米？"

"仲叔的。"

莫须有先生以为是石老爹家辗米，纯喜其仲氏，故莫须有先生以"仲叔"代表之。

"不是的，是仲叔替我挑来的，米是我的。"

"米怎么是你的？要是你的，爸爸怎么不认识呢？"

莫须有先生这时已知道米是"我的"了，太太已经将食的问题解决了。纯经得起一反诘，故同纯闹得玩儿了。而纯确然地加了一个反省，他知道自己的话说错了，但不知道事实到底是怎么一回事，话要怎么说才不错了。慢慢他低声道：

"不是我的，是我买的。"

莫须有先生知道他窘了，指着腊树窠四周的山问他道：

"这许多山你买不买？——你说这许多山是谁的？"

"天上的云是谁的呢？"慈坐在辗上说。

"我知道，我说不出来，——我来看这个牛有没有眉毛。"

纯设法自己解脱了，他跑去拉住正在绕着辗槽旋转的牛看它有没有眉毛。妈妈喝他，说他无故耽误工作了。他还是不放手，他要看清楚，他说：

"我在家里画了一匹牛，我不知道牛有没有眉毛，我画的牛没有画眉毛，——我看这个牛有没有眉毛？有眉毛。"

莫须有先生在旁甚为赞美，上前去替纯拉住牛，让他看清楚了。而这个牛不知道世间为什么有这一刻的停工，世间到底是游戏，还是工作，是苦，还是乐，是追求，还是不待追求了。纯这时已一跃而逃了，他到稻场上找朋友游戏去了。

莫须有先生将卜居的事情详详细细地告诉太太，同时他站在山水之间很是不足，一个人对于生活问题无须乎急迫，急迫乃是自己不懂得道理了。好在自己尚不俗，即是他在世间解决衣食住的问题，而衣食住的问题与他的灵魂全不相干，只是使得他叹息罢了。莫须有先生太太听了莫须有先生描写其未来之居，她只注意了一个"水"字，莫须有先生说那门前便是水，她便看着她眼前的水，眼前的水不啻便是妇人之德了。她说：

"乡下住便是水方便。"

慈坐在辗上连忙说道：

"我以后天天洗衣服，我喜欢这泉水里洗衣。"

"你那里是洗衣呢？你是好玩！人要能忍耐工作，不能只是好玩。"

妈妈说。莫须有先生便也接着道：

"是的，人总要能忍耐工作。我生平最大的长处是能忍耐。"

"我不能忍耐吗？你看我能忍耐不能忍耐！"

慈说时确乎自信有一番忍耐了。莫须有先生笑道：

"慈大约能忍耐，纯能不能，我不能知道，——好比要他坐在辗上把这一槽米辗熟，他肯吗？恐怕他不大的工夫便跳下来了。"

慈知道爸爸赞美她，很是高兴了。她又说道：

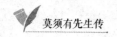

"这个我不觉得是忍耐，我喜欢坐辗，我觉得坐在这里很好玩。"

"忍耐并不是苦，本也就是乐。"

莫须有先生接着说他小时喜欢坐辗的事给慈听：

"坐辗也是我做小孩子顶喜欢的一件事，那时我总在外家，那辗旁有一棵桑树，——这桑树现在还在那里，你记得吗？我一面望着那树上红的桑葚，一面独自一个人坐辗，很是寂寞，因为大人们都回去了，常是把工作付托给我这小孩子，但我决不丢了工作逃了，要把工作做完。"

慈心想这确实有点难，倘若没有伴儿，她是不是能担当工作呢？同时她觉得爸爸的精神就是她的伴儿似的，她敢于一个人担当工作似的。

莫须有先生太太说道：

"人生在世真是一件奇事，想不到我们要到这里来住，这是不是一定的呢？"

莫须有先生笑而不给回答。他深信事不偶然，但离开究竟而说命定，莫须有先生毫不考虑了，那不免是妇人之见。所谓究竟者，是"人能弘道"，在这个意义之下什么叫做偶然呢？就科学说，有偶然的定理吗？只是给你偶然发现了罢了。偶然正是工夫，正是必然。

第五章　工作

　　莫须有先生今天已经在黄梅停前镇龙锡桥东一条小溪边一棵枫树下做了住户了。家里的用具也都不缺乏，吃饭的桌子，睡觉的床，盛米的瓮，盛水的缸，挑水的水桶，都由其居停主人供用，只是舀水时缺乏了舀水的瓢，此事乃给了莫须有先生太太好大的思索，只是思索而已，不便开口说话，要说出来便是这样的话："顺的女人一定是懒婆娘，做一个农家的主妇何以家中没有壶芦瓢呢？这无须乎拿钱去买，只是每年栽种着壶卢，然后有壶卢吃得，把一个壶卢留着不吃，让它尽长，拿来做壶卢瓢，是多么容易的事呢？这却是女人的事，农家而没有壶卢瓢，必是女人懒。"莫须有先生太太思索时即已有了一个远大的计划，她将来一定要有一个好好的壶卢瓢。这个计划两三年之后果然成功了，关于莫须有先生太太栽壶卢简直应该列一专章，我们且不论其辛勤，只就其所收获的壶卢瓢拿来数一数，莫须有先生至今羡慕不已。而当中还给乡下人偷去了一个大大的壶卢，一个大大的壶卢便是两个大大的壶卢瓢，因为一个壶卢可以中分天下有其二。还给纯从菜园里（莫须有先生太太同慈同纯共同开辟的菜园）抱一个次大大的壶卢回来中途坠地因而损坏了一个次大大的壶卢瓢，——壶卢虽是跌破了，却是半面有损，故那半面还是一个完全的壶卢瓢。乡下人从莫须有先生太太的菜园里偷去了那大大的壶卢，莫须有先生太太在菜园里一旦发现时，很觉有一个壶卢的损失，即是说损失甚大，因为壶卢确是长得甚大也。"这个乡下人真卑鄙，为什么偷我的壶卢呢？"意若曰，乡下人你不自己种，还偷我们读书人家种的壶卢吗？其时纯在菜

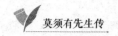

园旁边不远拙蚯蚓，连忙跑来察看损失，大喊道："嗳哟！壶卢呢？"他很勇敢的要去捉贼。他觉得这是一个大大的贼，因为这里损失了一个大大的空间，即是一个大大的壶卢。其时莫须有先生也在菜园里，连忙安慰莫须有先生太太道："这个乡下人，只是懒而已，然而他或她将一定总是纪念你，偷得一个好壶卢瓢使用。"纯大声道："是两个壶卢瓢！"说得莫须有先生太太同莫须有先生都笑了。莫须有先生连忙告诉纯道："人不要这么舍不得。"纯很以爸爸的话为有理，但自己不能不愤愤于那个贼了。纯抱回那次大大的壶卢中途跌坠于是抱了一个破壶卢回来时，很受妈妈的责备，说他不该那么大胆，这么一个大大的东西，小小的一个怀抱如何抱得起呢？莫须有先生在旁笑而不言，他观察纯是舍不得壶卢的损失呢？还是后悔自己不应轻举妄动？二者都有之。于是莫须有先生告诉他作事确不可以太大胆。这都是后来的话，今天在这里预言了，亦足以见得人只要有抱负有志气，必然能切实而有成功的。莫须有先生太太今天考虑到她将来要有一个舀水的壶卢瓢，而将来便有了壶卢瓢了。但今天总没有，没有工具，工作便不方便，莫须有先生太太乃问顺的女人道：

"凤姐，你舀水是怎么舀的呢？"

凤是这位懒主妇的名字，莫须有先生太太很客气的称凤姐。莫须有先生太太同了慈同了纯都在水旁边，凤姐则距离稍远。凤姐听了莫须有先生太太这一问，乃羞了，她也知道没有壶卢瓢是可耻的事了。她羞了她便乐了，她总是这样，羞了便乐，笑得满脸通红，答道：

"我没有用什么舀，我就拿水桶搵。"

"要在我们城里，是到城外河里挑水，河水深，是可以搵的，——你们这小溪，水这么浅，怎么搵呢？不把泥都搅起来了吗？"

"我总是搵半桶。"

"搵半桶？……"

莫须有先生太太不往下说了，她觉得此人不足与言了。而此人，此时已站在水旁，乐个不休。水流心不竞，有时乃亦不足取，即如这位懒妇人，莫须有先生太太后来每每说她为"无物"了。"无物"是一个教训之辞，通行于此乡，略当于"无耻"，比"无耻"来得有善意得多。或可以说是"天真"的恶意。后来有一回纯看见凤在家里煮鸡蛋吃，跑回来低声地告诉妈妈道：

"妈妈，凤姐在家里偷嘴，自己煮鸡蛋吃。"

"她自己煮鸡蛋吃，你怎么说她偷嘴呢？"

慈听了纯告诉妈妈的话为凤打抱不平。

"她家里只有夫妇两个人，男人不在家，她为什么一个人煮鸡蛋吃呢？不是偷嘴吗？"

纯的判断不错，妈妈乐了。

"那天卖洋火的来了，问她买不买，她说没有钱。卖洋火的说：'没有钱，拿鸡蛋我换。'她又说没有鸡蛋。自己养了鸡为什么没有鸡蛋呢？还是留了自己吃！大凡懒人一定嘴馋。"

妈妈说这话时，很有一个垂教的意思，想教训慈女子不可懒。慈服从爸爸的话，对于妈妈的话却总有着不信服的神气了。慈的趋向是容易与懒相近的，据莫须有先生的观察亦如此，然而这是以前的话，慈现在确是能勤了，莫须有先生常常赞美她。以前则常常讽刺她，有一回莫须有先生看见她栉发的篦子收拾得很不干净，笑道：

"乡下人有一句话，看女子爱清洁不爱清洁要看她的梳头盒，这话很有道理，不要只是看她搽粉点胭脂打扮得好看，要看她的梳子篦子是不是每天都擦干净了。"

说得慈羞了。

莫须有先生太太从旁笑道：

"你几时去看凤姐的梳头盒，那一定同乡下人的粪缸一样从来没

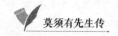

有打扫过。"

"人未必就懒得这个样子！"

慈说着也忍不住笑了。

"'未必懒得这个样子！'人一懒就必定是这个样子！所以人总要振作，要从很小的事情上面振作。"

妈妈是以身作则说话。然而这都不是今天的话，我们把话都说远了。我们还是回到今天舀水的事。今天结果是纯打定主意把脸盘拿来舀，而凤又大卖其气力，跑回家去再拿一只水桶出来，替莫须有先生太太挑了三担盛满一缸了。原来莫须有先生太太只拿一只水桶，预备同慈两人抬水了。莫须有先生太太感谢不尽，但心里非常之寂寞，她此来没有备办一点礼物给凤，她在世间对待任何人从来没有这样的冷落，她牢牢地把这冷落记在心里，以后总要等着机会补备这一份礼物了。凤挑完了水，把刚才舀水的脸盘端在手上尽尽地看，她从来没有看见这么一个好看的脸盘，整外面是朱红，里面又非常之白，有玫瑰花。她不知道这是洋瓷做的，她赞美道：

"这个脸盘令人爱，——那里买的呢？"

"这还是北京后门买的，——我在外面带回来的东西，现在就只剩下这个脸盘，其余的都损失了。"

莫须有先生太太答着。凤只听得"北京"二字，由这令人爱的脸盘看来，一定是很远很远很大很大的地方。至于"后门"二字，就以她自己家的后门代表之，莫须有先生太太一定是背着莫须有先生在后门口买东西了，正如她自己偷着煮鸡蛋吃一样。莫须有先生太太则确实记起了"后门"，即北京的地安门，她在北平时系在后门附近住家，她常说她不喜欢北京的前门喜欢北京的后门了，即如夏天什刹海也真有个风味。

"这是做什么用的呢？——这是蒸饭用的罢？"

凤听了莫须有先生太太说她现在就只剩下这个脸盘，而她却用了一个搜寻的眼光，连忙注意到那里还有一个同品质之物，而且上

138

前去将揭其盖观察一观察，她以为这除了蒸饭没有他用，一揭开，她还不能十分判定，但一端在手中她判定是尿盘了。于是她笑得个不亦乐乎，世间的小便之事还用得着这样讲究的设备了。莫须有先生太太起初是笑，连忙转得一个情绪，近乎哀而不伤，她的一切衣物都损失了，但那也不过是身外之物而已，好比现在没有好衣服穿便不穿，倒是凤所不知用处的这个盆子，在流离转徙之中，给她很大的方便了，她站在那里向着谁何感激不尽似的。因为莫须有先生太太对人生的态度最不肯潦草，凡足以成全她的心情者无论人或物她总以为恩德。

"凤姐，这个盆子是八毛钱买的，在这避难当中，得了它好大的用处。"

凤姐只觉得八毛钱是好大的数目了，用处则全无意义，真是人心不同各如其面。

此时莫须有先生同慈同纯在对岸道旁两株棕榈树下徘徊。这两株棕榈树真是长得茂盛，叶绿如翼，本是树上的叶子，人在其下但觉得美丽是叶上的天空。莫须有先生对之，自己的童心都萌发了，因为他小时最喜欢棕榈树。他观察两个小孩，慈是静，纯是动，静而笑，是如水中鱼乐；动而专一，是如蚂蚁工作。纯要爸爸替他摘一柄叶子下来，爸爸便点着脚替他摘一柄下来了。这一柄叶子，可谓"其大若垂天之云"，落在小小的手中了。纯奈何它不得，于是席地而坐，说道：

"我来做一把扇子。"

他把他的叶子也放在地上了。他这时真感得这足下的地同地母亲一样，那么的可依靠，而他可那么的随便了，他想要依靠便依靠着了，而地母亲若无其事然。莫须有先生随手脱下了树上的叶子，因而有树上的残柄，好像受了创伤没有包裹似的，心里颇不自安，便叫慈回家去拿剪子来。慈拿来了剪子，莫须有先生将那残柄修整，算是替它施了一个外科的手术了。莫须有先生这样做，一半是

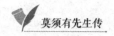

教训的意义，一半确是自己的美感，而慈也已经习惯于爸爸这样的教训了。莫须有先生学园工修剪时，这样同慈说话：

"我常常同少年人说，一个人作事，要有美趣，要求把事情做得好，最不可以因循苟且。"

莫须有先生说完了这句话，自己也得了一个教训似的，即是教训每每是无用了，远不如风景之足以感人。其时他的作工之手尚在叶绿丛中，连忙收回来，即是说修剪工作完了，看了慈一面，看刚才的说话对于慈有无影响。慈望着棕榈树的叶子笑，爸爸的话明明没有影响了，人在自然之中一切都不过是"偃鼠饮河不过满腹"，即是说自然之中足以忘怀。剪子还在爸爸手中，纯仰首望着爸爸道：

"爸爸，你的剪子给我。"

于是小剪子便交付给纯了。莫须有先生这时乃觉得小孩真是可爱，即是说工作的意义伟大，而纯坐在那里渺小得有趣了。纯坐在地下，地母亲之大是不待说的，那棕榈树的叶子也确是大，而纯的小手同那小剪子一样是小。这剪子，纯知道，是爸爸自己用的剪子。这是一把钢剪，数年前莫须有先生在北平中原公司买的，"并刀如水，吴盐胜雪"，纯慢慢地用它将绿叶裁为团扇了。莫须有先生还是要同慈说话，他要说明因循苟且之害事，因为中国人最是因循苟且，他把剪子给了纯，然后又向慈说道：

"我在少年时也是因循苟且，便是懒惰，同时却是爱说大话，不求于事有益，是中国人最大的毛病。后来在北平遇见一位老人，我从他得了许多好处，这位老人最大的好处便是作事不苟且，总有一个有益于事的心。我同他相处甚久，我看他每逢接着人家寄他的信，要拿剪子把信封剪得一缝口，然后抽出信叶来，而我们则是拿着信撕破信封抽信看，这决不是小事，这样表现你不能把事做好，表现你迫不及待，要赶快看信里有什么奇迹似的，而且撕破信封对于寄信人也没有礼貌。我的这把剪子便是为了剪信买的，我学那老人的举动，练习把事做好，不匆忙。那老人家里，在茅房里，备有一个匣子，匣子里装满了手纸，都是老人剪裁出来预备小孩子用的。因此我记起我的祖父，我从前做小孩时，看见祖父总是把茅房里预备着手纸，我以为老年人是多此一举，现在才知道能够立事功的人都不是把自己放在意中，都是为别人作想，为小孩子作想，也便是民族主义。我的祖父是有事功的人。大多数的中国人能作什么事呢？因循苟且，当学生的还不知道爱惜学校的校具，几乎愈是少年愈是因循苟且，不讲公德，这样的人能爱国吗？所以少年人要有美趣，要求进步，从很小很小的事情上面练习工作的习惯。即如我刚才随手脱了这树上的一柄叶子，我觉得很对不起这树似的，为什么不拿剪子来好好地把它剪下呢？所以我叫你回家去拿出剪子来把它修整。"

这时莫须有先生太太从家门口喊叫着纯，她看见纯在那里拿棕榈的叶子做扇子，便指示他另做一个工作：

"纯，你把扇子放下，你替我做一个工作，你请爸爸再替你摘棕叶，你把棕叶撕成细丝替我搓绳子，我需要绳子用。"

纯听来高兴极了，不暇回答妈妈，连忙要爸爸摘棕叶了。于是爸爸叫他把剪子给他，问他要一柄叶子还是两柄。他要多多益善。莫须有先生笑道：

"只须一柄。"

"两柄！两柄！"

纯贪叶子多，他不想到这是一件很费时间的工作了。于是莫须有先生便剪下两柄棕叶下来，试试纯的忍耐力。

纯会搓绳子，一双小手，动得十分快，莫须有先生看来很有趣，慈在旁边亦自愧不如了。而且慈根本没有做这个手工的意思，她喜欢爸爸出题目给她作文，亦不厌于一针一针地缝衣服，至于学校的手工功课她简直视为畏途，故今天这个搓绳子的工作妈妈亦不令她做。

纯起初是一面把棕叶撕细，一面拿来搓，慢慢地他要爸爸做助

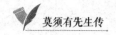

手了，他真是一个吩咐助手的姿态，吩咐莫须有先生道：

"爸爸，你替我把叶子撕细。"

"好的。"

莫须有先生很情愿而且很谦虚的做这一名助手，总而言之莫须有先生真是一个做助手的精神，因为他没有搓绳子的本领，他同慈一样不会做手工，若夫撕叶子只要有耐心便好了，那是老年人服事小孩唯一的本领了。慈偷偷地回到家里去了，因为她觉得她在这工场上，不能为主，亦不能为客了。

莫须有先生同纯一面工作一面谈话，以破寂寞，莫须有先生道：

"纯，你说叶子有几多样子？"

莫须有先生问这话时，自己想起了荷叶，他从小便喜欢"池荷贴水圆"了，长大做诗时又喜欢"荷叶似云香不断"，深深地爱这一个香字，因为香字与天上的云字连了，但不知纯回答什么样子的叶子，很是一个灵魂探险的心情。

"松树的叶子奇怪，像针！"

这个回答太出乎莫须有先生的意外了，然而莫须有先生很喜欢，纯大约这回到山中来才看见松树的叶子，此刻眼前却没有山，没有松树，因为看见了松树的叶子，便记住了，得机会便答他人之间，可见小孩子是无处不用心的了。纯的用心确是同莫须有先生不同，莫须有先生以为小孩应该是驰骋想像，应该多有"童话"，而纯的童话多是经验的答案了，如将松树的叶子与针比在一起。莫须有先生则反而是童话，是想像。此事给了莫须有先生好大的反省，他想，或者因为小孩子正在接受经验，故处处以经验为比喻，也便是以经验为稀奇，而大人则因为经验之故而超乎经验。在数年之后，祖父死了，不过三日，纯在爸爸侧，突然问爸爸道："爸爸，人死了，头发还长不长？"莫须有先生听了这话很是惊讶，他惊讶于小孩子的用心，又惊讶于纯真是一个经验派了，而又欣赏纯善于

发问，一方面见他辞令佳，一方面见他能归纳，因为他不问："祖
父头发现在还长不长？"而问："人死了，头发还长不长？"在祖
父死的前一天上午曾经叫剃头的来家剃头，第二天早晨穿好衣冠与
家人辞了，入殓了，所以纯实在不知道人死后应该是什么样子，他
的脑中只有着整齐的祖父的印象了，三日后那样问爸爸。在纯长大
了的时候，莫须有先生有时责备他贪玩，不用功读书，同时不敢自
信似的，觉得做大人的未必有这样的明智，能以督责小孩，你能说
你知道小孩怎样用功吗？

　　总之莫须有先生听了纯回答松叶的话，认纯完全是经验派，于
是想给他一点科学训练，指着溪边荸荠田里荸荠叶子问他道：

"你说这是什么？"

"我知道，这是荸荠。"

"不错，是荸荠，我问这青青的是荸荠的什么？"

"是秆子。"

"你说错了，这不是秆子，是叶子，——这不同松叶是一样的形
状吗？"

"叶子怎么只有一个呢？而且，这是叶子，那么它的秆子呢？"

"没有只有一个叶子的叶子吗？你想！"

"是的，荷叶只有一个叶子，——那么荸荠的秆子呢？"

"我们吃的荸荠就是荸荠的秆子，还有，我们吃的芋头也是秆
子，凡属秆子都有节，芋头上面有那红圈儿，荸荠上面也有，便是
秆子的节。"

"那么藕也是秆子，藕也有节。"

"是的。"

纯高兴得很，莫须有先生也高兴得很。纯又连忙道：

"是的，芋头的叶子也只有一个叶子。"

"是的，还有竹根，你以为是竹子的根，还不是根呢？"

"竹根有节，那么也不是根，是秆子。"

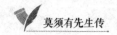

"是的，所以世上的东西都有一定的规矩。"

纯觉得爸爸的话一点也不错了，他的小小的心灵此时便是一个归纳体了，别的意见都没有了。忽然他懒得搓绳子，抬起头来望着爸爸一笑，他后悔他刚才不该要爸爸摘两柄叶子，否则他的工作已经完成了，现在则还剩下一整个棕叶的工作。莫须有先生知道他的心事，安慰他道：

"有这许多绳子妈妈已经够用的了，这一个叶子留待明天，依然我来撕你来搓。"

"我们来把这绳子试一试，看有多少长。"

于是莫须有先生牵着绳子走，走，绳子很长很长了。

关于纯的手工，是以后的事，是搓稻草绳，今天也记在这里。那时莫须有先生离家了一些日子，一日归来，看见墙上挂着两个稻草绳的球，甚大，另外还有一大串草鞋在那里吊着，莫须有先生不能相信这是纯的工作，因为分量太重了，虽然挂在那里很有趣。妈妈乃说明原故，因为几天下雨，纯不能出门，在家里闹，乃命他搓绳，将来开辟菜园的时候，夏天种瓜，要绳子牵瓜藤。稻草都是从顺家里理出来的，搓了绳子，还要打草鞋玩。后来草鞋都给乡下人拿去穿在足上了，大家都说同买的草鞋一样，——工作当然不一样，然而不用钱买得，于是乡下人真个的喜其可用了。那两个大稻草球，对于莫须有先生的印象甚深，因之想着那个雨天的寂寞该是多大，而纯没有向爸爸表示一句话了，他已忘记了那雨天的工作了。果然后来种瓜牵瓜藤，大家都在菜园里，纯的稻草绳取之不尽，用之不竭，莫须有先生虽然一言不发，等于拍案惊奇。

第六章　旧时代的教育

西方的格言："不自由，毋宁死！"莫须有先生笑其无是处。世界的意义根本上等于地狱，大家都是来受罪的，你从那里去接受自由呢？谁又能给你以自由呢？唯有你觉悟到你是受罪，那时你才得到自由了。真理实是如此。而莫须有先生对于这个道理，最初是从小孩子受教育这件事情上面得到启示。莫须有先生每每想起他小时读书的那个学塾，那真是一座地狱了。做父母的送小孩子上学，要小孩子受教育，其为善意是绝对的，然而他们是把自己的小孩子送到黑暗的监狱里去，可是世上没有自由的地方。没有自由的地方，那我们永远是一个囚徒了，然而我们自己可以把枷锁去掉，人唯有自己可以解放，人类的圣哲正是自己解放者，自己解放然后有绝对的自由，自由正是从束缚来的，所以地狱又正是天国，人生的意义正是受罪了。唯有懂得受罪意义的人才是真正的教育家。这时才能有诚意，才能谦虚，生怕自己加罪于人，知道尊重对方，不拿自己的偏见与浅识去范围别人了。最有趣的，地狱并不一定是苦，而是乐，莫须有先生想起他小时读书的那个学塾，简直憧憬于那个黑暗的监狱了，如果要莫须有先生写一部小说，指定以这学塾的一切为题材，他可以写得一个"奇异的乐园"，世间没有那样的光明，因为世间是黑暗，而黑暗对于莫须有先生是光明了，世间没有另外的光明。所以教育并不能给小孩子以什么，教育本身便是罪行，而罪行是可以使人得到解脱的。莫须有先生最近有一篇文章，写他小时读四书的情形，是为江西一家报纸写的（不知为什么后来又在南京的一个杂志上转载起来了），因为那里距莫须有先生家乡

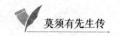

甚近，他乃故意写这一篇有教育意义的文章，现在把它抄在这里，足以证明教育本身确乎是罪行，学校是监狱：

我自己是能不受损害的，即是说教育加害于我，而我自己反能得到自由。但我决不原谅他。我们小时所受的教育确是等于有期徒刑。我想将我小时读《四书》的心理追记下来，算得儿童的狱中日记，难为他坐井观天到底还有他的阳光哩。

"子曰，视其所以，观其所由，察其所安，人焉廋哉！人焉廋哉！"我记得我读到这两句"人焉廋哉"，很喜悦，其喜悦的原因有二，一是两句书等于一句（即是一句抵两句的意思），我们讨了便宜；二是我们在书房里喜欢廋人家的东西，心想就是这个"廋"字罢？

读"大车无輗，小车无軏"很喜悦，因为我们乡音车猪同音，大"猪"小"猪"很是热闹了。

…………

读子入太庙章见两个"入太庙每事问"并写着，觉得喜悦，而且有讨便宜之意。

读"赐也尔爱其羊"觉得喜悦，心里便在那里爱羊。

…………

先读"哀公问弟子孰为好学"，后又读"季康子问弟子孰为好学"，觉得喜悦，又是讨便宜之意。

读"暴虎冯河"觉得喜悦，因为有一个"冯"字，这是我的姓了。但偏不要我读"冯"，又觉得寂寞了。

读"子钓而不网"仿佛也懂得孔子钓鱼。

读"鸟之将死"觉得喜悦，因为我们捉着鸟总是死了。

读"乡人傩"喜悦，我已在别的文章里说过，联想到"打锣"，于是很是热闹。

读"山梁雌雉子路共之"觉得喜悦，仿佛有一种戏剧的动作，自己在那里默默地做子路。

读"小子鸣鼓而攻之"觉得喜悦，那时我们的学校是设在一个庙里，庙里常常打鼓。

读"君子之德风，小人之德草，草上之风必偃"觉得喜悦，因为我们的学校面对着城墙，城外又是一大绿洲，城上有草，绿洲又是最好的草地，那上面又都最显得有风了，所以我读书时是在那里描画风景。

读"在邦必闻，在家必闻"，"在邦必达，在家必达"，觉得好玩，又讨便宜，一句抵两句。

读樊迟问仁"子曰，举直错诸枉"句，觉得喜悦，大约以前读上论时读过"举直错诸枉"句，故而觉得便宜了一句。底下一章有两句"不仁者远矣"，又便宜了一句。

…………

读"斗筲之人"觉得好玩，因为家里煮饭总用筲箕滤米。

读"子击磬于卫"觉得喜欢，因为家里祭祖总是"击磬"。又读"深则厉，浅则揭"喜欢，大约因为先生一时的高兴把意义讲给我听了，我常在城外看乡下人涉水进城，（城外有一条河）真是"深则厉，浅则揭"。

读"老而不死是为贼"喜欢。

…………

读"某在斯某在斯"觉得好玩。

读"割鸡焉用牛刀"觉得好玩。

读"子路拱而立"觉得喜欢，大约以前曾有"子路共之"那个戏剧动作。底下"杀鸡为黍"更是亲切，因为家里常常杀鸡。

上下论读完读《大学》《中庸》，读《大学》读到"秦誓曰，若有一个臣……"很是喜欢，仿佛好容易读了"一个"这两个字了，我们平常说话总是说一个两个。我还记得我读"若有一个臣"时把手指向同位的朋友一指，表示"一个"了。读《中庸》"鼋鼍蛟龍魚鱉生焉"，觉得这么多的难字。

读《孟子》，似乎无可记忆的，大家对于《孟子》的感情很不好，"孟子孟，打一头的洞！告子告，打一头的胞！"是一般读《孟子》的警告。我记得我读《孟子》时也有过讨便宜的欢喜，如"五亩之宅树之以桑"那么一大段文章，有两次读到，到得第二次读时，大有胜任愉快之感了。

这里完全是写实，大家看了这个记载，能不相信人生是黑暗的话吗？小孩子本来有他的世界，而大人要把他拘在监狱里了。你如说那是黑暗时代的教育，社会进步了，教育也便趋向光明。我们当然希望如此。但事实是，谁都不承认自己是黑暗，谁都自居于光明，于是人生永远是黑暗，光明是解脱。儿童教育是黑暗的极端的例子，社会也确乎是进步的，以今观昔，这里的是非简单，大家都承认旧时代的教育是虐政了。

我们从上面的记载看来，莫须有先生的儿童世界该是怎样的自由，整个的世界应该就是学校，而大人们却将小孩子与小孩子的世界隔离，不但隔离，且从而障蔽之，不但障蔽之，且从而残害之，而这颗自由种子一点没有受到损害，只是想逃脱，想躲避，我们看那读书讨便宜的心理，真不知感到怎样的同情。这颗种子，等到要发展时便发展起来了，莫须有先生是后来在大学里读了外国书因而发展起来，最初读的是英国一位女作家的水磨的故事，莫须有先生乃忽然自己进了小学了，自己学做文章，儿童生活原来都是文章，莫须有先生从此若决江河沛然莫之能御了，从此黑暗的世界也都是光明的记忆，对于以前加害于他的，他只有伟大的同情了。莫须有先生曾经写了一篇短篇小说，题名"火神庙的和尚"，里面写一和尚同一塾师，这个塾师便是莫须有先生小时的塾师，和尚是学塾所在的那个庙里的和尚，莫须有先生与他们相处大约有四年之久，是整个的读了一部《四书》同一部《诗经》的光阴。那庙的真名字是"都天庙"，因都天庙不普遍，故换上较普遍的火神庙这个名字。莫须有先生之家，从曾祖以来，其祖，其父，其父之诸弟，莫须有先生之诸兄诸弟，都在都天庙上学。社会确是进步的，莫须有先生私自庆幸，现在小儿辈再也不入这个地狱了，名副其实的地狱。请大家读一读那篇《火神庙的和尚》，那塾师与和尚，两个鳏夫，该是怎样的变态人物，在莫须有先生的笔下则成为可怜的圣徒了。他们对于小孩子的影响不应等于世间的狱吏之于罪犯吗？然而对于莫须有先生只有光明，莫须有先生对于他们只有同情。人与人那里是有害的？人与人之间确乎是一个"仁"字。都天庙是半公半私的庙，香火不盛，除了"犯都天太岁"的人要来烧香而外，很少有人来烧香，所以学童们终年没有新鲜的接触，新鲜的接触是先生的儿子同先生家里的姑爷，而先生家里的姑爷同先生一样是一位塾师，而凡属塾师都是畸形人物。先生的儿子来了，学童们都非常之喜，因为看着先生同先生的儿子说话，仿佛先生也同平常人一样有口是说话的，并不专门是子曰诗云，也不专门是发号施令，开口便是叫小孩子们"读"或者"背"或者"回家吃饭去"。而先生同先生的儿子说话之际，学童们也可以稍为自由自由了，虽不敢大声交谈，却可以抓痒抓痒，一时各人都知道各人的痒处，身子活动活动起来了。读史书不知道皇太子的高贵，看了先生的儿子便知道皇太子的地位，应该受人的尊敬了，他没有布施而有恩惠，他不给人以喜悦而人人喜悦，他使得先生同平常的爸爸一样，大谈其家常话了，而平常总以为先生只有面孔，先生是免开尊口的。先生其实有三个儿子，幼儿是学童之一，他只是要同学巴结他，有时简直向同学勒索，同时却是替同学挨打，因为先生生气时便特别鞭打自己的儿子，头上打成了好些山峰，先生便也心痛，向大家说道："看你们心痛不心痛！"大家虽是小孩子，却也很能体贴做父亲的伤心了。所以这位学童之一的先生的儿子最代表人生的黑暗方面。先生的第二个儿子，不常来，偶尔来，其人是一个矮子，大家认为不足重轻似的，即是不注意他，先生也不同他多谈。精神上居于皇太子的地位者，是先生的长子，那时他是在九江杂货店里做伙计，后来

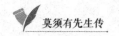

原来是一位酒癫，先生的三个儿子结局以他的境遇为最惨，其仲与其季则在第二次世界大战之中，在沦陷于敌伪的区域里，都因经商而发财了，莫须有先生闻之也很为之喜悦，人生不仅仅是苦了，人生也有发财的欢喜了。再说先生家里的姑爷，在学童们的口中则是"先生的姑爷"，其实是先生的儿子的姑爷，此翁一来了，大家便欢喜若狂，交头接耳道："先生的姑爷来了！先生的姑爷来了！"他一来则学童们大半天精神上可以自由，虽然身体不自由，仍得呆坐在位上。他家离县城大约有十里至二十里的路程，故他到学校里来，即是到先生的家里来（因为先生另外没有家），得吃一餐饭，有半天的逗留。莫须有先生记得他是一个驼背，但在乡间，驼背并不显得是畸形，中国的农村里无论男女老少本来都是畸形。他使得莫须有先生留下了一个很好的印象，好像是在一位前辈而又是一位画家的书案上看见的画谱上的人物，即是说驼背而不显得驼背，驼背而与其道貌调和。而奇怪，莫须有先生是留了他的一个赤背的印象，因为那时是在夏天。这是莫须有先生记得清清楚楚的。先生的教坛，亦即是学生的禁闭之室，本来是设在都天庙的客堂里，是一间长方形的屋子，向东，早半天有太阳，一到盛暑时则临时迁到都天庙的正殿里去，正殿的屋子大，正向着天井，向着天井有二丈长不立墙壁，这真等于一个转地疗养，其对于莫须有先生精神上的解放，非世间的言语所能形容，莫须有先生一年中的盼望便盼望这个搬家。搬家时各人端各人的椅子，两人抬一张桌子，其为快活快活的举动是不待说的，而搬进佛殿之后，寂寞时可以观观佛像，看看钟鼓，烧香的来了又可以与烧香人的精神集会在一起，否则隔了空间便好像隔了世界，你是在那里烧香我是在这里上学了，现在则聚首一堂，人生真是可喜。而下大雨时又可以看天井的雨滴。而天井洞开又等于在露天之下，可以望见大门以外，几几乎等于身体不拘在学校里了。而"先生的姑爷"来了，其为乐也，虽南面王不与易也，那天，这位驼背翁，赤背，忽然要代替莫须有先生（其时是一学童）"换印本"，莫须有先生平常颇不喜于先生替他换印本，因为先生的字写得不好，而莫须有先生的字也写不好，现在换一个手法，而且完全离开了先生与学生的形式，等于好事者为之，等于姑妄写之，天下那里有这样好玩的事！据莫须有先生凭良心的批评（良心对不对又是一问题），"先生的姑爷"写的"印本"比先生自己写的"印本"好得多，只是莫须有先生自己的字写得依然故我，即是写得不好，因此又未免自己寂寞了。莫须有先生字虽写得不好，却有一个绝大的发现，此是使得莫须有先生喜出望外，原来世间的字句都有意义，不仅仅是白纸黑字，大家不应都是白痴了，因为此驼背翁替莫须有先生写的"印本"是这几个字：

> 一去二三里
> 烟村四五家
> 楼台六七座
> 八九十枝花

莫须有先生当下大大地换了一个读书的境界，懂得字中意义，懂得数字的有趣，正如后来在大学里读英国的莎士比亚懂得戏剧的意义了。这个换印本的故事后来在莫须有先生的一部小说里头改装了一下，给人翻译成英文。

莫须有先生常常想，他做大学生时乃是真正的做小学生，有丰富的儿童生活，学做文章，然而真正的做小学生的生活则略如上述，其不加迫害于儿童者几希，而奇怪，莫须有先生丝毫未受其迫害，倘若那时有一位高明的教师，能懂得儿童心理，好好地栽培之启发之，莫须有先生长大成人是不是比现在更高明呢？莫须有先生连忙肯定这是一个无意义的假设，须知一切是事实，世间是地狱，而地狱正是天堂，一是结缚，一是解脱。没有离开黑暗的光明。而从光明说没有黑暗的存在。世界是如此。莫须有先生还想补充几句

话，他是中国人，他的最大的长处，同时也是最大的短处，是他做不了八股，他作文总要有意思才作得下去，而他也总有意思，故他也总有文章，而八股则是没有意思而有文章。而上面的老师第一次教莫须有先生作文便是作八股，出的题目是"雍也可使南面义"，莫须有先生清清楚楚地记得他奉得这个题目，摊开一张纸，自己不晓得写什么，而这件事，此刻总可以断定地说，人生在世等于没有这一回事了。莫须有先生的绝对的自由是谁给的呢？世间岂不是一个觉悟吗？一旦觉悟之后，不曰坚乎磨而不磷，不曰白乎涅而不缁，而世人还不相信圣人，是世人之愚终不可救。

莫须有先生今天说了上面的话，简直自居于全知全能的地位，觉得世间无所用其谦让，本来只有觉与不觉，谦让有何意义呢？也无所用其勇猛，你对于黑暗不能拔它一根毫毛了。说来说去莫须有先生倒是充满了人情。他打算明天到金家寨小学去做教师，而今天早晨，他听得他的屋后，转一个土坡，在那里有一群小孩子的诵读声，正是他当年在都天庙的那个冤声，他顿时心里很沉重，知道那里有一个私塾，同时又愤怒，简直是一个革命的情绪，革命不应该从这里革起吗？连忙他想到那个私塾里去参观，这时心情完全和平了，是一个诗人的心情，一个人可以从别人的生活里拾得自己逝去的光阴似的，于是他把那个学塾的功课，时间都估计了一番，早餐之后，忖着学童们正在伏案无事了，是闯学的好时间，携了纯，同去拜访那个学塾。莫须有先生所以携纯同去者，因为他觉得这是一个难得的机会，好像让纯去读一篇小说，可喜中国的一部分的儿童将不再有受这样教育的经验，同时正不妨有这一篇写实了。莫须有先生将入门，尚在这个学塾的门外，不觉记起一章书，读起来便是：

子曰，谁能出不由户？何莫由斯道也！

　　于是他真正在这个门外叹息，人生为什么那么黑暗，那么不讲道理，各自要筑起一道墙来，把人关在里面，而不知这公共应走的路正是自由之路必由之路呢？莫须有先生深深爱好孔夫子的言语，而其抒情则等于杨朱泣路了，而其勇往直前的精神则是墨翟兼爱摩顶放踵利天下为之。而其人尚在塾师的户前裹足不进。塾师则已离了塾师之席向莫须有先生行迎客之礼了，其心情则是一个职业的威胁之感，因为此间五里之内已盛传有莫须有先生，从前是大学教员，现在来金家寨小学教书，住在他本家的家里，此刻门前的不速之客非此人而谁，乡间鲜有此盛德之人也，此人如报告乡公所，报告县政府，要将这个私塾撤消，则私塾除关门，学童除星散，塾师除失业，此外还有什么办法？听说金家寨小学虽已成立，各年级学生，尤其是低年级，尚不足法定人数远矣，不将私塾关门，又从那里去拉人来足数？所以莫须有先生一进门，这位塾师便已恐慌了。而莫须有先生一看，此人是一位青年，年不及三十，莫须有先生大失所望，因为他完全不能算是理想中的塾师人物，莫须有先生理想中的塾师人物，以为应如小说上所描写的，美洲独立本不算是怎样久远的事情，伊尔文笔记里面的塾师，坐在茶馆里，戴着眼镜，捧着明日黄花的报纸一字一句地诵读，尚不失为近代史上的美谈，总之莫须有先生今日所拜访的塾师，如果一位老头儿，一位近视眼，莫须有先生以为恰如其分，莫须有先生很想在那里逗留几分钟，现实则是一位青年，而青年卑躬折节，莫须有先生啼笑皆非，国事真不足以有为矣，想逃出门而已身入重围，可谓十目所视，十手所指，一群小人儿的注意都集中在莫须有先生的身上了。莫须有先生当然能解救他们，绝对的能解救他们，而莫须有先生不能解救他们，绝对的不能解救他们！那么谁能解救他们呢？他们的父兄吗？政府吗？都有相对的可能。只有莫须有先生有绝对的可能而绝对不可能。因为莫须有先生是先知先觉，故有绝对的可能。一个人不能解救别人，故解救是绝对的不可能。莫须有先生决不承认自己

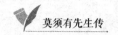

是懦弱，因为懦弱故不自承为社会改革者。相反的，莫须有先生是勇者，勇于解救自己，因为勇于解救自己，故知解救别人为不可能了。莫须有先生现在的年岁，是精神的力量大而官能的效率小，老年花似雾中看，他分不清这一群小人儿的面目，但是小孩子的一群，正如我们初次见西洋人，仿佛西洋人个个的面孔都相似似的。认识这位塾师，仿佛认识中国的青年。认识站在自己身边的纯，而是认识自己的孩子的感情。他真真地为这个小孩子庆幸，深深地替他感得幸福，这个小孩子已经得救了，他的爸爸决不让他走进监狱了。连忙是一个黯然，那么这个小孩子的自由国土在那里呢？莫须有先生觉得他完全不能为力了。他可以尽做爸爸的良心，但他不能代表社会，代表国家，代表教师，甚至不能代表纯，即是一个人不能代表另一个人。连忙又很得安慰，从圣人的言语里头得之："后生可畏，焉知来者之不如今也？"于是深深地懂得人生的意义，人生的意义是真理的示现了。当莫须有先生在这个学塾里起一个大大的心理作用时，纯也有一个小小的纳闷，他不知道这些小朋友们都坐在这里做什么。其中一位以极小极小的声音问他姓什么，做什么，他以其自然的态度回答道：

"我是冯思纯，家在城里，到乡下来避难的。"

小朋友们听了这个声音，一齐大为惊异而且喜悦，因为他们没有一个人敢于这样大声说话了，其实是说话的自然的声音，正如水里自然有鱼，以钓者不自然的眼光去看鱼，看见鱼乃惊奇了，而且喜悦了。塾师听了这个声音，惭愧无地，他觉得他不能同这个小孩子一样清清朗朗地说话了，他衷心赞美这个小孩子，他简直自暴自弃，自己认自己完全不行，除了教蒙学而外。他不知道他正是教蒙学不行了。莫须有先生听了纯的声音，也是惊异，也是喜悦，惊异者因为莫须有先生也是不自然惯了，小时也是私塾出身，没有听见过这样自然的声音，故听了而惊异，等于见猎心喜是一颗种子心；喜悦者，喜纯之善于对答，而且善于学习，他从爸爸的口中学得

"避难"一字，此时乃知应用了。其实平常说话总是说"跑反"，有时爸爸说"避难"，纯简直知道选择，他今时说的完全是国语了。而那些小朋友们完全不懂得这句国语的意义，只是懂得说话的声音大，一鸣惊人了。莫须有先生连忙喝道：

"纯，不要大声说话。"

仿佛进了这个门户儿童们便应该唧唧哝哝。莫须有先生连忙又觉得自己可笑，革命决不会成功，人生都是习惯的势力了。莫须有先生进了私塾之门便默守私塾的成规了。

有一位小朋友离席走向塾师面前向塾师说一声道：

"屙尿！"

莫须有先生从旁费了好大的思索，简直是非礼而听，因为他窃听这两个字的意义了，简直是自己的昨日之事了，是学童向先生请示的口气，其完全的意义是："先生，许不许我出去屙尿呢？"塾师照例是"去"或者点头，或者不答等于点头。

又有一位小朋友离席走向塾师面前向塾师说一声：

"屙尿！"

塾师有一点儿愁眉莫展，但点头。其所以眉愁之故，是说小儿辈多事，此刻有一位高宾在座，即大学教员资格的莫须有先生，你们要小便便各去小便可也，何须请示。

又有一位小朋友离席走向塾师面前向塾师说一声"屙尿"。于是者四，于是者五，慢慢地童子六七人都不告而去了，连纯也跟着去了，屋子里只剩有那位塾师同莫须有先生两人。莫须有先生乃清清楚楚地看得每人位上都摊着一本书，正是中国儿童的冤状，莫须有先生于是很有韩文公的愤怒，要"火其书"。革命便要从这里革起！然而莫须有先生一言不发，他简直狼狈得很，他觉得是役也，非公非私，不知所以处之，结果大败而逃了。

出门时，他四处找纯，在学塾东墙外茅房门口找着了。而学童们也都在茅房门口，老师送莫须有先生出门，一阵又都挤到茅房里

去了。

于是莫须有先生同纯两人在归途之中，纯同爸爸说道：

"这许多孩子都是屙假尿，——他们是做什么的呢？"

莫须有先生很难回答纯的问话，他觉得他将来要写一篇小说，描写乡村蒙学的黑暗，那时便等于答纯了。

第七章　莫须有先生教国语

莫须有先生现在在金家寨小学做教师了。这个小学的校长一向在故乡服务，高等师范出身，以前同莫须有先生见过面没有谈过话，那是莫须有先生在武昌做中学生时期，他则住高等师范。后来莫须有先生海内有名，他当然是知道的了，他知道莫须有先生是一位新文学家。在这回同莫须有先生认识了以后，他简直忘记了莫须有先生是新文学家，他衷心佩服莫须有先生是好小学教师，在教学上真有效果。而使得他最感愉快，认为自己用人得人，理由不是莫须有先生是好小学教师，是莫须有先生简直不像新文学家！有一天他无意中同莫须有先生说明白了，他说道：

"我以前总以为你是新文学家，其实并不然。"

他说话的神气简直自认为莫须有先生的知己了，所以莫须有先生很不便表示意见，不能否认，亦不能承认，也只好自喜，喜于柳下惠之圣和而不同而已。余校长（校长姓余）之不喜欢新文学家——其实是不喜欢新文学，新文学家他在乡间还没有见过，无从不喜欢，在另一方面攻击莫须有先生的那腐儒倒是不喜欢新文学家，因为他认莫须有先生是新文学家，他与他有利害冲突，他以为黄梅县的青年不归扬则归墨，不从莫须有先生学白话文便从他读袁了凡《钢鉴》了。腐儒不喜欢新文学家，但他这样攻击莫须有先生："我并不是不懂新文学，故我攻击他，冰心女士鲁迅文章我都读过，都是好的，但他能做什么文章呢？"这个他字是莫须有先生的代词。莫须有先生因此很动了公愤，他对于人无私怨，故是公愤。他以为读书人不应该这样卑鄙，攻击人不择手段。老秀才而攻

157

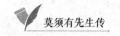

击新文学可也，老秀才而说冰心女士鲁迅文章都是好的，是迎合青年心理也。乡间青年《鲁迅文选》《冰心文选》人手一册，都不知是那里翻印的，也不知从那里传来的空气，只知它同自来水笔一样普遍，小学生也胸前佩带一枝。总之新文学在乡间有势力了。夫新文学亦徒为有势力的文学而已耳，并不能令人心悦诚服，余校长无意间向莫须有先生说的话情见乎辞，他同莫须有先生已经很有私交，所以不打官腔，若打官腔则应恭维莫须有先生是新文学家也。若是新文学家，则彼此不能在学校共事，不能有交谈之乐也。大约新文学家都不能深入民间，都摆架子。然而莫须有先生不能投朋友之所好，他是新文学家，因为他观察得余校长喜欢韩昌黎，新文学家即别无定义，如因反抗古文而便为新文学家，则莫须有先生自认为新文学家不讳。只要使得朋友知道韩昌黎不行便行了，不拒人于千里之外，自己不鼓吹自己是新文学家亦可。所以当下莫须有先生不否认不承认该校长的话，只是觉得自己在乡间很寂寞，同此人谈谈天也很快乐，自己亦不欲使人以不乐而已。慢慢地他说一句投机取巧的话：

"我生平很喜欢庾信。"

这一来表示他不是新文学家，因为他喜欢用典故的六朝文章。这一来于他的新文学定义完全无损，因为他认庾信的文学是新文学。而最要紧的，这一来他鄙弃韩昌黎，因为他崇拜庾信。而余校长不因此不乐。此人的兴趣颇广，鲍照庾信《水浒》《红楼》都可以一读，惟独对于新文学，凭良心说，不懂得。

莫须有先生又说一句投机的话：

"我喜欢庾信是从喜欢莎士比亚来的，我觉得庾信诗赋的表现方法同莎士比亚戏剧的表现方法是一样。"

余校长是武昌高等师范英文科出身，读英文的总承认莎士比亚，故莫须有先生说此投机的话。然而莫须有先生连忙举了许多例证，加以说明，弄得朋友将信将疑了。

"我是负责任的话，我的话一点也不错，无论英国的莎士比亚，无论中国的庾子山，诗人自己好比是春天，或者秋天，于是世界便是题材，好比是各样花木，一碰到春天便开花了，所谓万紫千红总是春，或者一叶落知天下秋。我读莎士比亚，读庾子山，只认得一个诗人，处处是这个诗人自己表现，不过莎士比亚是以故事人物来表现自己，中国诗人则是以辞藻典故来表现自己，一个表现于生活，一个表现于意境。表现生活也好，表现意境也好，都可以说是用典故，因为生活不是现实生活，意境不是当前意境，都是诗人的想像。只要看莎士比亚的戏剧都是旧材料的编造，便可以见我的话不错。中国诗人与英国诗人不同，正如中国画与西洋画不同。"

人家听了他的话，虽然多不可解，但很为他的说话之诚所感动了，天下事大约是应该抱着谦虚态度，新奇之论或者是切实之言了。于是他乘虚而入，一针见血攻击韩昌黎：

"你想韩文里有什么呢？只是腔调而已。外国文学里有这样的文章吗？人家的文章里都有材料。"

余校长不能答，他确实答不出韩文里有什么来。外国文章里，以余校长之所知，确实有材料。

"我知道你喜欢韩愈的《送董邵南序》，这真是古今的笑话，这怎能算是一篇文章呢？里面没有感情，没有意思，只同唱旧戏一样装模作样。我更举一个例子你听，王安石的《读孟尝君传》，没有感情，没有意思，不能给读者一点好处，只叫人胡涂，叫人荒唐，叫人成为白痴。鸡鸣狗盗之士本来是鸡鸣狗盗之士，公子们家里所养的正是这些食客，你为什么认着一个'士'字做文章呢？可见你完全不知道什么叫做文章，你也不知道什么叫做学问，你只是无病呻吟罢了。这样的文章都是学司马迁《史记》每篇传记后面的那点儿小文章做的，须知司马迁每每是言有尽而意无穷，写完一篇传记又再写一点文章，只看《孔子世家赞》便可知道，这是第一篇佩服孔子的文章，写得很别致，有感情，有意思，而且文体也是司马

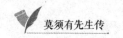

迁创造的，正因为他的心里有文章。而韩愈王安石则是心里没有文章，学人家的形似摇头唱催眠调而已。我的话一点也不错。"

莫须有先生说完之后，他知道他的目的完全达到了，他觉得他胜任愉快。但事实上这样的播种子一点效果也没有，知之者不如好之者，好之者不如乐之者，余校长到底有余校长之乐，其乐尚不在乎韩文，凡属抽象问题都与快乐无关，快乐还在乎贪瞋痴，有一天余校长当面向莫须有先生承认了，因为莫须有先生这样同他说：

"先生，我觉得你这个人甚宽容，方面也很广，但我所说的话对于你一点好处没有，你别有所乐。"

"是呀！你以为我所乐是什么？我还是喜欢钱！可笑我一生也总没有发财。"

言至此，说话人确是自恨没有发财，莫须有先生很为之同情了，然而莫须有先生说话的兴会忽然中断了。余校长又悔自己失言，一时便很懊丧，莫须有先生则又鼓起勇气，人生只贵学问，所谓"十室之邑必有忠信如丘者焉，不如丘之好学也"，一切过失都没有关系，不必掩盖，便这样提起他的兴会道：

"我知道先生有一个快乐，喜欢算术难题。"

莫须有先生真个把他的乐处寻着了，于是他很是得意，这个快乐同爱钱财应该不同罢，是属于学问的，趣味的罢，总之是雅不是俗罢。而莫须有先生则又不然。莫须有先生笑道：

"先生的此快乐我也想表示反对。我看见学校编级试验出的算术文字题都很难，我知道是先生出的，而且我看见学生算不对，先生便很高兴，证明这个题目真个是难。倘若学生做对了，我想先生心里一定有点失望，对不对？"

"是的，这个确有此情。"

"我认为这是先生教学上的大失败！倘若要我出算术题，我要忖度儿童心理，怎样他们便算得对，使他们能得到算对的欢喜。这样他们慢慢地都对了。先生则是教他们错，万一他们对了，又养成他们的好奇心，不是正当的理智的发展。再说算术文字题都与算术这个学科本身无关，完全是日常生活上的经验。算术本身只有加减乘除，亦即和差与倍，不论整数也好，小数也好，分数也好，原则一贯，而在小学生，整数的乘除他们能懂得，分数与小数的乘除每每发生疑惑。'整数是积大商小，分数小数何以积小商大呢？'这是我自己做小学生时常发生的问题，因此应用分数乘除的文字题我总做不了，即做得了亦无非记得一个死法子而已，毫无意义。我想这是发展学生理智作用的最好的练习，当教师的要使得他们懂得加减乘除的原则是一贯的，如以1为本数，本数的2倍，3倍，4倍……写在左边，本数的1/2，1/3，1/4，……写在右边，知道本数求左右是用乘法，知道左右求本数是用除法，那么学生不容易懂得道理是一个吗？即是理智是一个。没有疑惑的地方。再说，我小时算年龄问题最令我糊涂，其实我想这应该有一个简单的方法，先问学生，知道二数的倍与差求二数应该用什么方法，学生一定答曰以倍之差除二数之差，那么年龄问题正是倍差算法，用事实告诉他们这里的差是一定的，今年之差与去年之差与明年之差是一个数目，于是学生懂得算术本来简单，把经验上的事实加进去乃有许多好玩的题目，所以数学简单得有趣，事实复杂得有趣。我觉得这样才算得算术教学，练习以简驭繁。若专门出难题目，便等于猜谜，与数学的意义恰恰相反。"

这一番话余校长甚为感动，他在学校里带了六年级算术功课，从此大大的采取莫须有先生的教法了，确是很收效果。同事中还有一位先生，也想在此留个纪念。这是教务主任汪先生，其人有读书人风度，平常不大言语，不轻易同人来往，但不拘谨，而幽默。有一回，黄梅县长来校视察，战时当县长的多是军人，加之这个县长为人能干，具戡乱之才，且有戡乱之事实，威风甚大，先声夺人，人人都怕他，余校长不知为什么也怕他了，其实大可不必，而校长怕他，因之做先生的有点为难，县太爷来了，学校空气紧张起来

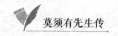

了，余校长首先自己发现学校门口墙壁上没有"国民公约"！这是临时补写不了的！看了余校长仓皇失措，汪主任也确是发愁道：

"这真是一个大缺憾，但不是污点，没有关系。"

因为他的话空气忽然缓和了，大家都笑了，莫须有先生实在佩服他的态度，渐近自然。

余校长等于发命令，又等于哀求，觉得要做到故有命令之意，恐怕做不到故有哀求之情，他请诸位先生出大门——大约要走五十步与百步之间迎接县长。其时同人集于校政厅，将服从命令，将出校政厅，校长前行，已出门槛，汪主任次之，尚未出门槛，而汪主任忽然站在门槛以内，向校长道：

"教员等就在这里迎接县长可以。"

汪先生的话是来得那么自然，其态度是那么和平，而其面上的幽默之情近乎忧愁之色，使得余校长忽然自告奋勇，他一个人赶快迎接县长去了，留了诸位先生在校政厅。从此懦弱的余校长也同"久在樊笼里复得返自然"一样，他同县太爷谈话旁若无人了。莫须有先生真真的佩服汪主任君子爱人以德，不陷朋友于不义。以后每逢跨这校政厅的门槛便感激汪先生，——感激者何？莫须有先生的传记里头没有迎接县长之污点也。两年之后，莫须有先生曾访汪先生于其家，至今尚记得那个招待的殷勤，汪先生亦曾在莫须有先生之家小酌，那时县中学恢复，余校长同莫须有先生都换到中学当教员去了，汪先生则由主任迁为金家寨小学校长。不久汪校长受了地方强豪的压迫，县政府将其校长撤职，因而忧愤成疾，战乱之中死于家，生后萧条，孤儿寡妇无以为生，莫须有先生每一念及为之凄然。

莫须有先生专任的功课是五六年级国语。照学校习惯，一门主科，是不够一个教师应教的钟点数目的，故于主科之外得任一门或两门辅科。在定功课的时候，不是汪教务主任同莫须有先生接洽，是余校长亲自同莫须有先生接洽，所以莫须有先生与汪先生相见甚晚，起初莫须有先生简直不知道学校有教务主任，以为诸事由校长一人包办。余校长替莫须有先生拟定的辅科是历史或地理，他以为这是决不成问题的，由文学家而照顾一下历史或地理有什么问题呢？太史公不就是文学家游过名山大川的吗？中国的历史不都是文学家做的吗？只不过莫须有先生是新文学家（此时余校长尚未与莫须有先生认熟，故理想上以为如此），而逻辑上新文学家是文学家，故新文学家亦必担任历史或地理，总之余校长的意思以国文（他的国语的意思即国文）史地为一家子的事情，历任教员都是教国语兼教历史或地理，在定功课的时候他便这样同莫须有先生说明：

"我们想请先生教五六年级国语，另外教一班历史或地理。"

"历史地理我不能教。"

余校长听了这话，顿时感得新文学家真是名不虚传，即是说新文学家要摆架子，诸事要有否决权，不好惹，这么一个简单的事情为什么竟遭拒绝呢？后来莫须有先生却是替他解决了困难，因为自然一科诸教师都在谦逊之中，而莫须有先生肯担任了，他所不能教的历史地理旁人认为是一桩好交易，抢去了。这样功课表顺利地通过了，只是给余校长留了一个问号："他肯教自然？"这个他字代表新文学家，即莫须有先生。光阴一天一天地过去了，莫须有先生之为人余校长一天一天地认识了，他懂得莫须有先生肯担任自然之故，也懂得莫须有先生不能教历史地理之故，理由均甚正确，而且关系重大，关乎一个学问的前途，关乎国家的命运，简直使余校长感到惭愧，他深知自己是一个世俗之人了，对于真理是道听涂说态度，有时在莫须有先生面前学莫须有先生说话而已。

莫须有先生担任自然，因为他喜欢这门功课，即是喜欢常识。莫须有先生后来成为空前的一个大佛教徒，于儒家思想数学习惯而外便因为他喜欢常识。他喜欢常识是从他做中学生时候喜欢实验来的。他记得他旋转七色板因而呈现一个白色的轮子，在透镜的焦点

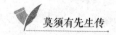

上放着的纸片因而烧着了，轻养化合而成水，水分解仍是轻养，其他如观察动植物标本，对于他都有不可磨灭的印象，产生了不可度量的影响。他常说，"人生如梦"，不是说人生如梦一样是假的，是说人生如梦一样是真的，正如深山回响同你亲口说话的声音一样是物理学的真实。镜花水月你以为是假的，其实镜花水月同你拿来有功用的火一样是光学上的焦点，为什么是假的呢？你认火是真的，故镜花水月是真的。世人不知道佛教的真实，佛教的真实是示人以"相对论"。不过这个相对论是说世界是相对的，有五官世界，亦有非五官世界，五官世界的真实都可以作其他世界真实的比喻，因为都是因果法则。而世人则是绝对观非相对观，是迷信非理性，因为他们只相信五官世界，只承认五官世界的事实。须知绝对的事实便非事实，据物理学不能有此事实。物理学不能有绝对的事实，即物理学不能成立，因为"物"字是绝对的。"物"字不能成立，则"心"字成立，因为必有事实，正如不是黑暗必是光明。"心"字成立，则不能以"生"为绝对，因为世人"生"的观念是"形"的观念。"形"灭而"心"不能说是没有。"心"不能说是没有，正如"梦"不能说是没有，"梦"只是没有"形"而已。那么"死"亦只是没有"形"而已。据莫须有先生的经验，学问之道最难的是知有心而不执着物。知有心便知死生是一物，这个物便是心。于是生的道理就是死的道理，而生的事实异于死的事实，正如梦的事实异于觉，而梦是事实。莫须有先生生平用功是克己复礼，而他做中学生的时候科学实验室的习惯使得他悟得宗教，即是世界是相对的。由相对自然懂得绝对，于是莫须有先生成为空前的大乘佛教徒了。但莫须有先生教小学生常识功课，决不是传教，他具有科学与艺术的修养，只有客观没有主观了。他认他是最好的小学自然教师，得暇自己到野外去替学生找标本，却是没有一个学生肯陪同莫须有先生去，有时纯同爸爸去。

　　莫须有先生不肯担任地理，理由很简单，因为他不会绘图。

　　莫须有先生不肯担任历史，因为他是一个佛教徒的原故。历史无须乎写在纸上的，写在纸上的本也正是历史，因为正是业，种瓜得瓜，种豆得豆。中国的历史最难讲，当然要懂得科学方法，最要紧的还是要有哲学眼光。中国民族产生了儒家哲学，儒家哲学可以救世界，但不能救中国，因为其恶业普遍于家族社会，其善业反无益于世道人心。孔子说"骥不称其力，称其德也"。但骥不是无力，是不称其力，儒家应以二帝三王为代表，最显明的例子莫如禹治水，禹治水以四海为壑，是何等力量！这个力量不以力称以德称。三代以下中国则无力可称，而其德乃表现在做奴隶方面。百姓奴于官，汉族奴于夷狄，这个奴隶性不是绝对的弱点，因为是求生存。夷狄征服中国之后，便来施行奴化教育，而中国民族从来没有奴化，有豪杰兴起，"黄帝子孙"最足以号召人心，以前如此，以后也永远如此，而夷狄也永远侵入中国！而夷狄之侵入中国是因为暴君来的，而暴君是儒家之徒拥护起来的，因为重君权。而暴民又正是暴君。于是中国之祸不在外患在内忧，中国国民不怕奴于夷狄，而确实是奴于政府。向夷狄求生存是生存，向政府求生存则永无民权。宋儒能懂得二帝三王的哲学，但他不能懂得二帝三王的事功，于是宋儒有功于哲学，有害于国家民族，说宋明以来中国的历史是宋儒制造的亦无不可。中国的命脉还存之于其民族精神，即求生存不做奴隶，如果说奴隶是官的奴隶不是异族的奴隶。宋儒是孔子的功臣，而他不知他迫害了这个民族精神。中国的历史都是歪曲的，歪曲的都是大家所承认的，故莫须有先生不敢为小学生讲历史，倒是喜欢向大学生讲宋儒的心性之学。

　　再说莫须有先生教国语。名义上莫须有先生教的是小学五六年级国语，应是十二岁以下的儿童，实际上则是十五岁至二十岁的大孩子不等。这些大孩子大半是在私塾里读过《四书》同《诗经》《左传》的，同时读《论说文范》，买《鲁迅文选》《冰心文选》。其平日作文则莫须有先生偶尔抽出一李姓学生在私塾里的作

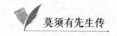

文本一看，开首是一篇《张良辟谷论》，这个私塾的老师便是攻击莫须有先生的那腐儒。要教这些小学生，大孩子，读国语，写国语，不是一件顺利的事，但莫须有先生他说他有把握。他把小学的国语课本从第一年级至第六年级统统搜集来一看，都是战前编的，教育部审定的，他甚是喜悦，这些课本都编的很好，社会真是进步了，女子的天足同小学生的课本是最明显的例子，就这两件事看，中国很有希望。这都是为都会上的小学生用的，对于乡村社会的小学生，对于金家寨的大孩子，则不适宜。此时，民国二十八年，教科书也没有得买，莫须有先生所搜集的都是荒货，于是莫须有先生不用教科书，由自己来选择教材了。这里莫须有先生想附带说一句话，关于中国文化是否应该全盘西化的问题，莫须有先生认为是浅识之人的问题，而中国教国语的方法则完全应学西人之教其国语，这是毫无疑问的。中国的小学教科书便是全盘西化。独是中学教科书又渐渐地走入《古文观止》的路上去了，这是很可惜的事。莫须有先生因为教小学国语而参考到中学国文教科书，于是又受了一个大大的打击，觉得世事总不能让人满足了。他虽不以他所搜集的国语教科书做教材，他却把这些战前的教科书都保存起来，各书局出版的都有，各年级的也都有，他预备将来拿此来教纯了。莫须有先生如果有珍本书，这些教科书便是莫须有先生的珍本书。纯后来果然从一年级的猫狗读到三年级的瓦特四年级的哥伦布了，而日本乃投降。莫须有先生教金家寨的大孩子到底拿什么教呢？他教"人之初"，教"子曰学而"，教"关关雎鸠"。然而首先是来一个考试。这个考试是一场翻译，教学生翻译《论语》一章。莫须有先生用粉笔将这一章书写在黑板上：

"子曰：'孰谓微生高直？或乞醯焉，乞诸其邻而与之。'"

大孩子们便一齐用黄梅县的方言质问莫须有先生，用国语替他们翻译出来是这样：

"先生，你写这个给我们看做什么呢？这是上论上面的，我们都读过。"

"你们都读过，你们知道这句话怎么讲吗？你们各人把这句话的意思用白话写在纸上，然后交给我看。"

"这样做，为什么呢？有什么用处呢？"

"你们给我看，我给你们打分数。"

大孩子是私塾出身，向来虽爱好虚荣，却无所谓得失，现在听说"打分数"，仿佛知道这是法律的赏罚，不是道义的褒贬，一齐都噤若寒蝉，低头在纸上写了，有的瞠目四面望。这使得莫须有先生甚有感触，便是，人生在世善业与恶业很难分，换一句话说，中国的儒家有时是理想，而法家是事实，即如此时做教师的要答复学生的质问，以道理来答复是没有用的，"打分数"马上便镇压下去，天下太平了。而这一个效果，对于教育的根本意义，又算不算得效果呢？可笑的，莫须有先生一旦当权，也不知不觉地做起法家来了。

孩子们的试卷，莫须有先生一个一个的看了下去，给了他甚大的修养，想起孔子"学不厌诲不倦"以及"有教无类"的话，——孔子的这个精神，莫须有先生在故乡教学期间，分外地懂得，众生品类不齐，不厌不倦，正是"不亦悦乎""不亦乐乎"了。有时又曰"后生可畏"，老则不足畏。由这些孩子们写在纸上的字句，使人想到有口能说话已是人类之可贵，何况文字呢？那么作文不能达意，同时无意可达，应不足异了。莫须有先生考虑到以后的教学方法，首先要他们有意思，即作文的内容；再要他们知道什么叫做"一个句子"。在第二次上课的时候，莫须有先生是最好的"人不知而不愠不亦君子乎"的榜样，和颜悦色，低声下气，而胸中抱着一个整个的真理的过程，这个过程便是空空如也，他以这个态度，把学生们的翻译卷一个一个的发下去了，告诉他们道：

"你们的卷子我都没有打分数，你们是第一回写白话，还不知道什么叫做一句话，慢慢地我要教给你们，等你们进步之后，我再给

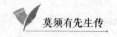

你们定分数。昨天的试题应该这样做：孔子说道，'谁说微生高直呢？有人向他讨一点儿醋，他自己家里没有，却要向他的邻家讨了来给人家。'"

莫须有先生把这句翻译在黑板上写了出来，班上有一个顶小的孩子发问道：

"先生，孔子的话就是这个意思吗？这不就是我们做菜要用酱油醋的醋吗？"

"是的，孔子的话就是这个意思，孔子的书上都是我们平常过日子的话，好比你是我的学生，有人向你借东西，你有这个东西就借给人，没有便说没有，这是很坦直的，为什么一定要向邻人去借来给人呢？这不反而不坦直吗？你如这样做，我必告诉你不必如此。微生高大家都说是鲁国的直人，孔子不以为然，故批评他。"

"那么孔子的话我为什么都不懂呢？"

"我刚才讲的话你不是懂得吗？孔子的话你都懂得，你长大了更懂得，只是私塾教书的先生都不懂得。我教你们做这个翻译，还不是要你们懂孔子，是告诉你们作文要写自己生活上的事情，你们在私塾里所读的《论语》正是孔子同他的学生们平常说的话作的事，同我同你们在学校里说的话作的事一样。"

莫须有先生的门弟子当中大约也有犹大，这一番话怎么的拿出去向私塾先生告密了，一时舆论大哗，在县督学面前（县督学姓陶，恰好是金家寨附近的人）对莫须有先生大肆攻击。同时有些父老，他们是相信新教育的，失了好些期待心，也便是对于大学教员莫须有先生怀疑，孔子的书上难道真个讲酱油吗？

莫须有先生第一训练学生作文要写什么。第二，知道写什么，再训练怎么写，即是如何叫做一个句子。为得要使得学生知道如何叫做一个句子，莫须有先生在黑板上写三字经给他们看，问他们道：

"这是什么？"

"《三字经》。"

学生有点不屑于的神气。

"那里算做一句呢？"

"人之初。"

"不对，——我且问你们，'子曰学而'算不算得一句呢？"

"子曰学而是一句。"

"不对，——'子曰学而'怎么讲呢？凡属一句话总有一个完全的意思，好比你们喜欢在人家的背上写字，我亲自看见一个人写'我是而子'，'而子'虽然错写了，应该是'儿子'，然而'我是而子'四个字有一完全的意思，字写白了，意思不错。'子曰学而'有什么意思呢？'子曰'是'孔子说'，'学'就是求学，'而'是'而且'，那么'子曰学而'如果是一句，岂不是'孔子说求学而且'吗？所以'子曰学而'决不是一句，只是乡下先生那么读罢了，要'子曰学而时习之'才有意义可讲，是不是？"

"是，——先生，我知道，'人之初'不能算一句，要'人之初性本善'算一句。"

"是的。"

莫须有先生说着把那说话的学生一看，又是首先发问的那个顶小的孩子了。于是学生都改变了刚才不屑于《三字经》的神气，同辈中也有人听来津津有味了。

莫须有先生接着在黑板上写四个字——

关关雎鸠

连忙问他们道：

"这四个字你们读过吗？"

"读过，《诗经》第一句。"

"这四个字算得一句吗？"

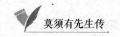

学生都不敢回答了，都怕答错了。慢慢地那顶小的孩子道：

"先生，我说这四个字算得一句。"

莫须有先生连忙回答他道：

"我说这四个字算不得一句，要'关关雎鸠在河之洲'八个字才算一句。凡属一句话总有一个主词，一个谓语，好比'我说话'是一句话，'我'是主词，'说话'是谓语。'关关雎鸠在河之洲'，'雎鸠'是主词，'在河之洲'是谓语，意思是说有一雎鸠在河洲上，'关关'则是形容那个雎鸠。故单有'关关雎鸠'不能算一句话，必要'关关雎鸠在河之洲'才是一句话了。"

关于关关雎鸠不能算一句的消息传布出去之后，社会上简直以为了不得，连一位不爱说话的秀才也坚决地表示反对了，他说："关关雎鸠不能算一句书，什么算一句书呢？世上没有这样不说理的事情！我不怕人！你去说，关关雎鸠是一句书！"秀才的话是向他的侄儿说的，他的侄儿在金家寨上学。莫须有先生不暇于同人争是非，倒是因为这个句子问题默默地感得三百篇文章好，即如"关关雎鸠在河之洲"这一句，完全像外国句法，而人不觉其"欧化"！"在河之洲"四个字写得如何的没有障碍，清净自然了。而"关关雎鸠"这个主词来得非常之有场面似的。莫须有先生的城内之家，城外是一小河，是绿洲，那上面偶有小鸟，莫须有先生想极力描写一番，觉得很费气力了。而"关关雎鸠在河之洲"这一句话，直胜过莫须有先生的一部杰作。秀才的话，殆亦螳臂当车耳。而最大的胜利自然还是学生的成绩，有一个学生，由小学生后来做了大学生，他说"有朋自远方来"这个句子写得别致；又有一个学生，也是由小学生后来做了大学生，他喜欢陶诗"有风自南，翼彼新苗"，都是受了莫须有先生的影响了。

第八章　上回的事情没有讲完

莫须有先生教国语，第一要学生知道写什么，第二要怎么写，说起来是两件事，其实是一件，只要你知道写什么，你自然知道怎么写，正如光之与热。所以最要紧的还是写什么的问题。这个问题简直关乎国家民族的存亡。莫须有先生常常这样发感慨。他说这个问题重要。他说他决不是因为当了国语教员便这样说，他是有真知灼见，他不是感得他话里的意义确实他不说话了。在民国三十五年，莫须有先生尚未坐飞机出来，在黄梅县看报，有一天看得冯玉祥将军出国的消息，冯将军出国考察水利，新闻记者去访问他，问他对于中国前途的希望，冯将军说要水利有希望中国才有希望。莫须有先生当时大笑，这个答话真是幽默得可以了，莫须有先生看了三十年的报纸没有像今天开口笑过。中国人为什么都这样把国事看得若秦越之不相关呢？这样肯说官话呢？可见莫须有先生说的话都是向国人垂泣而道之，不是因为自己当了国语教员便说国语重要。他说中国人没有语言，中国人的语言是一套官说。口号与标语是官话的另一形式。他在抗战期间把黄梅县的公私文章拜读遍了，有时接到县政府的公文，有时街头无事看看县政府的告示，有时亲戚家族告状拿状子来请莫须有先生修正修正，有时接到人家的讣文，有时接到喜帖，他说他只好学伯夷叔齐饿死，不配作中国的国民！关于这些事情他简直干不了。首先还不是他不肯干，而是他不能干。私的方面他不会应酬，公的方面他不会起草。既然是读书人，你不会这些事，那你还做什么呢？教书也不要你！真的，莫须有先生起先是在小学教国语，不久便改了，在中学里教英语，教算学，是他

知难而退，否则就要受社会的压迫了。其实在小学教国语压迫便已来到头上了。另外有几个学生始终跟他私读书，算是行古道，便是上章所说的关于句子喜欢"有朋自远方来"之徒了。县政府的公文第一句是"抗战期间"那是当然的，但件件公文都是这一句，便显得世间的事情都没有理由，简直是不许有理由！这也便是对于国事漠不相关。有一回莫须有先生在乡下走路，看见一家小铺子门上贴了两行字：

石灰出卖
日本必败

乍时莫须有先生不知其意义，连忙懂得了，这家小铺子是卖石灰的，意思是要你买他的石灰。这种人是没有国家观念的，他是开玩笑的态度，他的目的只是卖他的石灰罢了。卖石灰本不失为他的本分，但何必出乎本分之外呢？出乎本分之外便把国家与自己的职业分开了，自己同自己开玩笑了。有一回看见一个小学生的草帽上写着"抗日"两个大字，不觉微微一笑，但后来遇见的小学生，草帽上都是"抗日"，莫须有先生便发恼了，原来小孩子都在做八股。他们根本上不是国家的小学生，他们住小学是为得避免兵役。因为避免兵役，故各处小学生如雨后春笋了。这意思是说，以前小学不发达，小孩子不住学校。曾有讽刺者曰，黄梅办大学，他们也便住大学。他们的年龄本来都不小。他们不知道学校的性质，他们的父母只是要送儿子"住学校"，"住学校"便可以避兵役了。有小学便住小学。有中学便住中学。故讽刺者曰有大学便住大学了。所以从父母以至小孩都不知有国，然而他们的草帽上都写着"抗日"两个大字了。还有替小孩子起名字叫做"抗日"的，这位做父亲的是黄梅县唯一的前清进士，年近古稀，生了一个儿子更是稀奇，命名"抗日"，一时传为美谈，儿子的名字同老子的功名说起来一样的响亮了。因之有儿子命名"必胜"的，一时又传为美谈，仿佛胜利是属于他的了，等于中了状元，比进士还要高一些。莫须有先生看着大家做的事都不对，而名字都要起得对，心里便很难过，他觉得他在乡下孤独了，他是有理说不清了。名字当然要对，但最要紧的是要事做得对，做得对才有得数，正如小学生做算术题，一步一步的做对了，最后才得数，否则你的结果不错了吗？到得结果错了然后才知道错了，错了而不知道错了的理由，以为是偶然而已尔，岂知是孔子说的"罔之生也幸而免"！莫须有先生看得自己的国情不对，因之很动了一个到外国去考察的心理，尤其是想到英国去，他想人家一定是要事做得对，不是要题目对，题目是天生的，便是国家民族，各人切实做些忠于国家民族的事罢了。他很想考察英国小学生的作文，就他所读到的英语读本看来，他觉得那都很好，够得上健全二字，即是不乱说话，话都有意义，事都有理由，事是一件一件的事，不是笼统的事。思想健全正同身体健全一样，以健全的身体执干戈以卫社稷，不是很自然的事吗？中国则是昏愦，大家都没有理由，不许有理由。你说这是上头的愚民政策使之然吗？未必然。因为便是愚民也有这个嗜好。有好几次莫须有先生看了老百姓与老百姓之间告状的状子，莫须有先生十分的害怕，这虽然是读书人写的，但目不识丁者都有分，他们告状首先问请谁做状，请谁作状了便问"八个字"，这"八个字"不是算命先生问你生下地的"八个字"，而是做状先生笔下要打倒你的"八个字"，所谓"局语"是也。莫须有先生起初听错了以为是"诛语"，后来听了一位高明说是"局语"。其实真是"诛语"，惟恐一下诛你不死了。中国人没有法律，只有八股，大家都喜欢这个东西，到乡间去查考告人的状子，你如是爱国者你将不寒而栗。国无事时，自相鱼肉罢了，无奈中国偏总有外患，你如是爱国者能不抱杞忧乎？国亡了还在那里做文章！做了奴隶还正在那里高兴做文章！多尔衮读了奴隶们恭维天朝骂明朝的话有"人神共愤"四个

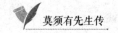

字，大不懂，说道："神愤你怎么知道呢？"这是多尔衮不懂得八股。岂知"人神之所共愤，天地之所不容"，向来是好文章。莫须有先生悲愤填胸，他爱国，他教国语，举世皆浊而我独清，举世皆醉而我独醒，中国的小孩子都不知道写什么，中国的语言文字陷溺久矣，教小孩子知道写什么，中国始有希望！万一在这上面他失败了，举世攻击他了，他可以学伯夷叔齐饿死，也可以学屈大夫投江淹死，只要不拿别的空话做他死的理由，只说他是为反抗中国没有国语而死，他承认。这本来是他的匹夫之志也。要小孩子知道写什么，其实很简单，只要你自己是小孩子，你能懂得小孩子的欢喜，你便能引得他们写什么了。在这个文学革命时期，这个简单的事当然是最艰难的事，只有莫须有先生胜任愉快，他能如孟子说的"惟大人者不失其赤子之心"，他能知道小孩子。到得革命成功了，真正的儿童文学，国语课本都有了，那又不成问题，并不一定要有莫须有先生这样的人才才能教国语，凡属师范生都可以教国语，正如别个国度里的国语教学一样。莫须有先生在金家寨小学教国语，有一回出了一个"荷花"的作文题，因为他小时喜欢乡下塘里的荷花，荷叶，藕。凡属小孩子都应该喜欢，而且曾经有李笠翁关于这个题目写了一篇很好的散文，可惜被人家认为非"古文"罢了，即是说不是文章的正宗。它为什么不是文章的正宗呢？文章的正宗者，应该是可以做小孩子的模范的文章，莫须有先生认为李笠翁的《杨柳》《竹》《芙蕖》，是很难得的几篇模范文。莫须有先生自己的文章还近于诗，诗则有时强人之所不能，若李笠翁的《芙蕖》能说到荷叶的用处，拿到杂货店里去包东西，是训练小孩子作文的好例子，比林黛玉姑娘称赞"留得残荷听雨声"有意思多了。莫须有先生出了荷花这个题目，心里便有一种预期，不知有学生能从荷塘说到杂货店否？结果没有。莫须有先生颇寂寞。有一学生之所作，篇幅甚短，极饶意趣，他说清早起来看见荷塘里荷叶上有一小青蛙，青蛙蹲在荷叶上动也不动一动，"像羲皇时代的老白姓"。

莫须有先生很佩服他的写实。不是写实不能有这样的想像了，这比陶渊明"自谓是羲皇上人"还要来得古雅而新鲜。有的学生说到荷叶间的鱼，但都没有写得好，莫须有先生乃替他们描写一番，而且讲这一首古诗歌给他们听：

> 江南可采莲，
>
> 莲叶何田田，
>
> 鱼戏莲叶间，——
>
> 鱼戏莲叶东，
>
> 鱼戏莲叶西，
>
> 鱼戏莲叶南，
>
> 鱼戏莲叶北。

　　莫须有先生曰："这首诗很像你们小孩子写的，我很喜欢。这样的写文章便是写实，最初看见荷叶间有一尾鱼，于是曰'鱼戏莲叶间'。接着这边也有鱼，那边也有鱼，东西南北四方都看见有鱼，于是曰'鱼戏莲叶东，鱼戏莲叶西，鱼戏莲叶南，鱼戏莲叶北。'要是你们能写这一首诗，我一定能赏识，我知道你们是写实，并不因为这是一首古诗便附会其说。你们能写吗？"台下乃答曰能写。莫须有先生很高兴了。莫须有先生谆谆教诲总是要他们写实，只要能够写实，便可上与古人齐。若唐以后的中国文章，一言以蔽之曰，是不能够写实了。有一学生喜欢捉蟋蟀，莫须有先生有一回出了一个"蟋蟀"题，他预期喜欢捉蟋蟀的学生作"蟋蟀"了，结果失望，这个学生不写自己的游戏，他写的是"过中秋"。莫须有先生在黑板上写的题目总是很多很多的，任人自由选择。莫须有先生便看他怎样写过中秋。他写的是："光阴一天一天的过去了，转瞬间又到了中秋节，……"莫须有先生便替他大大的改正，而且在课堂上告诉大家，这样作文是顶要不得的，这样作文便是做

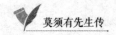

题目，不是写实了。写"今天是中秋节"便可以，何须乎说"光阴一天一天的过去了"呢？连忙问该生道：

"你不是喜欢捉蟋蟀吗？"

"喜欢。"

"你怎么不作'蟋蟀'呢？"

"那怎么作呢？"

"你怎么捉蟋蟀呢？"

"那怎么作文章呢？"

莫须有先生知道同这个学生讲话是讲不通的，最好是莫须有先生自己作一篇"蟋蟀"给他看。莫须有先生对于别的题目都感到技痒，自己真个的想写一篇，惟独对于"蟋蟀"无感情，作不出文章来，因为莫须有先生从小时便不喜欢捉蟋蟀，他只喜欢看草，看着别的小朋友在草地上捉蟋蟀，他认为那人同盲人一样在这青青河畔草上不知看些什么了。我们在以前说过，莫须有先生小时的草地是河边绿洲。奇怪，其余的学生也都没有作"蟋蟀"的，大约这个题目难作，不比捉蟋蟀容易多了。直到数年之后，纯住县城小学五年级，有一回作"蟋蟀"，莫须有先生赶忙接过来看，是写实，但写不出，只是有一句莫须有先生颇能欣赏，纯写他自己捉蟋蟀的事情，他说他捉蟋蟀同做贼一样，轻轻走到它的身边。这位国语教师是青年女子，曾经是莫须有先生的学生，她能够这样命题，莫须有先生很是喜悦，而且替纯喜悦了。

莫须有先生当时因为蟋蟀又讲到三百篇上去了，正如前次讲关关雎鸠一样，在黑板上写了这一句给学生看：

"七月在野，八月在宇，九月在户，十月蟋蟀入我床下。"

于是把这句诗讲给学生听，而且问捉蟋蟀不能作文的学生道：

"你为什么不写蟋蟀呢？"

那学生还是不能答。有一年龄最大的学生从旁答道：

"先生，这是《诗经》，不是文章。"

"你说《诗经》是什么呢？"

"《诗经》是诗，不是文。"

莫须有先生颇赞美这学生，他能知道《诗经》是诗了。于是莫须有先生告诉他道；

"作文应该同作诗一样，诗写蟋蟀，文也可以作蟋蟀。诗写'清明时节雨纷纷'，写九月九日'遥知兄弟登高处，遍插茱萸少一人'，文也可以写清明，写九月九日登高。但中国的文章里头你们读过这样的文章吗？一篇也没有读过！这原故便因为以前的文章都不是写实，而诗则还是写实的。我现在教你们作文，便同以前作诗是一样，一切的事情都可以写的。以前的文章则是一切的事情都不能写，写的都是与生活没有关系的事情。正同女人裹脚一样，不能走路，不能操作。同唱旧戏一样，不是说话是腔调，不是走路是台步，除了唱戏还有什么用处？世上那有这样说话的方法？"

莫须有先生话还没有说得尽兴，忽然又注意自己在黑板上写的一句《诗经》，于是暗自赞叹，《诗经》的句子真是欧化得可以，即是说蹩扭得可以，"七月在野，八月在宇，九月在户，十月蟋蟀入我床下"，诵起来好像是公安派，清新自然，其实是竟陵派的句法。（公安竟陵云者，中国的文体确是有容易与蹩扭之分，故戏言之。即《论语》亦属于竟陵一派。）他指着问学生道：

"这句话的主词是那一个字？"

全场鸦雀无声。慢慢地有一极细微的声音答着"蟋蟀"。莫须有先生很是高兴。于是又提高学生的兴会，增加大家的注意，大声说道：

"不错，这句话的主词蟋蟀，是说蟋蟀七月在野，八月在宇，九月在户，到了十月入我床下。我们这样说文章便不好。《诗经》的文章真是好得很。你们同意否？"

"同意。"

有几个学生连忙答着。接着全场欢声一片了。

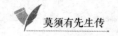

有一次作文莫须有先生出的题目有"枫树"一题，阅卷时碰着"枫树"的卷子，第一句是，"我家门前有两株树，一株是枫树，还有一株，也是枫树。"莫须有先生甚喜，觉得此人将来可是一个文学家，能够将平凡的事情写得很不平凡，显出作者的个性，莫须有先生简直知道这个人一定是很蹩扭的。但碰到又一本"枫树"卷子时，又是这样的句子："我的院子里有两株树，一株是枫树，还有一株，也是枫树。"莫须有先生便有点奇怪了，刚才的欢喜都失掉了。接着还有三本四本卷子都是如此起头，莫须有先生知道事情不妙，他们一定是抄袭，于是去翻书，结果在鲁迅的《秋夜》里有这样的句子："我的后院里有两株树，一株是枣树，还有一株，也是枣树。"莫须有先生得了这个发现时，一则以喜，一则以怒。喜者看了鲁迅的文章如闻其语，如见其人，莫须有先生很怀念他，虽然他到后来流弊甚大。怒者，怒中国的小学生比贾宝玉还要令人生厌了！夫贾宝玉并不一定讨厌，只是因为他将女人比作水做的，于是个个人崇拜女子，有些肉麻，故贾宝玉令人生厌了。光阴一天一天的过去了，转瞬间又到了发卷子的时候，——话这样说，决不是模仿，凡属改作文的教师们一定同情，只有改卷子最觉得日子过得快，上一次刚完，下一次又来了。伟大的莫须有先生亦有此同感，然而莫须有先生确是不厌不倦的时候多，他见了学生总是很高兴的，出题高兴，自己总是技痒，碰得一本好卷子高兴，善如己出，碰得一本极坏极坏的卷子虽是十分的感得混饭吃无意义，一个人难于人有益，但慢慢地也惯了，人生在世是如此，反而不急急于要向人传道，还是孔子学不厌诲不倦真是可爱的态度了，于是碰了一本极坏的卷子亦等于开卷有得，是高兴的。到了发卷子的时候，特别将"枫树"提出来，大发雷霆道：

"你们为什么总是模仿呢？一个人为什么这样不能自立呢？我总是教你们写实，作文能写实，也便是自立。你们模仿鲁迅，你们知道鲁迅作文是写实吗？他家后院里确是有两株枣树，这一说我也

记起那个院子了，他的《秋夜》的背景，你们糊糊涂涂的两株树的
来源，我清楚的记得了。鲁迅其实是很孤独的，可惜在于爱名誉，
也便是要人恭维了，本来也很可同情的，但你们不该模仿他了。他
写《秋夜》时是很寂寞的，《秋夜》是一篇散文，他写散文是很随
便的，不比写小说十分用心，用心故不免做作的痕迹，随便则能自
然流露，他说他的院子里有两株树，再要说这两株树是什么树，一
株是枣树，再想那一株也是枣树，如是他便写作文章了。本是心理
的过程，而结果成为句子的不平庸，也便是他的人不平庸。然而如
果要他写小说，他一定没有这样的不在乎，首先便把那个事情想清
楚，即是把两株树记清楚，要来极力描写一番，何致于连树的名字
都不记得呢？写起散文来，则行云流水，一切都不在意中，言之有
物而已。方法是写实，具体的写自己的事情。你们只可谓之丑妇效
颦而已。"

　　人都是虚荣心用事，学生们听了莫须有先生这番话，心想，你
同鲁迅是朋友吗？至于话里的教训，反而不暇理会了。莫须有先
生则确乎是思慕鲁迅，虽然他现在已经不是文学家，他是小学生
的教师。

　　黄梅有"放猖""送油"的风俗，莫须有先生小时顶喜欢看
"放猖"，看"送油"，现在在乡下住着，这些事情真是"乐与数
晨夕"了，颇想记录下来，却是少暇，因之拿来出题给学生作文，
看他们能写生否，他们能将"放猖""送油"写在纸上，国语教育
可算成功了。说至此，莫须有先生想略略说及散文与小说的利弊
得失，——在前段谈鲁迅的文章时，莫须有先生已微露其偏袒散文
之意了。他自己向来是以写小说著名，他曾经将"送油"改装了一
下，写了一篇《送路灯》，即是小时看"送油"所留下的印象，因
为求普遍起见故题曰"送路灯"，而在黄梅另外有"送路烛"，与
"送油"是两件事。莫须有先生现在所喜欢的文学要具有教育的意
义，即是喜欢散文，不喜欢小说，散文注重事实，注重生活，不求

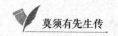

安排布置，只求写得有趣，读之可以兴观，可以群，能够多识于鸟兽草木之名更好，小说则注重情节，注重结构，因之不自然，可以见作者个人的理想，是诗，是心理，不是人情风俗。必于人情风俗方面有所记录乃多有教育的意义。最要紧的是写得自然，不在乎结构，此莫须有先生之所以喜欢散文。他简直还有心将以前所写的小说都给还原，即是不假装，事实都恢复原状，那便成了散文，不过此事已是有志未逮了。在他出"送油"与"放猖"给学生作文时，他总想自己也各写一篇，结果非不为也，是不能也。我们应同情于他，他实在太忙了，孩子们的卷子都改完，则已无余力了。作这两个题目的学生占多数，但都不能写得清楚明白，令异乡人读之如身临其境一目了然，可见文字非易事，单是知道写什么也还是不行的。小孩子都喜欢"放猖"，喜欢"送油"，然而他们写不出，他们的文字等于做手势而已。等于哑子吃黄连对你说不得。这些小门徒，徒徒苦了老师大匠莫须有先生，替他们斧削斧削，莫须有先生认为徒劳而无功也。莫须有先生发卷子时，简直生气道：

"你们的文章难道都是预备自己看的吗？难道简直没有传之天下后世的意思吗？作文是不应该要人作注解的，如果需要注解那就非自己注解不可，到得要旁人注解便不成其为文章了。你们写'送油'，首先就应该把'送油'这个风俗介绍给读者，因为别的地方未必有这个风俗，或有类似者，未必就是'送油'，你们仿佛天下后世都同你们黄梅县人一样，个个都知道清楚'送油'是怎么一回事了，完全没有一点介绍的意思，这便是自己的思想不清楚，谈不上著作。我作文向来不需要注解，若说旁人看不懂，那是旁人的事，不干我事。可笑有许多人要我替我自己的诗作注解，那简直是侮辱我了，那我岂不同你们一样了吗？"

这却有点近乎《莫须有先生传》的作风，宣传自己，莫须有先生又好笑了。《莫须有先生坐飞机以后》，则要具有教育的意义，不是为己，要为人。连忙拿着几本"送油"的卷子指示给作者们看，笑道：

　　"你们看，我替你们都改正了，首先是替你们作注解。"

　　事过数年之后，因为纯也总是喜欢看"送油"，那时纯也是莫须有先生的门徒之一，应是小学三年级生了，有一回纯也作了一篇《送油》，他的第一句文章是："我们中国，家里死了人，都举行'送油'。"莫须有先生看了大悦，这个注解虽不算完全，但纯知道注解的意义了，莫须有先生愈是知道他是经验派。

　　再事过数年之后，即是莫须有先生坐飞机以后，已经重来北京大学执教鞭了，莫须有先生又开始有闲作文章，乃居然写了一篇《放猖》，此事令他很愉快，好像是一种补过的快乐。这篇《放猖》同上回所说的写小时读《四书》的文章都是为南昌一家报纸写的，因为那里离莫须有先生故乡甚近，有许多旧日同学且在江西住高中，可以见得到。我们现在把这篇《放猖》完全抄在这里：

　　故乡到处有五猖庙，其规模比土地庙还要小得多，土地庙好比是一乘轿子，与之比例则五猖庙等于一个火柴匣子而已。猖神一共有五个，大约都是士兵阶级，在春秋佳日，常把他们放出去"猖"一下，所以驱疫也。"猖"的意思就是各处乱跑一阵，故做母亲的见了自己的孩子应归家时未归家，归家了乃责备他道："你在那里'猖'了回来呢？"猖神例以壮丁扮之，都是自愿的，不但自愿而已，还要拿出诚敬来"许愿"，愿做三年猖兵，即接连要扮三年。有时又由小孩子扮之，这便等于额外兵，是父母替他许愿，当了猖兵便可以没有灾难，身体健康。我当时非常之羡慕这种小猖兵，心想我家大人何以不让我也来做一个呢？猖兵赤膊，着黄布背心，这算是制服，公备的。另外谁做猖谁自己得去借一件女裤穿着，而且必须是红的。我当时跟着已报名而尚未入伍的猖兵沿家逐户借裤，因为是红裤，故必借之于青年女子，我略略知道他和她在那里说笑话了，近于讲爱情了，不避我小孩子。装束好了以后，即是黄背心，红裤，扎裹腿，草鞋，然后再来"打脸"。打脸即是画

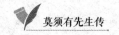

花脸，这是我最感兴趣的，看着他们打脸，羡慕已极，其中有小猖兵，更觉得天下只有他们有地位了，可以自豪了，像我这天生的，本来如此的脸面，算什么呢？打脸之后，再来"练猖"，即由道士率领着在神前（在乡各村，在城各门，各有其所祀之神，不一其名）画符念咒，然后便是猖神了，他们再没有人间的自由，即是不准他们说话，一说话便要肚子痛的。这也是我最感兴趣的，人间的自由本来莫过于说话，而现在不准他们说话，没有比这个更显得他们已经是神了。他们不说话，他们已经同我们隔得很远，他们显得是神，我们是人是小孩子，我们可以淘气，可以嘻笑着逗他们，逗得他们说话，而一看他们是花脸，这其间便无可奈何似的，我们只有退避三舍了，我们简直已经不认得他们了。何况他们这时手上已经拿着叉，拿着叉郎当郎当的响，真是天兵天将的模样了。说到叉，是我小时最喜欢的武器，叉上串有几个铁轮，拿着把柄一上一下郎当着，那个声音把小孩子的什么话都说出了，便是小孩子的欢喜。我最不会做手工，我记得我曾做过叉，以吃饭的筷子做把柄，其不讲究可知，然而是我的创作了。我的叉的铁轮是在城里一个高坡上（我家住在城里）拾得的洋铁屑片剪成的。在练猖一幕之后，才是名副其实的放猖，即由一个凡人（同我们一样别无打扮，又可以自由说话，故我认他是凡人）拿了一面大锣敲着，在前面率领着，拼命地跑着，五猖在后面跟着拼命地跑着，沿家逐户地跑着，每家都得升堂入室，被爆竹欢迎着，跑进去，又跑出来，不大的工夫在乡一村在城一门家家跑遍了。我则跟在后面喝采。其实是心里羡慕，这时是羡慕天地间唯一的自由似的。羡慕他们跑，羡慕他们的花脸，羡慕他们的叉响。不觉之间仿佛又替他们寂寞——他们不说话！其实我何尝说一句话呢？然而我的世界热闹极了。放猖的时间总在午后，到了夜间则是"游猖"，这时不是跑，是抬出神来，由五猖护着，沿村或沿街巡视一遍，灯烛辉煌，打锣打鼓还要吹喇叭，我的心里却寂寞之至，正如过年到了元夜的寂寞，因为游猖接着就是"收猖"了，今年的已经完了。

到了第二天，遇见昨日的猖兵时，我每每把他从头至脚打量一番，仿佛一朵花已经谢了，他的奇迹都到那里去了呢？尤其是看着他说话，他说话的语言太是贫穷了，远不如不说话。

莫须有先生看了自己现在的作文，自认为比以前进步些。以前是立志做著作家，现在是"行有余力则以学文"了。莫须有先生又记起当时有一姓鲁的学生写了一篇《放猖》，其描写正在放猖的一段，颇见精彩，有五猖之一的爸爸也在群众当中看放猖，背景是在野外，五个猖神，一个领带。百千万看客，拼命的跑，锣声震天地，而爸爸看见自己的儿子跌了一交了，一时竟站脚不起来，远远地破口大骂一声：

"你这个不中用的家伙！"

更令爸爸生气的，孩子忘记自己的地位了，自己的地位是神，不能开口说话了，而他回头回答爸爸：

"我再不跑！"

群众的嘲笑，爸爸的失体面，孩子的无勇气，都给鲁生写得可以了。

莫须有先生还想附说一事，中国的国语文学是很有希望的，大家真应该努力，新文学运动初期很有一番朝气，莫须有先生为得选文给学生读，曾翻了好些初期作品看，有陈学昭的一篇《雪地里》，令人不相信中国曾经有古文了，新鲜文字如小儿初生下地了。别的文章都可以不提起，这一篇《雪地里》是应该提起的，它表示无限的希望。只可惜国事日非，而国语之事亦日非，大家都已失了诚意，在文坛上八股又已经占势力了。

第九章　停前看会

　　我们今天讲莫须有先生在停前看会的事情。乡间通行的是阴历，莫须有先生从黄梅县城出来到金家寨当小学教员是中秋后一日，这个日子是准确的，至于在停前看会则不能十分确定，只知道是重九以后罢了。那时已经穿了夹衣，还没有穿棉衣，莫须有先生一家人的夹衣都是新制就的，莫须有先生领了第二个月的薪水自己上停前买好布，买了布回来还很受了太太的非难，因为莫须有先生替太太买了一件竹布的褂料，价五角一尺，太太舍不得花了许多钱，不高兴道：

　　"五角钱一尺的布你也买！太浪费了！你当了教员领了薪水又同从前在北平一样，喜欢上街，喜欢买东西！"

　　"不是的，因为你不上街我才上街，你不肯替自己买东西我才替你买东西。现在不买将来便买不起，东西将一天一天的贵，钱将一天一天地不值钱。我们现在过日子的方法是有钱便买点东西，最要紧的是买点布，因为我们大家都没有衣穿，慢慢地让大人与小孩都有穿的，不要像去年冬天一样真个的做起叫化子来了。"

　　莫须有先生无论如何不能说得太太同意的。这时乡间已经有三样东西贵，一是盐，二是布，三是白糖。乡下人买盐的心理同太平时买肉的心理差不多，换一句话说，现在吃盐等于从前吃肉了。（往后则吃盐等于吃药，至少有半数的人民非万不得已时不买盐了。）白糖已是药品，普通的病人也不能买。买白糖做礼品，等于买洋参燕窝做礼品了。布都是小贩往安徽青草塥贩买棉布回来卖，若洋货如竹布则是战前之物的剩余，奇货可居了，所以价五角一尺。很少有人新制一件竹布大褂的。而莫须有先生替太太买了一件竹布的褂料。小孩子都是棉布的。莫须有先生自己也是棉布的。若食粮则去年同今年，即民国二十七年二十八年，特别价贱，去年稻铜子十二枚一斤，今年十八枚一斤，黄梅县一斤实际是二十两。（二十九年以后粮价与布价比例着上涨了。）因为粮贱，故柴亦贱。总之食不成问题，衣成问题。小学教员月薪二十元，家庭有这个收入，则衣亦可不成问题，可以渐渐添制了。（在一般未遭战时损失的家庭，此时尚没有衣的恐慌，因为战前的衣服未敝坏，不致于要添制，而未遭损失的家庭占绝对大多数，当时很容易迁到安全地方的，只有县城居民如莫须有先生之家损失殆尽了，以后随着季节都有缺乏，要添制了。）莫须有先生观察得物价是一天一天地上涨，同时他上街确是喜欢买东西，他认为这虽同守财奴舍不得花钱不同，也属于贪，赶不上陶渊明“林园无俗情”的，较之“回也屡空”更足以令人汗颜了。总之莫须有先生是知道警惕的。上街买了货物回来，遭太太的非难，便大大地扫兴，他觉得他的最大的高兴应莫过于他买东西回来太太连声说好，真的，比人家说他的文章好要可喜多了。事后太太总是说好的，即如这件竹布大褂，有数年之久，每逢有典礼，戚族之间男婚女嫁莫须有先生太太必须参加时，棉布夹袍或棉袍之外便罩上这件褂子，总是新的，出门如见大宾，心里却是感激莫须有先生不尽了，当时以五角一尺替她买了一件褂料，如今是十倍，百倍，千倍其价，在莫须有先生坐飞机出来的时候，民国三十五年秋，则是二千倍了。这时莫须有先生的心情则可以说是没有俗情，莫须有先生太太的心情亦可以说是没有俗情，每每叹息生活的辛苦，同时叹息在这个乱世还能在穷苦的乡间过着平定的生活，老老幼幼了。总之是安贫乐道。而纯则幼稚得很，大有俗情，他看着母亲穿新衣，母亲只有这一件讲究的新衣，从前那么便宜，五角一尺的竹布。“妈妈，你为什么不让爸爸买两件呢？”莫须有先生对之大笑了，孟子曰，“惟大人者不失其赤子之心”，

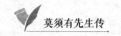

实在赤子乃正是天真的小人了，是要好好地加以陶冶的。今天到停前去看会，一家人，衣装整齐清洁，杂在成群结队的农家老少男女之中，甚是调和，不华，亦不敝，不过于他人，亦不不及了，走路时大家都喜欢来攀谈，向来看会没有这样的看客了。

我们已经说过，莫须有先生曾来停前买过布，那是第一次逛停前街，街头有一门楼，上写"停前驿"三个字，这是一个历史上的名字，字迹也很古旧，在现代交通发达以后这三个字只表现寂静了，如今抗战期间"停前驿"又为驿路如故，举凡蕲春，广济，黄梅三县往安徽青草塥买货者于此经过，而青草塥又等于昔日之九江，汉口，上海，要买货就只有到青草塥去，故停前驿之热闹可以想见了。而莫须有先生则非常之寂寞。莫须有先生太太则觉得人生如梦，——这个热闹是真的吗？因为她见过大都市的热闹，现在的世界明明是大都市的热闹，何以有这个停前驿的热闹呢？故她真不相信似的，她简直有点冷笑，她感到事情的不自然了，感到滑稽。连慈也感到滑稽，因为她也见过大都市的热闹。纯则如进了大都市，世界是这样的热闹，不过他也知道现在是乱世，因为他没有家了，他今天同爸爸妈妈姐姐到了这么一个热闹的市街了。莫须有先生的寂寞是"心远地自偏"，在人群之中他想起了许多事情，在他还没有达到停前以前，在由龙锡桥到停前途中，看见了路旁的电线，有电话线，有长途电报线，他便陷入沉思，他想，这些是抗战最需要的工具了，这些是现代文明，而现代文明在中国是抱残守阙的面貌了，这些破旧的电线不是现代文明的乞丐吗？乞丐正以此对付现代文明。因为强敌日本正是以现代文明来攻击中国了。中国地大民众，中国的民众求存之心急于一切，也善于求存，只要可以求存他们无所不用其极，他们没有做奴隶的意思，在求存之下无所谓奴隶，若说奴隶是奴隶于政府（无论这个政府是中国人是夷狄），是士大夫的求荣，非老百姓的求存。故只有中国的士大夫向来是奴，中国的老百姓无所谓奴，万一说他们是奴，是政府迫得他们为奴。他们的态度是非常之从容的，他们不知道从什么时候起已经习惯了，他们已经习惯于自己做自己的主人，即是习惯于做生存的奴隶，他们总有他们的生活，此刻敌人在前三十里地，另一方面甲长未到家里来要钱，而他们农事之暇举家上停前看会，在他们的心目中什么叫做"战时"呢？然而他们荒废了他们的义务吗？没有！兵是抽他们的儿子当的，粮是他们纳的。若说他们是怕官，并不是爱国，那么只要官爱国好了，官为什么不爱国呢？他们不爱国，是因为他们不知有国，你们做官的人，你们士大夫，没有给"国"他们看！换一句话说，你们不爱民。那么莫须有先生的意思是非常之赞美中国民众的，他并不是说以这样的民众便可以抵抗现代文明的侵略，那样莫须有先生岂不成了义和团的崇拜者吗？不是的，莫须有先生的意思是说中国民族是不必以现代文明为忧愁的，中国的政府如果有良心，有远识，不会招致外患的，图强之道便是孟子的仁政，是可以坐而言之起而行之的。万一如日本的蛮横无理，那么长期抗战正是国策，最后胜利必属于我了，真是仁者无敌。只要无内忧，只要官好，而"斯民也三代之所以直道而行"，他们没有不好的，他们没有对不起国家的。强敌自恃其现代文明，而他不知他深入中国，陷入泥淖，将无以自拔。我们没有现代文明，而我们是现代文明的乞丐，可以利用他人之唾余了，故破敝的电线大有用于抗战的大业，可以使远远的山间政府与百姓通声气。日本暴发户能嘲笑我残破吗？他决不能嘲笑我，他将要投降于我，我之可笑是自侮自伐了。说来说去中国的事情是决弄不好的，因为中国的读书人无识，而且无耻，势非亡国不可，而中国的大多数民众对于此事是不负责任的，因为他们向来不负国家的责任，他们只负做百姓的责任。你们做官，你们是士大夫，你们便应负国家的责任！这是中国的历史，新的理论都没有用的。可怜的中国民众，可敬的中国民众，你们求生存，你们适于生存，少数的野心者总是逼得你们不能生存，他们不爱国，还要你们忠于他们的不爱国，替你们起一个名

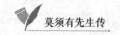
字叫做"忠"，叫做"烈"，于是中国的民族主义完全变形了，生为少数野心者的奴隶，死亦是为奴而死，而野心家本来是站脚不住的，于是中国亡了。这是中国的历史，新的理论都没有用的。莫须有先生在民国二十六年以前，完全不了解中国的民众，简直有点痛恨中国民众没出息，当时大家都是如此思想，为现在青年学生所崇拜的鲁迅正是如此，莫须有先生现在深知没出息是中国的读书人了，大多数的民众完全不负责任。记得从前在北平时，听人述说日俄战争的故事，两个国家在中国的领土辽东半岛作战，就中国的国民说，这是如何的国耻，是可忍孰不可忍，而中国国民在战场上拾炮弹壳！莫须有先生那时少年热血，骂中国人是冷血动物！现在深知不然，这个拾炮弹壳并不是做官贪污，无害于做国民者的天职，他把炮弹壳拾去有用处呀！他可以改铸自己家中的用具呀！他在造房子上有用呀！他在农具上有用呀！今番"抗战建国"四个字如果完全做到了，便有赖于这个拾炮弹壳的精神！莫须有先生的乡人拾了许多敌人的炮弹壳，拾了许多敌人的遗弃物，他们的理智真是冷静得可以，他们的建设本领正是他们求生存的本领，抗战胜利了，建国失望了，而沦陷区遭敌人蹂躏的许多家庭都建设起来了！可怜他们不敢希望祖国的国旗重新挂起的快乐，他们怕内乱要起来了，他们苦心孤诣日积月累的建设不堪再经过破坏！可见他们不是不爱国，他们是从来没有爱国的快乐呀！这是中国的历史。新的理论都没有用的。这些都是莫须有先生看见路上的电线而起的思想。同时肩相摩踵相接都是他所亲爱的同胞，大家都眉飞色舞，都来看会，这一带的居民从来不像今年过着富庶的日子了。这一带的出产是糯米，糯米都用来熬"糖"，便是饧，熬出来的饧再搓成管子，粘之以芝麻，叫做糖管子，来往于驿路上的商贩，都买糖管子"打中伙"，所以这一带糖铺的买卖非常之好。熬糖于卖糖之外还有一种副作用，便是养猪，因为"糖糟"是猪的好食料。乡下人养的猪肥，利息便大了。所以乡人都富庶了。我们赶早在此叙述一句，停前属于游击区，尚非沦陷区，二三年后，更接近于敌区的民众，都富庶得很，因为他们不但熬糖，还要酿酒，政府的告示"严禁烧熬"者是也（严禁便是收税），熬的糖酿的酒挑到敌区里去卖，获利大，而且可以换盐（长江一带，产盐区在敌手，食盐是敌人统制的），换了盐拿回游击区卖，又获利，而酒糟比糖糟更大量地有，更大量地养猪，只要最后胜利一到，沦陷区游击区的民众早已在那里建国了，因为他们在那里自富其家。富家与建国并不冲突。只是军队坏，官坏，与建国冲突，徒苦吾民。所以说中国的老百姓高兴做奴隶，那是无识者的话，中国的老百姓是奴隶于生存，奴隶于生存正是自己作自己的主人。他们不知有政府，他们怕政府，他们以为这是一场悲剧，是多此一举，没有政府便好了！如果政府好，那么他们是三代的百姓了，即是说他们也歌颂政府，爱戴政府。他们不知有敌人，正如他们不知有政府。莫须有先生今天在停前看会，正合了《桃花源记》上面的话，"问今是何世？不知有汉，无论魏晋。"这一点也不是莫须有先生的诗意，是写实，——莫须有先生现在正是深入民间，想寻求一个救国之道，那里还有诗人避世的意思呢？糖管子只有在店里卖的，没有在家里做的，而在过年的时候则各人家里拿饧来做"糖粑"，即是将炒米与芝麻和着饧，搓成团子，切成块片，小孩子拿着吃。另外店里卖的也有一种"糖粑"，但与家里做的糖粑大有人情厚薄之不同，其味与其形状均是一厚重一单薄。二种"糖粑"读法亦不同，家制者重音在"糖"字，店卖者重音在"粑"，在听惯了记惯了的人简直不以为这两个名字是一个写法了，仿佛是两个生字。店里的糖粑对于人殊无若何吸引力，至少对于莫须有先生做小孩时它是一个没有生命的食品，不值一顾盼了。店里卖的糖管子，与家里做的糖粑，都足以代表黄梅县小孩子的欢喜，至少代表莫须有先生小孩时的欢喜，而现在莫须有先生都忘记了，他看见路上的糖铺里歇着许多担子，坐着许多汉子吃糖，他视之若无睹，大概莫须有先生对于味的感觉已渐渐迟钝了，

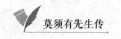

因此他忽略了纯的感觉，慈有感觉否则不得而知，纯因为有感觉乃问爸爸道：

"爸爸，家里过年的时候，有一种吃的东西，叫做什么东西呢？"

"我不知道你说什么东西。"

这时他们是走在停前街上。莫须有先生看着纯是一个寂寞的神气，莫须有先生便也寂寞了，他知道纯没有忘记家里过年的光景，但也记不起家里过年的光景了。纯是民国二十四年秋天在北平生的，二十五年秋天回黄梅，所以他有记忆的时候是黄梅的记忆，而且他的性格是一个道地的黄梅之子，他记得家里过年，他只在家里过两个年，二十七年中秋敌人虽已退出黄梅，而正是乡人过年的时候来打游击，纯同妈妈姐姐从城里自己的家逃到南乡一个小农家过年了。有两度年的经验的小孩子，便有两度年的感情了，也便是小小的漂泊生活有着淡淡家的感情了。莫须有先生观察得着，但不知用怎样一个现实的方法把人生的寂寞驱除殆尽，而语言完全是没有用的，同时却正在那里搜寻着语言了。莫须有先生忽然指着一家店里卖的糖粑问纯道：

"你是要这个东西吃吗？是的，这个东西叫做糖粑，我大约有三十年没有看见它了。"

糖粑，莫须有先生重音在"粑"。

"不是这个，——是糖粑！是糖粑！"

重音在"糖"字。纯忽然自己触悟了，大喜。

父子二人完全在语言的势力之下，文字完全不起作用了，纯不识字，莫须有先生虽然是国语教师，大街之上不觉得写出来同是一个"糖粑"。莫须有先生一旦觉得写出来同是一个"糖粑"时，亦大喜，中国的语言已不是单音字，是复音，而且有轻重音之分了。后来莫须有先生在初级中学一年级的教室里教英语时，有同样的觉悟，有一天有一学生问一个英文生字应如何读，他问莫须有先生以中文，莫须有先生听他的话是："先生，英文的'民治'怎样读？"莫须有先生心想，读本上没有教过"德谟克拉西"，他怎么问起"德谟克拉西"来了呢？莫须有先生无论如何想不起他到底问的是一个什么生字。忽然大喜道："是的，是的，你是问name，是不是？"那学生也大喜："是的，是的，name。"莫须有先生大喜之故有二，一是学生之问他已解答了，二是中国的字已是复音字，分轻重音。读本上将name译成"名字"，所以学生问"名字"的英文怎么读了，他将重音放在后，莫须有先生听为"民治"。实在name不应是"名字"，而是"名子"，犹如"桌子"，"椅子"，重音在前了。莫须有先生于是将英文字轻重音的重要讲给学生听，以后要切实注意，本来中文也是如此的。小孩子们大喜。莫须有先生是从纯在停前街上说"糖粑"（重音在前）而受启发了。

纯大约由停前街上的糖粑（重音在后）因而记起家里的糖粑（重音在前），接着便要吃街上的糖粑，莫须有先生便掏出钱来买糖粑了。莫须有先生民国二十六年以来没有买糖果，从前在北平时常常在东安市场买糖果，莫须有先生自己盖也喜吃糖果。莫须有先生买了糖粑，分给慈，分给纯，而且问太太要不要一片，太太拒绝道：

"我不要！"

太太这样说，连忙是一个糖果的嘴唇，而且代表一副母亲的面容，即是说太太合口时嘴唇像一棵糖果，做母亲的心满意足莫过于看见自己的孩子心满意足了。莫须有先生知道太太心满意足，无须乎吃点心，莫须有先生自己则吃一片糖粑。莫须有先生这一吃时，简直是有所为而为，他是代表黄梅县的乡土味了。他觉得世间的东西无一可吃的，而小孩子都是那么的爱吃东西，真真不可解，只是他十分同情了，因为他做小孩时便是一切小孩的代表，他最爱吃黄梅县的土物，后来简直成为相思子了。最有趣的，黄梅县，无论城里，无论乡下，每逢出会演戏，于人多之外，便是卖吃的多，在

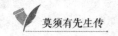

会场上戏台上买东西吃，可谓雅俗共赏，便是孔夫子也要三月不知肉味了，即是吃东西不算寒伧。故莫须有先生太太刚才拒绝不吃糖粑，连忙又知道自己个性太强似的，不吃反而不好意思了，即是吃是礼也，不吃反而有点非礼。故莫须有先生吃，是礼也。莫须有先生是代表黄梅县的风味。另外街上有卖油豆干的，有卖油果的，另外没有卖什么的。纯再不同爸爸说话，只同妈妈说话：

"我刚才不该买糖粑，该买油豆干吃！"

"你这个小孩，吃了糖粑，又要吃油豆干，——不卫生的！"

他一看妈妈的神气，并没有绝对拒绝的意思，他有点得计，妈妈或者准许他吃油豆干了。妈妈不拒绝他，妈妈确是有点忧愁，便是父母惟其疾之忧也。莫须有先生从旁解决困难，有一家讲究的摊子上卖橘子，莫须有先生跑去买了三个橘子，拿来给纯两个，给慈一个，两个小孩都喜出意外，他们久矣不看见卖橘子的了。慈道：

"我的我给你。"

"我不要你的，——我有两个。"

但两个连忙都没有了，剥光了，吃完了。

"我给你一半。"

纯觉得不好意思，接了慈给他的一半，又吃完了。

莫须有先生同纯说话道：

"人有两个心，一个是要吃的心，一个是该吃不该吃的心，——你说应该服从那一个心？"

"应该服从后一个心。"

纯的意思是说该吃不该吃的心。

"那一个心是后一个心？"

莫须有先生觉得这一问来得深奥了，自己好笑了。但慈连忙答道：

"要吃的心是后一个心，因为该吃不该吃的心还要来得快一些。"

"是的，你的话说得对。"

莫须有先生嘉许慈了。

纯连忙看见一家杂货店里摆着红枣卖，问妈妈道：

"那个红的是什么东西呢？"

慈抢着答道：

"红枣你也不认识吗？"

"我不认识，我没有看见过。"

"你看是看见过，只是你不记得，——你是在枣树屋里生的。"

莫须有先生太太说着记起北平来了，纯出世时，家住北平东安门河沿，院子里有一株大枣树，一家人常是望着枣树打枣子吃了。莫须有先生太太生平最得意的事，便是抱着纯看树上的红枣。她这个人总是富有地方色彩，地方当然最好又有个人色彩，这一株枣树便是她的北平地图了。

"我还想那个枣子吃哩。"

因了妈妈的话，慈也怀念起那棵枣树了。他们真爱北平，正如爱这棵枣树了。因此他们真怕战祸，而战祸已经临到头上了，迫得他们做难民了。人生为什么有这些可怕的事实呢？可爱的地方与善良的人民，好战者你们拿什么理由做你们残忍的口实呢？

"爸爸，你把这个枣子买一个我吃。"

纯这时也许是嘴馋，也许不是嘴馋，总之他很相信爸爸一定买一个枣子给他吃了，妈妈也一定不责备他了，因为他看妈妈的神情很思慕枣子，而且他很同情于妈妈了。

莫须有先生笑着买了一角钱的红枣，出乎纯的意外，拿来有许多许多了。

"妈妈，树上的枣子同这个枣子是一样吗？"

"这是晒干了的，那是长在树上新鲜的。"

"我一定要打倒日本老！将来到北平去看看枣树！"

"坐火车走到河南，平原上尽是枣树枣树，——现在谁知道什么

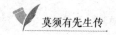

时候太平，我们还有坐火车的日子吗？要像你这样贪吃，坐火车就好了，到一站有一站卖东西的，'孝感麻糖啰'你才喜欢哩。孝感麻糖是很著名的。我喜欢过黄河，黄河两岸，北方人真可爱，拿了麦草编打各色各样玩艺在火车外叫卖，都是本地风光，我觉得比东安市场还要好玩。"

"东安市场在那里呢？"

"那里尽是卖东西吃的！"

慈抢着答，讽刺纯。她默默地记起北平东安市场来了。

"现在那些地方不晓得怎么样？黄河岸上打麦草的都到那里去了？是不是同我们一样做难民？人类要不知道人类可怜就没有法子，做难民的该有多么可怜！"

莫须有先生太太记起去年冬天无衣之苦，以及屡次无住处之苦，以及敌人打游击来了搬东西搬不动之苦，再加之以心里害怕之难堪。人生或者于患难之中表现意义亦未可知，街上看会的人，人山人海，只有这一家人知道人生苦了。因为人生苦，故看着看会的人多少有点像做梦一般了。真的，便是纯仿佛也知道快乐决不是正确的答案，因为他见过许多惨事了。

石老爹家里几个女主人公都到停前街上来了，后来都同莫须有先生一家人汇合了。此事最使得慈高兴，因为她好容易得到有友朋之乐了，石老爹将出嫁的女孩儿她认为是朋友，她叫她叫兰姑。而兰姑见了慈也非常高兴，也"卬须我友"了。不过这两位朋友是各自一世界。不过朋友确是朋友之乐，家人之乐不足以代之。兰姑对于慈将来一定是一个女书生因而有点客气，慈对于兰姑今年冬月里将出嫁因而有点客气，不过今天在停前街上是一个阶级意识，是女儿辈了。他们两人一见面，真是有精神上的解放了，即是由家庭而落到社会。但他们两人也没有说什么话，彼此看看头看看脚，彼此又佯为你不看我我不看你，顾左右而言他。左右亦相顾。即是来来往往的女儿们看女儿们。

同时莫须有先生在街头遇见两个故人，不禁感慨系之。此二人一是周君，一是骆君，俱为莫须有先生小时住小学的同班之友。莫须有先生倘若不因空前国难回故乡游停前则周君与骆君等于世上没有其人，其人在莫须有先生的记忆里连影子也没有，而因空前国难回故乡游停前则周君与骆君一时俱活现了，不错，记得他们两位是停前人氏。初是看见周君，其人是一矮子，是一胖子，从小儿时便以国术著名，小学时同莫须有先生共坐一张桌子，虽是共坐一张桌子而少交谈，因为莫须有先生小时是流动性质，周君是凝滞性质，今天莫须有先生一见便要招呼，而周君若路人遇之，于是莫须有先生吃他一惊了，明明是认识的，何以视若路人呢？周君是想要招呼的，但恐怕莫须有先生摆架子，故自己先摆架子，即假装不认识你。这一来昔日同席之友，今日交臂失之了。莫须有先生心想，这是不对的，我为什么不先招呼他呢？于是想转头再来，但已经不自然了。于是已是神交，不招呼也没有关系。莫须有先生常以此事为乐。不知周君亦以不曾招呼莫须有先生为惆怅否？莫须有先生推测周君的性格是很有霸气的，而人生重感情尚侠义是很难得的，不能执途人而语之也。于是莫须有先生很是惆怅。骆君身材高，体操站队是第一，当时莫须有先生年龄最幼，站队倒数第二，故就当时同学关系说，可算关系最浅了，顶大的与顶小的老死不相往来。而骆君又秃头，莫须有先生淘气，窃笑之。总之莫须有先生心目中决不以为他日相逢在此君分上了。而今天停前街上骆君俟莫须有先生将过家门时作了很大的准备，连忙出门道：

"你不认得我罢？请到舍下坐一坐。"

"认得认得，——尊府就在这里吗？"

不知怎的莫须有先生对于骆君没有见面的快乐，就感情说确是故人，决不是路人。骆君的夫人也出来见面了，小孩子也见面了。都没有见面的快乐。不知是否因为屋子里光线很差的原故。是否因为人生苦的原故。

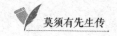

"我这个房子，民国二十年发龙水，都淹了，现在就成了这个样子。"

房子阴暗，潮湿，处在街的极端偏僻处。

"从前这里都是房子，都给龙水打了，——我早已听说你到金家寨来了，多日想去奉看，总是穷忙。小子也在贵校上学，请照顾照顾。"

"几年级？我还不知道。"

"四年级。"

莫须有先生一看这个学生非常之不振作，尚不及其父有精神了。

莫须有先生在骆君家坐了一会儿便告辞，心里很寂寞，觉得周君如同他交谈，骆君如杀鸡为黍而食之，他一定不让，是朋友之伦了。而现在如此潦草，而且朋友之家人都立在朋友之家门以外，是可见朋友家的经济状况了。中国人何以少有人情味？总有压迫感？而骆君又追来了，手中拿了一手帕花生，拉着纯，要纯拿出手帕来把花生包着，于是莫须有先生太太拿出手帕来，而且把花生包着，骆君的手帕回到骆君的手中了。莫须有先生太太不悉事由但略窥一二，总之叫谢谢总一定是不错的，便替纯说道：

"谢谢。"

"不成意思，没有什么给孩子吃的。"

莫须有先生没有介绍，但看情形乡间的社会里一家的事情大家都知道，无须介绍了。

这一包花生不知道从那里来的，只知道是热的，那当然是刚炒熟的，大概是自己家里炒的，停前街上没有看见卖的，而纯的欢喜是可想而知的，他简直有两年没有吃过花生了。而莫须有先生太太愁眉不展，知道纯非把这一包花生吃完不肯罢休了。纯剥开一颗，心满意足地向嘴里一放，而连忙叫苦道！

"花生没有熟！"

妈妈便接着尝一尝，苦笑道：

"是的，没有熟。这一定是自己家里的花生，赶忙炒的，还没有炒熟，——再不能吃的！其实就把生的给我们，我们拿回去自己炒，我们还要感激些！"

"生的他就要多给些，熟的他可以少给些。"

纯的话，说得莫须有先生同莫须有先生太太都笑了。纯是一个经验派。这句话他完全是写实，没有一点主观，即是不多谢人家，也不责备人家，反正这个花生他不能吃了，他的心反而安定了。

莫须有先生因为遇见骆周二君，另又记起一李君，那是前次上停前买布在途中遇见的，此君脸上有麻子，肤黑，他走路跑着走，披着衣走，满头大汗，与莫须有先生迎面碰着，卒然问曰："你遇见前面有四个人走路没有？"莫须有先生说他未曾留意，不敢确说。"一个年青的是我的儿子，抓去当兵，抓到衙门口去！"于是他又跑着走。他不认得莫须有先生是真的，莫须有先生也不十分记得他，但仿佛面熟，后来回到金家寨问余校长，余校长以一个测字点卦的神气断定说："那一定是李——，麻子，黑皮，个子不高，是不是？"莫须有先生也连忙记起来了，是李君，也是当年窗友。莫须有先生不喜于余校长对于任何事都是一个冷淡态度，莫须有先生对于任何事都是有感情的。

在会没有发动的时候，人山人海，尽是吃东西，这个吃东西简直像无声电影，专门显得嘴动作，没有味觉。在会发动的时候，则是锣鼓喧天，人山人海又只有视觉，没有听觉，因为专门寻要看的看了，声音是波浪，正如行船的人是要达到目的，波涛汹涌与目的无关。莫须有先生在人山人海之中则仿佛只听见声音，当然因为他是寂静。他确是觉得最能代表乡下人的欢喜与天真的莫若迎神赛会的锣鼓，他们都是简单，都是尽情。打锣敲鼓也最适合于四野的空旷，不足以令人耳聋了。会从停前街上发动，然后出市街到各个村子里去。会仍是以"放猖"为主，不过是规模甚大的放猖罢了。加了"大头宝"，加了"地方"，加了"土地老"，这些都是莫须

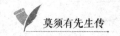

有先生小时在县城里看惯了的。县城里以大头宝最出色，乡下则土地老最神气。都是一副假面具。今天的大头宝，较之莫须有先生记忆里的大头宝，可谓不大头，但纯已是觉得"好大头"了，见之大喜，问爸爸道：

"这是什么呢？好大头！"

"大头宝。"

见"地方"，则不问。"地方"的样子不能使人问，因为他最凄凉，仿佛令人感到人生是要死的，人生一旦达到死时是没有声响的，是忽然而来的，必来则是事实，而且已经来了。不知为什么叫做"地方"？莫须有先生在一部小说里为免得解释起见改称作"活无常"了，其实在乡人的口中是叫"地方"。纯见了"地方"没有问，"地方"轻轻地过去了，他不是假面具，涂了甚重的粉脸，眉毛则甚黑，两唇亦甚红，穿了草鞋，白布衣，大步，而如时间不够似的，要赶快走。莫须有先生在那里踌躇着，如果纯要发问将怎么答，他实在不知道黄梅县"地方"的意义了。若任何人向莫须有先生问人生的意义，莫须有先生确能很快的作答。

乡下的土地老有一匹驴子，驴子为一小孩子牵着。这个小孩子不属于"故事"之中，即是说他是现实人物，他是雇来的，雇来替土地老牵驴子的。若土地老则同地方同大头宝等统统叫做"故事"。什么地方的会最热闹，便说："今天的'故事'真多！"替土地老牵驴的小孩，仿佛因为自己是现实人物，自己是功利派，给人家雇来赚得一份工钱，自己对于"故事"全无兴趣，别人也都不看他了。倒是纯很想去牵一牵驴子，大约因为别脚色他无论如何没有希望，只有这个牵驴子的差事他或者可以做一做了。纯总是喜欢做局中人，不喜欢做旁观者。纯后来给顺抱去专门赶土地老了。顺夫妇今天也来看会。两户人家将门锁着了。向例土地老可以由人逗着玩，他柱着拐杖，他并可以拿杖打人，真的，冷不防每每给他"以杖叩其胫"了。莫须有先生在这时每每发笑，他想，此人，即土地老，未必读了孔氏之书，何以知道"以杖叩其胫"呢？换一句话也可以这样发问：孔子何以也是"以杖叩其胫"呢？大约人如果拿了杖，拿了杖如果打人，自然是叩其胫了。古今人物都是一个自然之势，无所谓圣人，也无所谓土地老也。土地老本来是平凡的乡下人。这个平凡的乡下人，因为今天做了土地老的资格，有时故意拿杖去叩一个他所认识的女流辈，逗得观众大笑，这位被叩的女流辈便笑道：

"这个土地老真该死，打老娘！"

土地老的神气一点也不费力气，中国的文章里头很少有这样幽默空气了。

纯对于土地老并不感兴趣，因为顺自己感兴趣，故抱着纯各处赶土地老看。纯对于土地老的驴子感兴趣，这却已不是看会的意义，是小孩子喜欢看动物。有一个顽皮小孩真有捉弄土地老的本事，他不知怎的使得土地老的假面具掉了，于是大众一时都看见此人真面目，即是此人已满头大汗，大家都替他感觉辛苦了。而土地老连忙又是土地老，从容不迫，他骑着他的驴子逃了。牵驴子的小孩从此没有用处了。他一天的工钱已经得着了，他回家吃饭去了。

会看完了，莫须有先生很为慈同纯感着寂寞，因为两个小人儿看见别人都回家去了。莫须有先生做小孩时当太平之世在县城自己家里看放猖，看戏，看会，看龙灯，艺术与宗教合而为一，与小孩子的心理十分调和，即艺术与宗教合而为一了。现在慈同纯一样觉得热闹，一样是小孩子的心理，而天下是乱世了。莫须有先生为了弥补这个缺陷，很有一番努力，同时也得了家族中心社会的帮助，数年之后慈同纯都已不觉得自己是难民了，一切都是本地风光了，空气温暖了。后来虽不常看会，但放猖玩龙灯是常看见的，艺术与宗教合而为一了，与小孩子的心理十分调和，取得大喜悦。

今天停前归途中，莫须有先生讲县城里出会之一"故事"给慈同纯听，故事名叫"龌龊鬼"，每年都由一瞎子叫化子扮演之。

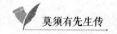

这天这个瞎子叫化子坐着竹椅轿，由两人抬之，是他一年最阔气的一天，但身上非常之龌龊，也是他一年最阔气的一天，因为满身都涂了烟墨，要极龌龊之能事，故虽是赤身而等于穿了一件衣服了。这件衣服的名字应是"身外之物"，统统是尘垢了。龌龊鬼坐在椅轿上，虽是瞽者——意思是说不看见他的两目，并不是说他不看见人，而他笑容可掬，今天的得意可知了，不用走得路，而得了一天的饭钱。他给了莫须有先生非常从容的相貌，很有艺术的空气。莫须有先生又讲"过桥"给慈同纯听。过桥者，却不是出会的"故事"，而是一个故事，是黄梅风俗之一。是在黄梅城外二里东岳庙山上过桥。山上是一片青草地，临时架木桥，代表地狱的奈何桥，老太太们过了黄梅县东岳庙山上的桥，则死后到地狱里去可免过奈何桥。据说奈何桥非常的难过。东岳庙的和尚每三年举办一次"过桥"，收入颇大，因为过桥的老太太们都必付渡钱，有"头桥""二桥""三桥""四桥"之差别，头桥是阔人，二桥次之，三桥又次之，四桥仅仅及格，下此则可以随意丢几个铜钱到桥下草地上便好了。那时都是用铜钱，头桥大约要十串铜钱不等。过桥时人山人海，也是卖吃的多，小孩子都到这里来买东西吃。莫须有先生最喜欢山上草地，那上面过桥诚有过桥之意，桥何必一定水哉水哉？水与草都是美丽的。过桥者是老太太，老太太又必有福气，要儿女周全，要老爷偕老，否则没有过桥的资格了。儿女则必当场，即在老太太左右扶着老太太过桥。头桥二桥其儿女几乎全是斯文中人，若三桥四桥则力田为男的多，愈过愈不守秩序，争先恐后，大有力者便把老母亲抢在背上跑过去了，殊为天真可爱。这两个故事，纯喜欢龌龊鬼，慈喜欢过桥。

第十章　关于征兵

　　同莫须有先生一样一向在大都市大学校里头当教员的人，可以说是没有做过"国民"。做国民的痛苦，做国民的责任，做国民的义务，他们一概没有经验。这次抗战他们算是逃了难，算是与一般国民有共同的命运，算是做了国民了。然而逃难逃到一定的地方以后，他们又同从前在大都市里一样，仍是特殊阶级，非国民阶级。是的，他们的儿子当过兵吗？保甲抽兵抽到他们家里去吗？保甲与他们无关。他们不但没有经验到，而且不知道一般国民对于征兵感受着如何的痛苦。国民与征兵无关，还能算是国民吗？故说中国的知识阶级是特殊阶级，一点没有冤枉他们。实在他们不配谈国家的事情，因为他们与国家的事情不相干。到得物价高涨，生活维持不了，然后说："不得了！不得了！国家要亡了！"他们只晓得国家养他们而已，养不了故叫苦。实在国家兴亡良心上他们毫无责任。于是他们负了亡国的责任！莫须有先生因为在故乡住着，乃有这个警惕，原来他一向没有做过国民了。然而莫须有先生在故乡住着也还是没有做过国民，也还是国民的旁观者，因为他住在农家的屋子里等于住在学校的宿舍里，一切与保甲无关。不过中国的农村社会读书人实际上是家族的代表，不是法律的，却是天经地义的了。有时也可以说是法律的，在甲长保长之外，每每有"户长"这个名词，政府说你是户长，你便不能躲避了。就算你想躲避，而户族都替你承认了，如子女之承认父母，他们爱戴你做他们的户长，他们喜有你做他们的户长，实在比举国民大会代表不可以同日而语，那样他们认为不是他们自己的事情，这样他们认为是自己的事情。莫

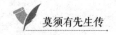

须有先生就做了他一族姓的户长了。起初他是很想躲避的，本一向都市上文明人的态度，便是"各人自扫门前雪，休管他人瓦上霜"的态度，后来知道中国的国情，毅然决然地自承为户长，乃把一般国民的痛苦都领略着了，然而还不敢说是经验着，因为莫须有先生究竟还是特殊阶级，知识阶级，同时他确实还有一个难民的资格，大家不认为他有保民的义务了。在莫须有先生来此地不久还是抱着都市上文明人的态度的时候（其实这个态度就是有权利无义务），有一天有五六个庄稼汉走进他的屋子里了，内中有花子与其仲弟（我们前面已经介绍过，是莫须有先生的本家，龙锡桥的住户，兄弟三人，俱已娶，有六十五岁的母亲），莫须有先生是认识的，莫须有先生初来时请莫须有先生吃过饭，尚未深谈，不算相知，只是认识。这个屋子本来可以做《陋室铭》的陋室的，但读书人陋室的定义是清高的，换一句话只有斯文人来往，没有庄稼汉来往，而庄稼汉一来则此室已不能容膝，他们的赤脚草鞋不能像鸭子一样一放就放在水里了，令陆地上不见了，而使得莫须有先生的斋舍顿时陷于天下大乱了，不是他们尚知道蜷跼，则莫须有先生太太的什么秩序都一脚踢翻了。不说莫须有先生的秩序而说莫须有先生太太的秩序者，因为屋子里的秩序以莫须有先生太太为最重要，就是在她当年做新娘子之日都不喜欢人家闹房，就连莫须有先生也不许穿湿鞋走进她的屋子，何况庄稼汉的赤脚乎？我们要公平说话，莫须有先生太太对于庄稼汉扰乱她的秩序却不深恶而痛绝之，等他们走了再慢慢地自己归着归着好了，她倒是同情于他们，对于天下的士君子，大人物，她容许有批评，好比知堂老，熊十力翁，她常有批评，惟独庄稼汉她不批评，只是招待他们，茶，烟，酒，饭，她都不吝惜。所以凡属黄梅县的庄稼汉，凡到过莫须有先生家者，无不说莫须有先生太太好，有时要拜托莫须有先生一件事，此事或与小孩升学有关，或与抽兵有关，或与诉讼有关，每每先拜托莫须有先生太太，因此莫须有先生每每同莫须有先生太太争吵一场，说这种事他不能管，太麻烦。结果莫须有先生每每是放心不下，尽心竭力地帮忙一番了。那么莫须有先生后来简直成了绅士？是的，凡属读书人应该做的事，他都做了，他慢慢体会到中国社会的秩序，风俗的厚薄，一切责任都在读书人身上，代议制要举家族代表，然后代表或者不是做官，是代表民众了。今天来了五六个庄稼汉，不但莫须有先生觉得事情突兀，五六个庄稼汉也都笑笑嘻嘻的，笑笑嘻嘻的即是正正经经的，也即是战战兢兢的，谁都没有胆量先开口，结果还是花子开口，他语不成音地说道：

"先生，不是别的，是三记抽兵……"

莫须有先生一听到"抽兵"两个字，很动了一番公愤，这公愤在他胸中蓄积已久，至少与北洋军阀时期是一样的长久了，因为历来的内争如直皖战争直奉战争等等莫须有先生在北平做大学生时都亲眼看见过，他认为内战与职业兵有关，倘若行征兵制，兵就是国民，战事是国民自己的事，那么谁肯打内仗呢？欧西文明国家都没有内战，便因为是征兵制。只有中国腐败，"好儿不当兵，好铁不打钉"，那么谁当兵呢？军阀自然便豢养些爪牙了。那么野心家打内仗，百姓吃苦头，是应该的了。而且募兵制也非常之不人道，因为战争是人类的灾难，故服兵役是国民的义务，人民服兵役，正如人生有疾病，疾病是各自的事情，怎么要别人替我担当，让一些人做职业兵，岂不等于替我担当疾病吗？自己怕死要别人替我死吗：是非常之不人道的。这是莫须有先生蓄积已久的公愤。一向与社会隔离，中华民国国民政府已实行征兵制了，他简直不知道，知道也只是看报纸知道消息而已，不是自己的事情。要说真知道，是看了花子的慌张急迫神情，乃知道此事不是纸上谈兵了，而且此事几几乎与莫须有先生有关了，首先这六七个人走进他的家里来了，不是几句公愤的言语可以打发出去的了。但莫须有先生在必要的场合也学着官话：

"三记是谁？"

"是我的三兄弟，现在保上抽兵，要他去抽签。"

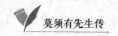

　　莫须有先生也不完全是官话，只是等于法官问案时的法律手续，也等于证几何时引用定理，不得不说清楚，问明白。他确实不知花子的三兄弟名叫三记，虽然事实上他已猜得着三记必是他的三兄弟。他还没有同三记见过面，此地其余的本家，前辈与后生，都见过面了。连三记一起，妇孺不算，一共五人而已。三记行年已三十，早已是大丈夫，只是其妻不安于其室，其不轻易同莫须有先生见面之故，正是花子与其仲氏怕他临抽兵时一溜烟逃了之故，便是说他知道将要负责任，而一概不负责任，故意装傻，故意学稚，若他同本家的伟大的莫须有先生见面，便是不学稚了，首先要请吃一顿饭，这是首先负责任的表示。并不是莫须有先生已经当起绅士来了，要乡民请吃饭，只是来了本家的先生照例（或者是照礼，确已近乎礼）要请吃一顿饭，然后算是正式见面了，以后有事便拜托拜托。现在不同莫须有先生见面，三年以后却是同莫须有先生朝夕相处，在县中学里做校工，莫须有先生深知他的为人比他的两个哥哥要狡猾多了。

　　“抽兵是你们保甲的事，我是当教员的。不能管保甲的事。”

　　“我们这里大家都知道先生的大名，先生是客气，——哈哈，我乡下人不晓得说话。”

　　其中一人说。

　　“你是那一位？”

　　莫须有先生问。

　　“我姓王，哈哈，同花子都是顶相好的。”

　　“他是我们这一甲的甲长。”

　　花子代甲长答。现在事已临到头上来了，一切全仗本家的莫须有先生作主，话是不说不行的，花子便大着胆子说：

　　“先生不知道，乡下的事情完全靠家里有先生，家里有先生兄弟四人都不抽签，我们这保上兄弟四人的有好几家，兄弟三人的更多。像我们兄弟三人早已分了家，三记也有三十岁，老二有三十八，我四十二，这回要三记抽签，不是岂有此理吗？”

"恐怕不能以分了家为理由，——其余的事情都是你们保上的事情，一切都有事实摆着。不过要我替你向保上把事实声明清楚是可以的。"

莫须有先生说此话时又动了一点公愤，因为他感得花子兄弟是有其不平之处。而且他看王甲长的神情，多少是来窥探虚实的，至少是见风转舵，如果莫须有先生谢绝不管花子家的事情，则花子家仍等于没有先生，一切由保长作主好了，当甲长的跑腿而已。总之王甲长只想知一知莫须有先生之为人，三记抽签不抽签与他不甚相干。因此，莫须有先生虽仍是本着都市上文明人的态度，不管自己本分以外的事情，在王甲长的面前说话却已经很是小心了，他怕他做了汉奸了。中国的国情真特别，征兵的问题原来并不仅是一个原则上的问题了。

"王甲长，我拜托你一件事，花子兄弟三人都不识字，我想替他们写一个报告书，送到乡公所，同时请你替我向贵保保长致意，看这回是不是应该三记抽签。"

"有先生一封信，便没有事，——那里该三记抽签？兄弟四个的，兄弟三个的，十八岁到二十五岁的，有的是！要人说话罢了。"

莫须有先生不置可否。王甲长之流是极端的稳健派，进取的意思一点没有，但保守的本领是非常之坚固的，犹如你是穷人你便不能向他借钱，反正钱是他的，你奈何他不得，除非你更有钱。花子兄弟的防线是非常之靠不住的，因为他倚靠莫须有先生。而莫须有先生自己亦并不以为莫须有先生靠不住，因为他一向说话理直气壮了，他佩服孔子的话，"见义不为，无勇也"。结果莫须有先生的话是一点效力也没有，原因据说大家都猜着了，士君子对于人不取报复态度，不取报复态度则乡里人谁都不理会你说话了。故花子这回算是白费气力，莫须有先生也是白费气力。莫须有先生给乡公所写了一封信，信是花子仲弟名叫竹老送去的，今天送信去，

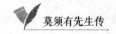

第二天下午花子拘到乡公所去了，因为三记逃了。莫须有先生写信时有莫须有先生太太做参谋，因为有二妇人焉，即顺的媳妇儿，竹老的媳妇儿，拜访莫须有先生太太，把三记媳妇儿的历史统统叙述清楚了，结论是："三记早上抽兵走了，三记的媳妇儿晚上就跟人逃了。"此二人，不知到底是希望三记不被抽为兵呢？还是被抽为兵？换一句话说，希望三记的媳妇儿跟人逃了呢？还是不跟人逃了？这个他们自己也回答不了，总之他们的生活单调，今天很是热闹罢了。但如果三记被抽为兵，"那个老鬼我们就不养活她"！这是竹老的媳妇儿坚决的答案。"那个老鬼"是指自己的婆婆说。兄弟三人，母亲轮流供饭，花子一月，竹老一月，三记一月。如果三记被抽为兵，则三记媳妇逃了，家庭散了，三记供饭之月，势必归两兄负担，故仲氏之妻首先表示"那个老鬼我们就不养活她"！三个儿子，母亲最爱的是三记，如果是花子竹老抽去当兵，老母亲说她并不心痛，因为那两个媳妇儿太伤了她的心，而现在要抽三记当兵，老母亲哭得几乎死去了。三记的媳妇儿便从旁齿笑道："谁教你生许多儿子呢？"莫须有先生没有同三记见面，倒是同三记的媳妇儿见了面，莫须有先生说人情复杂，复杂便是善良，三记的媳妇儿并不一定是幸灾乐祸，她完全不知道她自己生活的意义罢了，——到底是跟三记过日子呢？还是不跟三记过日子？人生其如诱惑何！她的表情颇懂得人生的忧愁。莫须有先生正在给乡公所写信时，别的人物都走了，三记的母亲便在行人路上，莫须有先生住室檐前，嚎啕大哭，后来声嘶力竭，莫须有先生家里这时有白糖，莫须有先生太太乃泡了一杯白糖开水端在老婆婆的口边喝了。莫须有先生对于此老的态度颇不以为然，她把莫须有先生当了一名县长，她的哭是等于喊冤，是一种仇恨意识，不足以动人哀怜了。然而是天下最可哀，她对于社会真有一种"恨"，她恨她的大儿子，恨她的二儿子，恨大媳妇，恨二媳妇，她简直还有点恨莫须有先生，恨莫须有先生不帮忙，她确是不恨莫须有先生太太了。她想如果莫须有先生肯帮忙，她的儿子的事情便完结了。大家都说莫须有先生是不做官，他如果想做官，运动一个官做做，他早已做了县长了，那么为什么对于她的儿子的事情不能帮忙呢？莫须有先生正在那里写信，莫须有先生写此信自己觉得很为难，他不知道怎样下笔，这是中国一般读书人的长处，同时却正是莫须有先生的短处，他除了写实而外不能杜撰一句空话，而中国人写信以及写一切的文章正要连篇累牍的空话。此时如果有人替莫须有先生解除困难，给莫须有先生代庖，给乡公所写一封信，不要太是八股，但也不要太是反八股，莫须有先生将感激不尽，大约只有蔡元培先生有此本领，下此便是流俗了。不得已就写一封八股信也可以，只要替他把这件事办好，只要把门前老婆婆的哭声赶走。莫须有先生连忙又想，中国的国事不都弄糟了吗？国事之糟不正因为家族中心的原故吗？莫须有先生此刻写信，到底是公还是私呢？是不是因为家族间的感情将有妨害于国家的征兵制度呢？莫须有先生于此乃费了很大的思索。莫须有先生又很快的有一个很大的回答。他本着他的良心回答，他说本着良心解决一切的问题是不会有错的。孔子七十从心所欲不逾矩，所谓矩就是良心，就是"仁"。首先是态度诚实，能使人信之，至于大公无私是不成问题的，大义灭亲也是不成问题的。莫须有先生来此地不久，其存心如何乡人无从知道，——不久都知道了，就是三记抽签这件事发生以后都知道了。就是莫须有先生的仁，就是莫须有先生的诚实态度使得他们相信了，知道了。莫须有先生的仁，最初好像是私。与国家制度有妨害，其实是公，修身齐家治国平天下一以贯之。因为天下无大公，故莫须有先生的仁最初好像是私，替家族讲人情，这个人情便是"能近取譬，可谓仁之方也矣"。莫须有先生看见社会上有不平的事，怎能不说话呢？家族之间为什么不应该有感情呢？这都是自然的。国家社会就应该建筑在"忠""孝"两个字上面，忠是对国的道德，孝是对家与社会的道德。这两个道德是决不冲突的。凡属道德都不会冲突的。中

国社会犹有孝，但中国社会不能表现忠，这确是中国最大的弱点，即如国家征兵，一般人民畏之如虎。畏之如虎，并非认征兵制度为苛政，乃是征兵之政行得不公平，黑暗，于是苛政猛于虎了。贪官污吏藉征兵而卖兵，贪污无所不用其极。而且不爱民，好战者是以不教民战，孔子谓之"弃之"！不但不教，简直是以饥饿之民战。征兵实际上只等于一个"掳"字，把人"掳"去了，然后不当一只猪养。于是百姓各私其家了，尚不失为慈，尚不失为孝。这个慈与孝乃与忠冲突。秉国者不忠，因而与忠冲突，并不是人民不该孝不该慈。人民的慈与孝正是道德的表现，正可以教忠了。首先是要他们信国家，信政府。要人民信国家，信政府，是要国家政府尽一个忠字。孔子曰："足食，足兵，民信之矣。"旨者言乎！信而后可以言政。莫须有先生偶读《左传》，深有所感触，春秋的社会近乎中国儒家道德的社会，社会上无有不爱国的，无有不忠于战争的，完全不是"好儿不当兵"的风气，同时又是"孝子不匮，永锡尔类"，真是有趣。鞍之战，齐侯败了，狼狈而归，路上遇见齐国的女子，她问他："君怎么样？"他说："君很好，没有危险。"女子乃再问她的父亲。女子并不问她的丈夫。后来齐侯调查清楚了她的丈夫也正是战中的人员。这与"何日平胡虏，良人罢远征"，或者"可怜无定河边骨，犹是春闺梦里人"，完全有大国民与小国民之分了。忠与孝确是不冲突，春秋时代的人，"不难以死免其君"，而君也确是国的代表，没有一点奴隶人民的意味。孔子以不教民战为弃之，可见有能教民战的事实了。到了战国，空气渐渐变了，只看庄周的书上写一个残废者在"上征武士"的时候大为得意，以其残废之躯大摇大摆，走来走去，无所用其逃匿了，连庄周的得意都可想而知了。中国社会于是没有忠，即是没有国的观念。木兰从军，是一孝女而已，从军正是反从军的。要说中国人畏死，那是肤浅之见，烈女死节的事情多得很，何独男子而怕当兵呢？风俗习惯非一朝一夕之故也。要说中国社会因家族主义之故不爱国，不当兵，也是肤浅之见，春秋社会不足以为我们的模范吗？家与国不相冲突，但如秉国者不能使人民信，即是不能大公无私，于是人民自私其家了。莫须有先生是仁者，凡属仁者便不私，莫须有先生到乡下来并不宣传自己，他简直少同人说话，与庄稼汉直接发生关系的只有本家几个人，这几个人都信服他了。说一句极端话，如果莫须有先生叫他们死，他们虽然自私，但不会说莫须有先生的话说错的，只是有耻于自己为什么那么无勇气罢了。孔子说"有耻且格"，并不是理想。连此刻在莫须有先生门前哭的那位老婆婆不久都相信莫须有先生了，莫须有先生说："没有法子，三记要去当兵！"她知道莫须有先生是不能帮忙了，非不帮忙了。莫须有先生写给乡公所的信如下：

　　□乡长赐鉴：

　　　　敬启者，鄙人是金家寨县立第二小学教员（附注，此时小学尚不属乡镇，是县立机关），本族有贵乡□保□甲居民冯花子冯竹老冯三记兄弟三人，俱不识字，此次因保上要冯三记赴保抽签事，有将其家中情形向大众声明之必要，托鄙人代为声明如下：

　　　　冯花子年四十岁，冯竹老年三十八岁，冯三记年三十岁，兄弟三人于民国十〇年分家，俱系佃农，有六十五岁母亲，兄弟三人轮流供饭。三记如中签服兵役，则其所担任母亲之一份生活有问题。且其妻亦无人养，尚有许多复杂情形不便笔述。总之三记服兵役，则其家庭有解体之趋势。此三兄弟自言其有委屈，三记虽是服兵役之年，保甲中较之三记更是壮丁者尚属多数，兄弟三人四人者亦属多数。服兵役是国民义务，国民如有委屈，社会如不公平，亦不能隐忍不言。凡此俱属实言，谨代声明。

　　　　　　　　　　署名　□年□月□日

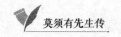

此信莫须有先生曾给了金家寨小学某教员看，某教员笑曰：

"你这封信等于替他们做一张陈情表。"

"是的，陈情表，——我不能有别的办法。"

"我告诉先生，凡属兵役事情，都是消灭于无形，等到有形便不能消灭了。消灭于无形者，当乡长的，当保长的，都有其弱点，大都是关于贪污之事，不能公开的，但本乡的绅士们都知道。彼此莫逆于心，我不告发你，但你决不能抽我姓的兵，至少不能抽我家的兵。（绅士们不纳捐税犹其事之小者。）另外乡长保长至有关系者不抽，或运动或收买乡长保长者不抽，或引本乡以外的强有力者为援而不抽，这都是消灭于无形。今三记之事，既已有形，无法消灭，结果是要去抽签的。至于中签服兵役之后，其家庭生活怎么样，保甲是不管的，也没有当事人要求保甲管的。"

"保甲不管谁管呢？不还是要家族管吗？那么中国社会还是家族中心，保甲只是对政府有用，对人民无用。"

"是的，——以先生的道德声望，给乡公所去这封信，对于先生个人大约没有什么妨害，若就我说则这封信我不敢写，何以呢？这一来你不自承为户长了吗？倘若三记逃了呢？乡公所便要找你要人了。"

某教员这个态度，当然有他的经验，但莫须有先生不赞同，这便叫作"三思而后行"，不是直心，是私意了。信是竹老送到乡公所去的，是当面交给乡长的，交信时竹老这样说：

"我家先生有一封信来。"

他说这话时倒很有点像庄周书上的人物，"支离攘臂而游于其间"，很不拘束了，有恃而无恐了。这位乡长也知道莫须有先生的大名，也知道莫须有先生是一位文学家，所以接这一封信一点也不觉压迫，只是以一个好奇心拆开信看，看里面写些什么话，一口气看了之后，文学家的信一点也不文，而且新文学家原来不讲究写字，八行字写得太不好看了，比起常写信到县政府到乡公所的那位黄梅县唯一的前清进士相差太远了。但竹老得意得很，因为乡长看了信之后同他说话，而且信是当他的面拆开看的，即此已是莫须有先生信的效力了，否则该送信人交了信便应走开了。

"你们以为家里有先生就不当兵，是不是？回去吃饭罢，时候不早了。"

竹老从从容容地回来，从从容容地告诉花子，说他见了乡长，乡长看了莫须有先生的信。事情便是如此。结果呢？二人都直觉地感得事情未必有结果，因为天下那里有这样不花一文钱而得好处的事情呢？于是二人都莫名其妙了。事情便懈怠下去了。这一天不看见甲长来，更不看见保长。第二天不看见甲长来，更不看见保长。第三天消息不好，三记逃了。第三天下午花子冷不防给乡公所拘去了。莫须有先生反抗拘捕花子，写一封信与其旧友现任县政府秘书，自承为户长，问此事照法理究应如何。乞以私人资格赐教言。秘书无回信。

自花子被捕之后，则竹老逃了。于是竹老的媳妇儿是庄周书上的人物，以一双小脚，逍遥游了，其余则整个龙锡桥一点生气没有。次于竹老的媳妇儿，是顺的媳妇儿，他们二人乐，乐而不知其所以然，乐而已。竹老的媳妇儿，莫须有先生叫她叫"陈嫂"，除往来于行人路上之外，便是坐在顺的家里同顺的媳妇儿对面乐，顺的媳妇儿笑声尖锐，她的语音切切。其所以切切不敢高语之故，是怕莫须有先生在那边听见了。而不快乐的人（莫须有先生今天不快乐）最不喜欢听的声音，莫过于高笑声与低语声，莫须有先生实在不耐烦了。心想："女人为什么这样偏狭呢？没有同情心呢？幸灾乐祸呢？他们两人的高兴不就是因为别人家里都有事吗？"莫须有先生十年没有感到这样的苦闷，正是从前做《莫须有先生传》的时候神经过敏不喜欢间壁人家切切私语的苦闷了。

"哈哈哈！哈哈哈！"

"你说可笑不可笑？"

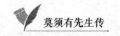

"哈哈哈！"

"我再说给你听……"

往下都是耳边低语的声音。接着是顺的媳妇儿一阵急促的笑声，几乎吐不过气来。

"你说可笑不可笑？"

接着又是东一句西一句。

莫须有先生乃感觉得要给他们一个教训，路人都应有同情心，何况是骨肉之间遇着为难的事情而不关心？你把你的丈夫赶得逃走了，你便洋洋得意不干己事吗？竹老之逃盖是逃到泰山家里去了。他的泰山确是在深山里，其人没有儿子，有一女子，是有名的卖柴的，是有名的悭吝人，莫须有先生曾经买过他的柴，现在竹老便在那山中躲避了。

"陈嫂，你太不懂道理，花子捉去了，连我在这里都一天不快乐，你为什么反而那样高兴呢？一个人要心肠好些才有好处。我看你很能勤俭，有兴旺气象，但要心肠放好些。"

莫须有先生连忙又寂寞告退了，因为他看着那妇人不屑教诲，莫须有先生正正经经地同她讲话，她还是把她的一只小脚盘在一只大腿之上，像北京人骑驴子那样，毫不在乎。同时她却易孔子之所谓"色难"，她对着莫须有先生满脸堆笑了，她从来没有听过教训。而顺的媳妇儿，即是前几回介绍的那位懒凤姐，她一听见莫须有先生来了，赶忙逃到阃内去人。她的阃内非常之黑暗，简直不通光线，而且有臭味，因为她的粪桶堆积如山，她便在那里躲避莫须有先生了。她非常之得计，大笑而特笑，只是不出声，莫须有先生在外面攻击竹老的媳妇儿，仿佛是以子之矛攻子之盾，不干我事了。

莫须有先生挂念花子，而花子好像无内助似的。莫须有先生倒很希望同花子的媳妇儿见见，打听花子拘捕在乡公所的情形。花子的媳妇儿不见莫须有先生，因为无必要。花子的媳妇儿有个相好的，便是我们在第四章所说的卖牛肉的祸首，终日住在花子家里，其人是一光棍，是"会上的人"，作事有主意，胜过莫须有先生多多了，所以花子的媳妇儿没有见莫须有先生之必要。莫须有先生知其一不知其二，知花子的媳妇儿有个相好的，不知花子家里的事俱是相好的作主，花子则同小孩子一样。三人的感情都很好，只是三人总是联盟同竹老的媳妇儿感情不好罢了。

"谁送饭给花子吃呢？"莫须有先生见顺时问顺。

"大嫂送饭去。"

顺叫花子的媳妇叫大嫂。

"我总没有看见她。"

"在乡公所，——花子哥同小孩子一样，一个人在那里便哭，要大嫂在旁边陪他。"

莫须有先生听了顺的话，祝福这妇人了。

这是花子拘去的第三天。竹老忽然偷偷地走进莫须有先生的室内了，莫须有先生一见他，一惊，如见人影子，因为他的神色是那么的不定了。

"你回来了，很好，应该回来。躲什么呢？大家想法子解决。"

"她要我去。"

这句话表示他惧内。一切都是"她"作主。

"她又叫我回来，叫我把牛牵走，因为乡公所要来牵牛。"

此地"牵牛"一词含义甚大，若乡公所要来牵牛那当然是可以的，因为政府要来牵牛有什么不可以呢？此外只有日本老牵牛，敌人要做的事有什么不可以呢？此外"牵牛"则是大盗的代替之词了。若"牵猪"则没有什么，好比你欠了人家的债，到期不偿还，债权者便可以说："你不还，我到你家里牵猪！"这是很普通的话了。

"乡公所要来牵牛？那是决没有的事！乡公所如果真来牵你的牛，你便到县政府去告状，我替你作主！"

竹老不答，他相信乡公所要来牵他的牛，大家都这么说。至于莫须有先生要他到县政府去告状的话，他听如不听了。按他的意

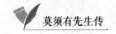

思，宁可牵牛，不告状。这是他的阶级意识，不得已而牵牛可也，自己再吃苦再买牛，但决不告状。

"我知道躲也是不行的，我去把三记找回来。"

"你知道三记逃到什么地方吗？"

"知道，——也在山里头。"

"那顶好，你去把他找回来，你说我叫他回来。"

莫须有先生仿佛自信他可以把三记召回来。然而所有莫须有先生的自信惟有这个自信不坚固，说这话时，"你说我叫他回来"，很是胆怯了。同时竹老也不相信莫须有先生这句话，不是不相信，是不注意莫须有先生的话，他们已经知道莫须有先生无能为力了，他同三记已经商量有办法了，只待履行了。三记向竹老表示意见，他可以去抽签，如果中了签，他也可以去当兵，要二兄给一百二十块钱给他，没有钱打手票，另外四斗佃田由二兄各代种二斗，每年的收获除交东外代为存放，年利二分五。不过内中还除一百五十斤稻作他名下担任母亲的食粮。至于他的媳妇呢？彼此默契，他知道她不要他。他也乐得当兵去了图一个干净，即是他也不要她。人生的烦恼仿佛都容易解除，真的，当兵去，在三记确乎是解脱，他可以把老婆的缰子解掉了，另外还可以得一百二十块钱，另外每年有余粮存放。再者，"我还可以逃"！这个逃是说他当了兵之后还可以乘机逃回来。在这样自己同自己计较之下，也还有一个良心的决定，这个决定来得非常之快，他要留下一百五十斤稻作母亲的食粮了。

翌日，莫须有先生正在盼望消息，竹老偷偷地进来了，他同昨天一样神色不定，告诉莫须有先生道：

"我的牛牵去了。"

"真的牵去了？"

"牵去了。"

"昨天既然有传言，你为什么不留心呢？牛关在什么地方呢？"

"我信莫须有先生的话，这是决没有的事，所以我的牛还系在草棚里，夜里牵去了，——花子哥的牛昨夜不在草棚里歇，大嫂牵到别的地方去了。"

莫须有先生于此乃陷入深思。并不是因为失牛他也有责任，竹老相信他的话而失牛，乃是他相信这个牛决不是乡公所牵去的，是给贼偷去了的。此贼故意事前造空气，说是乡公所要来牵牛，以便你失了牛而不敢睬他。此贼必同与花子媳妇相好的人有关，是他的主意，故花子媳妇将自己的牛移地安置了。大约因为花子被捕，而竹老媳妇命竹老躲避了，故非要竹老损失一头牛不可，有此一头牛的价值，则一切费用有着落了。农村间盗牛的事，凡属"会上的人"，无论直接间接，都有关系，至少知道消息，那人正是"会上的人"了。莫须有先生对于此事十分生气，他并且气我们以前所说的那腐儒，因为腐儒同与花子媳妇相好的人是本家，彼此互相利用，腐儒需要光棍，光棍需要腐儒，有一回莫须有先生看见他们两人在龙锡桥茶铺里并席而坐，那时莫须有先生只知其一，即是腐儒同品行不好的人并席而坐，腐儒本来也品行不好，所以同座并没有关系，现在则人格发生问题了，读书人岂可以不与盗牛贼割席吗？故莫须有先生生气了。而且农人真可怜，怕官，怕保甲，怕读书人，并怕盗贼了。

"你的牛是给贼偷去了的！你糊涂，你以为是给乡公所牵去了！"

"牛是我同顺共的。"

竹老连忙报告这个事实，他同顺共这头牛，那么他只有一半的损失，至于是给乡公所牵去了，还是给贼偷去了，他再也不管，反正倒楣罢了。

"常常到花子家里来的那人叫什么名字？"

"叫什么。"

其实莫须有先生知道那人叫什么，故意提起竹老的注意罢了。

"牛一定是那人偷去的！你得赶快到乡公所报告失牛。据我的意

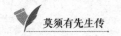

思你还应该告状，那人有嫌疑。"

竹老起先怕乡公所也拘捕他，后来一日在家，两日在家，乡公所没有拘捕他，于是放心了。只是他的媳妇儿再也不串门子了，坐在门口伤心着哭了，失牛了。而且顺的媳妇儿也同顺口角了，"看你怎么办！人家家里的事带累我上当了"！她也是牛的半个主人了。

竹老听从莫须有先生的话去乡公所报告失牛，乡长又同他说话，他也大胆说：

"起初我以为是乡公所牵牛的。"

"乡公所牵牛？你真是胡说！你有些傻！时候不早了，回去吃饭。"

乡长等于在茶馆里听了一句笑话而已。这时花子已经释放出来了。三记已经抽了签，中了签，三日之内就要去当兵了。母亲叫他把一百二十块钱内拿出几块钱来买白棉布做两套内衣，内衣早已破了，当兵之后没有谁照顾了。

上面所写的是中国征兵的事实，也便是中国征兵的意义了。语云："皮之不存，毛将焉附？"是说国与国民的关系，但就中国的农民说，国与他们有什么关系？他们真是可怜罢了。在另一方面，中国的读书人又与国有什么关系？据莫须有先生的经验，没有一家读书人家的儿子当兵的了，而中国是征兵制！中国谈不上什么叫做"政"，"自古皆有死，民无信不立"！

三记后来是黄冈游击队里的士兵，队伍同新四军打仗打散了，他逃回家了。他的媳妇儿自三记当兵去后跟人逃到小池口敌伪区去了，在那里生了一个小孩子，三记是父亲。三记逃回家后，那里传信来，叫他去把小孩引回来。而且允许他一些钱，算是彼此脱离关系，而三记迟迟不去，他说小孩引回来难养。他心里倒是很惦念那里允许他的钱，但也懒得到小池口去了。他要莫须有先生介绍他到学校里当校工，因为他现在懒得种田了。关于他的事其实还有好些，不及一一细述，也还是关于抽兵，因为第二次又要他抽签了，说他回来没有退役证，第一次不算。这时他有三十五岁，三十五岁就算过了年龄，要他拿家谱去证明，他从莫须有先生那里借了家谱拿去证明，不知怎的证明又无效。他第二次抽了签，又中了签，在县自卫队当火夫，因为他年龄过了，故改当火夫。队中人问他："你怎么也抽来了呢？"他答道："我们是弱小民族，被压迫的。"这话是莫须有先生亲自听他述说的。他当了校工之后，也知道些新名词了。但他的话一点也不是口号，很表现着他的感情。

第十一章　一天的事情

　　莫须有先生从学校回家吃午饭，纯望见爸爸回来了，连忙出来迎接道：

　　"爸爸，家里今天有好东西吃！人家送的！"

　　莫须有先生看着纯的欢喜的情状，是真个"有好东西吃"！什么好东西呢？此地地瘠人贫，莫须有先生住在这里，他曾经戏称为苏武牧羊，不会有什么好东西了。

　　"芋头，这么大！"

　　纯说着拿两手，四指，作一个大圆的范围，大约有三寸的直径了。芋头，不错，此地可以有，莫须有先生乃认为很是自然了。而且这个东西确是好东西，如果要莫须有先生举出世间的食物什么最好吃，他或者一时想不起来，如果想得起，他一定举芋头了。说这个东西好吃总不一定是贪吃，人生在世总还应该保有这一个味觉了，因为是乡土味，正如足必履地。纯说是"人家送的"，这个"人家"是谁，莫须有先生也有点生问题，因为不会是腊树窠石家，那样纯便说是"石老爹家送的"；也不会是顺家，顺的芋头已经吃过好几回了，不好吃；也不会是龙锡桥花子兄弟送的，那样纯便举出花子兄弟的名字了。莫须有先生知道纯所说的好吃的东西是芋头便已足矣，至于究竟是谁家送的，他无心从纯的口里问明白，只是心里很是欢喜，世间到处有人情了，正如到处有和风拂面。

　　这时天空远远有一行雁飞，莫须有先生无意间抬头望见了，指着远远的天空叫纯看道：

　　"你看，那里雁飞来了。"

　　纯抬头看了一看，但不答话了。这时的天空对于莫须有先生便是哲学家的空间，上面有飞鸟，欢喜着望，同时却是没有时间，因为不留记忆。纯则飞鸟对于他已经是时间不属空间，因为他记住了，不再向天上看。同时好吃的东西又占据了他的空间，因为他不忘芋头了。大概小孩子最深的印象是好吃的东西的印象了。莫须有先生却是故意耽误时间，具有教育的意义，告诉纯人生最要紧的是要有忍耐性了，不可以急迫。即如此刻，家里有芋头吃，固然是一个好消息，但不可以先看看天上的鸿雁么？莫须有先生每逢当着纯急于有一件事占据胸中的时候，便故意耽误时间，同时莫须有先生且训练自己了，因为自己有时也急迫。教训小儿女，是试验自己最好的功课了，这时完全不能撒谎，本着不撒谎的报告，莫须有先生有时还很有错处，即是教自己的孩子不能同学生一样从容，不免躁急了。

　　这时慈也放学回来了，正走在路上，莫须有先生尚不进屋，站在门口等候慈来。慈一面走路一面注意天上的雁的，她望着雁而笑，她喜欢天空，喜欢天空有雁了。她望雁同望燕子一样，因为鸟儿飞得甚高，显得甚小，故她甚是喜欢了，天空好像是母亲的怀抱了。她不喜欢大东西，喜欢小东西。她却又看见了一只鹞鹰在天上飞，她最不喜欢鹞鹰，因为它是大鸟，而且凶，常无原无故地把一只小鸡攫去了。这时的飞鸟之空，鹞鹰的爪牙，该是多么令人怕敢想像呢？飞鸟的世界完全变得黑暗了。她挂着书包，自己便也像是小鸟儿了，到了家了。爸爸望着她笑，而且说道：

　　"你猜我笑什么？"

　　"我不知道。"

　　"家里今天有芋头吃，纯等着我们吃芋头，我今天要讲一个故事，从前有一个人名叫孔融，他四岁的时候，家里分梨吃，因为他年纪小些，他便挑小的吃，把大的让给年纪大的，……"

　　"那我不也要吃小芋头吗？我觉得我一定做不到！要我忍耐我做

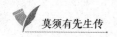

得到。"

纯的话，说得莫须有先生哈哈大笑了。纯说话常是说"我觉得"，大约是从莫须有先生的口中听惯了。

"你觉得忍耐两个字究竟该怎么讲呢？自己吃小的，把大的让给别人，也叫做忍耐。"

"这个忍耐我觉得我做不到！叫我忍耐，不要忙，待一会儿再吃，我做得到。"

"你觉得你将来能做一个大人物吗？"

"怎么样叫做大人物呢？"

"大人物不贪，能舍得。"

莫须有先生的话把纯呆着了，他觉得他不敢有这个把握了。

"大人物要能公，要能够喜欢别人的长处，不怕人家比我高。"

"这个我做得到。"

"这个便很不容易，中华民国现在便没有这样一个大人物，——好，你将来便记着这一句话，作事要公，喜欢人家的长处。"

慈在旁边听着只是笑，她立志与纯不同，她喜欢"不贪"，她知道不贪确乎很不容易，她有志于不容易的事了。她笑着向爸爸说道：

"我觉得我勇敢。"

"历史上没有女子是大勇。"

莫须有先生说着笑。

"我觉得我将来能够不贪。"

"不贪便能成佛，——你觉得你能成佛吗？"

"我觉得我不能成佛，——我记得爸爸的话将来做一个大人物。"

纯抢着说，莫须有先生笑了。各人的根器都是有一定的，但将来能否有成就又关乎各人的命运了。

莫须有先生的门口属于顺的稻场的范围，农村间只有稻场上最是洁净，上面不放置任何什物，在秋天以后，有稻堆立于其上，另外有石滚横陈于其间，是天下最自然的同时也是最人工的一幅图案了。这里也最显得富与贫，顺的稻场是一个贫家的收获了，稻堆怪小的，孤单独自，石滚也不大。因为有莫须有先生太太天天打扫于其门前，故顺的稻场格外显得白而洁了。莫须有先生太太是打扫屋头枫树上落下来的"枫球"与枯叶子，但爱清洁者每每扩充清洁的范围了，稻场地势较高，临于一块芋田之上，这芋田便是顺的芋田，顺的芋田产生的芋头也贫穷，挖掘时声势亦不壮，夫妇二人每每是一人在场，有时有纯加入，现在尚未挖掘完尽，不时来挖掘了。莫须有先生同了两个小孩在家门外谈话，便是站在顺的稻场上谈话，因为说芋头的原故，莫须有先生便望着顺的寂寞的芋田与寂寞的稻场，一顿话完了之后，莫须有先生感得寂寞了。并不是心情的寂寞，乃是地方的寂寞。莫须有先生的心情是做父亲的心情，是教育家的心情，无所谓寂寞了。莫须有先生小时见过丰富的芋田丰富的稻场，那是外家全盛时，稻场上新立的稻堆等于金堆，伟大而具有光辉；芋田等于布施，十里之内贫家妇孺都来拾遗剩的芋头了。在堆稻时，莫须有先生，一个小孩，看着躯体强壮的庄稼汉子站在半空中尚待完成的稻堆上指挥若定工作自如，他觉得他们是天下最成功的人物了，只可惜他不能上这个高梯，上到那高处望一望了。有一梯子挨堆竖着，挑稻者一步一步地踏上去，顶上头便是最有本事的工作者在那里立定了。黄昏时，一切的工作已成，大家都回去休息了，莫须有先生，一个小孩，常是一个人在这里苍茫四顾一下，地下比天上富丽得多，繁星远不如稻草的光芒切实了。莫须有先生真是仿佛偷偷地来到这里做神仙，他留恋地上了。稻场上是一篇史诗，芋田的收获则是一首情歌，他后来读英国济慈的《夜莺之歌》乃记起他小时在田野间的背景了，收割之后田野间确是寂寞，并不是舍不得一切，一切确是给人家拿去了，只有天上的飞雁最懂得秋野的相思了。莫须有先生丰富的感情可以说是田间给的，

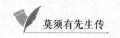

但这个田间也还是私人的，因为莫须有先生所经历的田间不是贫家，现在慈同纯，随着父亲母亲在贫苦的佃农之家避难，将来能有博大的感情吗？思想是不是因此单薄了呢？莫须有先生希望他们能为豪杰，不要受环境的影响，为一已的生活所小了。一个人能够忘贫确是很不容易的，但做一个人，最低的意义亦必须忘贫。莫须有先生这样思想着，抚着两个小孩倚着他的贫家之屋，仿佛做了一场大的梦了，人生在世何以这样居徙无定呢？世乱烽烟居然是真实的么？……

"小鸡真聪明，知道怕鹞鹰，——是母亲教给他的么？"

慈望见顺家今年生的几只小鸡都向屋里趋避，知道鹞鹰在头上飞来了，这么说。

"小鸡他不怕死么？"

纯的话。

"小鸡是怕死么？如果是怕死，应该怕养活他的人。"

莫须有先生的话。

"为什么呢？"

"小鸡的命运不是给人杀着吃的么？为什么一定怕鹞鹰呢？"

"那么他为什么怕鹞鹰呢？"

"我不知道。"

莫须有先生说着笑了，他确实不知道。纯也确实知道爸爸的话有理由，小鸡如果怕死，应该不活了。因为小鸡的命运确是给人杀着吃的。

"猪也是死在人的手里，猪也应该怕人。"

纯又瞥见顺家的猪，把话更说得质直了。

"可见鹞鹰不是怕死，——一切东西都是活着罢了，所以活着并不是最高的意义。你们长大了，顶好也信佛教，就不一定要学佛，学做人也顶好亲近佛教的道理。"

这是莫须有先生教子同一般儒者教子不同的地方。莫须有先生认为天下最好的道理为父母者都应该以之做家训，换一句话说能做家训才是最好的道理。莫须有先生的家训可以教人信佛教，可以教人学孔子，比新文化运动时期受西方文学的影响因而兴起的恋爱至上主义要得人生意义多了。比教儿子信科学还要合乎理智。教儿子信科学实在不如信基督教。可惜这个道理一时还不容易使人明白。

纯忽然自动的溜进屋子里去了，等他再出来的时候他手上已经拿着一个大芋头吃了。莫须有先生一看，这芋头真大，看样子是一种最好吃的芋头了，于是很想知道这芋头是谁家给的，其情意太重了，是很经了一番选择，——这还不是说芋头本身的选择，而是本身以外的选择，对于城市与乡村，对于本地与通都大邑，因为莫须有先生是走过通都大邑的，总之对于莫须有先生的环境与为人，简直是对于莫须有先生的生平，都经过一番思索了，这个人情太可贵了，莫须有先生乃连忙走进屋问太太道：

"是谁送我们芋头呢？"

"我也不认得他，他说他姓王，是后面村子里住的。"

莫须有先生太太当然已经认得他了，因为是当面送芋头来的，只是不知道名字，也没有关系，除了认得他的形容之外无以形容他了，所以莫须有先生太太说着很是窘。语言文字以及一切的关系有时真没有用，都是假的，大家认为唯感情最可贵，而感情有时也没有用，反而需要语言文字以及一切的关系了，甚至于这个人本身都不足以表现感情了。

在莫须有先生与莫须有先生太太相视而笑，莫逆于心，即是需要语言文字以及世间一切的关系然后可以开口说话而现在开口不得时，顺从他的大门内走出来了，他出来说道：

"这个人是后面村子里的王玉叔，——莫须有先生不曾经到那村子参观私塾吗？村子里都是姓王的，送芋头的是王玉叔，他好久就说送芋头给先生。"

顺这话是不得已而出来说，因为莫须有先生同莫须有先生太

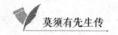

太虽是相视而笑，莫逆于心，而其实是在这边议论不休，不能共同解决一个困难问题，送芋者谁耶？故顺不得已而出来解决了。方王玉叔送芋来时，顺在家，感得惭愧，因为他的芋头远不如王玉叔的芋头肥硕而好吃，这可见他的人事不及王玉叔，或者是工作不勤，或者是家贫肥料不足，而且他对于本家的莫须有先生的感情亦似不及乡邻王玉叔，顺虽是已经送芋头给莫须有先生，不完全是本乎感情，而多半是出乎礼貌，出乎礼貌即是出乎勉强，王玉叔则毫无送之之礼，故他送来完全是出乎向慕出乎感情了。所以顺本心对于王玉叔刚才送芋之事佯为不知，而莫须有先生同莫须有先生太太在这边无所措手足，无以表示其对人感激之情意，故顺不得已出来说明，送芋者王玉叔也。顺说明时，甚忸怩，"人家的芋头比我的好吃多了"。莫须有先生同莫须有先生太太一听得"王玉叔"这个名字，同一个得道的人忽然得了道一样，名字其实有什么关系，只是自己的感情而已。

"我们将来要怎样报答王玉叔呢？"

莫须有先生太太说。

"是的，礼尚往来，要报答。"

莫须有先生说。莫须有先生从二十六年回故乡避难以来，以王玉叔送芋为最有古道了，其余一切人情都不免俗气，莫须有先生后来教的门徒甚多，连师生之间都不免俗气了。莫须有先生又同太太说道：

"我推想王玉叔的年龄总在四十以上，我感觉乡间四十以上的人有古道存乎其间，二十至三十便差，这简直同天气一样令我感觉得着，难怪世界要乱了。"

莫须有先生说着叹息。他连忙想起了一位青年，是莫须有先生的姑母之子，今年二十五岁，富有感情，努力为善，很是难得了。此人自认是得了莫须有先生的益处，他常同莫须有先生说，"你如果早几年回家，在文字方面我也一定比现在进步，这真是可惜的事"。他在德行方面能以自立，文字力量差，而他以为做一个人是应该有文章的。莫须有先生同情于他的话，很爱他，同时知道人材确是多方面的，有的人是短于文了。如果能够不羡慕别人的文学，自己精进于道德，那应是"回也如愚"了，今世有其人乎？更附说一事，莫须有先生的这位表弟，程其姓，后来结婚生子，有一天同莫须有先生说道："等我的孩子长大，你有多大年纪？还在黄梅县吗？我一定要他跟你上学！"莫须有先生道："不管我多大年纪，我一定教他！"说着两人都笑了。

还是说王玉叔，莫须有先生太太说：

"王玉叔是四十以上的人，——不要说许多，来吃芋头罢！"

莫须有先生太太一面答应莫须有先生的话，一面感觉莫须有先生的世道人心之感为多事，叫他赶快来吃芋头了。芋头和着米一起蒸着吃的，在贫家为得节省米，叫做"吃饭"，正同北平人吃窝窝头也叫"吃饭"；在富家为得"口之于味也有同嗜焉"，叫做"吃芋头"，王玉叔的芋头真是好吃了，首先是大，因为大而显得多，又因为多而显得大，总之不用选择，天下从来没有这样容易的事了，你喜欢，我喜欢，但纯与慈都无须竞争，个个是大芋头了，个个是一样的好吃了，吃不完了。他们不知道王玉叔是经过了一番选择，这是说芋头的选择，择其最美者拿来了。纯本来已经事先额外吃了一个，现在围着桌子，大家共同吃，正式吃，没有菜，因为吃芋头正如吃点心，不是吃饭，不要菜，纯的两只小手在空中指使间使了，不知道到底拿那一个好了，芋头以一筲箕盛着放在桌子当中了。

"呀！——呀！——呀！"

因为手小了，拿不着，他乃惊叹了，惊叹号有时也是惊讶的表示了。

慈则笑得吃……她在快乐时总是笑了。妈妈便笑她道：

"这个小孩子总是傻笑，——吃饭的时候也笑吗？"

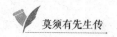

莫须有先生则不说话，他是童年与朝闻道夕死之年合在一起，而还是味觉成分大了，因为还正是中年，贪口腹了。他虽然同太史公一样游过名山大川，但从来没有这一篇芋头赞了。但他也只赞美了这样一句：

"这个芋头是真好吃。"

可见世间的语言真是贫穷，这样一句空话，何足以形容"这个芋头是真好吃"呢？

"粉得很。"

纯赞美半句。虽是半句，却是比爸爸具体些，他说这芋头"粉得很"。"粉"者，是黄梅县的方言，是一个形容词，凡说芋，说甘薯，说栗子等物，如果淀粉成分多，便说它"粉得很"。

"是的，粉得很，这个字我还忘记了，——北平叫'面'得很。"

莫须有先生给纯提醒了，替芋头拾得了一个形容词。但在咬文嚼字之后，把禅意都失掉了，莫须有先生已不觉得芋头好吃了。

"为什么把'面粉'两个字拆开用呢？"

慈问爸爸。

"不应该说拆开，应该说合拢，南方北方一个意义用了两个不同的字，合拢来恰好是'面粉'，可见意义是一样的了。"

莫须有先生把慈说得笑了。纯又连忙说道：

"黄梅县说人老实也说粉得很。"

"是的，河北山东一带说人老实也说面得很。"

莫须有先生乃觉得这个考证一定不错了，一家人都笑了。大家又连忙头埋吃芋头了。最可笑的莫须有先生自始至终不认得王玉叔，他常常在田塍间同王玉叔交臂而过，王玉叔是荷锄，他是独游，但他不知道他就是王玉叔，因为王玉叔认为他们两人不同道，故敬之而不相为谋，从来不招呼他，只是心里佩服他现在世界上还有这样的古人了。他认莫须有先生为古人。而他不知道莫须有先生认他为古人。可见王玉叔认得莫须有先生而已，莫须有先生不认得施主。王玉叔的布施，莫须有先生的吃芋头，可谓饭蔬食饮水，乐亦在其中矣。

　　然而莫须有先生为得今天中午吃芋头的事情，结果有终身之忧，其午后的生活则学陶潜一个人跑到松树脚下去了。这是一篇散文，是一天的日记，决不是小说。只有莫须有先生自知最明。原来莫须有先生虽然佩服孔子，同时却是一个佛教徒，他今天吃芋头明明是贪吃，贪吃而侈谈佛教，岂不是自欺欺人吗？他相信有佛，正如相信中国有孔子，简直可以翻过来说，从《论语》所记孔子的言行句句真切看来，人都可以做到圣人，故人都可以成佛，因为佛不过是另一个民族的圣人罢了，圣人不过是真理的代表罢了，真理的代表应推德行罢了。孔子的德行连孔子自己都不敢说，要到七十岁方说"从心所欲不逾矩"，莫须有先生何人，敢妄议圣人？只是有些事情上面，莫须有先生说他不懂得孔子，而懂得佛，因之乃所愿则学佛了。这是一些关于食的事情。莫须有先生坚决地相信，人是不应该食肉的，食肉必然是兽的。同时兽不一定都食肉，食肉兽有犬齿，草食兽有臼齿，即是说这个食并不是善恶问题，是"生"的问题。换一句话说，"生"应该有问题，不能空口说是"天生的"了。人是懂道理的，便应该懂得道理，首先不应该杀生，而从反抗食肉的味觉做起。莫须有先生坚决地相信，"生"如果是"天理"，不是业，大家便不应该有犬齿，蔬食不好吗？犬齿与杀人以刃有何异哉？儒家与佛教不同，或者不如说孔子与佛不同就只这一点。莫须有先生从感情上爱好孔子，崇拜孔子，因为他确实懂得孔子的为人。（关于佛还只是一些道理，佛的生活无从知道，道理必然是生活却是知道的。）孔子的为人是可以学得及的，孔子是日日新的，总是进步的，从十五以至七十都有经验告诉我们的，但孔子"三月不知肉味"，"肉虽多不使胜食气"，孔子确是一个肉食者了，而且很懂得肉食的卫生了，莫须有先生乃不懂得孔子。真理未

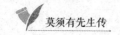

必如此，生活岂可以不是真理吗？有人或者以中庸二字来解释，以孔子为中庸之道。是不然。中庸正是真理，是绝对的，不是折衷的意思。"不偏之谓中，不易之谓庸"，这个解释是不错的，他无所不在而不偏，无事不可应用而不易，佛教的"真如"正是这个意义了。本着这个意义，我们的生活应以这句话为标准："君子食无求饱，居无求安，敏于事而慎于言，就有道而正焉。"我们的居与食，我们活着，是为得懂道理的，不可以因活着而违背道理了。

"食无求饱"，莫须有先生认为是食的最好的标准，即是中庸之道了。莫须有先生总喜欢援引《论语》作为他的就正有道，而其出发点是宗教，是佛教。这是他同一般佛教徒引经据典不同的。同程朱陆王引经据典亦有不同。"厩焚，子退朝，曰：'伤人乎？'不问马。"这个记载很好，即是孔子这个态度好，门弟子用心记载。"子钓而不网，弋不射宿。"这当然也是孔子的生活。莫须有先生不敢说他不喜欢孔子的生活，他确是不喜欢这章书了，因为他不喜欢钓鱼，不喜欢射鸟。他对于佛经所载的投身饲饿虎的故事倒十分喜欢，虽然那是故事，莫须有先生认为是真实的了，真理实是如此。莫须有先生深自叹息："予未得为孔子徒也！"否则他一定要问先生了，先生何取于钓鱼射鸟呢？莫须有先生不但佩服孔子，而且崇拜二帝三王，他认为儒家是宗教，凡属真理一定超过哲学范围而为宗教，故儒家经典提出格物二字，格物者即是非唯物的世界观也。儒家承认"上帝"，即是承认"天"，这个宗教是现世主义的宗教，一切以"天理"为标准，孔子"五十而知天命"。因为是宗教，故儒家重祭祀，而祭必杀生，只有这一点莫须有先生认为儒家不属于理智的宗教范围了，同乎一般的宗教。佛教则是理智的宗教。一般的宗教属于科学的研究范围，佛教则是真理。从真理观之，科学与哲学俱系梦耳。总之莫须有先生坚决地相信，真理是不可以食肉的。莫须有先生信佛教，而莫须有先生尚是食肉兽，故莫须有先生有终身之忧。今天吃芋头，虽属于蔬食，而是贪吃，殊失

"食无求饱"之义，与食肉一样是口腹之欲，莫须有先生不能自欺欺人，故他真是感得忧，一个人跑到松树脚下徘徊了。

这是一个大松林，在名叫卢家坂的村子后面，莫须有先生从金家寨到停前去偶尔发现了，发现时甚喜，想不到乡间还有这样大树为林，这同北平公园的柏林一样，很可以供幽人徘徊了。自从发现松林以后，莫须有先生课余每每独游到此。卢家坂距金家寨半里，距莫须有先生之寓庐一里。莫须有先生游松林我们说他学陶潜跑到松树脚下者，因为莫须有先生有一天在松树脚下忽然记起陶渊明，他觉得陶渊明真爱松树，诗中每每说到松树，并不一定是比兴，只是他喜欢在这树下喝酒。"故人赏我趣，挈壶相与至，班荆坐松下，数斟已复醉。"有时又一个人"提壶挂寒柯，远望时复为。"莫须有先生最爱他的是"怀此贞秀姿，卓为霜下杰，衔觞念幽人，千载抚尔诀"！莫须有先生自民国二十四年闻道以来，乃所愿则学孔子，学佛，便是颜回有时也叹有所不及，并不怎样把陶公喝酒看得了不起，他曾说陶公是诗人，不能谈学问了。于此，莫须有先生一则以喜，一则以惧，喜者喜自己有进于学问，惧者道理毫不能假借，陶公总算是中人以上，其固穷之节能令顽夫廉懦夫有立志，而其思想还是庄周思想，"行止千万端，谁知非与是？是非苟相形，雷同共誉毁"！他不知"是非"是绝对的了，便是中庸。中庸便是"这一点"的意思，无论何处都有"这一点"，所以你难得中，无论何事都可以应用，故谓之庸了。中庸也便是老子之所谓"常道"，因为只有一点，而无不在，无不可应用，故不可道，不可名。岂是庄周之齐物？岂是"雷同共誉毁"？还有，不懂得中庸之道者，必见其思想之唯物，因其未能格物。陶公自言其"总角无道，白首无成"，是的，"死去何所道，托体同山阿"，他不还是在那里闭着眼睛想像这个世界吗？这便是唯物。"人生似幻化，终当归空无"，真理那里会是"空无"呢？不过莫须有先生很喜爱他的有情与合理，在他的挽歌里有这样有趣的句子："向来相送人，

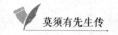

各自还其家，亲戚或余悲，他人亦已歌。"是庄周之徒而好孔氏之礼了。但这决不是中庸，因为中庸是天理，人情物理是"义外"，殆即孔子所谓"不知而作之者"。换一句话说，唯物思想不是中庸之道。所以莫须有先生现在并不喜欢诗，他喜欢陶渊明这个人，他喜欢他的生活态度坚决，喜欢他的"千载"之感。陶公看见松树，每每喜欢起来了，好像古人不是不可见，"千载抚尔诀！"大约喝酒的人都有此情态，辛稼轩"昨夜松边醉倒，问松我醉何如？只疑松动要来扶，以手推松曰：'去！'"陶公也是一个醉汉的姿势，不过他的抚松是端着杯子与古人握手，比金圣叹的恸哭古人还要妩媚了，即是古人不是不可见。而古人不是个人，是道义，是时间，是个人生在世间是不可以使历史寂寞的，所谓"百世当谁传？"陶诗里头"道丧向千载"句凡两见，其余"千载"一词甚多，虽然他的诗并不多，薄薄一个本子而已。所以莫须有先生甚爱他。而莫须有先生甚爱他，而莫须有先生觉得学问之事难言，以陶公之辛勤一生而不能言学问，真是可惧。陶公自己已有此感慨矣，故他的诗有云："壑舟无须臾，引我不得住，前涂当几许，未知止泊处。古人惜寸阴，念此使惧人。"莫须有先生做大学生时最喜欢惜阴二句，真是道着了好学的感情，莫须有先生由诗人的惜阴进而入孔门的好学矣，今日则敢批评孔子，千载之下完全有一个批评的精神矣。这个批评的精神便是道义，即是人生在世不可以错，错了而别人知道不要紧，故孔子说："丘也幸，苟有过，人必知之。"除了孔子而外，那里有这样亲切的话呢？除了孔子而外，那里有这样绝对不错的心情呢？这个心情便是圣人。我错了不要紧，只要道理给人明白了，这是孔子的精神。这是批评精神。莫须有先生大约爱好这个精神的原故，今日乃为了吃芋头一点小事引起许多思想来，对于古人，对于自己，简直是以子之矛攻子之盾，他认为非常之得要领了，好像庖丁解牛，踌躇满志。同时又想到今人，想到今人便想起两个人来，一是知堂老，一是熊十力翁。并不因为此二老同莫须有先生之家庭最有密切关系，故而莫须有先生同莫须有先生太太一样，说起往日在外面的事形便说起这两位老人来，实在这两位老人是今世的大人物，莫须有先生对之如对古人一样，乐于批评一番。在本书第二章所说的"一位老哲学家"便是熊十力翁，第五章说的"在北平遇见一位老人"便是知堂老，现在本书越来越是传记，是历史，不是小说，无隐名之必要，应该把名字都拿出来了。知堂老最近没有信来，以前还常通信，道路传闻说他在北平做了汉奸，莫须有先生非常之寂寞，岂有知堂老而做汉奸的事情？说具体些，道理最要表现于爱祖国的感情。他知道，知堂老简直是第一个爱国的人，他有火一般的愤恨，他愤恨别人不爱国，不过外面饰之以理智的冷静罢了。他愤恨中国的历史便是亡国的历史。是的，亡国确乎是中国的历史，现在北平又给日本亡了，要怎样复兴呢？他不相信别人。（这或者是知堂先生的错误！）他相信他自己，他相信他自己是民族主义者，他生平喜欢孙中山先生替我们把辫子去掉了，喜欢"中华民国"四个字而感激孙中山先生。他说中国只有汉字还是中国的，而现在的急进者主张废汉字，知堂老于是伤心了。他深知中国的爱国论者都是亡中国者。大家说他做汉奸，容或有之，因为他倔强，正如同他愤恨一样，岂有一个人而不忠于生活的？忠于生活什么叫做"死"？"死"有什么可怕的？"死"有什么意义？倒是"生"可怕！无求生以害仁最为难。不欺自己才是求生者的功课。求有益于国家民族才是求生者的功课。他只注重事功。（这或者是他的错误！）故他不喜欢说天下后世，倒是求有益于国家民族。知堂先生真想不到中国真个这样亡了，因为他住在华北，华北沦陷了，他的痛切之感当然是中国亡了，他常批评中国历史上的人物，现在轮到他自身了，人岂有不忠于道理的，忠于道理便是忠于生活，于是大家说他做汉奸容或有之，因为本着他的理智他是不喜欢宋儒的，换一句话他是反抗中国的历史的。这一层莫须有先生知之最深。莫须有先生，甚至于熊十力翁，有时不免随俗，即是学世

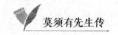

人的样儿说话作事，知堂老一生最不屑为的是一个"俗"字，他不跟着我们一齐逃了，他真有高士洗耳的精神，他要躲入他的理智的深山，即是危城，他的家在这里。而我们则是逃之。本来我们的家也不在这里。孔子说："丘也幸，苟有过，人必知之。"人不敢说自己没有过，知堂先生如有过，大家知道了，有什么关系呢？只求有益于国家民族。莫须有先生本着批评精神，一切话也决是为国家民族，要是自己的话说得不错，何暇作私人辩护呢？知堂先生生平太严了，他对己严，而对人则宽，而人只觉其严不觉其宽，因之人不与之亲近，所以知之者甚少。与知堂老相反的，是熊十力翁，此翁天资绝高，知堂老与陶渊明均有所不及，而其人对自己太不严了，即是习气太重。他可如孟子说的"大人者不失其赤子之心"，而照莫须有先生的意思，"不失其赤子之心"是学问上最大的损失，于是熊翁有最大的损失了。他不知为什么那样喜欢名誉。为什么那样要出板，也便是藏之名山传之其人。熊翁有一部《新唯识论》。（这个名字很滑稽！）应该是空前的成功，同时铸九洲铁不足以成此大错，因为他不懂得佛教。就儒家说，熊翁不知道儒家是宗教，他唯心而是唯形，他喜欢孟子说的"形色者天性也"，其实形而上者谓之道，儒家而不知"形而上"，非二帝三王周公孔子之麟。而且，熊翁憧憬于生物进化论，熊翁真是太不纯粹。然而当世言哲学，熊翁是大力，熊翁亦甚寂寞。莫须有先生认为科学只有一个答案，哲学可有好几个答案，宗教最好以孔子与佛为代表也只有一个答案，不过这一个答案不固定，随处可有这一个答案，——但决没有两个答案。熊翁没有认得这一个答案，故是哲学家。莫须有先生批评古今人物，还是就中国说，孔子圣人，以后应以程朱为伟大，因其懂得宗教之儒，懂得致知在格物。于此益见孔子的伟大，因为孔子对于人生的态度没有程朱的狭隘。孔子有陶渊明的儒雅，而后来李卓吾老子的识见也确是出于孔子的。孔子称管仲为仁，"微管仲吾其披发左衽矣"！孔子欲居九夷，或曰："陋，如之何？"孔子曰："君子居之，何陋之有？"宋儒又何足以见孔子的立功之意哉？知堂先生现在居在北平，莫须有先生但愿赠老人这一句话："君子居之，何陋之有？"那么将来抗战胜利了，知堂先生将以国民的资格听国家法律的裁判而入狱，莫须有先生亦将赠老人这一句话："君子居之，何陋之有？"

莫须有先生本来为得痛恨自己贪口腹，跑到那个大松林里去解忧，结果把自己的忧愁都忘记了，大约因为自己是中国人的原故，说的尽是有为法的话。然而莫须有先生决不因此自足，自己的不精进还只有自己知道，说起来仍是陶公"古人惜寸阴，念此使人惧"之惧。

第十二章　这一章说到写春联

我们以前曾说过"跑反"这两个字，即是敌人来了，大家要逃避，黄梅县谓之"跑反"。不知通行于别处否？别处用什么字表现这个意思？若在黄梅县则这两个字的历史一定久远，简直是代代相传下来的，不然为什么那么说得自然呢，毫不须解释？莫须有先生小时便听见过了，那是指"跑长毛的反"。总之天下乱了便谓之"反"，乱了要躲避谓之"跑反"。这当然与专制政体有关系，因为专制时代"叛逆"二字翻成白话就是"造反"，于是天下乱了谓之"反"了。但莫须有先生体察所有黄梅县的人说"跑反"这两个字的时候，并没有是非观念，确乎是一个事实判断，乱了谓之反，要躲避谓之跑反，而且这个乱一定是天下大乱，并不是局部的乱，局部的乱他们谓之"闹事"。"闹事"二字是一个价值判断，意若曰你可以不必闹事了。若跑反则等于暴风雨来了，人力是无可奈何的。他们不问是内乱是外患，一样说，"反了，要跑反了"。最近军队打入黄梅县，莫须有先生在北平接到故乡来信，写信人是莫须有先生的亲戚，仅仅识得字而已，信中有这样的话："现在乡下又要跑反。"莫须有先生读着很难过，因为有两年之久"跑反"这个声音莫须有先生已经忘记了，忽然又听见了。两年以前莫须有先生在乡下同着他们跑反，即是避寇难，深深懂得他们跑反的心理，深深懂得他们跑反的痛苦，如今再跑反则是谈虎色变了，他们一定以为世事毫没有办法了。他们都是自己在那里想办法的，乱了他们也要自己想办法，凡属"乱"都是他们的敌人，连政府也是他们的敌人，何况敌人。（敌人有时不是他们的敌人！因为敌人有时替他们想办法！）何况另外一个政府，他们认为都是乱，不要他们自己治，即是不让他们耕田，不让他们做工，不让他们做买卖。政府虽是敌人，尚不跑反（不要他们跑反便是政府，这简直是他们感到应该要政府的唯一的意义），若跑反则使他们伤心了。跑日本老的反他们无怨，非我族类，其心必异，当然是要跑的。若在跑日本老的反之后再来跑自己的反，你们无论有什么理由他们不听了，贫者是心里不安，富者是流徙死亡。何况你们并无理由。人没有恻隐之心什么都谈不上。政治是一个实行的东西，岂有没有同情心而有为人类谋幸福的行为？人类之所以杀生，便因为大家肉食惯了，在食肉的时候对生物没有同情心，于是杀生毫不成问题了。人与人之间尚不致于此，然而如今的斗争学说将把同情心都毁掉了，确乎是洪水猛兽的。将来的人吃人等于现在我们食肉了。莫须有先生最佩服孟子的仁政，要使耕者有其田，同时颁白者不负戴于道路，大家懂得孝弟之义。这是非常之容易做到的，只要"无为政治"便可以做到，因为孟子的仁政条目正是一般农民自己的功课，只要政府辅助他们好了，政府唯一的能事使得他们有田耕好了，教育者唯一的能事申之以孝弟之义好了。孟子曰："文王视民如伤。"又曰："禹思天下有溺者，犹己溺之也；稷思天下有饥者，犹己饥之也。"这虽不是禹稷文王的话，孟子确能道出禹稷文王的精神，也便是中国的民族精神。今日的中国人为什么都喜欢舶来品呢？舶来品都是一时的反动，中国圣人的话则是千百年的经验！莫须有先生常常觉得很奇怪，为什么大家都不懂得中国的农民？大家都是经过许多患难的，为什么没有经验？莫须有先生本着他的经验说一句绝对不错的话，中国的政治只有孟子的仁政可行，实行的方法只有老子的无为政策。萧何张良都是从民间出来的，他们入关约法三章便是"简"！故他们能成功。莫须有先生也很喜欢汤武的革命，中国圣人都是以百姓为主的，而且都是宗教家，是救人的，不是杀人的，所以孟子不相信血流漂杵的话："以至仁伐至不仁，而何其血之流

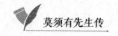

杵也？"没有不仁而可以成功的。而仁者亦必无敌。仁的表现便是不杀人。仁的表现从最近处起，故曰孝弟为仁之本。这都是多么有经验的话呵！莫须有先生因为在乡间同农民居处有十年之久，故他也有经验了。故他说了这些话。话说远了，今天的文章是说跑反，日本老打游击来了（这时敌兵占据了孔垅），县城以及县城五里以内的人都要跑反。由五里慢慢波动到十里，由十里波动到十五里，这是第一天的情况。如果日本老——乡下人口中都是叫日本老，不叫敌人，只有一般公教人员说话时叫敌人。其实叫敌人并没有意义，等于一句官话，这真是一件奇事了！倒是叫日本老乃真有敌人的意义，也真有中国民族的意义，中国民族有智慧有道德，这是说对于夷狄，对自己则自残。这真是一件奇事！"日本老"三个字出在中国乡民的口中把日本人一切的方面都表现出来了，由这些方面可以判断敌必败。他们认为日本老打仗是白费气力，给日本老俘掳去了，日本老要他们做挑夫，挑夫与挑夫（黄梅县人与黄梅县人）说黄梅话，叫日本老叫"洋苕（ㄕㄠ）"，哈哈大笑，而日本老听了瞪目不知所云，觉得中国人真奇怪。苕者，是甘薯的土名，叫人叫苕，是说你是傻瓜，日本老是洋人，故叫洋苕。同时日本老三个字也代表他们对于日本老所怀的恐惧，夷狄的残忍以及武器的利害都由这三个字的声音表现出来了。到了日本老投降以后他们又觉得日本老可怜，故日本老三个字的声音又代表中国人对于夷狄的仁爱。到了现在乡下人一定还思慕日本老了，因为日本老在那里的时候几几乎大家的生活都有办法！那时他们是畏惧日本老，玩弄日本老，后来又怜悯日本老，除了读书人媚敌求荣者外，实在没有做日本老的奴隶的。他们是做了生存的奴隶。读书人在自己祖国的时期也是做奴隶，因为求荣，故也并不是特别对夷狄做奴隶。总之黄梅县人叫敌人不叫敌人叫日本老，是很有趣的一件事。日本老游击退了，不进据县城，则第一天波动到十五里，第二日清晨便平安无事，跑反者第二天又都归家，如进据县城，则有第二天的情况，十五里以外都惶恐了，都跑反了，由十五里波动到二十里，到了二十里便已成尾声，离城二十里以内是必跑的，二十里以外则大可不跑了，一般的居民自居为平安区了。莫须有先生现在住在龙锡桥，离城三十五里，更是平安区。东乡以土桥铺为惶恐的起点，土桥铺距城二十里，这一天土桥铺茶铺里决没有打纸牌的，头一天土桥铺茶铺里打纸牌打得很是热闹了，莫须有先生见之很感到"地利"二字有趣，也感到"人和"，即是中国百姓有趣，比之莫泊桑小说里的《二渔夫》未免没有国家观念了。土桥铺的铺家一旦跑反，都搬得空空的。中国的老百姓自卫的工作是非常之神速的，而且非常之有把握的。说至此莫须有先生又附说一事，此事令莫须有先生尊敬同胞！在三十四年敌人投降以后，县城商店都恢复了，莫须有先生则于三十五年春进城归家，一天去理发店理发，见理发店的陈设与装饰都同战前一样，只是陈设物与装饰品都太陈旧了，玻璃与躺椅旧了破敝了不足异，店中悬了一套"万国旗"，都褪了色，烟尘满蔽了，烟尘的总和之下依然有各国国旗的颜色。莫须有先生问店主："这旗是战前的东西？""是的，搬到乡下去藏起来的。"时间是十年之久了，这才叫做惜物了，这一小方一小方的颜色纸！抗战建国必须要有这个精神。所以土桥铺茶铺里在敌人打游击的时候有许多人打牌，莫须有先生并不以为他们不对，莫须有先生倒是很佩服他们的冷静，不过稍为有一点儿讽刺的意味罢了。到得第二天土桥铺十室十空，都搬走了。这一天则三衢铺的茶铺里有打牌的。三衢铺也在驿路上，比土桥铺更远城十里。只有莫须有先生一个人踯躅于驿路之上，与跑反的人走着相反的方向，逢着人来便打听消息，走到土桥铺便不敢再往前走，龙锡桥与三衢铺与土桥铺的人因之把莫须有先生都看惯了，都知道这位先生是金家寨的小学教员，家在城里，现有老父亲住在城里看家，敌人打游击来了，放心不下，故而出来打听消息。敌人打游击是常有的事，故跑反也是常有的事，数十里之外首先是听见炮响，有时不听见炮响，只听

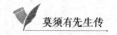

见耕田的人辍耕时牵了牛回来说道："城里又跑反了。"他们的话音是非常之从容的，莫须有先生听了则有一种颠倒衣裳的急迫的神气，紧跟着问道："你怎么知道呢？"想一句得到消息的真实。又是从容的声音："有人在土桥铺回来说。"莫须有先生连忙就往土桥铺走了。有时是虚惊。到得明天清早一起来，看见有牵牛的，挑担子的在驿路上走，则另是一种打听消息的心理，敌人来了是不成问题的，只不知到什么地方来了，莫须有先生便赶去问行人道："请问，你是那里跑反的？"莫须有先生每每怕行人不答，因为行人每每不答，或者走乏了，或者饥了，或者有冷僻性情的人不喜答你。有时行人又答得非常之响亮，而且告之以详情，如说："我是仁寿桥的，昨天跑到土桥铺，日本老进了县城，现往停前去。"则消息的确实是无疑的了。莫须有先生前去土桥铺。莫须有先生一路上感得中国民族的悲哀，同时又感得中国民族——应该用神圣这两个字！同时白昼又像一场梦一样，眼前的现实到底是历史呢？是地理呢？明明是地理，大家都向着多山的区域走。但中国历史上的大乱光景一定都是如此，即是跑反，见了今日的同胞，不啻见了昔日的祖先了，故莫须有先生觉得眼前是真正的历史。跑反时，人尚在其次，畜居第一位，即是一头牛，其次是一头猪，老头儿则留在家里看守房子，要杀死便杀死。日本老只是强奸，只是毒打人，并不杀人，而且对于小孩子无敌意，于是老百姓更是有办法了，每每跑一次反并没有多大的损失，一天两天便复原了，这是就离城远的地方说，就中国的基层社会农民说。若城里居民，城里富商，尤其是读书人家，每每破家了，破产了。莫须有先生并且感得写在纸上的历史缺少真实性，或者是社会进步了，因为社会上没有不健康的死节观念，中国的妇女都是健全的，中国的农民也是健全的，都是健全的思想，他们简直像莫泊桑小说中人物，一个女子上街买了东西回来，给一个流氓在路上强奸了，她站起身来，说他把她的瓶子踢翻了。中国妇女给日本兵强奸了，并不以为自己非死不可，她的男人也只是觉得妻子可怜，小孩也看妈妈一眼，妈妈可怜。妇女与妇女则有时说笑话了。宋儒"饿死事小，失节事大"的贞节观为什么这样不合人情呢？因之也不合道理呢？中国老百姓最伤心的是敌人牵去了他一头牛，其次是杀了他一头猪，烧房子的事不常有。而日本老偏偏是牵牛去，就地杀猪吃，于是中国农民怕日本老了。强奸之事他们存而不论，在他们的精神上不刻一点痕迹的。这当然是就大多数的农民说，士绅阶级不论，而且士绅阶级早已不在中国的国土了，不，他们是到大后方去了。中国的民族精神本来要看大多数的农民。莫须有先生看见路上牵猪牵牛的，很难过，因为牛没有声音！只是沉默地走；猪最初是叫，不走后来不叫不顺利地走，于是大路上仿佛只有牛的沉默与猪的惶惑了，莫须有先生是一个佛教徒，世界真是地狱了！莫须有先生的亲切之感在人生路上无法向人说。同时是中国人的神圣，中国人只是辛勤于生活，决不随便放弃责任，跑反便是为得牵猪牵牛！奴隶的"三纲五常"观念完全与此民族精神相反。"三纲五常"并不是中庸，中庸是人伦，中国的圣人是"人伦之至也"。夷狄之患不是老百姓招来的，夷狄之患来了，老百姓为得生存起见，为得后代起见，而奴隶们要老百姓死！——为谁死呢？这是"三纲五常"！老百姓始终是忠于生活，内乱与老百姓不相干，外患与老百姓不相干，对于内忧外患老百姓不负责任。责任是少数野心家负的。是读书人负的。读书人在君权之下求荣，在夷狄之下求荣，他们始终是求荣，始终是奴隶，毫无益于国家民族。他们就是"死"，亦无益于国家民族。问题完全不在"死"的上面，在"生"的上面。气节亦不在"死"的上面，在"生"的上面。这个关系真是太大，因为是历史，是民族的命运，应向国人垂泣而道之。不是论过去的是非，是为将来的存亡，因为将来的祸患还是无穷的。中国的老百姓的求生的精神是中国民族所以悠长之故，中国的二帝三王是中国民族精神的代表，他们是最好的农人不是后来的读书人，如大禹的手足胼胝便是，这是莫须有先

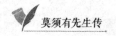

生所要说的话。莫须有先生在牵猪牵牛的跑反者的路上一时都想起来了。中国的老百姓在跑日本老的反时确是很有希望的，这一层确不是在大后方的人所能体会得到，因为他们与百姓太远了，与政府太近了。

莫须有先生在往土桥铺的途中，遇着了县城里跑反者，打听了老太爷的消息，在南乡外离城三里半山之中一个庙里躲避了，于是满意而归，俟敌人撤退（时间总是一日，二日，至多三日，已成了例子）跑反者又都复原时，再进城去安慰老父亲，这差不多是半年内少不了有一回的事情，敌人打游击而进据县城，而又撤退了。

今年最后一次敌人打游击，进据了县城三天撤退了，是学校放了寒假，乡人要过年（过旧历年）的时候，莫须有先生决定回家去同老太爷住几天。老太爷寄居的庙名紫云阁，老太爷预备就在紫云阁过年，敌虽已退，暂不进城归家。住在紫云阁等于住在城内家里，因为相距甚近，人家知道你住在那里是看守你城内的房子，不会把你房子的砖瓦撤走了。若家中无人在城外二三里以内居住，一般穷人都来搬砖搬瓦，对于你的房子，虽然不致于整个的崩溃，却一天一天的倾圮了。紫云阁的住持是一"道姑"，从前在莫须有先生家里做女工，现在在紫云阁做道姑了。紫云阁地势偏僻，后面是马王山，庙址落在山洼里，若非走到近前不容易看得见。敌人游击到黄梅县城，出南城只到马王桥，马王桥是马王山的尽头，再不敢渡马王桥往南乡更深的走了。所以老太爷寄居于紫云阁，莫须有先生打听清楚了，便很心安，知道那里是人地相宜的。莫须有先生兄弟三人，兄嫂与诸侄也在故乡避难，在北乡山中；弟妇是孀妇，一侄系小学五年级生，在北乡山中住小学，此刻弟妇同着老父亲住在紫云阁了。莫须有先生学校放了寒假回家去看老父亲便是经过县城往紫云阁去。莫须有先生经过县城的时候，走自己的家门过，门锁着了。附近有几座大房子，只有莫须有先生之家与其后背之邓姓祠堂尚有房子可认识，其余的炸毁了。炸毁的有三座是祠堂，一是刘姓祠堂，一是王姓祠堂，一是黎姓祠堂。其中以王姓祠堂建筑的工程最大，是黄梅县第一个建筑，建筑的时间是民国初年莫须有先生做中学生的时候。它的历史大约很久，民初的建立乃是它的复兴。它留给莫须有先生有一本活的传记，可以说是"生住异灭"的具体图形了。莫须有先生现在在它面前过路，看见它只有残痕，无复荣盛的存留，而且对于它又不必同情，（因为它不是某一个人的房子，它没有确定的主人，故不令人觉得它可怜）莫须有先生真好像是神仙过路了，人间世本来是什么样子他是明明白白的了。原来这王姓祠堂在都天庙之侧，莫须有先生儿时在都天庙上学，看见这里一大片荒场，知道是房屋的旧基，尚有一戏楼残存着，地下尚躺着一大石匾，刻着"王氏享堂"四个字，莫须有先生，那时不满十岁的小孩子，每每对着这荒场中出神，对着残存的戏楼出神，对着一大块石头出神，王氏享堂"这四个字是什么意义呢"？他很奇怪，大人们的字句为什么令他不解，他的心没有什么叫做"不解"了，何以字句的意义要长大了才懂呢？他的祖父是一位现实主义者，向来不谈神话的，惟独对于"王氏享堂"讲神话，"这祠堂是咸丰年间遭太平天国的兵燹的。哈哈，这祠堂风水不好，它是刚建筑起来就遭兵燹的。它一建筑起来就要跑反！"莫须有先生，一个小孩子，听了这些话，很不懂，什么叫作"跑反"呢？有时他家里来了一位客人，他叫他叫"炭叔"，炭叔的皮肤非常之黑，莫须有先生很喜欢他，祖父说他是古角山的人，"从前我在他家里跑反，后来就当亲戚走了，现在走了两代"。这是莫须有先生听到"跑反"二字的又一个机会。莫须有先生小时神秘的憧憬很多，"王氏享堂"与"跑反"各居其一了。常常同了许多同学在那残存的戏楼下面唱戏，捉迷藏，谈故事，天地之间一旦觉得鸦雀无声，则小人儿是忽然有一种恐怖的心理了，大家一哄而散了。莫须有先生后来听他的朋友古槐居士俞平伯唱昆曲声音拖得很长很，"似这般都付与断井颓垣"，很可以说得他小时的神秘了。稍大，黄梅县盛传，"姓王

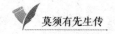

的要修王祠堂了"！姓王的是大姓，修王祠堂是大事，盛传的空气
可以想见了。而莫须有先生不知何故亦大喜。莫须有先生小时大喜
之事甚多，此其一了。后来姓王的果然修王祠堂，但同普通的工程
一样兴工，要慢慢地，要一个一个的木石匠人，要大木，要砖瓦，
莫须有先生反而觉得天下事不足奇，并不及他们在残存的戏楼下面
唱戏捉迷藏多情可爱了。而且修王祠堂较普通工程更是慢慢地，一
月过去了，一年过去了，又一月过去了，又一年过去了，而王祠堂
依然没有成立起来，只是"王氏享堂"这块石头安放到大门上面去
了，莫须有先生这时乃懂得这四个字的意义了，而同时使得莫须有
先生失望，"这等于一块招牌，有什么意思呢"？以后莫须有先生
对于正在建筑的王祠堂已不感兴趣了，视之若无睹了。后来到武昌
去住中学，有一次放暑假回来，王祠堂已经落成了，莫须有先生乃
以一个观成的心理走进去看，因为已经到过汉口，看见过大洋房
子，看见过大柱石，王祠堂并不怎样了不起了，而且有点看不起这
封建时代的建筑物了。从王祠堂出来，乃到都天庙去看看，都天庙
里面照例有闲人在大门内南面而坐纳凉，凉风从古以来是"寡人与
庶人共者也"，所以这里的空气很可爱，加之以莫须有先生的回忆
更可爱。闲人当中有一李姓老头儿向莫须有先生说话道：

"王祠堂建不起来的。"

老头儿知道莫须有先生从王祠堂出来。

"它不已经建起来了吗？"

"它建起来天下就要大乱，就要跑反，它就要毁掉的。"

莫须有先生，一个中学生，一个少年，大凡少年与老年人不
同，新少年更与乡下老头儿不同，其不同之点可以说是历史态度
了，说得更确切些，一是不知有命运的，一是世间除了命运别无意
义的。所以莫须有先生听了李老头儿的话，除了看着老头儿有趣而
外，并没听见什么了。孰知事隔三十年的今日，在暴日侵略中国的
战争之中，王祠堂已成灰烬了，莫须有先生在它面前走路，忽然之

间仿佛在一个神的身边走路，叫莫须有先生记取他的预言了。这预言并不是说王祠堂一建立起来天下就要大乱，而是预言世间总有战争，莫须有先生小时所不懂的事情现在懂得了，小时他经过瓦砾之场，总是不明白，明明是许多大房子，如他自己家里的房子，何以成了瓦砾之场呢？原来是因为战争，战争便把建设都毁掉了的。莫须有先生乃真有"破坏"的确切的意义了。再一想，"王祠堂一建立起来天下就要大乱"，也确乎是真的，莫须有先生现在也有了一次的经验，安知李老头儿不同莫须有先生一样也有他的一次的经验呢？安知李老头儿不同莫须有先生一样也听了李老头儿以前的老头儿说了他一次的经验呢？那么经验为什么不可靠呢？我们知道明天早晨太阳从东方起来，不也是相信昨日的经验吗？于是莫须有先生有些害怕，仿佛小孩子黑夜怕鬼怪一样，我们说他是空虚，小孩子是有他的切实之感了。我们凭着理智所斥责的迷信，大约都是经验了。一个人的经验是无法告诉别人的，世间的理智每每是靠不住的了。王祠堂将来还是要建立起来，将来还是有战争的，王祠堂简直是世间的命运了。莫须有先生今天知有此事，正如我们知有明日。莫须有先生又记起一个思想家的话，人的痛苦不能传给人，我们在战争中所受的苦不能告诉我们的子孙，所以我们的子孙还是要打仗，正如小学生要打球一样。这话当然不错，不过这话还是凭着理智，非经验之谈了。莫须有先生穿过县城一遍，如梦中走过现实，走得非常之快，他不忍见人间的惨了，他不忍见人间的苦了，他不忍见人间一切都是不可避免的了，他不忍见在"死"未来以前"死"简直是不可知，所以城内的许多人，都是劫后余生，在饥寒之中，在瓦砾之中，在恐惧之中，在求生了！大家心里所觉得唯一的安定的，是敌人打游击刚退，今天不会再来了。莫须有先生进东门，出南门，在出南门的时候，是徘徊于王祠堂的荒场之后，绕了几十步道，又看见了另一个荒场，曾经是三间茅草屋，主人两老者，是莫须有先生的近族，现在都死了，因为这次战争而死了。这

三间茅草屋也等于莫须有先生的幼稚园，莫须有先生小时常跟着母亲在那里串门子，侄儿辈又跟着祖母在那里串门子，莫须有先生的大侄子已长成大人了，曾经有一篇作文便是纪念这荒场的，题为"茅屋"。莫须有先生对其族叔亦曾有一挽联。

此老为栽花养鹤之客
这时离人间地狱而归

此老是饿死的。世上没有人更比他对于患难持着淡泊态度了。也没有人更比他令小孩子感得亲近了。

莫须有先生出南门尚得经过岳家湾再往紫云阁去。岳家湾是莫须有先生的外家，也是莫须有先生的岳家，距马王桥不及半里，稍偏，其与县城的距离较马王桥尚近。紫云阁由马王桥直走，距马王桥一里许。莫须有先生此来除了安慰老父亲而外，本来也要去安慰其岳母即舅母的，那是二舅母。还有三舅母，此次敌人打游击，莫须有先生在龙锡桥打听消息时，听说三舅母给敌兵刺伤了，莫须有先生十分罣念，更是要亲自去问安了。外家的老人现在只在二位舅母在。莫须有先生进入岳家湾，首先是见岳母，首先是问三舅母，从岳母口中知道三舅母伤甚轻，已经可以起床了。莫须有先生敬重三舅母是一位民族英雄，独子挈了妻儿逃到湖南避难去了，留了六十岁老母在家，老母含辱茹苦，使得这个家不毁灭，首先是房子，其次是田地，等待战事解决儿孙再归家了。这个目的后来达到了，而且家因了母亲的苦而繁荣了。莫须有先生的这位表弟，早年失父，田产大半典卖了，民国二十八年以后，母亲一人在家，消费少，法币贬值，农产物价高，于是以前典卖值价的数目微乎其微，母亲一年一年的都赎回来了。三十五年夏表弟挈妻儿归家，比二十七年出门时多了三口人了，而莫须有先生的三舅母家有余粮。至于房屋与家具，无丝毫损失了。三舅母在这期间所受的苦与惊惧，只有莫须有先生背地里叹息，他称她为民族英雄。说起这回的受伤来，后来三舅母讲故事似的详详细细地讲给莫须有先生听，莫须有先生觉得他应该学司马光做《资治通鉴》，把三舅母受伤的经过记下来的。日本人到一个村子便是要女人，岳家湾的青年女子临时都逃了，只有几位老祖母在家，这还是人间的人，是人间的老祖母；另有圣徒，即是孀妇，青年孀居，现在儿子都养大成人了，替儿子娶了媳妇了，儿大与媳妇必得逃，自己则坚决不逃，因为家里的房子要紧，农具要紧，儿辈的前程要紧，自己中年妇人的生命算什么呢？身体更算什么呢？所以也不逃，死守其家不去。结果是受辱了。莫须有先生见之总有神圣不可侵犯的感觉，其价值应超过民族英雄的地位了。老祖母们则是民族英雄。日本人，三舅母说，他们的凶狠的相貌便是牛头马面。（莫须有先生因之想，发动战争的是各国民族的罪人，教育是引国民向人的道路走，战争则驱国民而为牛头马面！）几位老祖母，像羊群一样，无论如何不肯散，要死便在一块儿死，而日本人拿着刺刀而不杀，他们有人类的口舌而不讲话，只是使眼色，只是做手势，并不完全因为语言不通，人到了只有兽性时大约没有语言了，于是越发像牛头马面。老祖母们不肯失群，于是他们驱之而入于一室，这时老祖母们便是可怜无告的羊了，战栗着。日本人做手势，也能说中国话；

"衣服！衣服！"

意思是叫老祖母们自己脱去衣服。莫须有先生的三舅母会意，答话道：

"脱衣服！脱衣服！"

这时是冬天，三舅母把衣服脱了，不怕寒冷了，狰狞的面孔一阵大笑，其中之一以其刺刀，三舅母说他像瞄准一样，向着三舅母一戳，于是三舅母倒地了，大哭了，日本人又一哄而散了。另外几位老祖母简直不相信这是真的，因为可怜的羊群怎么能脱险了。三舅母说她受伤甚轻，是故意倒地，把牛头马面驱走了。莫须有先生

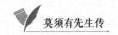

叹惜，中国人，一般做子孙的，不知道怎样替祖先表彰德行，他总替他的三舅母留一点记载了。

莫须有先生到紫云阁见老父亲，老父亲一见面便开口：

"小孩长得好？"

"长得很好。"

往下的话都不用得说了。莫须有先生觉得老年人非常之得要领，而且佩服老太爷天钧泰然，他老人家对世事都不复存希望，自己也不怕死，死在炸弹之下，死在枪弹之中，都听命，只希望孙辈长得好。他说他幸福，个人已无可忧虑的，儿辈都能做人，国事无从忧虑了。媳妇跟在老人家身边，相依为命，老人家倒是做了她的拐杖了，她也做了老人家的耳目。莫须有先生很从老太爷那里学得悠闲，学得周到，而且学得大公无私了，而且学得以人为主不以自己为主，最后一层尚学如不及，因为莫须有先生有时强人与自己同，老太爷说这是不可能的，各人有各人的性情，"你未免太热心了，是没有益处的"。大公无私者，父母之心是公心，诚如乡下人说的，"手掌手背都是肉"，父母对于子女没有偏爱，有时益此而损彼，是应当有所损益，正是公心了。是的，根本对于枝叶是公的，那么枝叶不应该相远了，本是同根生。莫须有先生曾向一兄弟众多的族人说话道："你们不要吵架，体贴父母爱你们的心便能同心。"莫须有先生是从自己的老太爷处心积虑上面得有同心之感了。而自己的老太爷又确是没有思虑，天钧泰然，他说他无忧了。真的，"无忧者其唯文王乎"？匹夫也可矣无忧。家庭经寇乱，一空如洗，老人无难色，旁人也不觉得他困难，都羡慕他了。

同日长孙也从北乡山中来了，回来安慰祖父，因为祖父最爱他，故他来。他是高中学生。

"你父亲好？"

祖父问他。他说他父亲好，父亲命他来。他名叫健男。

于是三人相对于一室，相对于无言。都等老人的言语。健男这孩子最能不说话的，他可以陪着祖父终日不言语，倘若只有同祖父两人在场，他来得非常之自然，一点不急躁，很为难得。有莫须有先生在场，则先生不知何许人也，亦不详其姓氏，有志于老者安之，少者怀之，于是体贴老人家的心，一心把老人家丢在一旁，专门同小孩子谈今说古，谈作文的事情，弄得老人家慢慢地卧榻上睡着了。及至老人家睡醒了，他们两人还在那里议论纷纷，老人家心知其意，他们这样也等于程门立雪，老人家乃去买菜。头一天没有什么可买的，因为时间晚了。第二天清早，乃由一短工特地从城里街上买了一尾大鳜鱼回来，两方面盖都是山中来人，久矣不知鱼味了。老人家亦久矣不知鱼味了。

接连几天天天大雪，是十年没有之大雪，莫须有先生住在紫云阁里，甚感风趣，仿佛不食人间烟火，而在一个凄凉的庙里有家之温暖了。这里也有水，也有火也有乱世不容易有而老人应该吃的肉，老人是买给儿孙吃的，老人自己先下箸了。外面大雪一尺深。佛前灯暗殿中明。道姑则同守财奴一样，专门想发财，她是因为想发财而住庙了。此庙有六亩田，于是弃佣工之业，作出家之业，从此可以有六亩田了，自己辛勤辛苦便可以有积蓄了。莫须有先生有学佛之诚，但他不知道如何度人，即如紫云阁的道姑，佛不知怎样度？

已经是腊月二十五日，差五天乡下人过年了，雪不止。老太爷催莫须有先生回龙锡桥，因为要到那里去做家主。健男则留在紫云阁过年。莫须有先生颇留恋紫云阁，即是留恋天下雪，雪下得那么大，而人在家里如同炭火在炉内了，大有深意存焉。道姑忽然向莫须有先生有所要求，要莫须有先生替此庙写春联。莫须有先生欣然许之。他瞥见旧联上有一盏明灯四个字，大有所启发，乃信口吟成，命健男书之：

万紫千红皆不外明灯一盏

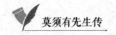

高云皓月也都在破衲半山

腊月二十八日，老太爷催莫须有先生走了，而且雇人挑了过年吃的东西去。这天雪仍不止，数十里雪路徒徒博得纯看见爸爸从祖父那里回来的欢喜了。

龙锡桥油面有名，莫须有先生为得感激紫云阁道姑起见，买了油面托来人带去。除夕之夜道姑吃油面过年，感激莫须有先生不尽，要自己拿钱去买便舍不得了。

第十三章　民国庚辰元旦

"龟言此地之寒，鹤讶今年之雪"，这是庾信《小园赋》里面的两句文章，莫须有先生常常在人前称赞。但听之者每每不能同意，其开明者亦只能让步到这个地步："经了你的解释确是很好，但庾信文章未必有这么好，恐怕是你的主观。"在他未让步以先，是说庾信的文章不行了，尽用的是典故。莫须有先生对此事十分寂寞。中国学文学者不懂得三百篇好不足以谈中国文学，不懂得庾信文章好亦不足以谈中国文学。这里头要有许多经验，许多修养，然后才能排除成见，摆脱习气，因为中国文学史完全为成见所包围，习气所沾染了。有成见，染习气，乃不能见文学的天真与文学的道德。庾信文章乃真能见文学的天真与文学的道德罢了。一天真便是道德。天真有什么难懂呢？因为你不天真你便不懂得。若说典故，并不是障碍，你只要稍稍加以训练好了。即如龟言寒，鹤讶雪，我们何必问典故呢？不是天下最好的风景吗？言此地之寒者应是龟，讶今年的雪大莫若鹤了，是天造地设的两个生物。一个在地面，在水底，沉潜得很，它该如何的懂得此地，它不说话则已，它一说话我们便应该倾听了，它说天气冷，是真个冷。不过这个岁寒并不会令我们想到没衣穿，因为文章写得有趣，比庄周文章里的龟还要显得不食人间烟火了，庄周的龟还有点爱谈政治。一个在树上，在空中，高明得很，它该如何的配与雪比美，所谓白雪之白，白羽之白，所以鹤说："呀，好大雪！"是真个茫茫大地皆白了。所以莫须有先生常年读这两句文章时真是喜欢得很，他并不求甚解，即是不问典故，因为他已经懂得了。只是无心中他有一个很大的惊异，

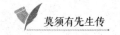

人决不能凭空地写出这样美丽的文章，因为眼前未必有此景，那么庾信何以有此美丽呢？莫须有先生说他说一句决不夸大的话，他可以编剧本与英国的莎士比亚争一日的短长，但决不能写庾信的两句文章。庾信文章是成熟的溢露，沙翁剧本则是由发展而达到成熟了。即此一事已是中西文化根本不同之点。因为是发展，故靠故事。因为是溢露，故恃典故。莫须有先生是中国人，他自然也属于溢露一派，即是不由发展而达到成熟。但他富有意境而不富有才情，故他的溢露仍必须靠情节，近乎莎翁的发展，他不会有许多典故的。若富有才情如庾信之流，他的典故真是取之不尽用之不竭，天才的海里头自然有许多典故之鱼了。这个鱼又正是中国文字的特产。因了这许多原故，莫须有先生最懂得庾信，最佩服庾信，可怜中国历史上很有诽谤庾信的人，那便叫做"多见其不自量也"了。莫须有先生有一回为得要讲《小园赋》，乃拿了注解翻阅，龟言句的典故是这样的，秦符坚时有人穿井得龟，大二尺六寸，背文负八卦古字，坚以石为池养之，十六年而死，取其骨以问吉凶，名为客龟。卜官梦龟言："我将归江南，不遇，死于秦。"鹤诹的典故更有趣，出自刘敬叔《异苑》，晋太康二年冬大寒，南州人见二白鹤语于桥下曰："今兹寒不减尧崩年也。"于是飞去。因为有这样的故事在意识之中，故诗人逢着要溢露的时候便溢露了，溢露出来乃是中国文章用典故。若外国文章乃是拿一个故事演成有头有尾的情节了。诗人的天才是海，典故是鱼，这话一点也不错的。海里头自然会有鱼，鱼也必然得水而活跃，此庾信所以信笔成文之故，他的文章不是像后人翻类书写的。莫须有先生是真真爱好别人的文章，自己是以谦虚为怀，德行才是自己的文章，决无一般文人的门户之见。而且莫须有先生总满怀有爱国的心肠，爱国总应该把国的可爱之点拿出来，文字是其一，文章是其一，庾信正表现中国文字中国文章之长，而且因为诗人天真的原故，正是哀而不伤乐而不淫，你们奴隶的八股家也难怪不懂得他了！说至此莫须有先生悲愤填胸，中国人算是不肖子孙，对于前人的遗产不能给以应得的荣誉，在外国文学史上那一个作家没有定评呢？莫须有先生现在未免太有教育家的精神了，说话每每说得很长，很重复，而且作文不喜欢描写，今天其实是应该描写天下雪的，而他记起庾信的两句文章，又在这里做了一番国语教师了。读者记得，我们上回正讲到岁暮，黄梅大雪，二十八年的雪一直下到二十九年元旦不止。莫须有先生坐在他的蜗牛之舍里头，而且老牛舐犊，抚着纯新年看天下雪了。今天早晨是莫须有先生第一个开门，开门则外面是一厚张雪白的纸，他的柴门白屋仿佛是画上的扁舟了，那么一点小地位。人的思想则伟大得很，其活动正相当于生物，没有时间空间的限制，而有这两句古典，"龟言此地之寒，鹤讶今年之雪"，要说人生可留恋，便因为文章可留恋。然而莫须有先生爱人生而不留恋人生，知道风景之佳而视之若无睹，倒是喜欢讲道理，喜欢自己总有朝气，所谓日日新了。何况今天是新年，何况此刻"倾耳无希声，在目皓已洁"。孰知小孩子今天最不高兴，因为今天是新年，因为今天下雪，穿了新衣新鞋而足迹不能越家门一步。表现寂寞的是慈，表现烦闷的是纯，表现不能帮忙的心情的是妈妈，妈妈替他们做了新鞋新衣今天都穿上了而天不晴不能让他们出门。妈妈道：

"纯，同姐姐就在家里玩。"

"我要出去！"

"你出去——看你到那里去？你看大路上有一个人走路没有？"

这时小小的心儿真有趣，它是一个野心，上面没有一条路可走，完全不是雪地的风景了，是烦闷的小天地。莫须有先生的宇宙观，人生观，过去与现在与未来，何以完全与它不冲突呢？而且大人者不失其赤子之心呢？莫须有先生同纯道：

"我从前做小孩子的时候也是一样，巴不得过新年，过新年穿新衣，穿新鞋，但最不喜欢过新年下雪或者下雨，关在家里不能出去。"

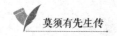

纯对于爸爸的话不乐意听，他觉得爸爸的话不是同情于他，是取笑于他了。倒是妈妈同情于他。妈妈因为昨夜除夕"守岁"，没有睡眠，慢慢地坐在椅子上栽瞌睡了，于是纯在他的烦闷的天地里越是没有倚傍，莫须有先生徒徒自己心地光明，同雪地一样明朗，同情于小孩子，但觉得烦闷有时也是一种天气，让他自己慢慢地晴好了。妈妈在寤寐之中也还是以小孩子的心事为心事的，忽然欲张开睡眼而睡眼无论如何非人力所张得开，闭着眼睛说梦话道：

"天还没有晴吗？"

这一来纯同慈大笑了，而且纯的天气忽然晴了，向着妈妈说话道：

"妈妈，天晴了，——刚才鸡啼了，你听见没有？"

"听见。"

"哈哈哈。"

"纯，你的新票子给我看看。"

纯同慈各有一元一张的新票子两张，是"压岁钱"，只可以留着玩，不可以花掉，要花掉须待新年过完之后由各人自己的意思了。莫须有先生叫纯把他的新票子拿出来看看。纯便拿出来看看。纯把自己的拿出来了，而且要慈把慈的也拿出来，说道：

"姐姐，你把你的压岁钱也拿出来。"

慈对于此事无自动的兴会，只是模仿纯的动作，而且助纯的兴会罢了。莫须有先生拿着纯的新票子同他说话道：

"这是什么东西？"

"钱。"

"有什么用处？"

"买东西。"

"你自己上街买过东西吗？"

"没有，我要什么东西爸爸给我买。"

"你为什么喜欢它？"

"是我的压岁钱。"

纯说着又从爸爸的手上把自己的新票子接过来了。纯的空气热闹了，而莫须有先生感着寂寞了。莫须有先生感着寂寞，是觉得"心"真是一个有趣的东西，而世人不懂得它。不懂得它，故不懂得真理。而真理总在那里，等待人发现。贪是最大的障碍。障碍并没有时间没有空间，你能说贪从什么时候起呢？就经验说，纯是不应该喜欢钱的，因为他没有用钱的经验，然而小小的心灵喜欢钱，正是贪。所以贪不是经验来的。要说经验，不是四五岁小孩子的经验。唯物的哲学家将说是父母的遗传。这话该是如何的不合理！说一句话等于没有说，无意义！父母不也做了小孩子吗？再追问下去呢，故话等于没有说。须知我们有不贪的心。不贪的心好比是光明，贪则是黑暗罢了。我们为什么不求光明，而争辨于黑暗的来源呢？试问黑暗有来源吗？只是障碍罢了。这便是佛教。这便是真正的唯心论。争辨于贪瞋痴的来源者正是贪瞋痴的心，正是唯物。心是没有时间空间的，心无所谓死与生，正如黑暗无所谓昨日与明日，光明亦无所谓昨日与明日，——你能说这个黑暗从什么时候起吗？光明从什么时候起吗？同样贪是从什么时候起，本来没有起点了。而世人则以"生"为起点，正如看见阳光，于是说今天早晨六点钟的时候太阳出来了！这话该是多么的不合事实。纯虽是小孩子，而喜欢钱，他对于一张新票子的欢喜，并不是对于一张纸画的欢喜了。你给一张画他看，他如果不喜欢这画他便不要的，你给一块钱他，无论是新的票子旧的票子，他无条件的接受了，而且认为己有了。这个贪心便是世界便是生死，不是区区小孩子四五年光阴之事了。这是真理，这是事实，但无法同世人说，"下士闻道大笑之"，故莫须有先生寂寞了。莫须有先生的寂寞又正是"学而时习之不亦说乎"，本来"不笑不足以为道"，否则我们大家都无须乎用功。若不贵乎用功，则眼前的世界有什么意义呢？眼前的世界便是叫人用功。莫须有先生总想训练自己的两个小孩子信道理，即

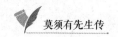

使智不足以及之。信便是听圣贤的言语而能不笑之。这是天下治乱的大关键。今日天下大乱,人欲横流,一言以蔽之曰是不信圣人了。

慈附和着纯,把她的两张新票子也拿出来递给爸爸。莫须有先生拿了慈的票子却毫无感情,因为慈的这个作为本来无感情,她是模仿动作,她是为助纯的高兴。慈喜欢用钱,没有钱的时候亦可以不用,但用钱的时候决不舍不得;因为她喜欢用钱,她乃不以藏着钱为喜悦,故他对于压岁钱无感情了。爸爸给压岁钱她的时候,她不像纯狂喜,她也不论是新票子是旧票子,新票子她也拿在手上看了一看,同看一张画一样,若是旧票子她便拿着向口袋里一塞了。好比爸爸给钱她买教科书,毛钱票有时肮脏到极点,拿在手上真是满手的尘垢,慈拿着便向口袋里一塞,莫须有先生很是奇怪,好好的女孩子为什么不怕脏呢?若莫须有先生则另外用一张纸把脏票子包裹着了。莫须有先生固然不应该有洁癖,他最不喜欢脏票子同他亲近,慈也确乎不应该不怕脏了。掉过来说也对,莫须有先生有时又最不怕脏,如果是他煮饭,吃了饭他必定洗家伙,有时又在茅房里打扫,而慈又未免不喜欢工作,有点怕脏了。所以莫须有先生到处给慈过不去,总是施之以教训,有时刺刺不休,莫须有先生太太则曰:“你们爷儿俩又在那里吵架了!”于是慈大笑了。莫须有先生又很喜欢她的纯洁,她的不怕脏正是她的纯洁,她简直没有分别心,她写字连字都不记得,总是写白字,却是一篇好文章了。她在文章里常说云霞是太阳的足迹,草上新绿是雨的足迹。莫须有先生觉得学生当中很少有人及得上慈的纯洁的思想。她作事有时同做梦一样,用钱有时也同做梦一样了。纯则看得很清楚。他喜欢他的新票子,他要保存他的新票子,后来他的新票子,连祖父,外祖母,姑祖母,舅舅给的压岁钱一起,给妈妈借去用了,一年之后要爸爸清还,那时社会上已用大票子,有五十元一张的,有百元一张的,莫须有先生给他百元一张的了,他大喜。然而纯也并非悭吝人,只是他是一个经验派,他倒很喜欢听莫须有先生讲道理了。

"纯，你把你的压岁钱给我，你肯吗？"

"不肯。"

"奇怪，人为什么这么舍不得？"

莫须有先生说着笑了。

"真的，人为什么这么舍不得？"

"我的我给你。"

"我不要你的。"

慈的新票子又拿在慈的手中，她递给纯，纯不要了。

"爸爸，雪是什么时候上去的？"

纯忽然望着门外空中正在飘着的雪问着这一句话。此话令莫须有先生大吃一惊，起初是不懂得话里的意义，连忙懂得了，懂得了纯的话，而且懂得道理是颠扑不破的，纯的话并不是童话，是颠扑不破的道理了。莫须有先生且笑着答复他：

"雪是天晴的时候上去的。"

"天晴的时候那里看见雪呢？"

"雪是天气冷，雨水凝结成的，雨水是天晴的时候水蒸气上到天上去凝结成的。"

"不错。"

纯说爸爸的话说得不错了，他懂得了。

"慈，刚才纯问的话你懂得吗？"

"起初我不懂得他问的什么，后来听见爸爸的答话，纯再问爸爸的话，我才懂得他的意思，我觉得他问的很有意思。"

"他的话令我想起许多事情，我告诉你，人是有前生的，正如树种子，以前还是一棵树，现在又将由种子长成一棵树，前生的经验如树种子今生又要萌发了。生命非如一张白纸，以前什么也没有，现在才来写字。如果是一张白纸的话，纯今天便不会问雪是什么时候上去的，因为他应该只是接受经验，看见下雪便记着下雪的事实好了，那里有'雪是什么时候上去的'事实呢？他问着这一句话，

255

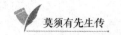

他仿佛毫不成问题的，雪有上去的时候，只是他不知道什么时候上去的罢了，这不是因为他有许多经验吗？经验告诉他什么东西都是先上去然后下来，如飞鸟，如风筝，如抛石坠石，……但这些经验未必是一个小孩子的经验，他不会对于许多事情用心，我认为是他前生的经验。你相信不相信？"

"我相信。"

慈微笑着答，她确是相信爸爸的话了。

"所以小孩子喜欢钱，也是前生的贪，今生又萌发，若照小孩子说他确是不应该喜欢钱的。据我的观察，小孩子对于玩具的爱好，尚不及于对于钱的贪，你夺过他手上的钱他真是舍不得的。便是我现在，我还是很有舍不得的种子，确乎不是一生的事情，真要用功。"

莫须有先生只讲这一半的道理给慈听，还有一半的道理他认为小孩子不能懂得，要懂得必得是大乘佛教徒了，都是因为纯的一句问话。那便是理智问题。理智是神，世界便是这个神造的。佛教说，"譬工幻师，造种种幻"，便是这个意思。世界是"理"，不是"物"。因为是"理"，所以凡属世界上的事实无不可以理说得通。因为不是"物"，所以唯独世人执着的物乃于理说不通了。又因为执着物而有世界，所以世界是一场梦了，是幻，这又正是理智所能说得通的。并不是求其说得通，是自然皆通了。什么都是理智的化身，谁都是理智的化身。今天下雪，是理智的化身。纯问雪是什么时候上去的，小孩子是理智的化身。眼前何以有雪的事实，没有用理智说不清楚的，如果说不清楚是你不懂得事实，乡下人所说的超自然的神或力，便是迷信了。小孩子何以会推理？一切东西都是先上去然后下来，现在雪既从空中下来，必有上去的时候，这个推理是不错的，所以他的话并不如大人们认为可笑了，正是理智作用。唯物的哲人以为推理是从经验来的，他不知道他的"经验"的含义便不合乎推理，正是理智所说不通的。经验正是理智的表演罢了。换一句话说，世界是理。理不是空的理想，小孩子便是理的化身了，他会发光明的。故他对着眼前的世界起推理作用了。从此他天天用功，中人以下向"物"用功，也还是推理，还是理智，他不知道他是南辕而北辙了，可怜以理智为工具而走入迷途，而理智并没有离开他，所谓道不远人，人之违道而远人。中人以上向"己"用功，便是忠，而忠必能达到恕，即是由内必能合乎外，内外本分不开的，所谓致知在格物。到得用功既久，一旦成熟，便是物格知至，这时世界是理智。中国的话大约还不能完全这样讲，但趋向如此，即是合内外之道。印度的色即是空，空即是色，受想行识亦复如是，完全是这样讲了。这里理智是一切。一切都是理智假造的了。知道"理智假造"的意义，才真懂得宗教。纯大约还近乎一张白纸，范畴是他自己的，经验慢慢地填上去，故他看着雪问了一句大人不懂的话，莫须有先生暗地里惊异了。道理本是颠扑不破的。

　　下午天晴了，太阳出来了，太阳一出来便从应该出来的地方出来了，而人们因为多日不见他的原故，乍见他在西方露面出来，大家共同有一个感觉，"太阳在那里"！仿佛太阳不在那里也可以了。其实天下那里有那样不合规则的事情呢？太阳出来是从应该出来的地方出来，他并不是代表世间的时间，他是代表世间的规则，他不会早睡或晏起的，他总是清醒的，只是我们对他有时有障碍罢了。天晴了纯便要出门，但出门便非常之湿，地下都是雪，而今天出门又非穿新鞋不可，事情便很为难，然而纯无论如何是室外的心，室内则是不可遏制的烦闷了。他同妈妈吵，同姐姐吵，甚至于同莫须有先生吵。他一旦同莫须有先生吵时，则理智完全失了作用，同时也还是理智，因为他知道他的不是了，但要胡闹了。于是莫须有先生想法子替他解决困难，问他道：

　　"你要到那里去玩呢？"

　　"我到顺哥家里去。"

　　"好的，我来替你扫雪，把门口扫一条路出来。"

莫须有先生说。

"今天不能随便到人家家里去，要正午以前先去拜年，人家还给糖粑你吃，拜了年以后再随便去可以，——现在天晚了，顺哥家里也不能去！"

莫须有先生太太说。

"我是小孩子。"

"小孩子也要讲礼。"

莫须有先生太太坚决地说。但顺在那边都听见了，他赶忙拿了扫帚出来扫门外的雪，表示他欢迎纯到他家里去玩。顺没有料到他一出门竟同莫须有先生太太见了面，莫须有先生太太正在那里倚门而望，于是见了面连忙又低头了，低头而面红耳赤，因为明明看见了而佯不见了。是礼也。新年见面要正式见面的，要特为来拜年的，不能遇诸涂的。莫须有先生太太心知其意，而且谚云，"人熟礼不熟"，也便不招呼顺了，只是年纪大的人诸事老练些，便是渐自然，非若顺之面红耳赤了。而纯也连忙站到门口来，喊顺道：

"顺哥！"

他不是新年见面，是平常见面便招呼了。于是顺无论如何不抬头，只是低头扫雪，但也答应纯：

"你来玩。"

这样说话是同小孩子说话了，非正式说话了，等于今年还没有开口同世人说话了。至于莫须有先生太太，始终站在门口，笑而不言心自闲。莫须有先生从室内把光景都窥见了，他没有料到乡人竟这样不肯从权。他爱其天真。

顺把两家之间扫出了一条路径，而且照着小孩子的脚步的距离铺以石头，于是纯一跃过去了，其心头的欢喜不知到底唯心能解释，唯物能解释，若唯物能解释则关系便在室内与室外，跨过门槛便是欢喜了。陶渊明亦曰："久在樊笼里，复得返自然。"那么樊笼与自然非同样是物乎？何以有两个心乎？

纯出去了，慈也要出去，于是又不知道是唯心能解释，唯物能解释，若唯物能解释，此刻的物与此刻之前之物有什么不同，何以慈忽然心猿意马起来？若唯心则心本来是瞬息万变了，樊笼与自然同样是心了。慈要出去，征求妈妈的同意道：

"妈妈，我也去，好吗？"

"你去，去照顾纯，——过新年不要乱说话，要说吉祥话。"

妈妈叫慈去了。刚才纯去的时候，妈妈也嘱咐他"过新年不要乱说话，要说吉祥话"了。

慈走进顺的家里，看见纯手中拿了好几块大大的糖粑，一双小手把握不住，便上前去照顾他道：

"小心，别丢了！"

因了慈这一命令，纯便反抗，因之他顿时得了语言的自由了，刚才他完全处于拘束之中，不知怎么好了，——人家给我东西我怎么办呢？要呢？不要呢？怎么能要得许多呢？不要许多，你为什么给我许多呢？慈挽着他的手叫他小心别把糖粑丢到地下去了，他大声反抗道：

"妈妈叫你不要乱说话，你乱说话！"

顺夫妇都笑了，喜纯之善于解脱自己。其实他总是反抗慈，慈也总是命令他，尤其是慈持着姐姐的地位爱发命令，莫须有先生常常笑她的命令每每无效了。真的，人一有地位便爱发命令，而反抗多少要有点反抗精神了。

纯兜着糖粑跑回家去了，他给妈妈看，交给妈妈："凤姐给我许多糖粑！"纯只有今年才真正的有了受拜年礼物的经验，去年正在敌人打游击中过年，更以前便不记得了。

莫须有先生太太把凤制的糖粑摇了些许放在口中试一试，说道：

"大倒大，也甜，炒米不脆。"

纯的味觉完全不用事，只是占有心，欢喜心，把人家给他的东

西都交给妈妈，他又跑到顺的家里去了。

莫须有先生太太把纯赚来的凤制的糖粑摺一片给莫须有先生尝尝，而且笑道：

"青年人，把糖块做得这么大，五块糖粑可以做得十块，要给人那里有许多给的！"

"是的，所以青年人天真可爱，同时青年人也决不能办事。"

"她大约也只给纯，其余的便是她一个人吃，连顺也未必给。"

是的，懒人便必贪吃，贪吃便必舍不得给人，凤除了给纯五块糖粑而外，其余的便没有确切的账目了。事隔数月之后，莫须有先生太太尚同莫须有先生谈及此事，说道："过年我们打了十斤糖，我们该做了多少人情！还有你吃，你有纯吃的多！她也打了三斤，除了给了纯五块而外，她的糖都到那里去了呢？不都是她一个人吃了吗？"所谓"打了十斤糖"的糖便是饧，饧结成坚固的块儿，卖之者挑一担，一担便是两大块，谁买便从两大块上面敲打下来，故买糖曰打糖。打了糖再拿回家去加火熔化，和着炒米搓为糖粑。莫须有先生太太向莫须有先生说此一番话时，是有感慨于顺的媳妇儿即懒凤姐之贪吃，初无意于讽刺莫须有先生，而无意之间把她自己制的糖粑的报销说出来了，莫须有先生同纯吃的一般多，弄得莫须有先生很难为情，于是莫须有先生太太大笑了，而且找补一句道：

"你真同纯吃的一般多。"

说这话时，莫须有先生太太倒很有一点痴情，仿佛"我自己名下的都让你吃好了"！然而莫须有先生太太为妻之情远不及母爱的伟大，因为她自己完全没有吃糖的心了，她简直没有这个感觉，事实上莫须有先生太太除了吃饭而外她自己做的一切东西有沧海之多而自己吃的渺不及一粟。她所做的人情有泰山之重了。莫须有先生起初听了太太的话："你有纯吃的多！"确实有点羞色，转瞬之间毫无惭愧之意，他不以他喜欢吃糖为可耻，确实觉得自己是孟夫子说的"大人者不失其赤子之心"，这个贪字很容易去，不比贪肉食。他简直因为喜欢吃糖的原故，他觉得他可以学伯夷叔齐，不贪而食固然有趣，不食而饿于首阳之下也很有趣，莫须有先生却是没有饿死的意思，只是仿佛可以使得百世之下顽夫廉懦夫有立志了。他本是佛教徒，喜欢投身饲饿虎的故事，但因为是中国人，中国人都喜欢鬼混，故他常常觉得何日天下大乱他便来学一学伯夷叔齐了。

　　纯再到顺家去的时候，他感得冷落，因为顺同凤都在那里招待慈了，不再同他打招呼了。凤今天戴了一顶新帽子，丝绒的，是莫须有先生太太送给她过新年的，所以她新年戴上了。她以前不但没有戴新帽子，简直从来不戴帽子，即是说她连旧帽子也没有了。慈同戴了新帽子的凤姐在那里享受宾主的光荣，真是光荣之至，慈从来没有人把她当宾，凤从来也没有人把她当主了。平常上凤家来的人，来便来，去便去，简直不理会她，可见她，虽是主妇，完全是小孩子的地位了。也很少有人到她家来，除了一二妯娌，新年更绝对没有人来了。她只知有己而不知有人，乡下妇人都只知有己而不知有人，不过凤连顺也不知为不知，即是说她连夫也不知有了。好比他们两人公用的粪桶（顺家没有茅司，不知是没有地皮的原故，是懒的原故？据莫须有先生的观察是懒的原故），总是顺倾倒，便是她有己无人的反证。今天她确是有做主人的意思，不知是戴了新帽子的原故，还是今天新年家里来了客的原故？乡里人则这样说："自从有莫须有先生到这里来住，这个地方热闹起来了，连凤也变了！"以前的凤是个什么样儿，虽然不知其详，总之她没有做过主人了，她家里没有来过客人了。现在慈来了，她拿了吃饭的碗倒给慈一碗茶，慈因为没有做过客人的原故，非常之不惯，其不惯之原故又可以有二，一是吃饭的碗大，她从来没有用这样大的碗喝茶；二是今天做客。于是主宾二人相视而努力不笑。因为努力的原故，不成功，便大笑而特笑不能自休。慈说明原故：

　　"向来没有人同我讲礼倒茶我喝。"

　　"向来也没有人同我讲礼，倒茶我喝。"

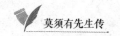

　　凤这一说倒无意之间把慈的笑止住了，因为慈接着不知道怎么办，她还是把凤倒给她的茶还送给凤算是她同凤讲礼不呢？她觉得此中礼有不足，但不能说明原故。总之主客之间只有一个杯子，虽说是讲礼，小孩子也有无所措手足之感了。出乎他们两人的不意，顺倒了一碗茶送给凤道：

　　"我同你讲礼，倒茶你喝。"

　　顺这一动作，可算是一部杰作，不但凤高兴。连慈也高兴了，屋子里的空气大为热闹了。然而纯在那里寂寞了，他把顺看了一眼，看顺对于他将如何。顺会意，连忙又拿一个吃饭的碗倒一碗茶，端在桌上，请纯道：

　　"小客人，我家的碗太大了，——这里喝茶。"

　　纯非常之得意，连忙上前去，守着他的地位，谢道：

　　"顺哥，谢谢你。"

　　顺自己也端了一碗茶在那里陪客了。

　　"纯，乡下有一句话，'礼多人不怪。'你今天几乎怪了我，是不是？"

　　纯知道顺这话是笑他了，但他还是高兴得很。

　　凤也拿出了慈的一份糖粑，不过慈的一份儿不是拿回家去，是摆在桌上当茶点。慈也不喝茶，也不吃点心，两样都是形式了。而她的精神上十分快乐，因为人家对于她讲礼了。

　　纯慢慢地自己在那里玩，他已忘记了新年了，把顺家地下堆着的芋头摆来摆去，顺家除了一堆芋头而外别无长物了。

　　纯又自己唱歌，他到乡下来常常学乡下小孩子唱的歌，歌辞是这样两句：

　　　　渡河桥，鬼烧窑；
　　　　土桥铺，鬼开铺。

　　纯则总是唱一句，即"土桥铺，鬼开铺"。莫须有先生平日听纯唱此歌，颇感寂寞，他不会同儿童讲故事，说笑话，唱歌，纯所唱的歌未免贫乏了。同时莫须有先生又忆起自己小时也正是喜欢唱这歌，"渡河桥，鬼烧窑；土桥铺，鬼开铺"。他的儿童生活却丰富已极。纯现在又正在那里开口唱，他唱出"土桥铺"三个字，使得慈呆若木鸡，因为纯将唱出不吉祥的话了，新年到人家家里最忌说"鬼"的，而驷不及舌纯更正得非常之快，是他自己自觉的更正，他这样唱了一句：

　　"土桥铺，桂久昌。"

　　因为他知道土桥铺有"桂久昌"的铺子，所以他由"鬼开铺"的"鬼"字连忙转到"桂久昌"了。顺对于此事欢喜得不得了，他佩服纯得很，他逢人称赞纯会说话了。

　　这天晚上莫须有先生太太睡得很早，因为昨夜除夕她通宵未眠。莫须有先生关门睡觉时，他一个人站在门口望了一望，满天的星，满地的雪，满身的寒了。开了门又是满室的灯光。他相信真善美三个字都是神。世界原不是虚空的。懂得神是因为你不贪，一切是道理了。我们凡夫尚且有一个身子，道理岂可以没有身子吗？这个身子便是神。真善美是当然的。凡夫有时也发现得着了。如果只相信凡夫，不相信道理，便是唯物的哲学家。

第十四章　留客吃饭的事情

莫须有先生喜欢上街买东西，莫须有先生太太喜欢在厨房里做菜给客人吃。莫须有先生常常对于这两件事加以客观的批评，即是自己喜欢买菜，太太喜欢待客，都是为人而不为己，究竟谁的价值大呢？莫须有先生认为太太价值大些，她作事每每有惠于人，自己仍不免是个野心家罢了，徒徒买东西不舍不得花钱罢了。莫须有先生一觉得自己是野心，便是贪着世间，便惭愧无地了。他生平也有许多后来想起很足自慰的事情，即如二十七年冬没有棉衣穿，穿着老父亲的破夹袄，那时住在县城里，有一老姬在街上遇见了惊讶道："呀！这位先生，怎么穷到这地步？"莫须有先生听了毫不以为耻，不以为耻不难，所谓"是道也奚足以臧"，难于莫须有先生觉得他胸中有道理，难于他居于乡党之间完全是个乡下人，乡人喜欢同他亲近。本着这个心情，他觉得他可以乞食，尚不是诗人陶潜的乞食，而是比丘的乞食，乞食本身便是修行，便是人与人之间的道理了。他觉得他愈在穷困中，患难中，生活愈切实，那时心情可喜。一旦境况好些，可以拿钱上街买东西，虽然还不是富，确不是穷，因为他手里确是有钱了，有点像赌徒，以用完了为能事，于是买了许多东西了。手上拿了东西心里确是非常之贫穷的，人生在世不觉得生老病死苦，有何意义呢？这不完全是以人生为可留恋吗？不正是贪着吗？要说为得待客人，那要如英国的一位牧师的话，要贫而无告者，夜里无处投宿，你便应该好好招待他，做他的栖身之所，令他知道世上有同情心，但不是款待他的意思了。于是莫须有先生这样叹息，一个人对于俗务不可以太经手了，经手便有染着，便不免贪。孔子曰："吾少也贱，故多能鄙事。君子多乎哉？不多也！"话确是说得有意思，使得莫须有先生感激欲泣，自己生平总是忙于鄙事，确是因为贱，战前在北平当教员的时候也总是自己上街买菜，替太太做老妈子。君子确是不必做这些事，并不是故意把这些事让给别人做，这些事自然不落到君子头上了。释迦牟尼做皇太子就没有这些事做。佛教所说的"福报"是很有意义的。莫须有先生命定要做这些小人之事，远不如释迦牟尼一出家便出家的。（附注，出家是为得懂道理，并不是贪得一个东西；不出家也是懂道理，而最难离开贪的习惯。）这还是民国己卯腊月二十九日大早的话，那时天正下着大雪，莫须有先生从土桥铺提了买来的鱼，归途中这样发生感慨了。我们还不妨把他在土桥铺买东西的情形追记下来，因为莫须有先生一生也只此一度，以前买过白糖，这回又在土桥铺"办年"了。黄梅县年尾上街买东西谓之"办年"。莫须有先生于腊月二十八日从县城回龙锡桥，经过土桥铺时，看见土桥铺街上摆了许多大鱼卖，回来告诉太太道：

"土桥铺街上同太平时县城里一样，有许多卖鱼的，有许多大鱼。"

"有白鱼么？"

"有。"

莫须有先生说着便活现着许多白鱼，这些鱼虽然不在水里，莫须有先生一向作小说的丰富的想像便是水了。

"正月里我们应该请这里几位本家吃饭，他们都是晚辈，特意请他们来他们恐不肯来，他们一定来拜年，我们先把菜预备着，他们来拜年就留他们吃饭。乡下有什么吃的？土桥铺有鱼卖，最好，就是鱼肉两样，鱼又买两样，买大白鱼做一大钵鱼圆，鲤鱼总一定是有的，买大鲤鱼煮一个全鱼装一钵，另外一钵肉，一钵狮子头，共四个菜。"

龙锡桥有一家卖肉的，肉已经于腊月二十六日买回来了，合了

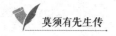

"二十六，买年肉"的谚，故莫须有先生太太只考虑着买鱼的事。连忙又道：

"明天要还是下雪，你怎么去呢？"

说着望着外面的大雪，人情的温暖与恩爱何以"自然"完全不能同意呢？而莫须有先生明天一定要去办年的，因为办年就只有明天一天了，后天三十日照例街上没有卖东西的了。就不说请客要办菜的话，家里两个小孩子，好容易盼到今年平安在乡下过年，能不买点东西么？而莫须有先生今天刚从城里回来，走了三十五里的长途，明天又要冒雪到土桥铺去么？莫须有先生大约因为走得乏了，他的豪放性格果然暂时束之高阁，懒懒地答道：

"明天再说罢，——明天也许晴了。"

在晚上睡觉的时候，莫须有先生太太还说了这句不完全的话：

"现在盐贵，很少有人做豆腐乳……"

莫须有先生知道太太是要做豆腐乳。太平时，盐贱，乡下人过年都是做豆腐乳的，故谚云："二十五，打豆腐。"二十五，即腊月二十五日。今年腊月二十五做了豆腐乳，可以供明年一年的甚至多年的不时之需。莫须有先生太太想做豆腐乳，而话不便出口，不便出口之故有二，一是盐贵，从前做豆腐乳是俭，现在则是奢；二，假使明日大雪呢，要做豆腐乳岂不等于吩咐莫须有先生冒着雪出门么？然而莫须有先生心知其意，莫须有先生之为人心知其意便放心不下，他便非体贴人把这事做好不可，所以无论正面或反面吩咐莫须有先生做一件事便无须再吩咐的，结果总是太太胜利的，即是说事做成功了。

"做豆腐乳要买多少黄豆呢？"

"做一窠要一斗，做半窠五升，现在做只做半窠，盐太贵了，——明天再说罢。"

这一说，莫须有先生太太实在觉得盐太贵了，现在涨到五角一斤。"明天再说罢"，同刚才莫须有先生的"明天再说罢"语气完全不同，莫须有先生重于说"去"，即是明天到土桥铺去；莫须有先生太太重于说不去，若说去，若天下雪呢，岂不等于吩咐莫须有先生去么？

二十九日大早，雪地里没有一个人走路，莫须有先生独行于往土桥铺的路上。由龙锡桥往土桥铺，要走一段蕲黄广一带有名的横山大路，山如长江大河，一路而来，路如长江大河的岸。此刻大雪则高山如天上的白云，不知是近是远，而路无人迹，只是一条洁白的路，由人心去走不会有错误的了，又仿佛是经验告诉你如此的。莫须有先生本着人生的经验如此往前走，走过三衢铺则把高山撇开了，即不走横山大路了，再是平野了，是黄梅县山乡一片肥沃的平野了。土桥铺之所以富足，便因为这个平野了。踏上平野，离了山，却有一小河流跟着走，这个平野之所以肥沃，便因为这条河流了。土桥铺之所以名土桥铺，实际上并没有桥，古时大约有桥，民国三十年以后由一新任乡长建了一长桥，便因为这条河流了。莫须有先生本来是一空倚傍独往独来的人，走在这个平野上倒觉得孤独了，水不知怎的不如山可以做行路的伴侣了，山倒好像使得自己没有离群似的，水的汩汩之音使人更行更远更孤寂。因为孤寂的原故，乃完全是感情用事，为什么这么的清晨一个人走在雪路上呢？有谁知道我的伟大呢？世界明明是有知，何以大家都认为无知呢？我不是做父亲我今天早晨不出来走路了，因为我自己小孩子的原故我要买点东西过年。我不是做丈夫我今天早晨不出来走路了，因为我体贴妻的心情要买鱼待客买黄豆做豆腐乳。她之为人事不如愿是不甘心的，无心之间要发脾气的。那么莫须有先生已经打定主意买黄豆了，只买五升，便是五升已有相当的重量，将怎么拿回呢？他望见后面有一挑柴的来了，心为之喜，他可以等一会儿，同挑柴人攀谈攀谈，他也一定是往土桥铺卖柴的，回头他可以托他把黄豆带回来了。莫须有先生这样想时，挑柴的——莫须有先生一见他觉得压在他的肩膀上的分量太重了，大雪里他额上完全是汗了。莫须有

先生便在道旁做一首白话诗：

> 我在路上看见额上流汗，
> 我仿佛看见人生在哭。
> 我看见人生在哭
> 我额上流汗。

　　莫须有先生在人群之中，即如此刻清早遇见一个人，每每感得人生辛苦了，有时牛马也辛苦了，但人生的语言是无用的，因为不足以说辛苦。而辛苦足以代表人生的意义，即是苦，即是人与人的同情心了。莫须有先生没有同挑柴人说话，因为他没有那样卑鄙，忘记别人的辛苦，记得自己的私事，彼此算是路人走过去罢了。这时土桥铺已经近在目前，走路人望见了目的地亦足以代表人生的意义，其事甚可喜，自己的跋涉明明有一个目的了，而且路上的寂寞只有同类可以安慰之了，故远远望见房屋就欢喜。见了面却又每每是仇人，莫须有先生很觉好笑，他虽丝毫没有仇人之意，但是事实，因为他首先遇见的是八月间莫须有先生向他买白糖的人。土桥铺只有此人开的铺子最大，他是开铺子，他是卖东西的，而他站在他的宽广的铺门口买东西，即是买柴。大清早是卖柴的时候，亦即是商人买东西的时候。他见了莫须有先生以莫须有先生的真名姓同莫须有先生打招呼：

　　"你先生这么早上街来了，请进来坐一坐。"

　　莫须有先生瞥见他店里有黄豆，就乘机进去买黄豆而已，至于那人为什么前倨而后恭，而且他今天何以认得莫须有先生，莫须有先生一概认为是没有价值的事了，他认为商人都不及农人可取。莫须有先生也确是不念旧恶。他向他问黄豆的价钱，比平时当然要高好些，因为黄豆是孔垅的土产，孔垅是敌区，运输不易。但还不是一个压迫性的价目，因为莫须有先生不久便忘记了。若盐涨到五角一斤，则莫须有先生感得压迫，故记得清清楚楚了。莫须有先生买了五斤盐，也在此家店里买的。你买五斤盐，显得你很阔气，你买五升黄豆又显得你不阔气了，那么你家只做半窠豆腐。莫须有先生看得出商人面上的表情了。莫须有先生自己解释道：

"我家人口少，有半窠豆腐就够了。"

莫须有先生这一解释时，自己觉得自己很可笑，自己在商人面前不能够"人不知而不愠"了，怕人家说他家贫了。

"先生从前在北京住得很久，现在到乡下来，委屈委屈。"

莫须有先生心想，他到土桥铺一共不知有几回，大约有五六回，第一回买白糖，最后一回是昨天从城里转头，再加之进城去那天的经过，已是明明白白三回了，中间有两三次来探听敌人打游击的消息，从什么时候起这位掌柜的已经注意莫须有先生呢？说起莫须有先生，本来乡人没有不知道的，未见其人罢了，其人在门前经过，有识者俟其人经过之后便街谈巷议了。商人印象最深，这位掌柜的更有一块银洋的印象，他还记得是一块"相洋"，即"袁世凯"，他贪了莫须有先生的便宜收进来了。"袁世凯"在这个商家里，据说可以汗牛充栋了，而他收的莫须有先生的一块，因莫须有先生之故，单独地留一个印象了。他今天对于莫须有先生改变态度，简直有点故意解释前嫌。而莫须有先生看不出他说话的诚意，微微一笑置之，赶快数钱，付他五斤盐五升黄豆的价值，以为赶快走出他的门槛了。而其时来了一位和尚买东西，和尚买蜡烛。莫须有先生偷偷地看了一眼。蜡烛不是拿给莫须有先生看，而莫须有先生喜欢看这个东西，故莫须有先生之看是偷偷地看了一眼。然而莫须有先生自以为非，非非礼勿视。他看了这蜡烛一眼，他是怎样的爱故乡，爱国，爱历史，而且爱儿童生活呵！因为他喜欢中国的蜡烛，他喜欢除夕之夜高高地点起蜡烛，儿时把他小小的心灵引得非常之高，真是陶渊明说的："即事如已高，何必升华嵩！"现在一切只待鸡鸣了，而鸡鸣就是红日了，今夜是一张漆黑的纸，画得人

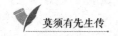

通宵不寐灯烛辉煌了。这和尚是五祖寺的和尚，他买的是一斤重的一枝，买了十枝。莫须有先生不问价目，他把一斤重的一枝买一枝。这一斤重一枝的红蜡拿在手上可以书以伟大二字，一夜的时间无论如何燃烧不完，莫须有先生小时家中所燃的是十二两一枝的罢了。莫须有先生要给他家两个小孩以自己之为小孩之喜悦，他无意中买得这一枝蜡烛了，他感激这铺家不尽。他索性把他所带来的钱都在这铺家用完好了，他叫他把黄豆与盐的账目划开，因为已经给了钱，另外再算账，看一起买了多少东西，要付多少钱了。买的是瓜子，糕点，木耳，黄花，香蕈之类。瓜子一项是莫须有先生太太吩咐买的。惟香蕈一项最贵，因为是江西福建来的，战时交通阻滞。而付了香蕈价值之后莫须有先生忽然记得他忘了一件大事，即是还要买鱼！而钱已不够用了。于是又把香蕈退了不买。莫须有先生说这话时面红耳赤：

"我还要买鱼，钱不够，香蕈不买可以罢？"

"可以，可以。"

其人动作敏捷，态度从容，把莫须有先生买去的香蕈又收回来，又打了一下算盘，退钱给莫须有先生了。莫须有先生这时感得没有钱便不能若无事然了，有时不能不在一个商人面前望洋向若而叹了，你看他是多么的不暇计较若无事然呢？而且他连忙替你解决困难，因为有一卖柴的卖了柴走进他家买盐，他向卖柴的说道：

"你替这位先生把东西带去，——莫须有先生，他同你走一条路，他替你把东西带去。"

"我还要买鱼。"

莫须有先生连忙说。

"我没有工夫。"

卖柴的连忙说。

"不耽误你，你先走，你只带这个篮子，另外这里有五升黄豆，带到龙锡桥冯花子家，叫花子送到先生家去。"

莫须有先生自己带了一个篮子来，所买的东西都装在篮子里了，五升黄豆另外拿手巾包着。事情便由掌柜的吩咐好了。莫须有先生再只用得去买鱼了，两手空闲了，仿佛从来没有写得这么一篇得意文章，文章交卷了，而毫不吃力了。莫须有先生这时心里很有心得，他觉得天生人各方面都有天才，办事也需要天才，这位掌柜的便算是天才，他把事情办得多好，他作事于人无损，于己有益，只是损事而不多事了。

莫须有先生不知他自己买鱼倒算得是天才，因为他不说价，只要他的钱够，只要鱼大，他太喜欢大鱼了，他完全是小孩子了。非得把这两条大鱼捉回家去不可。因为大得有趣，所以相当于鱼跃于渊了。两条鱼，在鱼市上都考第一，白鱼是白鱼的第一，鲤鱼是鲤鱼的第一。土桥铺的商人都注意集中在这两条大鱼上面，即是莫须有先生两只手上提的东西，刚才在鱼篮里，在两家卖鱼的鱼篮里还不怎样令人注意了，因为注意分散了。因为这两条大鱼的原故，所有土桥铺的掌柜的，所有土桥铺的小伙计，都看了莫须有先生一眼，这时他们已经很忙，已经在做生意，看了莫须有先生他们都微有闲情了，仿佛看见小说上的浪里白条了。也正因为两条鱼的原故，莫须有先生走到寂寞的路上忽然有一个很大的忧愁，也正是乐极生悲，人生在世总是贪着了，难怪佛教以出家为第一义了。到了家，见了太太，花子已经送来买回的东西，两条鱼则等于都交给纯了，因为纯在那里贪着看了。

我们再说今天的事情，今天是民国庚辰正月初二日，莫须有先生太太等候顺等候花子竹老等来家拜年，即是等候他们来吃饭。本来在去年是预备他们今年正月初一来吃饭的，莫须有先生太太忙了一天，一切都于去年腊月三十日办好了。还不是因为正月初一大雪的原故，而因为正月初一是闭日的原故，他们乃决定正月初二来。本来应该正月初三来，因为初三是黄道日，但拜本家先生的年，只要不是闭日便可以，不可以迟到初三了。竹老的媳妇如此说：

"到本家先生家里去拜年，不同在自己家里一样吗？你今天不也在自己家里坐着吗？要选什么黄道日呢？初一没有去，今天初二还不去吗？"

竹老本来是打算今天去的，但他向来意志不坚决，因了老婆的鞭策，便毅然决然地站起身来要去了，而且问他的独子五岁的小儿道：

"你去不去？——我知道你不去！"

五岁的小儿心里明白一切，但身子总是不动了。

"□儿，你也去，好不好？去拜莫须有先生爹爹的年，二奶奶还给糖你吃，——你真没有出息！——他不去你去！"

此儿因为常不同人见面，故名字忘记了。"二奶奶"是称莫须有先生太太。妈妈看着自己的小儿威胁利诱都不成的，于是又命令丈夫独自去了。"你真没有出息"的"你"是威胁儿子，"他不去你去"的"你"是命令丈夫。

竹老去了以后，花子不久也忙着去了。他恐时间落后，故忙着去了。花子的十二岁的儿子跟着也去了，儿子名叫"龙子"。龙子的十二岁的弟弟与七岁的妹妹也跟着去了。妹妹名叫"夜的"。因为是夜里生的，故名叫"夜的"。"夜"的音读是"丫"。龙子是妈妈吩咐他去的，因为他的儿子生得体面。（小小的孩子后来跑到新四军里面去了，妈妈总是哭。）也只有体面的儿子穿了一件长棉袄，花子冬日没有棉衣了，今天虽是新年拜年，仍是冬日没有棉衣了。妈妈这样吩咐龙子：

"龙，你也去，去拜莫须有先生爹爹的年，将来看沾本家莫须有先生的光也上学读书不能？二奶奶还给糖你吃。"

弟与妹听说"给糖"，故也要去了。妈妈起初不赞成夜的去，岂有夜的去拜年的道理？亦即是岂有丫头去拜莫须有先生爹爹的年的道理？结果也由她去了，等于叫她去拿糖，等于穷人到粥厂上去领粥，多一个小孩子等于家里多一口人了。

首先进莫须有先生——从作诗人的眼光看确乎是柴门，而在乡人心目中是伟大的莫须有先生的家门，首先进门的是顺，所谓近水楼台先得月，他望见竹老从溪边路上来了，他便首先去。接着依次而进，中间隔了少许的时间，是竹老，是花子，是龙子，是龙子的弟弟亦忘其名，是夜的。莫须有先生问夜的叫什么名字，由其父花子代答道：

"因为是夜里生的，就叫夜的。"

莫须有先生大笑，觉得这个名字有趣，若用文言翻译便是"夜生"，便差多了，人家将以为你读了《庄子》，《庄子·天地篇》："厉之人半夜生其子，遽取火而视之，汲汲然惟恐其似己也。"庄子的文章有趣，夜的名字有趣。然而莫须有先生感得空气诙谐有趣时，是很经过了一片严肃的时间以后。这一片严肃的时间，可以说是莫须有先生生平第一次经验，正如自己做了县长或者法官，拿着县长或法官的印，便掌握着人命的生杀之权，民生的祸福之机了，因为他们拜年用的是乡下人的礼法，跪下去磕头！莫须有先生虽也照例答着乡下人回答拜年的话："恭喜恭喜！发财发财！"但心里是战战兢兢，如临深渊，如履薄冰。"我同你们有什么关系呢？你们是社会上的农人，为什么向我拜年呢？"莫须有先生还是都市上文明人的习惯未除了，除了己只有社会了，除了自己懂得"自由平等"而外没有别的社会道德了。连忙有自己的良心答曰："是的，我同你们有家族关系。我不能拒绝你们向我拜年，可见我同你们不是路人。'先进于礼乐野人也，后进于礼乐君子也'，还是你们乡下人对，我一向所持的文明态度，君子态度，完全不合乎国情了，本着这个态度讲学问谈政治，只好讲社会改革，只好崇拜西洋人了，但一点没有历史的基础了！"接着莫须有先生佩服陶渊明，陶渊明那样不肯为五斗米折腰的人，换一句话说他瞧不起当时的国家社会政府官吏，而他那样讲究家族关系，一面劝农，自己居于农人地位，一面敦族，"悠悠我祖，爰自陶唐"，

273

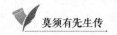

"同源分流，人易世疏，慨然寤叹，念兹厥初"，在魏晋风流之下有谁像陶公是真正的儒家呢？因为他在伦常当中过日子。别人都是做官罢了，做官反而与社会没有关系。农人是社会的基础，农人生活是真实的生活基础，修身齐家治国平天下都在这里了。否则是做官。一做官便与民无关。所以中国向来是读书人亡国的，因为读书人做官。中国的复兴向来是农民复兴的，因为他们的社会始终没有动摇，他们始终是在那里做他们的农民的，他们始终是在那里过家族生活的。中国古代的圣人都是农民的代表，故陶诗曰"舜既躬耕，禹亦稼穑"，后代做皇帝的也以知道稼穑艰难为唯一美德了。难怪陶渊明总是喜欢同乡下人喝酒，"得欢当作乐，斗酒聚比邻"，他是知道农人的辛苦，而且彼此忠实于生活了。于是莫须有先生很感谢太太预备了新年喝酒的菜，自己在土桥铺买的那两条大鱼也真是很有意义了，此地是山乡，山乡佃农从来没有吃过大鱼的，据说高山土著请客有一盘菜是"木鱼"，即是拿木头雕一尾鱼，表示鱼的名贵，徒徒心向往之而已，主人待客之诚而已。但莫须有先生家的拜年客都是来拜年，都没有拜年吃饭的意思，他们从来不被请吃饭，因为大家都是贫家，自己的食粮够一年吃的（只有冯竹老一家）便算是托天之福了，那里还给人吃呢？今天莫须有先生太太特地为他们做了许多菜，没有到吃饭的时候，他们是绝对的不知为不知了。龙子等三个小儿则本来以拿糖为目的。往下都属于莫须有先生太太的传记范围了。莫须有先生始终是笑而不言。

三个小儿，一齐挤到里屋里去。莫须有先生太太在里屋里。里屋之门甚小，故曰挤。一齐拜年，如磕头虫。莫须有先生太太在县城家里时，每年有此热闹光景，因为离娘家近，娘家的侄儿辈都来了，人数在十人左右，旁人都羡慕莫须有先生太太娘家的人丁旺。侄子向姑母拜年，如满地磕头虫。想不到到这个穷乡僻壤来也是人多嘴众了，这真叫莫须有先生太太欢喜。于是拿东西出来分，每人兜着花生，兜着糖粑，另外还兜着云片糕，兜着龙酥饼，这是三个小儿未曾得见的。但不见□儿来，莫须有先生太太问道：

"□儿怎么没有来呢？"

□儿的爸爸从外面屋子里答道：

"他怕人，他不来。"

说这话时，仿佛人生真有不足处。

"这是□儿的，龙子替我拿给他。"

龙子拿着便走了，弟与妹也便走了，□儿虽然没有来也拿了一份儿走了，同时又只有□儿的爸爸坐在那里最是心安理得了。此地人情，或者是各地人情亦未可知，小孩子得了人家给的东西，必要赶快拿回家去给妈妈看，授者希望如此，受者小孩子的妈妈亦希望如此，简直是翘首而企望之，一方面是怕人情失落了，即莫须有先生太太亦如此，一方面是看看"我的小孩子到底得了一点什么"？此事可谓完全不以小孩子为主，莫须有先生常常为小孩子抱不平，因为小孩子总应该首先是吃东西，何以拿回去给妈妈看呢？而奇怪，小孩子都不要吃，直到见了妈妈之后才要吃了。大概小孩子是见了妈妈才要吃的。以前是视觉，见了妈妈才是食觉。

照例，新年拜年，当主母的，只受小孩子的拜，不受成年人的拜，故当主母的亦不见成年人拜者的面。家族之间情形则略有不同，主母受拜，即是主母出来见面，无可无不可。今天莫须有先生之家情形更不同，若莫须有先生太太不出来，则几个庄稼汉对着莫须有先生的庄严面孔必无所措手足了，结果大家坐的时间是不会久的。故小儿们的赏赐发出去之后，莫须有先生太太便从里屋里喊出口号道：

"你们三位拜年客都不要走了！"

三位拜年客都连忙回答道：

"二奶奶，拜年！"

"'到屋就是年'，——你们都不要走了，我拿茶给你们喝。"

谚云，"到屋就是年"，意思是说到屋就等于拜年，不必真

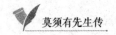

个的要拜也。莫须有先生太太尚在里屋忙于拿茶他们喝。拿出来乃是四个碟子，一碟花生，一碟瓜子，一碟酥糖，一碟龙酥饼。这些东西都非莫须有先生太太亲手拿不可，因为小孩年幼，不能帮着作事，莫须有先生是拜年客的主要的对象，今天当然不便帮着作事了。三位拜年客，都被庄严面孔的莫须有先生陪着坐着，莫须有先生太太一出里屋的门。一齐便都站起身，一齐说道：

"二奶奶，拜年！"

"不拜不拜，礼是个意思，'到屋就是年'，——你们看我手上拿着东西，怎么受你们的拜呢？"

是的，三个庄稼汉就都看一看那手上拿着东西，四个碟子，四个碟子里的什么一眼都看清楚了，连忙便不用得再看了。天下的事情都没有假的，难怪读书人家高贵，难怪旁人都敬重吾家莫须有先生，这四个碟子里装的东西不是真的吗？这个反乱年岁那里有呢？其实他们的本意是说一个碟子，这个碟子里的酥糖。

接着一人倒一杯茶，也是生平第一次喝这一杯热茶了。茶真是热得好。莫须有先生从旁窃笑，中国的农人一方面是勤苦，另一方面因勤苦之故也非常之懒散，或许是病态，因为他们比莫须有先生斯文人还喜欢喝茶了。莫须有先生只喝开水。他们贪喝茶正如贪吃烟。

"请，你们请，随意请。"

莫须有先生太太坐在一旁请他们请。莫须有先生太太今天是一年最闲的日子，凡属主母，都以正月初一初二初三三天为最闲的日子，这三天虽然拜年忙，有客来，有的客要留吃饭，然而佳肴美味尽其所有都于去年年底预备好了，饭也于去年年底煮熟了，共吃三天，谓之"吃剩饭"。吃剩饭者，预兆仓廪实有吃有剩也。莫须有先生颇喜欢这个风俗，等于替农村社会的主母放三天假。

"这个酥糖是白糖做的，是垅坪来的，是垅坪的一个学生从莫须有先生读书送莫须有先生的，黄梅县现在没有得买，有的都是假的，不甜，因为白糖贵，就是太平时候也是垅坪的酥糖好吃。"

三位拜年客不敢赞一辞。

"你们怎么不吃呢？东西不是摆样式的，你们只管吃！"

莫须有先生窃笑主母武断了一点，东西有时是摆样式的，所谓"尔爱其羊，我爱其礼"。

最后还是花子发表意见：

"二奶奶，我们吃瓜子，这个东西我们也总没有吃过，大概也总是田地里长的。"

花子开始伸手抓了一粒瓜子拿在眼前尽看尽看，惹得大家都笑了。于是大家都吃瓜子了。花子又连忙道：

"这个东西还很不容易吃，——我剥不开。"

大家又笑了。莫须有先生太太便也向着莫须有先生笑道：

"我去年叫你买瓜子，你说瓜子有什么用处呢？乡下人都不吃！你看，现在是我的话对了罢！——我是这样想，你们来拜年，莫须有先生又不陪你们打牌，要坐到吃饭的时候不太难坐吗？剥瓜子吃大家谈谈话儿，一会儿饭就熟了，——我告诉你们，你们今天都不要走，就在这里吃饭，莫须有先生早已为你们买了鱼，——我现在去烧炉子，一会儿就熟了，——你们吃瓜子。"

莫须有先生太太这一连串话转了好几个方向，说到最后自己坚决地转到厨房里去了，只剩了莫须有先生的庄严面孔陪着三位拜年客了。三位拜年客因此不知道事情怎么办，今天似乎一定要在本家先生家里吃饭了。于是他们立刻入于自然状态了，三人也不要莫须有先生奉陪，三人自己说话了。从此以后，他们都不畏惧莫须有先生，对于莫须有先生比对于任何人亲近了。莫须有先生太太把炉子烧着了，几钵去年做就了的菜放在上面温着了，又走出来同大家见面道：

"那三个小孩回去了，——他们来不来吃饭呢？"

"二奶奶，他们不来，他们不来。"

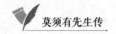

　　莫须有先生太太又在那里心里计较一件事，她看着三个拜年客只有竹老穿了棉袄，花子与顺单薄得很，今天拜年闲着坐着格外显得单薄得很，莫须有先生去年做了新棉袄，城里老父亲也做了新棉袄，老父亲的旧棉袄在此间箱子里，可以给他们二人之一，但给谁呢？决定给顺。另外慈有一件旧棉袄，给花子的女儿夜的了。

　　吃饭的时候，都是由顺从厨房里把四个钵的菜端在外屋桌上，于是顺仿佛做了半个主人，他先一著知道本家先生家里今天这样的盛馔了。从此一人传十，十人传百，乡人都知道莫须有先生太太好客了。最有趣的，乡下农人同农妇都不私谈，其犹正墙面而立也欤？大约没有工夫，也无话可谈，今天在莫须有先生家里吃了什么都回去说给农妇听了，所以他们也知道这一席盛馔了。顺的媳妇道："我看见了那两条大鱼！"莫须有先生买鱼回来的时候她看见了，所以她愈是羡慕。

第十五章　五祖寺

　　二十九年春季，黄梅初级中学恢复开学，因为缺乏教英语的，莫须有先生乃由小学教员改为中学教员，教英语功课。起初就以金家寨为中学校址，原来金家寨的小学迁到停前周家祠堂去。但为时不久，县中学移到东山五祖寺去了，这是一个重大的事情，因为五祖寺是黄梅县重大的地方，山高，庙大，历史久长，向来佛地不作别用了，而今拿来办学校，连一般种田人都认为是大事，见面当作新闻谈，说道："五祖寺办中学了！"他们仿佛这是很自然的事情，不，是必然的事情。真的，莫须有先生体察一般中国人的心理，一切事的发生都是必然的，要成为事实的时候便成为事实了，毫没有一点反抗的事实了。那么认为自然，认为必然，是同承认疾病，承认死亡一样，并不是抱一个欢迎态度，而是抱一个批评态度。总而言之，中国的事情都是趋势。说是"趋势"，可见事情的发生不是没有具备发生的条件的，比如"五祖寺办中学"这一件事，"五祖寺"与"黄梅县中学"确实可以联得起来，若小学决不办到五祖寺山上去了。但天下为什么一定非发生许多事实不可呢？守着一个一定的原因，不有新的事实发生不好吗？还是就五祖寺办中学这件事说，大家都守着信教自由的原则，决不侵犯它，不侵犯僧伽蓝，正如遵守法律不侵犯别人的权益一样，那便不会想到把五祖寺拿来办中学了，天下便少了这一个事实了。少了这一个事实，事情并没有损失，反而增加社会的建设性，因为黄梅县必有别的办法恢复中学了。这时社会便相安于无事。中国则是多事。多事是因为缺乏建设性，是因为不尊重对方，是因为生活态度不严肃，换一

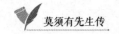

句话说中国没有一个共同的"信"字，一切都凭着少数人的意思去做便是了。还是就五祖寺办中学这件事说，五祖寺的房屋多，有现成的房屋可用，改作校舍不是现成的吗？这是缺乏建设性。僧人是没有势力的，县政府一纸命令去不会反抗的，这是不尊重对方。至于什么叫做"宗教"，什么叫做"历史"（五祖寺有长久的历史！），什么叫做国家社会（不尊重历史便是不尊重国家社会），甚至于什么叫做法律，全不在中国读书人的意中了。中国多事都是读书人多事，因为事情都是官做的，官是读书人。不做官的读书人也是官，因为他此刻没有官做罢了，他将来是要做官的。他们多事，是他们爱发脾气罢了。所谓"一朝权在手，便把令来行"。那么莫须有先生是不赞成拿五祖寺的房子来改作校舍的。那么，莫须有先生是有说话的资格的，无论向社会，无论向县政府，而莫须有先生何以不把他的意思说出去，不向社会向县政府作建议呢？这或者因为莫须有先生也是中国人的原故，是中国人的另一个毛病，遇事怕麻烦，以为说出去没有效，多一事不如少一事，不说话了。或者真是说出去没有效，不如不说，所谓"不可与言而与之言，失言"。上面我们说到"趋势"二字，凡属趋势，都非人力所能挽回，正同春夏秋冬季候一样，要冷就只有冷，要热就只有热，老年人经验多，气变悟时易，但没有法子告诉青年人的，青年人急躁，告诉他他也不听，他血气正盛，挥汗而不怕热，呵冻而不怕冷了。要说有心人，只有老年人是有心人。我们还是就五祖寺说，说起来是感慨万端的。原来五祖寺的精华在民国十六年给共产党一火烧了，五祖的真身也给一个青年女共产党员杀了，这女子后来在清党运动之下又给政府杀了，接连一串悲惨的事实，乡人至今轻描淡写地说："劫数到了，从民国十六年五祖菩萨遭劫起，——连菩萨都要遭劫，何况我们呢？"所以从民国十六年以后国家社会所发生的一切，以及这回敌寇的侵入中国，他们都认为是劫数，他们只想躲避痛苦，从没有意思反抗事实的。他们心里确是有是非。而且他们直觉地以为他们的批评是一定不错的。这真是一件奇事！难怪孟子说："天视自我民视！天听自我民听！"莫须有先生有许多经验认为这是真理。即如这回抗战的事情，中国的老百姓认为日本人是必败的了。他们说日本必败，同时却没有说胜利必属于我的意思，只是话不说出口，他们在心里的一句话是说日本老打败了以后中国的内战要起来了。我们不要把话说远了，还是就五祖寺说，民国十六年，那一位青年女子共产党员，名字叫做梅开华，至今谁提起梅开华这个名字，四十以上的人都不敢作声，有点谈虎色变，也有点窃笑，因为他们当时一方面怕共产党利害，一方面有他们的心事，"梅开华，你别得意，看你将来的报应"！后来梅开华被杀死了（梅开华被杀的情形很有传说，当然是残忍的野蛮的，正同她杀五祖相当），一般农人一点也不稀奇，因为这是报应，他们早已决定了，只是笑梅开华女孩子不懂事而已。梅开华杀五祖的事情确是可笑，可谓天下本无事庸人自扰之。在梅开华的意思是打倒偶像破除迷信。据说梅开华是自己裸体去把五祖的漆身杀掉的。表示她痛恶迷信，天下那里有什么神呢？你们看我！乡下人说她是"厌他"！这个"他"指五祖。共产党应该是代表大多数的农人的，为什么不懂得农人呢？作的事为农人所窃笑呢？为农人所惧怕呢？其实中国的孔子老子孟子都是共产主义，换一句话说，中国圣人的政治都是代表农民的，因为代表农民故"无为"，诸事顺着农民的意思好了，顺着农民发展好了，正如教育小孩子顺着小孩子的个性。孟子的五亩之宅一章书，便是共产主义的政纲，只是于耕者有其田之外多一项"申之以孝弟之义"罢了。是的，中国的农民都要"孝弟"。中国的民族精神便是"孝弟"。而现在中国的共产党要打倒孝弟，他们认为这是封建思想，他们不知道他们自己缺乏理智了。他们不知道他们是多事，同梅开华打倒迷信一样。梅开华是一个小孩子，莫须有先生知之甚悉，难道莫须有先生的学问，莫须有先生的经验，都是莫须有先生的辛苦所换来的，不及一个小孩子吗？中

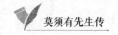

国的圣人是无为，而中国的读书人是多事了。中国的圣人是农民的代表，中国的读书人是自己发脾气罢了。民犹水也，水能载人，亦能覆人，但水是从来不说话的，水也确是有水的本性。莫须有先生本着他的经验，他了解中国农人的本性，他也了解中国读书人的脾气。中国只有两个阶级，即民与官，即农人与读书人。不是农人，便都是读书人了。共产党也是读书人。政府自然更是读书人，一方面有官，一方面有绅士，五祖寺办中学，便是许多绅士所提倡，一位县长所决定的了。一般农人则当作谈话的资料，"五祖寺要办中学了！"这同共产党放火烧五祖寺当然不一样，他们无所谓赞成，也无所谓反对，只闲谈这件事实罢了。就是共产党放火烧五祖寺，他们也无所谓赞成无所谓反对，只是谈起来有点舌挢而不下罢了，接着又是说笑话了。中国的农人为父能慈，在小孩子男女婚嫁以前；为子能孝，也在小孩子男女婚嫁以前。这真是他们的良心。除父慈子孝而外，他们对于一切事可以说没有良心，所以他们反对征兵，正是父慈子孝的表现。他们对于一切都是隔岸观火，对政府他们取旁观态度，对共产党取旁观态度，甚至于对日本老打到家门来了也是取旁观态度。再说确切些，中国农人的生活态度是积极的，对于家庭是负责的，此外他们认为都是读书人的事，都是多事，简直是他们的敌人！他们心中有一句话他们说不出，即是政府是赘疣，政府尚且是赘疣，何况共产党。这都不是莫须有先生空口说闲话，是实际观察之所得。莫须有先生因之且懂得尧舜禹汤文武都是农民的代表（就是后代的君主也以知道稼穑艰难为必要条件），不是读书人。他们都是无为政治，他们都是爱民。老子与孔子也正是一个主张，老子的绝圣弃智与孔子推崇大禹是一个意思了，因为老子所谓圣智是指的主义家，多事者，大禹正是素朴的政治家了，正是农人。莫须有先生因为在金家寨当了半年小学教员的原故，对于黄梅县的县长，黄梅县的绅士，黄梅县的读书人，都有所接触，正是孔子说的斗筲之人何足算也，而他们决定拿五祖寺来办中学，他们有权，他们有势，他们的意思马上变成命令了，成为事实了。这个事实只表现中国人一点也没有共同的"信"字。因为这个原故，中国多事了。莫须有先生还想就日本的天皇制度来说明他的意思，日本的天皇制度正如中国的家族制度，是天成的，不是人为的，要拿什么封建思想去说它，那是主义家的逻辑，不是事实。它不但对于日本有好处（日本国内因此可以不多事），对于世界也有好处，只看第二次世界大战日本投降举国一致，便是天皇制度对于世界的好处了。如说日本侵略，那是因为帝国主义，并不是天皇制度。日本投降，倒确是因为天皇制度。日本侵略，未必是日本人共同的意思；日本投降，倒确是日本人共同的意思，这时天皇是他们真正的代表，正如一个家长。中国的家族制度，中国农人的孝慈观念，如果中国读书人能够"穷则独善其身，达则兼善天下"，则真是"君子之德风，小人之德草，草上之风必偃。"诸君万不要轻易说这是封建思想，中国的农人是自居于小人的，他们之自居于小人，正如古之君主自居于"不谷"，小人只求小人的幸福，所以小人都是经验派，今之君子他们都认为是多事者了，他们虽然怕你们，他们一点也不相信你们的。中国读书人，不懂得自己国家的根本，乱发脾气，爱多事，因之对于日本的事也乱发脾气，要人家多事，口口声声要人家废天皇，这好比是一种传染病，体力强的人未必容易受传染了。信之于人大矣哉。孔子自述便是"信而好古"。中国的新人物则是"疑古"了。讲《说文》者结果是主张废汉字。讲历史者则主张大禹没有这个人。这些学者都同杀五祖的梅开华一样，梅开华又同县政府的少数人一样，想起什么便做什么，要办学校就拿五祖寺办学校，反正中国向来没有反抗的事实了。中国只有报应。即是事实报应事实。五祖寺办学校有什么结果呢？有破坏而无建设罢了。最寂寞的，是莫须有先生在五祖寺县中学里当英语教员，他并不消极，不是隐逸，或者中国的隐逸都不是消极，是积极，是读书人当中的少数，既不附和于大多数的读书人，又觉得大多数的农人

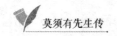

也不屑理会，大多数的农人因为是经验派，故又最是崇拜势力，瞧不起这般不得志的隐逸了。然而莫须有先生决不瞧不起他们，因为他们都积极于生活，只是大多数的读书人太对不起他们了。以上的话好像说得很没有条理，但很能表现出莫须有先生一部分的心事，虽然莫须有先生当时只默默地去上学，没有发表任何意见的。

莫须有先生又总是有童心的，本着他的童心，他听说他将要到五祖寺去上学，他喜而不寐了。小时他同五祖寺简直是有一种神交的，我们先说一说五祖在黄梅的历史。要说五祖在黄梅的历史，除了一些传说而外，又实在没有历史可说的，只同一般书上所记载的一样。但有两个历史的证据，一是五祖真身，这个证据于民国十六年给共产党毁了；另一证据是有两个庙，其不濒于毁坏者几希，县城附近的东禅寺，与距城二十五里现在预备办中学的东山五祖寺。有名的五祖传道六祖的故事，很可能是五祖在东禅寺的时候，书上也都是这样说。至于五祖是不是晚年自己移居东山，则不得而知，民间则总说五祖在东山。东山原来是一个私人的地方，地主姓冯，所以山叫冯茂山，五祖向他借"一袈裟之地"，这虽也是传说，很有是历史的可能，考证家胡适之博士有一回问莫须有先生："你们黄梅五祖到底是在冯茂山，还是冯墓山？我在法国图书馆看见敦煌石室发现的唐人写经作冯墓山。"莫须有先生不能回答（现在五祖寺山后面有姓冯的坟墓，姓冯的有一部分人常去祭祖，坟的历史恐不能久），但听之甚喜，唐朝人已如此说，不管是冯茂山是冯墓山，山主姓冯总是真的了，即是五祖寺是历史是真的。另外五祖的真身是真的。那么五祖寺从唐以来为黄梅伽蓝了。此外都是传说，有地方名濯港，说是五祖的母把五祖，一个婴孩，扔到水里去又拾起来在那里洗濯的。就在濯港有庙之所在名离母墩，说是五祖在那里离母出家的。离母墩的庙现在已经不存在了，给日本兵毁了。传说当然也可能是历史，然而我们只能当作故事看了。莫须有先生关于此事甚惆怅，他总觉得中国人不爱国，不爱乡，不爱历史，对于本乡一位有价值的人物，什么也不能保存了，其所侥幸而保存者是受了佛教的影响，这个宗教的根基本不固，故终于又破坏了。人生如果不爱历史，人生是决无意义的，人生也决不能有幸福的。历史又决不是动物的历史，是世道人心的历史，现代的进化论是一时的意见罢了，毫没有真理的根据的，简直是邪说，这一层莫须有先生是知之为知之，尚无法同世人说。孔子曰："吾犹及史之阙文也，有马者借人乘之，今亡已夫。"又曰："齐景公有马千驷，死之日民无得而称焉。伯夷叔齐饿于首阳之下，民到于今称之。"这是孔子读历史的情怀，莫须有先生也正是这个情怀，甚爱好《论语》这两章书。莫须有先生很小很小的时候不知道五祖，但知道五祖寺，家在县城，天气晴朗，站在城上玩，望见五祖寺的房子，仿佛看画一样，远远的山上可以有房子了，可望而不可及。他从没有意思到五祖寺去玩的，因为那不可能，相隔二十五里，莫须有先生六岁以前没有离家到五里以外的经验了。有一回父亲从五祖寺回来，父亲因为是绅士，五祖寺传戒被请去观礼的，回来带了许多小木鱼小喇叭给小孩子，莫须有先生真是喜得不得了，小喇叭以前还玩过，小木鱼则是第一遭了，他最喜欢这个东西，平常在庙里常常羡慕佛案前摆的木鱼，他与它可谓鱼相忘于江湖，又仿佛切切私语，这么一个神交，他从不能伸他的小指头去同它接触一下了。他知道那样空间便有一个声音，不免令人大惊小怪。而且那样也便叫做犯规矩，世间犯规矩的事情虽然多得很，但没有人做这样犯规矩的事了，不是和尚而替和尚敲木鱼。所以莫须有先生看了佛案上的木鱼总是寂寞得很，不知道他是喜欢木鱼的声音，还是喜欢木鱼？总之有一日他能自己有一个木鱼，那便好了，木鱼归他所有了，木鱼的声音自然也归他所有了，可以由他响了，不知手之舞之足之蹈之了。他知道这是一个不可能的事，因为木鱼是和尚的东西，莫须有先生小时有许多欲望，做圣贤，做豪杰，甚至于做戏台上唱戏的戏子，但从没有想到做和尚了。（莫须有先生在现在倒深

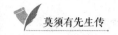

知做和尚就做圣贤，救世界，首先破进化论。）现在爸爸给他带了木鱼，他一看知道这个木鱼是小孩子的，真是小得好玩，完全不是和尚的那个守规矩的木鱼了，那个守规矩的木鱼现在看起来一点意思也没有了，于是他真喜欢这个小东西，他拿起来乱敲，一面敲一面小小的声音诵着："阿弥陀佛！阿弥陀佛！"这是不知不觉地学起做和尚来了。小孩子喜欢小东西，而这个小木鱼可以算做小东西的代表了。在若干年之后莫须有先生在北平一个大庙里看见一个大木鱼有一张桌子那么大，蹲在那里像一个大虾蟆，莫须有先生这时虽然是文学家，又像一个小孩子喜欢大东西了。爸爸从五祖寺带木鱼给他，天下事已尽在怀抱，再也没有别的思想，不去推敲木鱼是从五祖寺来的，只是觉得爸爸之为爸爸高不可攀，能带这么一个好东西给他，谁说山中白云"只可自怡悦，不堪持寄君"呢？莫须有先生六七岁时大病一次，上学读书读下论到"子张曰书云高宗谅阴三年不言何谓也"便没有上学了，留下一个阴影，或者因为从此病了，或者因为这章书难读，空气很是黑暗。这一病有一年余的时间，病好了，尚不能好好地走路，几乎近于残废，两腿不能直立，有一天被决定随着外祖母，母亲，姐姐以及其他人一路到五祖寺烧香去。这件事对于莫须有先生等于坐一回监狱。大家是坐车去的。是一种单轮手推车，照例是坐两个人的，但如有小孩子，则小孩子绑在后面车把上，与前面坐的大人背靠着，谓之"坐车把"。莫须有先生便是坐车把随着大人到五祖寺烧香了。烧香的目的大约便是为莫须有先生求福。我们在本书第二章说莫须有先生小时到过土桥铺，便是这回到五祖寺去经过土桥铺了。小孩子有许多不满意的事情，坐车把是其一。既曰坐车，当然是出门，出门当然是欢天喜地的，然而坐车把，美中不足了，美中不足又无奈何，不能表示反抗的。若反抗则你将不去乎？是如何可！故只有闷着气安心坐车把。所以不喜欢坐车把的原故，并不因为坐着不舒服，坐着确不舒服，等于曲肱而枕之，等于书房里坐着动也不动一动，然而人的身子总在野外了，再也没有什么叫做野心了。不喜欢坐车把乃是因为坐车把表示你不大不小，大不足以独当一面坐车，小不足以坐在母亲的怀抱里，于是坐在那里寂寞极了，徒徒显得自己没有主权而已，身分太小而已。小孩子也不喜欢被认为居于附属的地位的。莫须有先生坐车把不只一次，他能代表一般小朋友的心理，但这回到五祖寺去，虽然是坐车把，完全没有坐车把的心理，大概因为在病榻蜷曲惯了，身体久已不活动了，不在乎这个地位了。而且莫须有先生小时任何事情不居于重要地位的。他是第二的儿子，大家庭里头凡属第二的儿子都没有体面，所以他在委屈之中常能悠然自得了，也因为惯了。总之莫须有先生坐在车把上，到五祖寺去的路上，赏玩一路的自然风景与人工建设，如桥，如庙，如沙滩，如河坝，不一而足，车轮滚地的声音总在耳边响，推车人的眼睛总是不动总有光线总是望着人生的路，他觉得他最同情于他了。沿路歇了两站，十里一站，及至到了一天门，车子到了，而五祖寺没有到，要上五里山路。一天门便等于莫须有先生的监狱，他在这里完全不自由了。此事却是有益于莫须有先生的性格不小。莫须有先生之家是中产阶级，换一句话说是坐车阶级不是坐轿阶级，故无法使得小孩子上五里山路了，小孩子就只好在车把上坐着，依然是系着，无须乎解放，等候大人往返五里山路烧香回头了。莫须有先生心知其意，绝不对大人表示反抗，心里的寂寞是不可耐的，慢慢的苦闷之至，仿佛世间最无理之事正是最有理之事，令人没有话说了。最无理之事者，因为大人不了解小孩子，束缚小孩子；最有理之事，大人是爱小孩子了。束缚小孩子，而莫须有先生又因此自由，他学得忍耐了，他常常想将这个功课教给慈同纯。他想，慈尚不得而知，若纯则决无此忍耐力的。他非大哭不可。他非反抗不可。而莫须有先生沉默不则一声。他后来常常觉得有趣，他明明坐车到五祖寺去了一遭，而他没有到五祖寺，过门而不入，就在门外了。朝菌不知晦朔，蟪蛄不知春秋，其实是完全而自然的宇宙，毫无不足之处了。

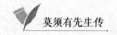

莫须有先生的传记有那一点缺陷呢？五祖寺还是五祖寺，令他心向往之。到五祖寺去的路上，如桥，如庙，如沙滩，如河坝，再加归途中的落日，所谓疾似下坡车。在一天门的不自由的时光也因重见外祖母母亲姐姐而格外显得我心则喜了。我的忍耐准备我的精进，我将来有许多百折不回的功课哩。你不忍耐有什么好处，大哭有什么好处，反抗有什么好处。然而莫须有先生亦不十分坚持他的教训，还是随各人性之所近，莫须有先生且因自己的经验而体贴小孩子，慈同纯都没有坐过车把了，他看着小儿女常独当一面坐车，他自己好笑，仿佛故意送他们以骄傲了。莫须有先生受了几年私塾教育，等于住国民学校，后来还是住了三年高小的，在住高小的时候，则因团体旅行而游五祖寺，在五祖寺山上住宿一夜。所以五祖寺他终于是到了。这回的游五祖寺，与那回的系于一天门，完全是两件事，各有各的优点了，后者不为前者之补偿，都是独立自由。人的生活应如流水，前水后水没有重复的。我们再说莫须有先生一个高小学生游五祖寺。从一天门到五祖寺，五里山路，本来有许多好玩的，但小孩子不给注意，志在高山，一鼓作气登上山，只注意山上了。一走到山上就看见松鼠，地下跑到树上，这个树上跑到那个树上，与这一群小学生满山乱跑恰恰旗鼓相当。莫须有先生却是想捉得松鼠一只，如果捉得松鼠一只，虽南面王不与易也。他仿佛松鼠在他的手上，是天下最大的自由，即是意志自由。小小的松鼠却在那里讽刺他，小小的松鼠有小小的松鼠的最大的本领，即是活动自由，五祖寺的庙之大，由走进门的天王殿已充分表示之，小学生们仰之弥高了。天王殿有四大天王，有一大罗汉，一大罗汉有一大肚子，四大天王脚下各踏着小鬼，最有趣的这脚下的小鬼都各得其所，仿佛不在四大天王的脚下便不成其为小鬼了，小鬼便没有小鬼的各自面目了。各自面目正符了这一句话："人心不同各如其面。"即是说许多小鬼各有各的滑稽样儿了。这是艺术。艺术所表现的正是人生。所以小朋友们很喜欢了。而这个人生的艺术又正是从宗教来的。除了天王殿而外，其余的亭台楼阁都不足以使这一群野心家系恋，他们都在自然中游戏，都在爬山，由最低一层到最高一层，谁不敢上山谁便最没出息了。刚经五里路的山他们丢到九霄云外去了，那要从黄梅县城的眼光之中才有山的地位，此刻则是足履平地，一点也不显得自己高了。关于上山，莫须有先生是狷者，不敢大胆，上的是最低的两层，第一层是到了竹林，五祖寺的竹林是莫须有先生第一次看见大竹子了，他才知道家里用的竹器，如小孩子吃饭的竹碗，量米的升筒，原来都是这山上大竹林里的竹子做的。他以前在街上卖竹器店里看见过竹子，他仿佛那便是竹子的生成的形状，不是经过削划的了。原来竹子是竹林里砍下来的，它不是像一管笔没有枝叶，它同县城外小河边作钓竿的竹子一样，在林子里面有许多叶子了。是的，街上扫街的人拿的大扫帚正是这些枝子做的，于是他大喜，因为他平常总喜欢那个大帚子了。竹林的竹子有给人划了有字的，他不知道这是什么意思，他不知道这都是游人求不朽的，他如果知道，他一定把他的名字也写在上面了。或者他惆怅，他不能把他的名字写在上面，因为他不会刻字，在学校里不会做手工功课是他最大的缺点了。竹林旁是泉水，泉水除有泉水的相貌而外，又有泉水的声音，莫须有先生自然而然地看它好半晌了。再上一层是讲经台，莫须有先生上到讲经台便不敢再往上去了，于是他掉转身来站在讲经台上把下面的风景望它一下，使得他最欢喜的，五祖寺的庙这时都在他的足下很低很低，房子也很小很小，竹林也像画上的竹林了，只有神采，没有血肉。总之从高上看来，世界都不是实用的了，只有莫须有先生小孩子的心灵存在。莫须有先生这样便下来了。五祖寺的最高峰名叫白莲峰，关于那上面有好些传说，说那上面有水，说那水上从前有花，同来者上白莲峰者亦大有人在，当然都是勇敢的，莫须有先生很羡慕他们，把他们的名字都记在心里，但现在这些人都忘记了，好像没有一个是知名之士。在家中大哥常教仲弟莫须有先生读诗，有一回读湖南罗泽南

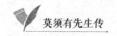

的诗，是大哥自己抄录的，有两句旁边加了许多圈点，"莫怪同游人不到，此峰原是最孤高"，当然是最好的句子了，真的，仲弟莫须有先生很喜欢大哥的圈点，而且以大哥的意见为意见，只是有时不懂，现在这两句却懂得了，便是记起曾游五祖寺未上白莲峰的事，仿佛自己有经验了，大喜。时至今日莫须有先生也常想起这件事，关于诗文，他的意见是可靠的，而像罗泽南那样的诗是很不好的诗了，可见诗文是一件难事，世间的狂生者流其意见十九不足凭了。小朋友们的精神最初集中在天王庙，其次是爬山，爬山下来之后集中在五祖寺的街上了，此事又使得莫须有先生欢喜，因为他是街上的人，向来一出门见街，想不到五祖寺山上也有街，这太出乎他的意外了，于是仿佛生平第一次看见街了。街上乃尽是卖喇叭的卖木鱼的！更大喜，向来有一个疑团今天解决了，以前爸爸带给他的喇叭同木鱼原来是这里买的。于是他在街上乱跑一阵，反而一无所得了。其一无所得的原因大约是莫须有先生的盘费不够，莫须有先生生平不得意的事，便是家里大人给钱他总是给得少，出来买东西一点也不能敌旁人了。结果莫须有先生寂寞地在五祖寺街上买吃的东西。吃的东西别的许多同学也比他买得多了。不知是另外一个朋友吃一个什么东西，站在高高的石阶上吃，莫须有先生也站在石阶上玩，问朋友道：

"你是那里买的？"

"买卖街。"

"什么？"

"买卖街，——你刚才不也在那里买东西吃吗？"

莫须有先生闻之大喜，原来这街叫买卖街，五祖寺的街还有名字！莫须有先生生平读书不求甚解，于此可见一斑，他得了买卖街的快乐，不以为买卖街还有名字了。名字有时也是很要紧的，好比我们可以开口说话，莫须有先生却总是神交的时候多了。

黄昏时五祖寺花桥的鼓吹与歌唱也可以写一叶的，那都是体操站队向右看齐右方的几个标准人物的事，如我们以前所说的停前骆君便是，都是昂昂七尺之躯了，有已结婚而仍住小学的，他们不知在那里招来几个卖唱的女儿，于是就在五祖寺山门外花桥前草坡上唱歌弹琴打鼓，同时花桥下水流淙淙，青草与黄昏与照黄昏之月，人在画图中，声音亦不在山水外了。莫须有先生也喜得不亦乐乎，几位小英雄另外是一个集团，诸事看不起向右看齐的那几个右方标准人物，独于此事不能赞一辞，很佩服他们了。小朋友当然不出钱，坐在那里白听，莫须有先生把五祖寺花桥的印象留得非常之深。尤其是松树上的月亮，是他第一次见，大家坐地交谈，浅草之幽，明月之清，徒徒显得松树之高，一点也不知道山的高了。莫须有先生对于花桥的桥字又那么思索着，他觉得花桥像城门，不像桥，大约他最小过桥，记得是第一回过桥，是过一个小木桥，即是黄梅县城外的桥，所以他以为桥总是空倚傍的，令人有喜于过去之意，有畏意，决不像一条路，更不是堆砌而成像一段城池了。而就城的洞门说则花桥下面是最美丽的建筑了，美丽便因为伟大，远出乎小孩子的尺度，而失却了莫须有先生小桥流水的意义了，故他对着花桥思索着。他不知道桥者过渡之意，凡由这边渡到那边去都叫做桥，不在乎形式。

因为有上面的许多因缘，民国二十八年夏初莫须有先生寄居于多云山姑母家，距五祖寺十里许，曾与数人作五祖之游了，从前种种譬如昨日生，五祖寺他曾经过门不入，他在一天门一天不自由，都记起来了，此一事也；他到五祖寺游玩一次，活泼泼的小学生的旅行，此亦一事也。此二事不相冲突，都有趣，莫须有先生都喜欢，徒徒对于老杜的诗不喜欢，什么"寺忆曾游处，桥怜再渡时"，是什么意思呢？一点也不懂得了。倒是"老年花似雾中看"有趣，莫须有先生记起小儿事情，每每是一个近视眼，不以目观，而用同情心去看了，别是一般滋味在心头。二十八年游五祖，欢喜由一天门上五祖寺的五里石路，半途有二天门，一间小白屋，上写

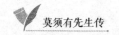

"二天门"三个字，莫须有先生仿佛他一生的著作都不是笔写的字，只有这三个字是笔写的字了，新奇之至。出乎他的意外，他不记得这里有个二天门，天下有这三个字了。在二天门内休息了半晌，大家都不像乱世的人了。到得山上，则毫无可看，太荒凉了，首先是天王殿完全是一间空废的房子了，从前的四大天王尚有所谓泥塑的菩萨的"泥"存着，莫须有先生见之却喜，仿佛打开提婆的《百论》了，因为莫须有先生喜读《百论》，本只有泥，无所谓瓶，瓶是假名，无所谓生，故瓶破而还是泥，故偶像破而泥在也。

去年到金家寨小学，也到五祖寺去了一次，金家寨距五祖寺更近，山路险不到五里，是打水磨冲上山，从右而上也。一天门则是山前而上。关于水磨冲我们以后还有记载了。莫须有先生破进化论而著的《阿赖耶识论》是民国三十一年冬在水磨冲拿一间牛栏作住室而动手写的了。那时敌兵进据县城，炮击五祖寺。

莫须有先生常常想，国家的教育都是无益的教育，非徒无益，而又害之，即如在五祖寺办的中学，教物理化学，不但没有仪器，而且没有教本，所谓教本是黄冈翻印的，实验插图印不出来便不印了，而印了说明，如图一图二字样。抗战愈久物理化学愈成了八股了。就教育说，这个中学教育抵得当年五祖寺具有教育的意义吗？那是宗教，是艺术，是历史，影响于此乡的莫须有先生甚巨，于今莫须有先生在此校当教员，不久因为校舍四散学生聚赌而已。

第十六章　莫须有先生教英语

　　莫须有先生在金家寨小学做半年教师，精神很觉愉快，现在的小学教育比从前私塾进步，也便是现在的儿童比从前的儿童幸福，而且金家寨小学的余校长也确算得开明分子，莫须有先生有意见贡献给他，他无有不采纳的了，一切事在简陋之中而不失为文明的征象，重精神而不重形式，正是中国农村的模范小学了，所以莫须有先生对于他的小学教员生活很有一点爱惜。自从做了中学教员以后，他想不到这个教员生活令他乃如坐针毡，结果他总是暗自伤心了，同情于历史上的屈原贾谊，举世皆浊而我独清，举世皆醉而我独醒，中国的事情实在是令人忧伤了。即如一张中学课程表，贴在墙上，莫须有先生常常站在那里呆看，他说，本着这张课程表，中国必亡。何以呢？因为这是奴化教育。换一句话说，这个教育表示中国以前没有教育，现在有教育是学西洋的教育。外国语不用说得，是学西洋人说话。物理化学不用说得，中国以前所没有的。图画是西洋画。音乐是西洋音乐。体育也是西洋体育而是中国人的身体，而是中国人的懒惰。国文呢？这个倒不妨取法西洋，而偏不取法，一反小学的国语教学，莫须有先生拿了一本战前的初中国文教本看（黄梅初中藏有好几种战前教科书），里面有苏轼的《李氏山房藏书记》，莫须有先生看了大怒，并且同一位同事大起争执，莫须有先生说："这不是八股是什么？"同事说："这篇文章还不好吗？那篇《晨》是什么东西呢？题目是'晨'，他不知道说了些什么，把题目都忘记了！"《晨》是叶绍钧作的，也选在教本里头，莫须有先生常常在同事面前说好，令同事敢怒而不敢言，因为莫须

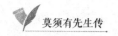

有先生是新文学家，新文学在社会上有势力，他只是一个有钱的秀才，年过六十而还要来当教员赚钱，同时也确是为古文而奋斗，好容易抓着机会反抗莫须有先生了，《李氏山房藏书记》，这还不算得好文章！叶绍钧的《晨》，这算得什么文章！他以为真理至此已经明白，莫须有先生必无话说了。莫须有先生连忙就不说话，他给这位老秀才提醒了，话说出来是没有用的，原来八股就是做题目，他痛恨苏轼的《李氏山房藏书记》正因为满篇字句都是做题目，而叶绍钧的《晨》是写实不是做题目。再同老秀才辩，叫做与虎谋皮了，他非吃掉你不可的。所说国语教学取法西洋，便是取法人家不是做题目。其实中国本来也不做题目，六经以及诸子没有一篇文章是有题目的。有题目便是后来的古文与八股了。是的，中国现在的学校教育学西洋教育，并不如日本学西洋而要取得主人的地位（日本学西洋而结果还是一败涂地的，还有待于以后的觉悟的），中国乃是换了一个题目而已，所谓洋八股。八股本是亡国的，教育而是统治阶级愚民的工具，洋八股则是自暴自弃，最初是无知，结果是无耻，势非如顾亭林所说的亡天下不可，即是中国的民族精神将因学校教育而亡了。我们还是就中学课程说，总括一句，现代的教育是求知识。知识的标准是科学。物理化学是科学的科目，是不待说的；即如历史，也不是中国本来的"史"的关念，是科学，以科学方法为极致，而其精神则人文历史也正是进化论的一种。（故其科学方法也不过是演绎而已。）其余如生理卫生学完全是跟着科学来的，是中国以前所没有的，中国以前简直是野蛮！以前的医药都不是事实了！故鲁迅不但劝人不读中国书，而且愿以身殉西医，即是信科学，虽死而不屑请中医看病，因为中医不是科学。中国没有科学，而科学是知识进化的标准，西方的文明，西方国家富强的原因都在科学，故今日救国的方针必得赶快赶上西洋，赶上科学！诸君试思，事实上中国可以赶得上西洋的科学吗？良心上你有赶得上人家的意识吗？先是羡慕人家，后是谄媚人家！故说最初是无知，后来是无耻，一点也不是愤激的话。当初张之洞开办学堂倒是有诚意学西洋，今日则是洋八股，自暴自弃，甘心为奴而已。故中国的学校教育是奴化教育。莫须有先生对着这一张中学课程表，以及他所在的黄梅县初级中学的课程内容，乡下孩子不能写一句通顺的国语，而用所有的时间读英语，同读《三字经》一样，口而诵，心而惟，怕这门主科不及格，而这门主科不久就抛弃了，因为他们住学校多半是为避兵役的，而他们终其身不能写一句通顺的国语的，呜呼，此非亡国的教育乎？焉有国民而不会国语的！而中国的孩子费全力读英语而为得怕功课不及格，而国语教学毫无方法！可怜莫须有先生在这里教英语，结果只等于同少数的学生讲文法，要他们写国语也能合文法而已。物理化学我们前回已经说过，不但没有仪器，而且没有教本，而学生为得怕赴黄冈鄂东行署会考起见背诵黄冈翻印的石印教本鲁鱼亥豕而已。莫须有先生认为这并不是战时的现象，这是中国八股的精神，战时充分表现出来而已。日本学西洋学得像，而结果大家认定为它必要亡国；中国学西洋学不像，而口口声声喊科学救国，科学如果救中国，科学不已经救了日本吗？故中国教育是八股，是决无疑义的。今日世界的问题不是科学问题而是哲学问题，也是决无疑义的。我们不暇谈世界的问题，我们急于谈中国的问题。中国教育的课程应该以修身为主，便是《大学》所谓："自天子以至于庶人壹是皆以修身为本。"莫须有先生有一回见了一位同乡高等法院院长犯了贪污罪而语另一乡人曰："可见知识是没有用的，至少对于中国人是没有用的，现代的法律确乎是文明的产物，而且是科学，中国人学会了而贪污，然而你本着什么理由说他不该贪污呢？你至多不过说他知法犯法罢了。知法为什么不该犯法呢？他见财心喜，你有什么办法呢？"孔子曰："听讼吾犹人也，必也使无讼乎！"《大学》引孔子的话说是"知本"。修身便是本。这是人生的意义。这是中国学问的精义。一切道理都是我自己的，所谓"明德"，所谓"天命之谓性"。明明德便是忠。明

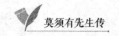

明德也便是恕，齐家治国平天下都是分内的事。故夫子之道忠恕而已。故《大学》平天下之道絜矩而已。故禹治水以四海为壑。（今帝国主义以邻国为壑！）真正的中国读书人是以天下为己任，不要老百姓举我做代表的，老百姓举我做代表我则是做官，不是己欲立而立人，己欲达而达人了。历史上中国真正的读书人曾有一人贪污否？他们怎么会贪污呢？他们都是哲学家，都是宗教家，天下岂有学问道德而不可相信的吗？你就是下愚你也容易答复这句话的，学问道德岂不可信，只是我们没有学问没有道德罢了。这可见你有良心，这便是"明德"，因为你相信学问，相信道德。只是你不用功罢了，即是你不"明明德"。故《大学》之道"在明明德"。即小学亦然，孔子教弟子"行有余力则以学文"，所谓"行"，便是德行之事也。而这些事，现在的学校课程里头没有。故你学会法律而你还是贪污。你是科学家你也还是贪污的，你也还是要做官做部长的。中国的传统是这个样子，不是君子，便是小人。君子道消，小人道长。此所谓小人，正是读书人，不是一般老百姓，一般老百姓无所谓贪污，如农人，如商人，如工人，他们无有不辛辛苦苦的，中国如果真正有物质文明，如农人所最盼望的水利，他们也会幸福的，他们不会成为资本主义的，不会成为帝国主义的，中国之易治在此。中国之难治，因为读书人都成了小人。八股教育之于读书小人，所谓假寇兵齎盗粮。今番抗战，有那一个老百姓不是出钱出力？那一个老百姓不是做了爱国的事实？而一切的坏事，有史以来的一切坏事，都给读书小人做了！现在的学校教育制造做坏事的读书小人，还有哲学的根据的，因为现在的哲学是唯物，即是不承认有良心。现在的哲学是唯物，故他们提倡阶级争斗，他们提倡民主。阶级争斗者，想凭着良心是不能解决社会问题的，是空头支票，良心正是假仁假义，是有产阶级的意识，那么历史上的圣贤都不足信了，那么天下的小人也不足怪了，一切本是斗争而已。独不思，革命也总是一点公意，而不是私心，你怎么会有这一点公意呢？如果不是这一点公意，人类为什么不同动物一样呢？为什么还有社会问题呢？主张民主者则曰以多数监督少数，使得少数人不做坏事，也便是不相信人有良心，想从良心以外用一个人为的方法树立政治的习惯，用意亦非不佳，然而其根据是唯物的哲学，而且中国没有这个传统。中国的政治传统就是家庭道德，官就是家长，所谓民之父母，要中国的政治习惯改变，无异于要中国的家族观念改变了，所以现在以家族观念为封建思想。这里便见中国读书人都是奴隶思想，中国的教育是奴化教育，随人脚跟，学人言语！中国的家族制度诚然有其坏处，但这是命运如此，其好处却正是中国民族所以悠久之故。中国历史上有君主亡国，没有百姓亡家的。有夷狄亡中国，没有夷狄亡中国的家族的。汉族有英雄起，中国的百姓自然会欢迎的，他们本来在他们的家族社会里丝毫没有动摇。中国的老百姓不相信政府，不相信官吏，但相信本家的读书人的，本家的读书人在外面可以做贪官污吏，在家族之间每每是一个好人了。这里便有风俗厚薄国家治乱的大根本在。现在口喊民主者，为什么不认清根本，徒徒说一盘散沙的话呢？口说民主而不知道真正的主人翁——民，不理会你们呢？他们以为你们要做官！你们为什么不修身齐家治国平天下呢？你们为什么也同一般老百姓一样自私其家呢？老百姓私其家无害于国，老百姓私其家正是中国民族悠久之故，读书人私其家便足以亡国了，因为私其家便是贪官污吏，便争权夺利，便卖国求荣。你们作秀才的只要以天下为己任，你们只要自己良心发现，国事马上好转了。因为中国的百姓都在那里治，只要你们帮忙好了，所谓无为而治。你们要替国家立法，你们不知道中国的政治哲学就是教育哲学，你们无须乎要大众监督你们，你们只要自己好好地做一个教育家好了，所谓"政者，正也"。你们为什么偏不谈这个坐而言之可以起而行之的事实，而偏要喊口号贴标语呢？我今问你们，倘若你们大家一旦良心都发现了，不忍见民生涂炭，不自相鱼肉，然后国事是不是开始有办法呢？还是要等待科

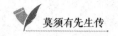

学来了以后，民主来了以后，然后中国才能起死回生呢？孙中山有一个远大的眼光，即是帝国主义不足惧怕。中国抗战表现着铁一般的事实，即是科学国家如暴日它要自招灭亡。中国复兴，明明在乎自己，所谓"如保赤子，心诚求之，虽不中不远矣。"自相鱼肉，有什么办法呢？自相鱼肉与科学不科学有什么因果呢？民主不民主或者可以做打倒独裁的口号，但为什么使得百姓害怕呢？百姓为什么不箪食壶浆以迎民主之师呢？中国的百姓从来是箪食壶浆以迎民主之师的。所以我们要爱中国，爱民族，爱中国的历史，爱中国的哲学，最要紧的要可怜中国的农民！中国农民的代表是古代的圣贤，而你们号称民主者是要他们举你们做官！他们何曾举你们呢？是你们自己的生意经！他们对于你们简直都是隐士，他们对于你们的选举勾当都抱着避世的态度了。中国的宪法只是"中华民国"这四个字，谁违背这四个字便是大逆不道，谁也决不能违背这四个字的，这个宪法早已写在中国农民的"祖宗牌"上面了，"天地国亲师位"，他们不约而同以一个"国"字代替昔日的"君"字了，所以大家非忠于"中华民国"不可。有这个四个字的宪法，此外便半部《论语》可以治天下，士大夫都应该读经了，而小学生则要用莫须有先生这样的国语教师去教国语。至于科学是不成问题的，中国不要求科学考第一，不要求科学赶上人家，但及格是容易的。莫须有先生这番意思同张之洞当初办学堂的主张好像相像，其实不同。张之洞知有修身一科，另外又有中学为体西学为用的号召，比现在的奴化教育确乎有自信，但张之洞没有哲学，他以科学为致知格物，故当时的学堂有"格致"一科，这一来便露出马脚来了，以格物致知为科学则中国没有学问了，所谓"中学为体"的中学当不住科学的潮流淹没了。"致知格物"是哲学。而这个哲学是"天生蒸民，有物有则，民之秉彝，好是懿德，"故又是宗教。中国是没有科学的，中国的哲学足以救科学的潮流将淹没人类的。孔子言政，不得已而去兵去食，但民不能无信，"自古皆有死，民无信不立"！今日之中国，正是"立"不起来。并不是老百姓立不起来，老百姓本来都在那里站着的，是教育不能自立了，从一张中学课程表充分表现出来了。

莫须有先生在五祖山上有时真有点像屈原行吟泽畔颜色枯槁的情形，尤其是在清早，学生朝读的时候，所有的用功的学生都在山上四散着读英文，莫须有先生初尚不觉其为人师，只是既窈窕以寻壑，亦崎岖而经丘，忽然觉得四面皆楚歌，学生围之数重，都在那里以黄梅县的腔调读英吉利的文字a boy，a book，……若周诰殷盘之佶屈聱牙，莫须有先生乃大惊曰，我为什么这样一败涂地呢？历史上的隐士没有一个人像我取这样的方式！人家或者耕田，或者做工，或者出家，我则在这里误人子弟！连忙又自己笑了，知道自己的伟大，这时每每感到《论语》的文章好："子曰，学而时习之，不亦说乎？有朋自远方来，不亦乐乎？人不知而不愠，不亦君子乎？"莫须有先生教英语的生活仍是学而一章书了，非玩世不恭者流了，虽然忧时，决不像屈大夫忽然自己跳到江里去了。因为这个早起的经验，又格外觉得读古人书有时真要自己有经验，即如《史记》垓下之围，以前读之总不甚亲切，什么叫做"四面楚歌"呢？原来四面包围得来了，就是那耳边的声音来了，挥之不去，令人愁眉莫展，即如乡下孩子读英语的声音。

"你们为什么不读国语呢？"

莫须有先生无意之间对着一个学生露出了这一句话，于是眼前的学生都停读了，都来围着莫须有先生，以为莫须有先生又要向他们谈话了。他们喜欢听莫须有先生谈话，莫须有先生常常同他们谈话。莫须有先生同他们谈话之后，每每觉得孔子之为人令人佩服，孔子与学生谈的话，没有一句不可以记录下来的，因为都是老师教弟子的话，于学生都有益处，没有一句空话。莫须有先生则未免同世人讲道理了，未免是空话。虽是空话，学生也喜欢听，因为他们尚不厌莫须有先生之为人，有的爱之，有的畏之，掉过头来又不

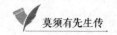

知其所云。有程度好一点的则说莫须有先生是一位哲学家。他们不知道他们所谓哲学家的意思莫须有先生最瞧不起，孔子之所以为孔子是"吾无行而不与二三子者，是丘也"。又曰："我学不厌，诲不倦。"而莫须有先生懂得孔子，完全是在故乡避难时期自己的修养。

由五祖寺下山挑柴到土桥铺去卖的人总在五祖寺天王殿门口歇肩。因为这里是中途。而且天王殿门口有树荫，冬天又只有这里的太阳多。下山是他们遇见学生朝读的时候，回头上山是莫须有先生在天王殿上课的时候。天王殿做了礼堂兼教室。这些卖柴的人，无论大人与小孩（有时有小孩卖柴），没有一个不认识莫须有先生的，莫须有先生在天王殿上课的时候，他们总要站在门口探望一探望，看里面先生与学生读英文！是他们生平最大的快乐了，仿佛一生一切的经验只有这回是机会了，清风明月不用钱买了。所以他们都认识莫须有先生，以见他一面为乐。其对于世事有经验者认识莫须有先生与知道莫须有先生的名姓同时，大多数则只认识莫须有先生的面孔而已，称之为"教英文的先生"。有的在歇肩起行之后问其同伴：

"这位教英文的先生姓什么？他该有多大的本领，说外国语！"

"你知道他花了多少本钱呢？他的父母当初送他住学堂，一年该要多少钱！教英文都要大学毕业的！"

"你把你的老幺将来也送到大学堂去住！就把几亩田对付他！"

所谓"把几亩田对付他"，是说到万不得已时就卖几亩田也是值得的。凡被人家问这一句话时，其人是决不会卖田的了，因为他必是年年买田，故他送儿子住学校了，故人家这样阿谀他。这种人在中国农民当中算是少数的少数，虽是少数，确乎是有的，他羡慕读书人，便动了"彼可取而代之也"的心事了。

"只要我还有一把力，我总要争一口气！今年在金家寨住六年级，明年考初中。"

他说他的老幺今年住金家寨小学六年级。这样的为父亲者每每寻着机会由认识莫须有先生而结交莫须有先生，向莫须有先生问门径了。"一边黄金屋，一边陷人坑"，莫须有先生在黄梅初中整整当了五年教员，眼看着许多做父亲的送儿子住学校结果都是落到"陷人坑"去了。有的是为避兵役而住小学住初中，结果儿子当学生军去了，其父亲也是高兴的，他们只怕儿子当兵，而学生军仿佛仍是读书人上进的门径了，即是说将来也可以做官的。

有一回有一位老婆婆跟着他的女孩儿从山下往山上来，其时莫须有先生正小作山游，老婆婆忽然满脸堆笑叫着莫有先生道：

"老先生，你的舌头该有多么灵活！麻ㄉ，狗儿，还有虾蟆，虾蟆，难为小先生们学！小先生们学给我听，把我笑死了！"

莫须有先生知道这又是一场垓下之围，瞠目不知所对。老婆婆笑得脸上只有皮，不见其双目了。

"现在的书该有多难读，读阴文，读阳文！"

她，女孩儿在旁边吓得汗流浃背，扯着妈妈道：

"妈，走！妈，走！"

"我家就在蔡家田，——就在山背后，老先生到过吗？我天天到学校里取衣服洗，替小先生们洗洗衣服，也顾得我娘儿俩的费用。如今的日子，想买四两盐，想买一尺布，不想法子赚两个钱，行吗？现在我娘儿俩打土桥铺回来，买七尺花格子布，替他做褂子。"

"妈，走！妈，走！"

女孩儿几乎要哭了。妈妈认得莫须有先生，她不认得莫须有先生，她怕妈妈颠颠倒倒闯出祸事来了。后来莫须有先生常常遇见这位老婆婆，她果然常到学校里来拿衣服洗。关于"麻ㄉ"与"狗儿"莫须有先生亦有考证，麻ㄉ是Mother的音译，狗儿是girl的音译。黄梅方言，名词后面常加一ㄉ音，如桌子不曰桌子而曰桌ㄉ，椅子不曰椅子而曰椅ㄉ，叫麻子不叫麻子而叫麻ㄉ。老婆婆说"麻ㄉ"即叫母亲叫麻子之意。至于"虾蟆，虾蟆"是什么意思，莫须有先

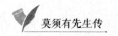

生始终会意不出，很像默写的时候叫学生打Comma，Comma，但莫须有先生从来没有叫学生默写。有时在教他们Punctuation的时候就说着Comma，Comma是有的。其实莫须有先生总是说逗点的时候多。所以莫须有先生常常望见这位老婆来了便笑了，他很喜欢她的乐观态度。

从上面的几个例子，可以看出莫须有先生在乡间颇得人和，便是黄梅县的几届县长也知道敬贤了，常常特意来看看莫须有先生，令莫须有先生很是感激。但黄梅县中教员，莫须有先生与他们同事，他们总觉得有点不方便，莫须有先生有时也给他们以打击，于是他们更不方便了。有一次训导主任向校长报告一顽皮的学生自己在教室里跳桌子跌了一交，几乎把腿折断了，两人大笑道：

"菩萨保护！菩萨保护！"

这又是方言，是黄梅县幸灾乐祸之辞，等于说"我们管不着你，神总管得着你"了。莫须有先生也在旁，听了他们的话很难过，问他们道：

"请问，倘若是自己的小孩子跌了一交，怎么办呢？"

校长与训导主任都不以为莫须有先生这话是责备他们，真的，他们已经麻木了，只是觉得莫须有先生与他们不是一党罢了，莫须有先生说话他们简直不听。这同在金家寨的情形绝然不同，那时余校长与莫须有先生上下古今谈，虽然仍属于晋人清谈，确是近乎"林园无俗情"的意味了。现在余校长在中学当教务主任，此老之为人，可谓染于苍则苍，染于黄则黄了，说至此，有一件很有趣味的事，有一回余校长，现教务主任，他向来是一个不负责任的态度，这回太显得他生活懒散了，他同了好几位同事在那里聚谈，别人站着，他卧于天壤之间，令人觉得虽是老资格放肆却最不可恕了，莫须有先生远远走近来了，想起"原壤夷俟"这一章书，于是莫须有先生大笑，自觉可乐，说道：

"余先生，我想起一章书，这章书是我以前总不懂得，今天懂得了，……"

余先生往下听，莫须有先生不往下说了，只是笑个不止，慢慢地又道：

"孔子的态度是非常之好的，是很有风趣的，我以前误会了，以为孔子太严厉，其实这章书也是幽默的。"

"先生赶快说出来。"

"我要请先生准许我说，莫怪我。"

"说。"

"孔子骂原壤老而不死，还要以杖叩其胫，两个人都是老头儿，要打人自然是拿杖打，但未必真个就打击一下，只是表示要打你而已。我今天看见先生真觉得这章书好，因为很不以你的态度为然了。"

余先生默不作声。莫须有先生确是非常之愉快，他觉得这位老朋友没有一点恼他的意思了。事隔数日之后，余先生有一回同莫须有先生说道："自从那回听到先生的话以后，回家去我又静坐。"莫须有先生不记得他说什么话。"你向我骂原壤，你不记得吗？"莫须有先生敛容起敬了。余先生原来是静坐的，久已荒废了，现在又重理旧业了。

黄梅中学二十九年恢复开学时，一切招考事情，是校长与一位国文教员包办的，作文题是"国难与教育"，投考者以金家寨小学学生成绩最好，莫须有先生教了他们半年国语，但莫须有先生知道是这么一个国文题，很难过，他在金家寨播了一点种子又给杀伐了。这便叫做八股。在第二年招考的时候，莫须有先生得到一个聘函，请他国文科命题。莫须有先生闻之喜而不寐。他这个人真是"好善优于天下"也。只要有一点为善的机会，他总是尽心竭力的。同时又有点奇怪，何以这回不耻下问呢？原来校长听说县长对于他有微辞，就是前次"国难与教育"的题目，县长说这个题目是考校长的。县长姓陈，是武人，旧制中学毕业，喜欢看新书，可谓

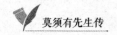

很难得了。他并且称着莫须有先生的姓名说道："□□□先生不也在学校吗？为什么不请他出国文题呢？"所以第二次请莫须有先生出国文题目了。莫须有先生得了这个权柄，却非常之为难，他当然不是公安派，但也决不可以竟陵派，要反对八股，但也不可以太露锋芒，他要以一个题目奠定黄梅县国语教学基础，最要紧的还要塞八股教育家之口！而且莫须有先生知道，山中政府恢复中学，政治的意义重于教育的意义，要招来长江一带九江孔垅沦陷区里面的学生。莫须有先生考虑考虑的结果，得了一个题目，写在黑板上是，"暮春三月"。莫须有先生自己笑道："我生平没有做过八股，这个题目很有点近八股了。八股家决不能反对我了。"果然，各方面都无话说。最使得莫须有先生高兴的，是小孩子都不知道八股，没有一个人理会题目四个字的出处，大家都是写实了，都是写眼前的春天。那时是春季招考，莫须有先生出题目的本意是想看故乡小孩子怎样写春天了。莫须有先生认为这件事是他平生最大的成功。有几个女学生，都是战前福音堂私立小学毕业的，作文甚佳，分数在八十分以上，那个小学的国语教师不知是何人，莫须有先生常常感激其人了。

上回春季招考，县中学尚在金家寨，随即迁到五祖寺去了。暑期扩充班次招考，校长已易人，组织了一个招生委员会，请了两个教员出国文题，一是莫须有先生，一是前面所说的有钱的秀才。那时是七八月之间旱，忽然大雨，秀才大喜，其实莫须有先生亦大喜，不过莫须有先生没有想到《喜雨亭记》罢了。秀才出了一个题目，"丰年足乐说"，给莫须有先生看；莫须有先生出了一个，给秀才看，秀才一看是，"水从山上下去，试替它作一篇游记"。于是秀才不作声，心里大大地反对什么水从山上下去了。莫须有先生也不作声，是非自有公论，如果只出一个题，看公论取那一个了；如果出两个题，看学生作那一个了。新校长是莫须有先生的长兄，他也私自拟了一个题目玩玩，题目是，"中国童子军铭言，

'日行一善'，试把各人最近作的一件善事记录下来"。有钱的秀才因为反对莫须有先生的原故，而且他也有点巴结校长，连忙道："童子军的题目好！童子军的题目好！我的题目我取消！我的题目我取消！"结果采用了两个题目，秀才的题目自动撤消了。莫须有先生很觉此老为人有天真处，他喜欢同莫须有先生争论，有时他也认为莫须有先生的话是对的。首先他心里有文章，即如"丰年足乐说"，正是他自己有文章写，要他写他一定写得他的乐处，虽然乐处在《古文观止》。若夫"国难与教育"之题目，出题者徒徒有题目而已，他心里简直没有文章。教国文者，若自己心里没有文章，怎么能教学生作文章呢？从前的八股家自己能做八股，今日的八股家只是嚷嚷而已，依然有诚实与不诚实之别。

　　从民国二十九年春季，直到民国三十三年冬，莫须有先生在县中学任教，中间共换了三个校长。民国三十四年春新来的校长，是地方上的绅士，战前久任县中校长，县中在五祖寺时期一度任校长，三十四年春再任校长，他想个法子使得莫须有先生不能不离职了。莫须有先生因为在乡间住久了，当教员已等于一个职业，大家认为他失业了，是社会上很普通的事。但莫须有先生认为是一件大事。莫须有先生得此闲暇，在家写完了《阿赖耶识论》。这话我们要到后来再说了。

第十七章　莫须有先生动手著论

　　莫须有先生在龙锡桥之家，当莫须有先生初到五祖寺上学的时候，并没有迁移，只是莫须有先生一个人到五祖寺县中学当教员去了。后来敌兵打游击打到停前来了，于是停前一带也常有恐慌，莫须有先生的家经了好几次迁移，最后还是决定把家搬到五祖寺山上去，以学校为家了，这是民国三十一年夏天的事。三十一年冬，敌兵由孔垅进据黄梅县城，再不是打游击了，是长期占据了，而且炮击五祖寺，县中学乃散了，仓卒之间莫须有先生一家人搬到水磨冲避难。水磨冲这地方真算得桃花源，并不是说它的风景，在乱世是没有人想到风景的了，是说它的安全性，它与外面隔绝，四边是山，它落在山之底，五祖山做了它的一面峭壁，与五祖寺距离虽近，路险而僻，人知有五祖寺不知有水磨冲了。莫须有先生因为由龙锡桥到五祖寺常打这条小路走，经过水磨冲，故知有此地，当五祖寺受敌人炮火的轰击，他便想到暂时避居到水磨冲了。避难的人凡关于避难的事情感觉性最灵敏，莫须有先生一时不但想起水磨冲这个地方，而且他知道水磨冲里面那个较大的村子是几户姓向的人家，有一家便是莫须有先生本家龙锡桥花子的舅家，莫须有先生此去是必会受招待的了。当莫须有先生太太看见县中学生都遣散了，教员也都走了，五祖寺只剩了一个寂寞的山，只剩了零落，而且只剩了一个黄昏与自己的两个小孩，十分感得凄凉与惧怕，一家人相对于无言，莫须有先生乃打定主意道：

　　"不要紧，我们到水磨冲去，那是花子的舅家，那个地方最安全。"

　　莫须有先生太太在急难的时候总是信托莫须有先生，而且人生的信托是不会有错误的了，只怕你没有信托的心。莫须有先生太太立刻便安心。两个小孩也安心了，他们不但安心，而且喜悦，因为他们又要到一个新的地方去了，每逢到一个新的地方去他们总是喜悦的。同时他们也甚有避难人的机警，不，简直可以说是智慧，人生是没有什么可躲避的，处处是人生，都是不幸，就小孩子说又都是新奇，躲避无宁说是探访了，探访是一个避难的心情了。纯现在已经是七岁的小孩子了，他说他现在也能自己"跑反"了，在二十七年至二十八年都是爸爸抱着他跑反。当敌兵第一次游击停前，是突如其来，大家知道三日来游击而进据县城，没有料到这回要游击停前。来时是莫须有先生首先警觉了，其时莫须有先生家里尚有三位客人正在那里用午餐，听见机关枪响，大家以为是新四军同县政府自卫队开火，不要紧的（这时新四军同自卫队开火，老百姓都是隔岸观火，毫不害怕，因为新四军同老百姓要好），莫须有先生说："不是的，这个机关枪是敌兵的机关枪！"言犹未已，而一巨炮声来了，从河东响来了，莫须有先生住在河西，金家寨紧靠着这条河西岸。于是河西一带人都弃家而逃了，都逃到山上去了，留着各人的家都在那里一夜不闭户了。直到第二天黎明，人都不敢归家。除了停前街上而外（敌兵在街上驻扎一夜），各处村子却是一点损失没有。最令莫须有先生感得哀愁的，是纯跑反时的狼狈，同时也就是他的镇定，因为莫须有先生听得炮声从河东向河西突然一响，家里的客人都散了，莫须有先生仓皇无所措手足，只是四顾找纯，而纯跟着此地土著向着山里跑了，莫须有先生望见他的后影了，大声喊他，他不应，只是跑，莫须有先生望见他的鞋子跑掉了，他又赶忙拾起鞋子，但不再穿着，手上拿着脚上的鞋子跑。他随着许多人跑到腊树窠背后名叫叶家竹林的地方，后来莫须有先生也赶到了，慈同妈妈也都到了，所有跑反的人都到了，男男女女老老少少，都在竹林之下谈笑自若，那时正是夏天，乡下人只是贪凉，并不欣赏竹林，莫须有先生一家人却是欣赏这个竹林了。而莫

须有先生看着纯的鞋子穿在足下了，甚喜，亦殊怅然。纯喜欢下棋，他同了同年龄的孩子在地下画了一个棋盘，拿了小石子作棋子，他完全是一个经验派的镇定了。莫须有先生问他道：

"纯，刚才你跑的时候，我在后面喊你，你听见了没有？"

"听见了。"

"听见了你怎么不答应我呢？"

"答应爸爸有什么用呢？"

"我怕你乱跑。"

"我跟着乡下人跑，而且我知道这个山路的方向，日本老是从河东边打到上面停前街上去，不会在我们这里过河的，我们是在河西，山更在西边，我们便是往日头落山的方向跑。"

"我望见你的鞋子跑掉了。"

"我又拾起来了，我没有工夫再穿着，我就赤脚跑。我到了这里，我又自己穿上了。"

他说着"我到了这里"，眼下是有一个竹林了，而且他在这个竹林里忙着下棋了。关于叶家竹林避难有许多可记的，我们只好从略了。纯也知道水磨冲，他最初曾同莫须有先生从龙锡桥来五祖寺，便是经过水磨冲。倒是慈不知道，她以前从龙锡桥来五祖寺上学（她已是初中学生），总是走陈家湾上山，那是另一条较宽敞的路了。两个小孩子现在听说搬家到水磨冲去，都起了一个期待心，好奇心，寂寞的黄昏空气之下精神都新鲜起来了，简直喜形于色，纯告诉慈道：

"水磨冲河里石头真大！"

慈听了这话，拿了几块石头同一条小河相加，她以为河里有大石头，她没有料到水磨冲河里的石头是恒河沙数了。纯是经验在先，不待推知，故他的水磨冲河流的印象石头便是沙数，若没有见过河源的人，恐怕谁也不会想到河原来是这样的积石之川了。天快黑了，三记挑了一担东西引着两个小孩子先下山，三记者，冯花子之弟，曾经被抽去当兵者也，队伍在黄冈给新四军打散了，又逃回家了，在县中学当工役，他现在与莫须有先生家族关系之深正如人生感情之重，应该有若干感情便有若干感情，不待人教，自己自然会有感情了，他成了莫须有先生的忠仆，莫须有先生吩咐他带慈同纯先往水磨冲去，莫须有先生太太并吩咐他挑一担东西去。莫须有先生太太这样吩咐："莫须有先生说搬到水磨冲去，到花子的舅家去，你替我把这担东西挑去，你知道那个人家吗？"三记是最不肯说话的，冷冷地答道："知道。"莫须有先生太太连忙自己笑了，知道自己的糊涂了："你看，我该有多糊涂！花子的舅不也就是你的舅吗？心一慌，便乱了。这好极了，替我挑到你舅家去。"另外又吩咐两个小孩子下山走路要小心。纯道："我知道，路不远，一会儿就到了。"三记从山上一直到山下没有说一句话，他是这样冷僻成性，纯故意引着他说话，但山中只有纯的小孩子声音，不听见三记的声音；另外只有慈的眼光。两个小孩子走在前，一个大人挑了担子走在后，黄昏的光线还可以分得清眼前的什么是什么了。一下山便要过河，三记说话道：

"下面是河，你们两人小心点。"

慈听了三记的话，拿了眼光去望河，她不知道脚下踏的大石头已经是河流了。

"你看，这石头大不大？"

纯指着石头问慈。

"这就是河吗？——呀，下面真有水！"

慈是先听见流水的声音，然后又看见石与石之间流水的面貌了，这个水的面貌洁净得很。她觉得这样过河很有趣，不用得过桥，也无须乎涉水，踏着几块石头便过去了。

过了河不远便是向家村了，两个小孩都感着这里天地小得很，但他们是到这里来避难的，小小的心灵同山一样平安了，再只等候爸爸同妈妈来了。爸爸同妈妈来的时候，是先听见爸爸妈妈的声

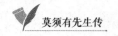

音，夜色已不能看见人了。

莫须有先生这回避寇难犹如归家，一切不用得自己操心，都由三记办好了。最令莫须有先生感得心闲的，是不用得自己向居停主人介绍，是何如人也便是何如人也，有个客观的地位了，即是莫须有先生，花子兄弟年来受其栽培，为人是道德家了。若在以前，每逢到一个新地方避难，自己总是居于主观的地位多，生怕主客不相安了，怕主人瞧不起客人了，不能不想个法子抬高自己的身价，自夸不穷，家里之所以没有好衣服穿，是因为寇乱之中都给抢劫了。今日则真是孔子说的贫而乐，一心想趁学校停顿的机会偷闲著一部书，生活的事情都由太太料理好了。孰知水磨冲主人花子的阿舅，以及其表兄，尤其是表嫂，对于莫须有先生的观感是富，而且富而好礼，所有莫须有先生家里的好东西，最好的是白糖，战时乡下人没有的，其次是猪肉，都是学生知道莫须有先生躲在这里远远送来的，莫须有先生太太每每赠一份向家的老与幼了。是的，旁观者清，莫须有先生之所以心闲，确是因为富，寇难之中他几次客居，只有这一回不空乏了，身边的钱可以够半年之用，是努力写一部著作的时间了。住室是将一间牛舍打扫出来的，虽是牛舍却不是草棚，因为山中人贵牛，怕人偷，故牛也住着一间屋子，打扫之后只是牛屎气味重些，其余诸事俨然是一间屋子了，可以做卧室，可以兼做莫须有先生的书斋，莫须有先生有他手抄的一部《百论》，另外从几部大著作里面录下了三数条便已足矣，无须乎要参考书，故不愁无容身之地了。莫须有先生顶喜欢这间屋子，以后留给他的印象最深，大约因为他的著作开始顺利了。暗黑的光线，顶上有一块亮瓦，故光亮一点也不滥用，而暗黑也如鱼之得水罢了。厨房设在廊下，向老爹替客人砌了一个暗灶，暗灶者临时用的灶，较之一般的灶没有烟囱而已。

两个小孩，在水磨冲寻得了两个乐处，一是拣柴，一是洗衣。小孩子的乐处也便是莫须有先生的乐处，莫须有先生也觉得此二事甚可乐也。不过拣柴的乐处也还是贪。其实世间一切的乐处都是贪，只有孔颜的乐处不是贪，故孔颜是圣贤。谁能不自欺乎？且先说拣柴的乐处。纯与慈不知为什么那样喜欢拣柴，即莫须有先生自己也还是那样喜欢拣柴，此事真复乐，聊用忘华簪。头一天晚上到水磨冲，第二天清晨，冬夜长，天还没有亮，但小孩子的眼睛已经清醒了，躺在床上想一个新鲜的功课，纯叫慈道：

"姐姐，我们两人起早些，到山上去拣柴。"

"要得要得！"

慈无论赞成什么事情，总是连声答着"要得要得"，因为"要得要得"常常受了莫须有先生的打击，莫须有先生说"要不得要不得"了。有一回莫须有先生无心发现他自己赞成一件事也是连声答着"要得要得"，原来慈同他是一个口吻了。此刻晨光熹微，莫须有先生正在高枕而卧，听着慈的"要得要得"的声音，如听雀叫，很是喜欢了。莫须有先生虽然不加入两个小孩子的拣柴队，确是神往，不过他这个人现在一切事都没有重量，大约真是到了唯心地位，世间已经不是物，是心猿意马了，于我如浮云而已。莫须有先生太太则近乎功利派，听了两个小孩子的话，便有点怂恿他们去拣柴，说道：

"你们两人去拣柴，拣回了我煮饭，家里还没有买柴。"

两个小孩子便高兴极了，趣味之中而有功利的意义参加，于是趣味更重了。所以世间确乎是贪。

拣柴，便是提了一个手提的竹篮子到山上树林里去拾起树上落下来的细小的枯枝，慈同纯便共同出发了，竹篮子由姐姐提着。冬日到山上树林里拣柴，真个如"洞庭鱼可拾"，一个小篮子一会儿就满了，两个小孩子抢着拣，笑着拣，天下从来没有这样如意的事了。这虽是世间的事，确是欢喜的世间，确是工作，确是游戏，又确乎不是空虚了，拿回去可以煮饭了，讨得妈妈的喜欢了。他们不知道爸爸是怎样的喜欢他们。是的，照莫须有先生的心理解释，

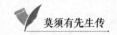

拣柴便是天才的表现，便是创作，清风明月，春华秋实，都在这些枯柴上面拾起来了，所以烧着便是美丽的火，象征着生命。莫须有先生小时喜欢乡间塘里看打鱼，天旱时塘里的水干了，鱼便俯手即是，但其欢喜不及拣柴。喜欢看落叶，风吹落叶成阵，但其欢喜不及拣柴。喜欢看河水，大雨后小河里急流初至，但其欢喜不及拣柴。喜欢看雨线，便是现在教纯读国语读本，见书上有画，有"一条线，一条线，到河里，都不见"的文句，也还是情不自禁，如身临其境，但其欢喜不及拣柴。喜欢看果落，这个机会很少，后来在北平常常看见树上枣子落地了，但其欢喜不及拣柴。明月之夜，树影子都在地下，"只知解道春来瘦，不道春来独自多"，见着许多影子真个独自多起来了，但其欢喜不及拣柴。这原来并不是莫须有先生个人的欢喜，是两个小孩子共同的欢喜，只有莫须有先生十分的理解他们了。这一点不能不说是爸爸的伟大，妈妈比起来诚不免妇人女子之见了，也便是小人之见，所谓"小人喻于利"。妈妈看着两个小孩子顷刻的工夫提了一篮柴回来，替他们顷倒下来，叫他们再去，而且估计道：

"再拣一篮回来，就煮得一餐饭熟。"

纯要得一个主观的批评，不要得一个客观的批评，认妈妈的话毫不足以满意，紧问着道：

"妈妈，多不多？"

"再去！"

"你说多不多？"

"再去！"

莫须有先生在旁边十分的寂寞，不但为纯寂寞，也为一切的艺术家寂寞了，世间的批评何以多有世俗气呢？

"纯，再去，妈妈叫我们两人再去。"

慈不愿受批评，而且她向来不重视妈妈的批评，只要妈妈允许她再去作这一件有趣的工作便高兴足矣了。她凭着自己的兴趣作的事常常受妈妈的责难。关于妈妈的责难，莫须有先生却总以为妈妈是对的。

"我同你们两人去。"

莫须有先生说，于是两个小孩十分得意，爸爸陪着他们去，天下那里有这样有价值的鼓励呢？同时两个小孩子的欢喜如风平浪静了，一点竞争的心没有，等于携手同行到树林里去玩，竹篮子里面永远装不满了。大约小孩子与小孩子等于天上的星与星，彼此之间是极端欢喜的，若有大人加入，则如日月出矣了，星光都隐藏于慈爱了。

这时天色还是很早，东方的日头山上树林里尚照不见，于莫须有先生与慈与纯在树林里拣柴之外，来了一个拣粪的孩子，乡下孩子都是清晨绝早奉大人之命到外面拣野粪的。拣野粪者，省称拣粪，即是拣猪粪，不是自己家里养的猪，是人家家里养的猪，如此猪在外面便遗，主人不在旁，则旁人可以拣，是谓拣野粪。拣粪而游于树林，是可见此地之贫与人烟之稀，亦可见此小孩是奉行故事而已。他看见了有三个客人这么大早在树林里拣柴，故他也走到树林里来了。他的目中没有山林风味，充满了猪粪气息，虽然他的粪篮里是空虚的。换一句话说，猪粪气息也便是山林风味，他的拾遗心情不亚于莫须有先生的拾遗心情了，所见不同而已。纯问他道：

"你起得这么早！"

"你比我还起得早。"

"我是今天早晨起得早。"

"你这么早起来拣柴吗？"

山中人早起挑水倒是有的，因为待一会儿事忙没有工夫，故早起挑水，若夫柴火之事，都不在意中了，这么早起来为得拣柴，莫须有先生长见笑于大方之家了。拣粪的孩子虽是同纯说话，他心里是很有点不懂小孩旁边的大人了。他确乎有不屑于同莫须有先生说话的神气，他认为莫须有先生是个小人，你有钱为什么不买柴呢？

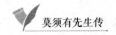

莫须有先生不是拣粪，我们可以绝对地相信没有同他冲突的意思，而拣粪的小孩仿佛莫须有先生同他冲突了，在拣粪的场合之中，常有小孩儿同老头儿冲突之事，因为拣粪者常是小孩儿与老头儿，年富力强者不暇做此项工作了，所以这个小孩儿常与老头儿冲突，此刻他简直有冲突莫须有先生之意了，你舍不得花钱，跑到山上拣野柴烧了。拣粪的孩子于是又走了，莫须有先生看着他优游自得的神气觉得很有趣，不知他何所闻而来何所见而去了，不同莫须有先生交一句言了。莫须有先生想，人各一宇宙，此人的宇宙与彼人的宇宙无法雷同，此拣野粪的小孩如何而能理解霜林里天才的喜悦呢？便是声音笑貌也自有智愚美丑之悬殊，仿佛同类而不一类了，是遗传之差吗？环境之异吗？不是的，根本的问题不是这个，遗传与环境是大同而小异，问题在于灵魂是各人自己的了。生命便是生命，甲不能由乙铸造的，正如物理学物之不可入性，父母不能造我，同上帝不能造我一样，现代思想一面不承认上帝创世，一面却相信男女造物，殊不知前者本是宗教，后者未免太不科学了，即是异乎理性而是迷信。我们大家都是有三世因果的，故无法强同，莫须有先生望着提着粪篮的小孩子的后影，很是怅惘，人生是梦，而梦是事实，所谓同床异梦。

我们再说水磨冲洗衣的事情。水磨冲洗衣，显得水磨冲的河是莫须有先生一家人的河，因为只有莫须有先生一家人在河里洗衣，总不见水磨冲的妇女下河洗衣了。乡下人真是忙，对于清洁之事也真是不讲究，也真是无衣可洗了，何况是冬日，里衣不用得洗，外衣没有得换，这确乎是农村普遍的现象。莫须有先生一家人到水磨冲来仿佛不是来避难，是来下河洗衣的，差不多费了整个的冬日可爱的时间，因为总在正午稍前，河里的空气暖和极了，有莫须有先生太太，有慈，也有纯，纯洗萝卜吃，有时也有莫须有先生在场。莫须有先生因为著作已经开始顺利，一停笔便笑容可掬地走到河边去了，择了河里一块石头坐下了，坐在水上如同坐在山上，足下都是石头，眼下也都是石头，水流只不过听见水响而已。这可证明莫须有先生是仁者乐山，并不真是乐水的。是的，实际生活莫须有先生不喜对汪洋大水，喜水不及喜水上的桥。莫须有先生太太已经习惯于莫须有先生著作顺利的笑颜了，便是两个小孩也看得出了。而且母子三人在那里设计围着莫须有先生，纯像猴子一样从他自己的石头爬上爸爸的石头，妈妈同姐姐则稍在下流了，那里有一个大浸坑，可以展洗衣之长了。纯走近爸爸，向爸爸问一句话道：

"妈妈问你写起了几块钱，要你请我们上中央公园吃小馆子。"

莫须有先生微笑了，知道妈妈要敲竹杠了。其实纯一点也不懂得"上中央公园吃小馆子"的典故，那是天下太平住在北平莫须有先生正是努力做小说家的时候的事，每逢作了一篇文章，一千字得了几块钱稿费，便请家人到中央公园吃小馆子。莫须有先生太太倒是很赞成莫须有先生那个态度，莫须有先生现在的态度，莫须有先生太太有时有点忧愁了，她恐怕莫须有先生忽然得了道，丢了小孩子没有人照管了。照莫须有先生太太的意思，自己年纪老了，小孩子都长大成人了，那时得道成功不要紧。莫须有先生因此笑莫须有先生太太，同时自己很是惭愧，一个人谈何容易得道，如果真正得了道，"道也者不可须臾离也，可离非道也"，何以有丢了小孩子没有人照管的忧虑呢？所以莫须有先生实在知道自己的进步，态度坚决了。他现在手下有过半年生活的费用，预备完成目下要写的著作，书名"阿赖耶识论"，但日用之间要节省一点，不大敢买东西了。莫须有先生太太希望莫须有先生另外预备一个职业，县中学遣散了，一时开学无望，有些学生不愿失学，要求莫须有先生设私塾，莫须有先生太太赞成此事成功，此事成功，则莫须有先生的半年计划打破了，所以莫须有先生太太又不自满意，处在两难之间，她希望莫须有先生将来得道，而将来得道又要与现在的生活不冲突，即是得道不碍于生活，而生活也要不碍于得道，如果打破了莫须有先生的半年计划，是不是妨害莫须有先生将来得道呢？莫须有

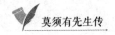
先生太太自己冲突起来了。她此刻的心事是想买两条鲤鱼腌着，向家村里有一人从湖滨挑了鱼回来卖，山上卖湖鱼是此冬季做的生意了，莫须有先生太太看见那人的鱼担中有两条大的鲤鱼，每条四五斤重，她想买来，趁此冬天腌着，明年春夏在偏僻地方住着，可以供不时之需。莫须有先生高高兴兴地走到河边来了，莫须有先生太太知道是说话的机会了，便同慈同纯商量，叫纯且去问"写起了几块钱"的话。纯也便不求甚解，知道妈妈的主意所在了。

"你们要吃什么东西呢？我叫三记到停前去买。"

"我要买鱼，不要到停前去买，村子里有卖鱼的，有两条大鲤鱼，爸爸替我买来好了。"

"我知道，这是妈妈的主意，买了鲤鱼是拿来腌，你今天并没有得吃的。"

"我喜欢吃鱼子。"

于是莫须有先生决定今天买鲤鱼了。莫须有先生小时也顶喜欢吃鱼子，鱼子者，鲤鱼之卵，过年时家里腌鱼，买了鱼不吃鱼，却是吃鱼腹中之物，鱼子不但好吃，而且最好看了。莫须有先生现在想，鱼子有什么好吃的？但盆子里黄的珠粒之大块，代表小孩子的文章了。

纯同妈妈先回去了，妈妈回去做午餐，莫须有先生同慈还在河上，慈的一份洗衣工作未完了。莫须有先生看着慈高高兴兴地洗衣，甚为喜悦，告诉慈一个歌，有《孺子歌》曰：

> 沧浪之水清兮，
> 可以濯我缨；
> 沧浪之水浊兮，
> 可以濯我足。

慈喜欢得很，问爸爸道：

"爸爸，这是谁做的歌？"

"不知是谁做的，是孔子听见人家唱的歌。"

慈因此很喜欢孔子了，这是她第一次听见孔子的事情。她自己非常喜欢在河里洗足，从前在外家岳家湾住时，有一次格外站到河中间去洗衣，兼有洗足的风味了。莫须有先生看见了，还给了慈一个教训，他说，据他的人生经验，一个人的工作，偏重于快乐感，毋宁偏重于宗教感，求快乐，不如为善最乐了。

"慈，我很喜欢这个河，——你投考县中学的时候，国文试题'水从山上下去，试替它作一篇游记'，是我出的题目，没有一个学生的作文如我的预期，我心里预期着有没有学生写他自己家门口的水，好比我们在县城的家，城外就是河，不过那不是五祖山下去的水，你在外婆家住，常在河里洗衣，那里是黄梅县三个山脉的水汇合的地方，五祖山这河也便流到那里去……"

"呀！这河流到外婆家去吗？这水不看见了外婆吗？"

"是的，我当时就预期学生有这样的感情，用写实的方法，写黄梅县的一条水，流到自己家门口的水，原来是从这远远的山上下去的，小孩子的生活同河里的水当有许多关系，有许多自己生活上的经验，现在又晓得水的老家，而且你从家里来，把它走的路也都走了，不应该有一篇好游记吗？好比它从这里走到岳家湾，便可以说道：'这是我的朋友冯止慈小姐的外婆家了，这个地方的风景真不差，中国现在有一部著名的小说是以这里为背景了。'"

"爸爸不要说笑话，——我不知道，我不知道这个水就是那个水，现在我知道了，叫我再写一篇，我一定写一篇好文章。"

"你怎么不知道呢？我以为你知道！这个水就是那个水。"

"我是真不知道，我难道还撒谎不成，我又不是要爸爸给我多打分数。"

莫须有先生有些地方确是主观的成分多了，他的主观对于任何事情都是一以贯之，所以他的道理只要一句话够了，一句话无所

不包，决不致于"有始而无终"了。"有始而无终"，是莫须有先生笑熊十力翁不知道的话，因为熊翁释佛书"无始"一词为"泰初"，那么熊翁便认为"有始"，而熊翁又赞成进化论，是又同意于"无终"。莫须有先生说佛教与孔子的道理都能一言以尽之，好比"无始"一词便足以尽佛教的道理，孔子以一个"恕"字可以终身行之了。是的，莫须有先生到了无所不包的地位，到了一言以尽之的地位，他看见山上的河，便知道家里的河，也便是路上的河，但小孩子的记忆怎么会连贯得起来呢？小孩子都是五官用事，五官用事即是注意眼前，看见什么执着什么了。所以道理实在难懂。非道理之难懂，人不知用心耳。什么叫做用心，这话却一言难尽，大概如孔子从心所欲不逾矩便叫做用心之至了。在佛教谓之证果，心如一棵树，果便是树上结出来的道理，道理是本来无一物何处惹尘埃了。圣人的心也就是凡夫的心，是一个性质的东西。正如我们的公心与私心反正都是心，善恶相反，心之为物却是一个东西了。小孩子的心是一个萌发，莫须有先生与慈都在河上，二者的地位不同了，一个叫做此岸，一个叫做彼岸，此岸所开的都是感情之花了。慈尚在这里洗衣服，她此时心不在焉，她想起家来了，想起岳家湾来了，她问爸爸道：

"爸爸，我们跑反跑得这么久，现在有整四年了罢？什么时候能回家呢？你说这个河就是岳家湾的河，我们岂不走到山穷水尽的地方来了吗？"

慈说这话时把眼睛向上下流望了一望，河里都是大石头，仿佛是她的大泪珠了。江流石不转，人生是有这么的悲哀似的，莫须有先生微笑了，他不该惹起了慈的家思，又用话语解劝她道：

"这不叫做山穷水尽，这叫做水源，你去问水磨冲的人，你看他们有山穷水尽的意思否？"

"他们的家在这里！"

"我不是同你讲家，我是同你讲道理，我从来没有山穷水尽的意思，水与山为因果，高山与平地为因果，你说谁是第一因，谁是最后果呢？只有因果道理是第一因，只有因果道理是最后果。"

莫须有先生这样说，把慈笑得个不亦乐乎，莫须有先生也不亦乐乎了。

"爸爸真好玩。"

"我来替你收衣服。"

"不要爸爸收，我已经洗完了，我来收。"

洗的衣服都在石头上晾，晾干了便收拾回家了，最后洗的都是些小件了。这里洗衣，可乐之处甚多，河上只此一家人是其一，因为只此一家，故格外显得河上有家庭空气了。另外便是濯其水而曝其日，石头上面一会儿把衣服都晾干了，对于慈这简直是一个意外的收获，因为在别处洗衣都要另外架竹竿晾衣了。这件事本来简单得很，明白得很，其水可以濯衣，其日可以曝衣，但慈觉得神秘得很，天下有这样方便的事，工作真是游戏了，一点烦恼没有。可见她有点性急，也有点偷懒，平常晒衣总感觉衣难得干，但决不是取巧了。

这天下午，莫须有先生一家人都到挑鱼人那里去买鱼了。两个小孩子是去看鱼，莫须有先生是去付鱼价，因为向来归莫须有先生管帐，卖鱼人家里是女人主政，故莫须有先生太太又先去问价钱了。

莫须有先生自《莫须有先生传》出版以后，久已无心写作了，为什么这个时候忽然又著书起来，我们也得说一说。原来莫须有先生是毫无意于写作的，只在民国三十年元旦写了一篇文章，题曰"说种子"，等于写一封信，抄了三份，一份寄北平的知堂翁，一封寄重庆的熊十力翁，一份寄一位朋友，其人在施南办农场。三方面都有回信，都令莫须有先生失望，朋友是年龄未到，莫须有先生仍寄着希望，至于知堂翁与熊十力翁，莫须有先生得了二老的回信，有一个决定的感觉，老年人都已有其事业，不能再变化的，以后不同此二老谈道了。同时又喜欢孔子的话，后生可畏，四十五十

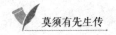

不可畏了，孔子之为人真有趣，他的话多么表现其不知老之将至。莫须有先生决不是对熊周二老有不敬之意，他是深知学问，当仁不让。民国三十一年春，熊翁从重庆寄来新出版的《新唯识论》语体本，莫须有先生读完了，乃大不以熊翁为然了。多年以前读《新唯识论》文言本，最初自己无所知，等到自己懂得佛教时，知道熊翁不懂佛教而著《新唯识论》，然仍喜熊翁是天才，只是习气重，好名誉。莫须有先生毫没有意思再看《新唯识论》了，也没有意思批评它，更不想到破它。《说种子》一文等于写一封信，报告自己的心得，给熊翁一个反省，佛教的种子义正是佛教之为佛教。《新唯识论》是反对唯识种子义的。区区之心熊翁毫不理解，而且熊翁再接再厉地印行其《新唯识论》了。莫须有先生乃忽然动了著书之念，同时便决定了所著书的名字，便是《阿赖耶识论》。即不著一字而此一部书已是完成的，因为道理在胸中已成熟了，是一个活的东西，是世界。然而要把它写在纸上，或非易事，莫须有先生乃真像一个宗教徒祈祷，希望他的著作顺利成功，那时自己便算是一个孝子了，对于佛教，也便是对于真理，尽了应尽的义务了。这是三十一年春的事。而现在在水磨冲住着，很有工夫，一提笔就写起了两章。第二章是破进化论的，莫须有先生没有料到他那样容易说话了，这么一个大敌人，进化论，举世的妄想，莫须有先生不费篇幅破了。莫须有先生是预备以身殉道的，世人如指出莫须有先生的话说错了，莫须有先生便自己割掉舌头。真理是活的，凡属违背真理的思想，必然是死的了，以活的道理去拘拿死的东西，故非常之容易下手了。我们且简单的说几句，世间法有两种，一是假法，一是有体法，假法者如树林，如树；有体法如种，如芽。除开一株一株的树没有树林，正如除开一个一个的士兵没有军队，所以树林同军队一样，却不是有体的东西。同样"一株树"也不是有体的东西，因为除开根茎枝叶花果等没有什么叫做"树"了。它虽不是有体的东西，但却不是说它没有用处，树可以乘阴，树林可以贮蓄雨量，军队可以作战，所以说它是假法，依然是承认它有这个东西的。只是这个东西不能"生"。假法不能生者，如一个树林子，不能生出芽来。芽要种子生芽。这是常识所承认的。同样树亦不能生芽，因为树亦是假法，常识乃有迷惑。是的，树不能生芽，是种生芽。"种子"便是有体法了，有体法才能生。有体法者，便是有这个东西的实体，故能生。种子非如常识所说的"这颗种子"的意思，说"这颗种子"同说"这株树"是一样的意思，是执着了。种子是诸多种子，芽要芽种，茎要茎种，叶要叶种，花要花种，种子亦要种子的种。诸多种子合而为一合相。诸多种子决定相生而成为一个东西仍是一合相，如一株树，但这一株树是假法。世人所说之生乃是假法生，如说树生子，不知这是执着之情了，是最可悲悯的事。《成唯识论》说："假法如无，非因缘义。"意思就是说，一株树不能生，正如虚空里不能生出芽来了，假法同"无"一样。《唯识因缘义》便是生义，便是种子义。学人如熊十力翁，同常情一样，不懂种子义，他屡次说"母生子"，不知说"母生子"正如说"树生子"，是以假法为因缘了。世界便是《华严经》说的"种生芽法"。"识是种子，后身是芽。"即是轮回的事实。莫须有先生根据常识来说明这一个道理，想指出常情所认为"生"的观念是妄想，初不料科学家也同常情一样说话完全没有定义了，故推翻进化论是易事了。定义者是要你把所认的东西的体说出来，这应是科学唯一的能事。莫须有先生说，科学方法便是"定义"二字，而生物学的"生"没有定义了。莫须有先生更想，中国的几派人都是中了进化论的毒，其实大家都不是研究生物学，何以断章取义便认为是天经地义呢？这个天经地义便是说一切是进化的，后来的是对的。共产党不必说，最后的是对的，所以最后的革命是无产阶级的革命。即如胡适之先生的《白话文学史》，何曾不是最后的是对的呢？因为以前的文学都是向着白话文学进步的。是的，熊十力翁也不知不觉地受了传染，新的是对的，故他是《新唯识论》，以前是

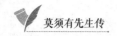

旧唯识了。孔子曰："温故而知新，可以为师矣。"莫须有先生于孔子的话很自安慰，莫须有先生是温故而知新，可以印证于孔子了。故是历史，新是今日，历史与今日都是世界，都是人生，岂有一个对，一个不对吗？以前的人未必没有做父母，做父母之道不是止于慈吗？以前的人未必不与人交，与国人交之道不是止于信吗？什么叫做进化呢？你们为什么不从道德说话而从耳目见闻呢？你们敢说你们的道德高于孔夫子吗？高于释迦吗？如果道德不足算，要夸耳目见闻，要夸知识，须知世界的大乱便根源于此了，知识只不过使得杀人的武器更加利害而已。进化论是现代战争之源，而世人不知。人生的意义是智慧，不是知识，知慧是从德行来的，德行不是靠耳目，反而是拒绝耳目的，所谓克己复礼。克己复礼，则人不是动物，真理不是进化了，圣人是真理的代表了，故孟子说："圣人先得我心之所同然耳。"人而不信圣人，天下便将大乱。所以中国的乱从五四运动起，而世人不知。孔子自言其信而好古，信而好古便是温故知新，便是一以贯之。"一"便是真理，真理没有两个，而人类历史上必有德行完全的人表现真理了，所以孔子说"文不在兹乎？"

圣人之于真理，正如易牙之于味，师旷之于声音，我们能说我们的口耳是进步的吗？我们能说古人的口耳是闭塞的，到现在才开通了吗，不是的，口之于味，耳之于声，是与生俱有的，色声香味耳目口鼻正是世界。同样，真理不待今日发现，圣人先得我心之所同然。故我们必得信圣人。信圣人即因为你懂得真理。莫须有先生于中国大贤佩服孟子，佩服程朱，因为他们都是信孔子，他们都是温故而知新，温故而知新故信孔子。孟子道性善，是孟子的温故而知新。程子格外提出致知在格物，是程子的温故而知新。在佛教方面，空宗菩萨破因果，而是破世情的因果，即是破没有因果定义的因果；有宗菩萨则是说因果，规定因果的定义。因果的定义便是种子义。说明种子义便是说明轮回。故佛教是一贯的。孔子是不知为不知，故曰未知生焉知死。佛教则是知之为知之。不知与知有什么冲突呢？儒家的生活除了食肉而外，除了祭祀杀生而外，没有与佛教冲突的。而祭祀也正是儒家，因为它是宗教。非宗教便是唯物，是不足以谈学问的。佛教之不杀生，是因为"知"，是因为佛教之为宗教是"理智"的化身，换一句话理智是佛教的神通，是世界，是生命。熊十力翁不但不知佛，而且不知孔子，只看他看不起宗教而抬高哲学的价值便可知。只看他遵奉生物进化论便可知。熊翁口口声声提倡东方的学问，他又确实知道东方学问的意义，而他不知道他无心之中铸成大错。今日讲学不能为世人立一信字，是与世人推波助澜。此事甚可哀。

以上都是讲道理，其实不应该讲道理，应该讲修行。莫须有先生尚是食肉兽，有何修行之可言，只是他从二十四年以来习静坐，从此他一天一天地懂得道理了。

第十八章　到后山铺去

莫须有先生半年山居造论的计划终于打破了，并不是太太打破的，是给老太爷打破了的。原来这时，民国三十二年春初，黄梅县城已是敌伪区域，老太爷在城里家中看家，身体已甚不健康，常患病，一天传信给莫须有先生曰："此间已不是人的世界，完全是下流社会，天下之恶皆归焉。吾与汝兄弟已不能在城里见面，你们必得有一人到后山铺吾家祠堂里去住，我自审病势加重时，即住祠堂去，一家人可以在那里聚会，我将来也便在那里同你们分手。"莫须有先生已经有经验，本着经验，对于老年人的话总是怀着信服的心情，不轻易以为可笑的，正合了陶渊明的话："昔闻长者言，掩耳每不喜，奈何五十年，忽已亲此事。"他确实知道老年人说话总有原故，何况老太爷这回的吩咐，更非寻常，仿佛生死大事他老人家已经指挥若定了，莫须有先生毫不踌躇当下便把别的事情丢开了，打算怎样到后山铺祠堂去居住了，所谓半年内写成功《阿赖耶识论》者，前言戏之耳，什么叫做著作，事莫大于听父亲今日的吩咐的。父亲虽是吩咐兄弟二人任一人去，意思是重在叫莫须有先生去，由水磨冲移到后山铺路程顺便，大哥此时远在黄花镇，那是黄梅县东南角滨湖与安徽宿松交界的地方，从那里搬家便不易了。莫须有先生到现在想起，在水磨冲听父亲之命搬家至后山铺，是他的传记里面最得意的一章，不但心情好，动作行为均佳，所以后来便自然有许多事功，孔子所谓"从心所欲不踰矩"大约近是，只可惜其他的事情上面总还是有错处，不能如这回不错。这回的不错怎么来得那么容易，而且莫须有先生完全是本着天真的心行之了，他觉得他向来没有奉命行事，在学问上都是自己费了辛苦得来的，劳而后获，他并不以此自喜，倒是羡慕人家有先生指导，如颜回之于孔子，那该是多么快乐的事，免得自己走入歧途了；在职业上总是当教员，都是聘任，没有奉过命令的，今日父亲传来的话等于命令了，故莫须有先生接受时甚为喜悦，是他生平第一回作事不用得"三思而后行"了，只恭恭敬敬地服从了。便在这天晚上，他告诉太太道：

"明天早晨我早一点吃饭，到后山铺去。"

太太听了这话，喜得不能作答了，简直不能相信莫须有先生这话是真的了，一个人何以这样勇而智而仁呢？但他知道莫须有先生是大丈夫说话，而且说话的态度和蔼可亲了。迩来她对于生活颇感忧愁，因为莫须有先生一心著书，生活的事情好像都忘记了，看他的样子怪可怜，便是"人不堪其忧，回也不改其乐"，他以为他的钱可以够半年家用，但这是去年年底的话，今年食盐已经涨到二十元一斤，身边四五百块钱马上要等于零了，一家四口，油盐柴米都要买，不是耍的，而怎么好打断莫须有先生的兴会呢？莫须有先生是勇，莫须有先生也不是不仁，其人有时未免不智了，即是贪著作，这是大可不必的，照莫须有先生太太的意思。她却不想进言了，进言恐无益，自己也未必一定该说话了，有许多人抽大烟贪赌博都不是妻子儿女所能规劝的，何况莫须有先生是有其千秋事业呢？（莫须有先生太太知道莫须有先生的著作决定是不朽的！）人生一切只是忧愁罢了，没有法子，听之而已。孰知莫须有先生自己翻然改计了，他明天到后山铺去，莫须有先生太太喜得什么似的，同时又真正的佩服莫须有先生，敬重莫须有先生，她知道莫须有先生是仁者了，结果总是舍己从人了。到后山铺去就决定是打消著作，另作谋生之计，这一层莫须有先生太太知之审矣。她却将她的欢喜隐藏下去，故意做一个若无其事的样子，用了很细微的声音回答莫须有先生道：

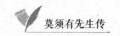

"是的，明天早晨我早些煮饭你吃。"

往下莫须有先生没有一句话说，他心里一点事情没有，未成的著作已经立定了基础，暂时束之高阁，将来成功甚易，无形之中或有此一计较罢了。这时天色已经黑了，屋子里没有点灯，村子里大家都不点灯的，节省油。在彼此看不见的空气之下，莫须有先生太太倒有点沾沾自喜，她仿佛她是对的，莫须有先生是勇于从善，所谓今是而昨非，而且莫须有先生是听老太爷的话，故决定到后山铺去。"旁人的话你未必那样信服了！"事后莫须有先生太太常常这样取笑莫须有先生，笑他在水磨冲下笔著书时那一副书呆子的样儿。莫须有先生不答太太的话，他觉得太太不能懂得此中道理了，太太的话当然也不可否认。莫须有先生因此记起《论语》一章书。"孟懿子问孝，子曰，'无违。'樊迟御，子告之曰，'孟孙问孝于我，我对曰无违'。樊迟曰，'何谓也？'子曰，'生事之以礼，死葬之以礼，祭之以礼。'"莫须有先生以为这章书里的"无违"便等于从心所欲不踰矩的"不踰矩"。当然有不违背父母的意思，但本只有无违二字，下面没有宾词，无违又不等于不违背父母。吾人立身行事，如果不违背父母，便是不违背道理，斯天下之至乐。孔子圣人，说话耐人寻思，莫须有先生有得于"无违"二字了。最有趣，"无违"二字是圣人的言语，任何学人不能有此佳作，而圣人又恐怕人家误解了他的意思，怕他的话有流弊，遇着樊迟又告诉樊迟一下，引得樊迟再问一下，他老人家乃再说出一个礼字，那么"无违"是"合乎礼"了。故莫须有先生以为"无违"便等于从心所欲不踰矩的"不踰矩"。莫须有先生只有在水磨冲著书而搁笔的时候确有此"无违"的心情，往后常引以为乐。当然是因为为子，但同时也是为夫，为父，否则怎么叫做"无违"呢？若照莫须有先生太太的话："旁人的话你未必那样信服了！"有乐于莫须有先生之孝则可，无取于莫须有先生之慈与夫妻之恩爱则不可也。总之莫须有先生决不以为他的半年计划是错的，虽然一月两月间便把计划打消了。

我们再说后山铺。要说莫须有先生的老家，老家在后山铺，出西城一十五里。莫须有先生小时听得祖父说，他们这一支人是从十九世祖搬到县城的，县城南二里马王山有十九世祖墓，前乎此的祖坟都在后山铺了。因此莫须有先生对于后山铺很小便有感情，对于那个地方有感情，但觉得那个地方奇怪，同县城附近的地方不一样；对于那个地方的人有感情，但觉得那个地方的人奇怪，同县城附近的人不一样。县城附近的地方与人物有城市气，后山铺则是中国的农村了，而且后山铺几家姓冯的都自有其田，都是小康人家，只显得他们吝啬，没有丝毫谄媚气味了。因为是本家的原故，彼此之间丝毫不加粉饰，你不到他家里去吃饭，不须要他花费，他反而因你来了大家共桌吃饭，有酒有肴，都是"祖上办的"，有公共的祭产，春秋二祭备此盛馔，县城内一支姓冯的便于此二祭日来，小孩子也来，谓之"做清明"，谓之"做重阳"。大家都以本来面目相见，是木讷寡言者便木讷寡言，是巧言令色者便巧言令色，大量喝酒者便大量喝酒，大块吃肉则人人皆是，只有莫须有先生城里读书人家的小孩子不吃"肥"肉，也不吃大块肉，旁人则笑曰："你太吃亏了！你来做什么呢？"莫须有先生觉得甚有趣，这些不相识的人何以彼此同一家人一样呢？虽说同一家人一样，而莫须有先生完全不懂得他们，不懂得他们而同一家人一样，这里没有客气，只有习惯，习惯表现各人的性格了，因之也就神秘得很。莫须有先生说，中国的文章确是可以分两个派别，一是公安派易懂，一是竟陵派难懂，县城附近的人物都是公安派，容易接近，接近之后若无关系然，后山铺的人物不容易接近，但同你有接近的关系，使你很想懂得他们。总之这些本家的农人（确乎没有一个是读书人）留给莫须有先生一个印象，即是中国农人的印象，即是"家"的印象，他们的壁垒有中国的历史一样长久一样坚固了。莫须有先生因为是城市里的小孩子，他仿佛感觉到自己的力量不够，不足以与他们匹敌

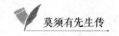

了。好在与他们可以老死不相往来，并不比街上的流氓彼此常常见面了。同流氓常常见面，城里的小孩子倒不怕他们。另外莫须有先生留了后山铺的一个印象，即是一棵树的印象，一棵樟树，有庄周书上所说的树那么大，其大蔽牛，仰而视其细枝，其翼若垂天之云，莫须有先生，一个小孩子，站在下面望洋兴叹了："好大树！"但乡下人视之若无睹。莫须有先生春秋二祭日，到后山铺，甫下车（小孩子如是学童亦由祖上备车子，若牧童则无资格），便跑去看树，看树之大，口呿而不合，舌挢而不下，羡其高，现实毫不改变印象。此树确乎是大，就是莫须有先生后来长大了，以北京大学的学生身分去看它，它还是令人不变印象，到此时而不变故乡的美丽者，只有此一棵树之大存焉，其余一切的印象每每比现实放大了若干倍。莫须有先生以北京大学的学生身分去后山铺是暑假回家到后山铺祭祖父之墓的，算是私祭。祖父茔地在后山铺。莫须有先生已不屑与一般族人打交待了，大学生已经参加新文化运动，认为过于重视家族关系未免太有封建意味，所以这一日来去匆匆，只是把后山铺的樟树写在笔记本子里想放在那一篇小说里描写一下。如今决定到后山铺去住家，首先引起的是一个探险的心理，仿佛如何打进那个从来不想进去的别人家的坚固的壁垒，而且他知道到那里去住同在龙锡桥决定不一样，龙锡桥族少事少，虽说是本家却还是邻人的性质多，后山铺则确乎是家族之间，你不去你可以同他们没有关系，你去了则你同他们的关系是天然的了，不但法律的意义如此，道德的意义亦如此，不但政治的意义如此，经济的意义亦如此，后来你还知道中国的社会原来是宗教的社会，你同他们信的是一个宗教，即是"慎终追远，民德归厚矣"。这一切并没有明文规定，莫须有先生在决定去之先都感觉着了，故此去是探险，将真是打开一种生活环境。除此之外，则是路人的好奇，即是此去又可以看那路上的一棵大樟树了（民国三十年莫须有先生曾往后山铺葬母，母亲茔地也在后山铺，但那时不知为什么那么匆忙竟没有留心这棵树），凡关于这一类的引诱莫须有先生向来是冯妇，容易动心。也可以说是"余幼好此奇服兮，年既老而不衰"，即是莫须有先生童心重，乡土感情深。那天早晨，莫须有先生太太为莫须有先生煮了很早的饭，莫须有先生吃了很早的早饭便出发了，下山往后山铺一路而行了。一路无话。但走了十五里之后到了一个地方名叫渡河桥，此地离多云山莫须有先生的姑母家不远，二十八年春莫须有先生在姑母家避难常来这里买柴，渡河桥街最长，两街之间一条河，桥最长，桥之北岸坝最长，坝上窑出品陈列的阵式最长。渡河桥以烧窑著名，举凡黄梅县乡村与市镇所用的瓦器如水缸，酒壶，夜壶，冬日取暖的火钵等物都取之于此。所以渡河桥最寂寞，占的地方那么大，陈列的东西那么多，而都是瓦釜不鸣，不见人烟，只见大漠孤烟直，都在那里烧窑，窑如小山星散。人烟记得向来不多，因为地面大故格外显得人烟不多。现在敌寇打游击，东乡以土桥铺为一日路程之终极，距城二十里，北乡便以渡河桥为终极，距城二十里，土桥铺依然商业繁盛，寇至则徙，渡河桥则荒凉已极，有一段街十室九空，此不知是何地理。虽然荒凉已极，而窑业不改其发达，寇来人逃而货不逃，窑货不怕遭损害，损害不得那么多，寇亦没有损害长蛇阵势的瓦器的兴致。损坏了，反正是一片瓦砾而已，糟踏人工而已，不足惜也。未遭损害，则可以卖得许多钱。莫须有先生做小学生时到五祖寺旅行，出来是取道土桥铺，返校则经过渡河桥，殊途而同归，那时留得渡河桥的印象便是寂寞，桥长，而且看见"夜壶"！他不知道夜里屙尿的夜壶出在这里。现在又加了一个敌寇深入中国的寂寞，故渡河桥的印象仍可宝贵。还有，还有一个做教师的趣味，莫须有先生在金家寨教国语时，上学第一次作文题是"上学记"，有一学生作文上写了渡河桥，他说他从家里动身走到渡河桥天刚亮，看见那里肉店正在杀猪，他听见猪正在杀着叫，莫须有先生很是欣赏，知道这个学生是写实了，他能听见那个叫声，不忘记那个叫声，很难得。莫须有先生看见渡河桥南街上

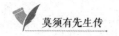

坎地方果然有一家猪肉店了。

这条路，便是我们以前所说的横山大路，莫须有先生是由东
而西，由渡河桥再往西走，山便在路旁，行十里到苦竹口。苦竹口
的街也很长，在抗战期间更长，莫须有先生在后山铺住家以后常来
苦竹口买东西，见其街一年延长一年，茅屋瓦屋一年加多一年，住
户一年富足一年，有一家染店在日本投降前一年变成第一等富户，
大家也并不以为奇事，因为有许多人都变成富户了，都是战时交通
闭塞的原故。土桥铺，渡河桥，苦竹口，再往西便是后山铺，再往
西便是大河铺，形势都相仿，与县城的距离都相等，战时都繁盛起
来了，而繁盛的程度甚有差异，第一是大河铺，第二是苦竹口，有
空前未有之盛，土桥铺则只是几家店铺盛，非全体之盛，后山铺则
徒以饭铺盛，这些当然都有其地理上的原因，莫须有先生看来很有
趣，敌人占点不能占面完全有利于中国农人的生计了。附说一句，
黄梅县滨湖有两个市镇，一名下新，一名独山，下新可怜焦土，独
山与山乡大河铺并驾齐驱称盛，多少人由贫家而成富户了。所以在
此次敌人侵占之下，除县城人无家可归，归家亦无饭吃之外，农
村与市镇中人多是发财的，佃农大半都向地主赎买田亩了。下新
虽是遭难，与下新相距五里名叫长岭的小镇又繁盛可观了。莫须有
先生今天过苦竹口时，在苦竹口茶铺里喝茶吃油炸鬼，夫油炸鬼之
为物，莫须有先生已有好几年不吃了，那是县城有闲阶级早起吃的
点心，乡下无有也，而今在苦竹口茶铺里遇见了，故莫须有先生甚
喜，犹如归了家，特意买它一吃。而坐在茶铺里满眼都不是城市，
别有山林风味。此物何足贵，但感别经年。此地必有县城人。果然
莫须有先生看见了好几位县城人，他们必是在苦竹口或苦竹口附近
避难。县城人有县城人的习惯，即是在街上见面彼此不打招呼，现
在大家在乡下避难也还是不打招呼，莫须有先生大有《长干曲》同
舟暂借问之感，但他也不自动的先问人家了。甚矣习惯入人之深。
莫须有先生有哀愁。由苦竹口再走十里便是后山铺了，一心以为到后山铺，达到目的而后止，而孰知起身走二里许到一个地方而看见一棵大树，首先是大树的感觉，再是这棵大树是松树的感觉，大凡松树之大，伟大即是美丽，美丽即是历史，蟪蛄不知春秋，朝菌不知晦朔，其生命，其价值，亦徒在乎"不知"耳，若知之，则不能不承认松树的资格也。莫须有先生为证明黄梅县有这棵大松树起见（莫须有先生在北平香山甘露旅馆门前看见有两棵大松树，现在这棵松树比那两棵松树还要大），等他达到后山铺以后，特意问一乡人，"苦竹口过来有那棵大松树的地方叫什么名字？"乡人虽是常来往于本乡路上，似乎没有留心松树，不知所答。另一乡人连忙代答曰："蚂蝗岭，蚂蝗岭。"莫须有先生乃记下蚂蝗岭了。莫须有先生刚才经过蚂蝗岭的时候，见有一户人家，不见有人了。蚂蝗岭这棵大松树，年纪确是老了，远不如北平香山甘露旅馆门前松树健壮，但岁寒松柏之姿态过之。旬日之后莫须有先生同慈与纯经过蚂蝗岭，特意请他们注意松树，小孩子的注意似乎反而不及莫须有先生，莫须有先生颇寂寞。莫须有先生不但请他们看树，过苦竹口时亦曾请他们坐茶铺吃油炸鬼，可见莫须有先生决不是偏重精神而轻物质，他叫人注意的事是应该注意的。若说后山铺街上那棵大樟树，等莫须有先生今天有心去看它时，樟树已没有了，使得莫须有先生大失所望，寻寻觅觅，冷冷清清，徒徒在街上思索了一遍，街上都是中国人的面貌，中国人都是自私自利的货色，他们没有公心，他们没有事业心，他们也不知道爱国，正如时间空间上面可以随便毁弃一棵树了。此事也无法同人说，莫须有先生只好不说了。到了后山铺便等于到了冯仁贵祖祠堂了，因为心理上已经到了，虽然路程还要从大路折回来走几许小路。一共走了三十五里，大早动身，到达祠堂是正午时候了。莫须有先生受了甚大的欢迎，彼此之间一点客气没有，只是欢喜。一共九户人家，被引导在一家屋子里坐着，连忙烧茶（乡村间都是没有茶的，有大宾来便临时烧茶），连忙诸位主人，九个到了八个。一人得了肺病不能到了，这是莫须

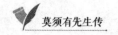

有先生后来知道的。莫须有先生向他们道：

"我告诉你们，我今天还得在你们这里住一宿，原来我是打算本日赶回去的，现在我觉得走乏了，得住一宿，明天再回水磨冲去。"

"你也不说住一宿，我也不说住一年，就住一个月。"

说话人是胡子，小名叫和尚，五十之年忽焉已至，而人都叫他的小名叫和尚了，独有莫须有先生称其号曰"有义"。后来也便有许多人称他有义，但还是以和尚著名。和尚是最喜开口之人，其声音非常之大，其妻适与之相反，其声音非常之小，莫须有先生后来都知道了。后来莫须有先生太太曾告诉莫须有先生曰："和尚的女人说儿媳妇不好，她说她没有法子同男人说，'气死人！死男人说话同打雷一样，你还没有说他便嚷破了天，都给人听见了！'"都给人听见了的"人"指自己的儿媳妇，所以和尚的女人非常之苦闷，心里的苦处无法向人倾诉。好容易来了莫须有先生太太，乃向莫须有先生太太倾诉。莫须有先生因此想描写和尚一番，正合了这一首诗：

> 十指尖尖两铁椎
> 花容月貌赛张飞
> 枕边若说私情话
> 一点娇音打破雷

但其人亦甚妩媚，莫须有先生于最初见面时便感觉着。国人却都曰可杀，说他最狡猾，其实他的狡猾亦只是自私而已，总是想得好处而已，丝毫无损于其为父之慈，其为人最是慈爱于其子的，抗战时期对于国家也丝毫不少出钱出力。却是不孝于其母了。莫须有先生心想，如果和尚能孝，和尚岂不成了一个完全人吗？是何能望之于目不识丁的和尚呢？莫须有先生以为可恕。莫须有先生一向称赞中国的农民，并不是不知道中国农民的狡猾，只是中国农民的狡猾无损其对国家尽义务罢了。莫须有先生称赞中国的家族制度，也并不是不知道家族当中的黑暗与悲惨，只是中国的国易为读书人所亡，而中国的社会以农人为基础，家族有以巩固之罢了。教忠教孝，只要有教，基础是现成的了。和尚之家乃最有以供莫须有先生之参考。今日初次与莫须有先生交谈，莫须有先生也感得他说话的声音大，但同时有其妩媚之处，其不甚长的胡子浓黑，显得他年五十而体力强。莫须有先生回答他道：

"我不久就要搬到你们这里来住，我今天来就是为得同你们商量这件事。"

"那我们可好了！自己家里有先生不留给自己家里，像女儿一样，都嫁给别人了！"

和尚把大家说得笑了。莫须有先生笑着答道：

"龙锡桥也是本家。"

"那是疏的，不是亲的，这里才是亲的。"

人生的感情大约都是假的，不是真的，换一句话说有为法是假的不是真的，何以莫须有先生听了亲疏二字的声音便动了感情呢？声音最能感动人。一言之下，他觉得他同在座诸人亲了。其中有一人年最长，过六十，辈分同莫须有先生同有义是同一的辈分，他乃领袖群伦，郑重发言道：

"我看先生不是同我们说笑话，先生一定是搬到祠堂来住家的，我们今天就去叫木石匠来，把祠堂应该修理的地方修理，等房子修理好了，再择一个日子到山里去替先生搬家。"

"季哥说的不错，我们就这样办。"

季哥的声音小，和尚的大声音附和季哥的小声音的话。其余的人都聚精会神地听，莫须有先生也不知道他们的名字，也辨不清他们的相貌，他的眼光现在是那样的无分别性，座中任何一人，除了刚才发言的两位，离座他便不认得了，把名字告诉给他他也不记得了。座中诸人大多数是叫他叫莫须有先生爹爹，莫须有先生很以

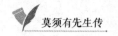

为好笑了，如今已不是严重问题，即不是做父亲的问题（十年以来
莫须有先生自居于严重问题之中，因为努力学做父亲），而是忽然
不知老之将至的日子了。和尚所说的季哥（神安他的灵魂！他在抗
战胜利前一年死了），莫须有先生获悉他号"有德"，莫须有先生
总称他曰有德了，他是莫须有先生最爱的老年人，最可敬重的老年
人，他最有中国农民的道德，也最表现做人的一种弱点，我们以后
必然有许多话可说了。

"我问你们一件事，你们这里离城十五里，距敌太近了，倘若敌
人打游击怎么办呢？这是我今天特地来同你们商量的主要原因。"

"这一层先生不用耽心，日本老打游击最远到坝枫树就打转了，
不到后山铺的，后山铺靠横山大路，日本老不敢往山里头来的。坝
枫树离后山铺还有五里。如果日本老到后山铺，那便要动大家伙，
要打炮，也不是先到后山铺，东边先到土桥铺，到渡河桥，西边到
大河铺，任凭你在那里住都是要跑的，我们也无非是跑，——先生
到这里来，不比停前街上距县政府近有鱼有肉可买倒是真的，难道
还怕跑反吗？我替你挑东西！"

莫须有先生感激和尚说这话的意思是真诚的，一点也不狡猾。
在跑反时有人替你挑东西，是天下最可感激的事了，在莫须有先生
尤其是无官一身轻，然后自己一个人等于许由洗耳，六根清净，可
以躲到各处山中任何庙里去住一天了。在山乡各处都容易有山，各
山都容易有庙，只是人难得没有行李罢了。和尚还有一个绝对的把
握，即是他有一间密室，除了自己家族间，任何人不知道了，连年
以来大家的东西都藏在那里头了。这话他现在不便同莫须有先生
说，而且也没有说之必要，那样怎么叫做守秘密呢？临时自然会告
诉你了。莫须有先生至此心里的问题已经解决，同时自己觉得很惭
愧，他同这些农人有什么关系呢？他对于他们一点功劳没有，并不
比对于国家，对于社会，莫须有先生可以受国家的优待，可以受社
会的优待，比任何人可以受之而无愧，因为他早年忠于艺术，后来

忠于学问，成绩卓著，而人不知而不愠，那是当然的，但他对于这些农人一点功劳没有了，此来他不等于向他们求乞吗？莫须有先生坐在那里默默地感激他们的恩惠了。若说求乞，那他人的恩惠又是可以接受的，一个人不可以太有我慢了。其实莫须有先生还不免是一个文明人的态度，不久他自己都觉悟了，他同他们是有关系的，即是家族关系，是中国社会的基础了。而且在数年之后，他们舍不得同莫须有先生分手，莫须有先生也舍不得同他们分手，你如问他们，谁是他们认为最好的人，要离开一切的关系说话，他们一定举莫须有先生了。你如问莫须有先生，世上何种人最可爱，莫须有先生一定说中国的农人最可爱了。莫须有先生说这话时所记得的是本家有德与有义之流，而他实离开了一切的关系说话了。

"我同你们到底是怎样亲，亲到怎样，我到现在还不知道，你们如果知道，我今天很希望你们告诉我，——我很知道我自己不对，我应该把我同你们的关系知道清楚了才上你们这里来，不过我知道我同你们才真是本家，同是仕贵户，大约共仕贵祖，是不是？但仕贵祖是什么时候的人呢？"

"先生真是太客气了，太谦虚了，不过现在学校出身的先生们不讲究这些事倒是真的，不比我们农人，二十七年日本老来了，我们跑反，首先把家谱安顿好了再跑，你没有这个东西，地方上的绅士们就要欺负你，有这个东西有时可以抵抗他们。我们姓冯的谱是二十六年夏天新修好的，那时先生还在北平，我们常常谈起先生，要说荣宗耀祖，只有先生的功名大些。"

有义大声地絮絮叨叨地说了许多，莫须有先生很不懂，莫须有先生以为家谱是天下最无意义的著作了，徒徒花费金钱了，还不如县志有其历史价值了，乡下人何以看得如此宝贵呢？

"你这一说我倒记起一件事，我家的一份谱放在楼上，二十七年日本老撤退县城后我回家去看，家里的东西都损失了，倒是谱还在，但也弄残了……"

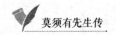

莫须有先生说到这里不往下说了，他觉得这是他最惭愧的一件事，他确是看不起这一份谱，认为无足重轻，残与不残毫无一顾的价值了，乡下人却是如此宝贵它，就不论其客观的价值之有无，这一份保存的心已很可贵，中国人什么都弃之若敝屣了，即如国土外患来了也是弃之，乡下人确是什么东西都不弃！莫须有先生的生活态度有时还是潦草了。关于当时他对于家中楼上散乱的家谱的心，简直是一个痛苦，是一个伤痕，他只好忘却了。连忙又问有义道：

"你刚才说，你没有这个东西，地方上的绅士们就要欺负你，有这个东西有时可以抵抗他们，是什么意思呢？家谱为什么有这么的用处呢？"

有德不甘于不作声，他答复莫须有先生道：

"先生不知道，是这样的，乡下抽兵，你家里没有先生，别人家的先生就要欺负你，你家的孩子本没有适龄，他要说你家的孩子已经适龄，这时你便拿出家谱来看，那上面都有出生年月的，他也便没有话说了。我们这一姓，住在这里的，人丁不旺，只有和尚有两个孩子，他就怕抽兵！"

莫须有先生又暗自好笑，原来家与国冲突了，这一来家谱确是没有价值的刊物了，而中国的读书人，乡下的绅士们，更是可耻了，一切事都没有正义感了，不能修身齐家了，结果家与国冲突了。本来有这么一个有感情有历史性的天然结合，儒家的哲学完全建筑在上面，都给读书人弄坏了。不能道之以德，齐之以礼，是读书人之耻。不能道之以政，齐之以刑，也是读书人之耻。因为农人是信任读书人的，家与国应不冲突，所谓修身齐家治国平天下之道。中国历史，不论儒家，不论道家，其实都是家族哲学。一到"国"的哲学，便是历史上所谓新法，便失败了。而现在的政治学说都是学西洋，完全不知道家的哲学了。

"你们还没有告诉我，仕贵祖是什么时候的人呢？"

于是有义大声说道：

"现在不用著急，等你搬来以后，我引你去看仕贵祖的坟。我听见从前老人说，仕贵祖生了两个儿子，儿子我们也叫爹，一个是世清公，一个是世和公，先生便是世清公的后人，我们是世和公的后人。后山铺下坎有一块四方碑石的坟，便是你们世清公的坟，你不信几时我引你去看。"

和尚说话真是生动得很，其无礼又像孔门子路，所谓"野哉由也"。他觉得他答复莫须有先生答复得很圆满了，莫须有先生也以为他答复得很圆满了，有历史家的态度了，不但是考证，简直是考古，他几时引莫须有先生去看碑。其实和尚他总是忙，总是在田地里工作，简直没有休息的时候，后来倒是有德引莫须有先生去看碑了。莫须有先生看了墓碑，依然不知道仕贵祖是什么时候的人，世清公亦然，因为碑是后代重建的，不是原来的碑了。莫须有先生站在碑前失望得很。弄学问的人有时所求的确是假知识，反不如有义之流看见仕贵祖的墓便是认识仕贵祖了，何必向一块石头问年代呢？因为不是原来的年代，莫须有先生便觉得无记得的价值了，等他坐飞机以后，我们问他是什么时候重建的碑，他说他忘记了，但似乎不出同治以前。

莫须有先生坐了一会儿喝了一会儿茶大家谈了一会儿话以后便被引导去参观仕贵祖祠堂。此祠堂在乡间算是大厦，尤其是莫须有先生数年以来住的都是小房子，在水磨冲更是牛住的房子，故此刻此祠堂格外显得大。此一个村子，只有这一个祠堂大，其余的房子，在祠堂前面者，如莫须有先生刚才喝茶之屋，只能算是祠堂的儿孙了，格外矮小，却都是"有饭吃的"家庭。此乡都说这里姓冯的都是"有饭吃的"。凡被称为"有饭吃的"，便有被羡慕之意，便有被欺负之意，可见乡下人多没有饭吃，可见乡下绅士都是欺负农人。房子大，年久没有人住，除了大门且没有门窗，若是莫须有先生私人财力，决不能胜任修理了，大房子若不加修理，则等于叫化子"住祠堂"了。乡间的祠堂，因为没有人住，常有叫化子住，

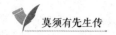

故"住祠堂"是一个最普通之词，是叫化子的代词了。看有德刚才的说话，"今天就去叫木石匠来，把祠堂应该修理的地方修理"，莫须有先生不免有疑惑，此项修理费用出之于谁呢？当然应该出之于住房子的人，但此人是莫须有先生，何以不征求同意呢？于是莫须有先生向有德表示意见了，他这样问他：

"你刚才说修理，我看这很不容易修理……"

"你不用管！"

"要钱用！"

"你不用管！"

莫须有先生后来知道有德是天下最大的经验家了，莫须有先生生平所遇见的经验家无有甚于此老了。他说的话没有不合事实的，他作的事没有不收效果的。仕贵祖的祭产颇富，为另一管祭老板所掌管，此人不住在这里，在后山铺附近另一地方，地名擦箕洼，是世和公之另一支派，有德想趁此机会把祠堂修理一修理，不怕老板不拿出钱来用了。公款用在建筑上面，而且有冠冕堂皇的莫须有先生来，其名义当然冠冕堂皇了，任何人不能反对的。费了数日的土木工程，仕贵祖祠堂真个冠冕堂皇了，人人喜悦，旬日之后莫须有先生在里面住家，且有门弟子远道而来，于是又在里面设教，此乡人人称羡，据有义说，乡下绅士从此都"打米"了。打米者，是说把你放在意中，诸事考虑考虑，不再以读书人欺负不读书人。

有义虽有点可笑，决不致于如乡人所说可恶，而有德确是可亲，莫须有先生慢慢地感觉着了，有话当小声说时便同有德说。若应该大声说的话仍不废其同有义说，同有义说话仍然有同有义说话的乐处，即是说话痛快，有时狡猾。莫须有先生忽然小声同有德说道：

"后山铺街上的那棵大樟树怎么不见了呢？什么时候没有了呢？"

有德未开口，有义却大声回答：

"这棵树是冯太乙的树，是宏茂叔作主伐了的，得了两块钱，是前年的事。"

　　莫须有先生生平很少有愤恨，但他愤恨这个伐树的宏茂叔了。这个人无论如何不可恕，这个人便是卖国贼！莫须有先生在以前曾与本家此人见过几次面，比莫须有先生长一辈，那时已知他心怀叵测，面目可憎，因为他是屠户，莫须有先生以为屠户大约是如此面目，不然他怎么会做屠户呢？正是他的可怜悯处。现在知道他为了两块钱的原故而伐了一棵有历史的树，其为人跋扈，其为人卑鄙，其为人贪污，其为人逞私而无公，简直代表中国人一切的坏处了。他是太乙户的人，莫须有先生闻之又稍为一喜，若他是在座中人，莫须有先生恐怕要同他割席了，在座之人若不能相与为善，应是人生最大的不幸了。黄梅冯氏共分六户（附记，龙锡桥冯属于六户之一的顶四户），本来以太乙户最出名，其所在之村与仕贵祖户所在之村相距只有半里远，莫须有先生曾翻阅县志，姓冯的都不见经传，倒是修志捐款项下冯太乙有一个名字，捐了一个细微的数目，细微到如何程度，莫须有先生后来也不记得了，可见其细微了。自从有莫须有先生住仕贵祖祠堂以后，乃可谓之人杰地灵了。

　　莫须有先生在祠堂里俳徊了一周，连忙以他的近视眼有所发现，向梁上尽望尽望，有义大声问道：

　　"先生，你瞧什么？——是的，梁上有字！你看，读书人就是读书人，他一进来就看见梁上有字！我们住了一辈子也不理它！"

　　"这么大的字我还望不清楚，嘉庆什么年什么穀旦重立。"

　　莫须有先生这一来很有感慨了，这个祠堂的存在很有意义了，黄梅县的大房子经了这一回的寇祸都成为灰烬了，莫须有先生因此推知在天平天国之役它们的前身也正是这样成为灰烬了，因为莫须有先生小时看见那些地区都是荒场，是民初以来慢慢兴建起来的，那么古今的战祸是一样的毁灭了，要一定说如今为烈，未必见得，只是杀人的武器不同而已，杀的人与遭的毁灭古今一般。而嘉庆间重建的冯仕贵祖祠堂咸同年代未遭兵燹，至今巍然存在，莫须有先

生于二年之后日本投降之年在其中写成了一部《阿赖耶识论》，不可谓非大幸。

　　莫须有先生今天在此村住了一宿，是有义让榻，是大家决定的，仿佛只有此一榻可以招待大宾，有义也就觉得光荣之至。吃饭则在来时喝茶之家，似乎是公宴，莫须有先生完全受他们的引导，不便问详情，但心里甚感愉快，好像是陶渊明请客，"得欢当作乐，斗酒聚比邻"，大家脸上都有欢乐之容，毫无花钱的压迫之色。这是莫须有先生在故乡在人家家里吃饭从来未有之自由，因为任何人家都有花钱的压迫。此无疑，是祖上办的。这也算是共产社会的快乐。莫须有先生因为快乐之至，终于戏问有义道：

　　"今天是谁请我吃饭呢？"

　　"我们请你，不能要仕贵祖用钱的，那你不是自己请自己吗？因为仕贵祖你也有分。我们同你共仕贵祖，我们自己又有私祖，今天是我们私祖请你吃饭，私祖是记神管帐，故就在记神家里煮饭，——他就是记神。"

　　记神连忙席上站起来了，莫须有先生又请他坐下了。莫须有先生心里非常之佩服有义说的话，不敢赞一辞了。

　　莫须有先生第二天清早回水磨冲了，搬家的日期都由大家约定好了，而且约定那天大早大家赶到水磨冲，大家出力替莫须有先生搬家。

第十九章 路上及其他

莫须有先生搬家到后山铺去，确定的日期已不记得，但莫须有先生在后山铺冯仕贵祖祠堂设私塾开学的日子是三十二年三月一日，搬家的日子在开学的日子之先数日罢了。说到设私塾，最令莫须有先生寂寞与惭愧，教育仅仅是教师糊口的事情，此外别无意义。而父兄送子弟来就学的意思是诚实的（邻近父老一致请求莫须有先生设学，令莫须有先生不能拒绝），莫须有先生有心教育人才也不是虚假的，而教育无意义。至少莫须有先生的感想是如此。不知学生诸君后日之思如何。其差足以为意义者，亦不过留得好事君子别后相思罢了。而莫须有先生自己后来想起，他生平的生活以在乡间设私塾为最无回忆的价值。莫须有先生却是很感谢那些学徒了，感谢他们的父兄了，因为他们是莫须有先生的施主，莫须有先生依赖他们送的学俸得以仰事俯畜的。莫须有先生说这话时完全是一个乞食人的心情，愿施主们有福！莫须有先生因此又记起从前在北平熊十力翁说的话，熊翁有一天谈到道不行，莫须有先生那时尚是唯物论者，不懂得道理，只是附和着说道："道向来是不行的，孔子也是不行的，程朱也是不行的。"熊翁叹息道："孔子为什么不行呢？当时他有颜回曾参那么些学生，后世尊之为圣人，只有五四青年喊打倒罢了。程朱也是行的，你看朱子《四书》传得多么广！"莫须有先生现在自己开私塾，用典故便是杏坛设教了，甚有感慨于熊翁当日之言，不过熊翁著重于死后"传不传"的问题。（他总是向莫须有先生问他将来传不传？）莫须有先生乃是叹息当时没有学生罢了。因此莫须有先生又喜欢孔子"有教无类"的话，

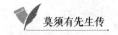

欢喜赞叹，洒扫应对都是学问，却是没有一个学徒，没有一个学徒的父兄，以此为来学的意义罢了。他们都是为得补习功课考中学考大学而来，换一句话说是学举业，于是莫须有先生教举业了，徒徒自己做了孔子的学生，每每于私塾生活忆起《论语》的话了。即如"有教无类"这章书，莫须有先生欢喜赞叹，不但熊十力翁不能有此欢喜，即朱晦翁亦不能有此欢喜了，因为他们都没有教过小学生，他们都有道统的观念，不是"与人为徒"了。即是"吾非斯人之徒与而谁与"的意思，亦即是"吾无行而不与二三子者是丘也"的意思。孔门的生活该是多可向往，我们不能离开眼前的人生想着将来传不传的问题，我们总要求与人有益，不能与之有益也就罢了。莫须有先生曾教一学生读九九歌诀，教他算术他总不会，莫须有先生叹息此儿资质太钝了。总之莫须有先生这一段教学生活毫无足写的，不但大学之道谈不上，小学之道也谈不上，只能算是匠师，往下也便一字不提，只写莫须有先生教学以外的事情。那天搬家，可谓极一时之盛，莫须有先生太太收拾了好几昼夜家常日用的东西，以及衣服器具等等，给本家来了十个壮夫（共有九家，一家一个，和尚父子两个，故共十个）一会儿挑光了，人与物俱上征途了，大有别时容易购备时难之感。这可见莫须有先生太太连年在乡下添置的东西不少。来人真有趣，他们没有同莫须有先生太太见过面，一见便是本家，一切自己作主，不问三不问四，不管三七二十一，只要是东西，玉碎的舍不得丢，瓦全似更舍不得，总而言之乡下人最懂得生活上所必要的，连莫须有先生太太平日堆积的柴与炭都装了半个车子推着走了。只有和尚一人议论风生，一面工作一面说话，其余的都是工作不说话。莫须有先生太太大体一看，佩服他们都是过日子的人，只看他们不放弃莫须有先生太太所最喜欢的山上买的几块最大的柴块便可知道了，所以最初莫须有先生太太尚经理经理，连忙不管了，都交给他们了，从来搬家没有像今天这样省心了。十个人，有两人各推一辆车子，其余的都是挑担子。车子都是推车人自有的，因为自有车，故以车来了。和尚推车，车上坐着莫须有先生太太同纯，他从来没有推过职业的车，今天推道义的车了，也常为国家推车，如派佚派到他名下派他推车。道义的车，行乎其所无事，因为天气好，道易行，而且莫须有先生太太是个小个子，纯是一个小孩子，徒徒占一个大人的位置，故在和尚的手下轻而易举了。他且走路且同莫须有先生太太说话道：

"莫须有先生太太，你的柴我们也替你推来了，——后山铺的柴比山上要贵一些，住在山上就是柴方便。"

"是的，和尚伯伯，谢谢你们，你们是过日子的人，知道什么东西都是要的，都替我搬来了。要是莫须有先生，他就说我舍不得，每逢搬家，他总是以赶快走了为是，仿佛走了事情便完了，——随听你搬到那里去不还是要过日子的吗？"

莫须有先生在后面缓步当车，听了太太的话，心里以为然，心里也以为不然。以为然者，谁不要过日子呢？在每次搬家，达到另一住处之后，每每缺乏用具，这时嫌东西少！搬家时嫌东西多了，但有什么法子呢？那里能像今天一样有许多本家帮忙呢？而且都是大力之士呢？总要有力量，有力量也便有德行，故大禹治水以四海为壑，没有力量之人只好敷衍了事，以邻国为壑。尤其是莫须有先生太太，总是德过而力不及，于是过犹不及也，好比敌人打游击来了，还要顾及家里的东西，可怜在抱残守阙之余，家里的东西再也不能缺少了，一缺少便没有得用，添置很不易了，因此有好几次近乎冒险，故莫须有先生说人不该这样舍不得了。此不以太太为然之故。莫须有先生微笑着同有义说道：

"和尚伯伯，我很喜欢一个人有力量，有力量的人会做事，不但事情做得好，别人看着也不费力。我常常看着大力汉挑一个大担子，心里羡慕，想起我从前总不懂的一句书，这句书——"

"难怪人家笑我家先生书太读多了，总是记得读书！挑担子也是读书！我看还是读书难，'万般皆下品，惟有读书高'，我就只会

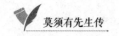
拿扁担，叫我拿一枝笔我就拿不动，拿起来左不是右不是，只好拿一个大拳头！"

说得莫须有先生大笑了，他从前总不懂的一句什么书有如东风吹马耳了，他自己也不记得了，吹跑了。不过在另外的场合，与跑反有关，他常常赞美大力汉挑担子，同时也便赞美庄子的文章，关于庖丁解牛，"庖丁为文惠君解牛，手之所触，肩之所倚，足之所履，膝之所踦，砉然向然，奏刀騞然，莫不中音，合于桑林之舞，乃中经首之会"。明明是动手动脚的事情，为什么说到音乐上面去呢？所以莫须有先生很不懂。自从跑反时，看见大力汉挑担子，莫须有先生仓皇无所措手足，而他，挑重担者，"合于桑林之舞，乃中经首之会"，莫须有先生自己想到音乐上面去了，挑担者乃同莫须有先生执笔者一样，文章有时来得非常之容易了。

莫须有先生太太又说道：

"和尚伯伯，在跑反时，我就总是怕东西丢了，心里著急得很。并不是舍不得，实在是没有法子，丢了就没得用的。我家的东西在二十七年都损失尽了，现在都是破破烂烂，都是劫后在楼上拾起来的，破破烂烂又损失了好几次，后来又添置了一些，——那时我们怎不知道你们呢？怎不请你们替我们帮忙呢？莫须有先生从北平初回来，诸事没有主意，不知道乡下有本家，没有请你们替我们打个主意，把东西搬到安全的地方！"

"我们后来都听说，听说本家先生家里东西都损失了！我们在旁边都可惜得很！在最初跑反的时候，我们也商量过，有心要进城问问本家先生，正应该是我们出力的时候，但向来没有见过面，侯门深似海，所以我们没有来。"

和尚伯伯所谓"侯门深似海"，完全没有讽刺的意思，只是说彼此未见过面，不熟悉，不能前来问讯罢了。和尚的语言文字程度同莫须有先生太太的语言文字程度相等，彼此只懂得意义，不认得文字了。换一句话说，乡下人说话都是"耳食之徒"，其成语，其典故，都是口传下来的，但有确切的意义，彼此心知其意。莫须有先生窃听和尚说他"侯门深似海"，很觉好玩，因为他是最没有门禁的人，最喜欢同人见面了。不过城市中人，同乡下人不一样，乡下人的门总是打开的，虽未必招待客人，决不拒绝客人，城市之家门虽设而常关，常常拒人于千里之外了，尤其是拒绝乡下进城来的人，尤其是拒绝乡下进城来的本家，因为乡下的本家来，是道远而来，必要留吃饭了，而中国社会，无论乡村与城镇，不肯留客吃饭，以城镇为尤甚。所以乡下人常说城里人是"半边脸"，即不讲面子之义，无情谊之义。莫须有先生自此次抗战胜利复原归家以后，大大地改变风俗，取门户开放主义，报答一切乡下的人，尤其是报答乡下的本家，凡来者必留吃饭，莫须有先生太太亦喜欢以德报德，常常门庭如市了，令莫须有先生很感乐趣，莫须有先生太太亦感乐趣，来客亦感乐趣，然而不久莫须有先生便坐飞机出门了。关于乡下人是"耳食之徒"，莫须有先生也还有发现，有时听得他们引用《诗经》的句子，如甲家有丧事，乙不来吊丧，而丙来了，丙与丧主的关系尚不如乙之深，丙便大不以为然道："说老实话，我不来，犹可说也，他怎么能不来呢？"莫须有先生一看，其人目不识丁，然而语出三百篇了，即"士之耽兮，犹可说也"的"犹可说也"。可见引车卖酱之徒的白话文也夹用文言的。有时用得很不妥当，如莫须有先生太太说："这个小孩真爱撒谎！他说他那天到城里去，看见冯大爹，在那里做什么做什么，说得'毛鼓所然'！后来我一打听，那里有这一回事呢？"莫须有先生常常思索这"毛鼓所然"四个字，常常听得乡下人如此说，意思是，描写者描写得非常之像事实，一点也不差。有一天莫须有先生向学生讲冰心女士的《山中杂记》，文中有"毛骨悚然"，莫须有先生乃触发了，原来就是"毛骨悚然"，用得不妥当了，以讹传讹了。大约最初谈鬼说怪，如聊斋的文章，说得像有其事，令人毛骨悚然，于是凡说什么说得像有其事都说他说得"毛骨悚然"了。再者，所有黄梅县的

人说鸡蛋都说"鸡蛋"，没有说"鸡子"的，莫须有先生战前在北平看见一个日本人编的北平谚语，里面有"鸡子里头寻骨头"的话，然而黄梅县的人说人吹毛求疵也总说"鸡子里头寻骨头"，是耳食之又一明证了，即是说，话是从别处传来的，从别人传来的，有时贵心知其意，不必推敲了。所以莫须有先生此刻听了和尚说他"侯门深似海"，知道他修辞学上有毛病，但意思非常之亲切了。人生的感情有时很可爱，说话的声音也很能表情，语言文字是死的了。莫须有先生在路上思索语文的事情，而莫须有先生太太在那里舍不得东西，她悔二十七年初跑反时没有投奔本家，如果投奔本家，像今天大家这样帮忙，那么家里的东西都可以不损失了。她同和尚说：

"和尚伯伯，我们二十七年冬天同叫化子一样，大人小孩都没有得穿的！反时是夏天，穿的都是随身的单衣，冬衣都没有带走，后来都损失了！要是那时衣服都留着了，我自己现在也不要穿，可以拿来改做给止慈穿，我现在就是愁她穿的！简直一件合身的衣服也没有！"

莫须有先生听了太太的话，知道太太实在是伤心，空空地说损失，损失虽是事实，事实给时间冲淡了，渐渐忘记了，独有想到自己的华装盛服，当时件件都是新的，总是舍不得穿，如今女孩儿又正需要，于是自己的衣服件件是新的了，而画饼不足以充饥了，徒徒心里舍不得而已。而和尚伯伯对于此事全不关心，他只喜欢莫须有先生太太那几块最大的大柴块，不能弃之不顾，都搬来了，虽是替莫须有先生太太搬东西，而实是自己舍不得的心理作用了。至于女人的衣服之事，尤其是女孩儿的衣服之事，和尚伯伯，以他做爸爸的资格，他不管了，他自己有三个女孩儿，一个一个地都打发出去了，所谓"我出菩萨你装金"，即是要婆家做衣服来娶女，不是娘家做衣服嫁女了。因此做娘的很为难，总是背着和尚伯伯卖粮食，偷偷地给女孩儿做一件两件衣服了。这一说，社会上的道德习惯确乎是经济的，和尚伯伯并不是不疼爱女孩儿，女孩儿如果给公婆丈夫虐待了，同保甲上要儿子抽签当兵一样伤心了，只是坚决地不替女孩儿做衣服，要替男孩子买田地。莫须有先生每逢见了太太舍不得东西，总是最有夫妇之情，同时又是路人之感，因为他觉得太太德有过无不及，而天资是女子，不能得解脱道，令莫须有先生惆怅无言语了。陶诗云，"人生无根蒂，飘如陌生尘，分散逐风转，此已非常身"，莫须有先生在路上正是这个路尘的感情了。换一句话说便是四大皆空。他慢慢地同和尚说话道：

"我从二十六年回到黄梅县来，现在一共有六年，我这六年也并没虚过光阴，我懂得家族的意义，我也懂得你们种田的，你们都是中国的主人公，我现在自问配做你们的代表，我以后不同你们客气。"

"我们知道先生的为人，所以我们也不同先生客气，要客气，今天早晨不说抬一乘筅子来接先生，不也多赶一乘车子来吗？我们知道先生决定是两只脚驴子，自己走的，所以我们只来两乘车，莫须有先生太太同纯必得是坐车的，娘儿俩共一车，慈坐半边车，另外半边车，有不便用担子挑的东西可以载在车上，现在半边车推了几十块柴。"

莫须有先生又在那里微笑，笑和尚说他决定是"两只脚驴子"，此是黄梅县的歇后语，补足意思是"自己走"。可见人类的语言是极力求生动的，而和尚之生动可见一斑了。不过莫须有先生在微笑之先，表现了一下脸红，仿佛听了别人讥刺自己的话了。和尚确是没有讥刺之意，故莫须有先生又微笑了。

"我很感谢你们这番意思。我告诉你一句书，'君子之爱人也以德，细人之爱人也以姑息'，你们可谓爱我以德了，你们如果要我坐车，我一定不肯坐了。"

"黄梅县石孝爹，廖爹，要接他们，那怕是本家，一定非抬筅子去不可！那里像我家先生这样不摆架子呢？人家说，我家先生的功

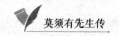

名比他们还要大些，只是道德好，同乡下人不分高低。'洪二百是百里威风，莫须有先生是千里名声'，人家都这样说。"

莫须有先生听了这番说话，真是一则以喜，一则以惧。同时作传记便很感麻烦，因为这里有三个人物，石孝爹，廖爹，洪二百是也。洪二百已经作古了，神安他的灵魂！他做了多年县政府秘书，我们以前也偶尔提起他的职位，但没有提起他的名字。本来洪二百也不是他的名字，因为他常常代理县长喜欢打人的屁股，一命令便是"打二百"！故乡人称他为洪二百了。石孝爹，廖爹（此老于莫须有先生坐飞机以后作古了，神安他的灵魂！）以前都写了他们的事情，没有记名字，石孝爹便是莫须有先生常常加以诛贬的那位腐儒，廖爹是以后三十四年春逼迫莫须有先生离职的县中学校长，莫须有先生本来只想对事不对人，中国读书人的坏处不妨记录下来，是国家政治社会风俗败坏的大原因，大而言之便是国家将亡的原因，但没有记录他们的名字的必要，现在和尚伯伯一口都说出来了，很叫人为难。莫须有先生再一想，把他们的名字记录下来也是可以的。因为心里有这样一踌躇，莫须有先生又忆起《论语》之为书了，《论语》原来也就是《春秋》，孔子常常褒贬人，如记："孟之反不伐，奔而殿，将入门，策其马曰：'非敢后也，马不进也。'"这是多么可爱的记载，当乱世，很少有有德之人，莫须有先生常常喜欢读此种文字了，真是孔子的小品文，见圣人的胸怀。如贬臧文仲："臧文仲其窃位者与！知柳下惠之贤而不与立也。"莫须有先生每每叹息着读这章书，柳下惠固然不羞污君不辞小官，但决不是专门为职业，一定是己立而欲立人的人，无奈当时有权位者都没有为国家作事业的心，只是发挥个人的优越感，也便是私，所用的人才都是不如己者媚己者罢了。门弟子一定要把孔子的这些话记录下来，《论语》正是《春秋》。另外微子一篇，记了许多善人的名字："太师挚适齐。亚饭干适楚。三饭缭适蔡。四饭缺适秦。鼓方叔入于河。播鼗武入于汉。少师阳，击磬襄入于

348

海。""周有八士：伯达，伯适，仲突，仲忽，叔夜，叔夏，季随，季。"莫须有先生小时读四书觉得书真难读，很寂寞，现在又觉得读书真有意思，也很寂寞，他在乡下常常思慕许多善人了。子贡问今之从政者何如，孔子则答曰："噫！斗筲之人，何足算也。"莫须有先生叹息孔子的这一声叹息。莫须有先生没有私怨，未免有公愤了，国事都给一般读书人弄糟了。读书人而不为大人，便是小人儒。石孝爹在黄梅县所处的读书人地位，数一数二，此时年八十岁了，县城人，同莫须有先生有世谊，抗战期间避难于腊树窠本家处，因为相处甚近，莫须有先生常去看他，尽晚辈之礼。最初莫须有先生便已窥见了他的坏脾气，后来乃知道他欺负善良人，即我们以前屡次提到的曾经做了莫须有先生的居停主人那位石老爹。石老爹同石孝爹本来有严格的世谊（族谊不待说），前者的先父是后者的老师，往日的老师可非同小可，"从师一日，父事终身"，莫须有先生以为石孝爹必行古道了，对于石老爹之家庭必多有照顾了，孰知石老爹有一回拿了名刺到县政府说石老爹的大儿子（我们以前所写的伯氏）的坏话。这便等于石孝爹控告伯氏，先师孔子所谓割鸡焉用牛刀！莫须有先生得知此事甚为伤心。大约石老爹恃其为老师的儿子的资格而不巴结石孝爹，故遭此难。石孝爹向来以教书有名，其致力教书与孙中山先生致力国民革命是一样的年久，同时他是反对孙中山的，以往莫须有先生会见他，孙中山之墓木拱矣，而石孝爹还是向莫须有先生骂孙文！孰知抗战期间石孝爹的幼儿子做了国民党县党部书记长。最初莫须有先生还认为石孝爹关于"党"总还一定是倔强的，一定是不喜国民党的，必是儿子不受庭训。孰知石孝爹一概默认了，从此且借了儿子的势力扩充营业，因为石孝爹教书是营业。从此且由师位一跃而为有势力的绅士地位了，可以拿名刺进衙门了，伯氏父子常受其欺负了。和尚伯伯此刻提起石孝爹，石孝爹正是赫赫有声，与廖爹一样赫赫有声。廖爹年不及石孝爹高，绅士地位却长久得多了，现在因为党权高于一切的原故，石孝爹的儿子是县党部书记长的原故，石孝爹比廖爹还要"红"些，简直"红一边天"！乡下人如此说。"红"，便是势力大。此等红人的贪污，乡下人不叫做贪污，叫做"发财"。说贪污仿佛没有名誉，说"发财"则确乎名誉是很好的。换一句话，中国社会，贪污是有名誉的，是受人羡慕的。石孝爹，石孝爹的儿子，在抗战胜利时已经发财了。莫须有先生深恶痛绝石孝爹欺负家族。廖爹尚没有欺负家族的事情。廖爹的架子比石孝爹还要大些，他是非坐箢子不可的，石孝爹不一定非坐箢子不可，他是几年以来开始坐箢子罢了。坐箢子与不坐箢子本来也没有关系，因为老吾老以及人之老，不可以徒行也。曾国藩曰："风俗之厚薄奚自乎？自乎一二人心之所向而已。"莫须有先生深恶痛绝中国读书人把风俗弄坏了。同时把国事弄糟了。中国的政治从家族起。修身齐家治国平天下，确是有本末先后之可言。占中国大多数的农人，是国家的基础，本家的读书人，他们要你做他们的代表了，你为什么欺负他们呢？"一家仁，一国兴仁。一家让，一国兴让。一人贪戾，一国作乱。其机如此。此谓一言偾事，一人定国。"这些都是切切实实的话，中国的社会确是如此，莫须有先生听了和尚伯伯的话，便拿了黄梅县的二老借题发挥了。真的，今之学者，今之谈民主者，都是留学生，都住在都市里头，心目中都有外国选举竞选的模样，不知道中国社会是什么了，中国社会应该回到家族当中去竞选了，那里才真热心政治，政治与自己有切身的关系。读书人在都市上所谈的政治，是纸上谈兵，乡下人不闻不问了，一切都是读书人的把戏而已。

"和尚伯伯，我觉得你们很欢迎我到祠堂里去住，到底是为了什么呢？是欢迎我这个人，还是认为我住在你们那里于你们有好处呢？"

"于我们有好处！有先生住在祠堂里，任听谁都要打米！"

"我问你一句话，要是有人要你举县长，你举谁呢？"

"我举你！——我怕你不做官！要是你做县长我们可好了。"

"我做县长，要是到你家里抽兵，你躲不躲兵役呢？"

"先生做县长，我还怕抽兵吗？没有那样大胆的保长！"

"这一来我便不做官！县长自己家里不抽兵，怎么叫做县长呢？那不是混帐官吗？"

"话倒说得是，但个个是如此，慢说做了县长，只要你是读书的，你家便不用得纳捐，也不怕抽兵。"

"是他自己不纳捐，还是人家不要他纳呢？"

"那里有人自己喜欢纳捐呢？自然是自己不纳。保长也不要他纳。"

"保长为什么不要他纳呢？"

"先生你不知道，保上的事情都是作弊！好比那里有一笔款，保长落到腰里去了，我们老农晓得不呢？但地方上的绅士晓得，也便不作声，你不要我纳捐好了，我也不查你的帐！都是这样狼狈为奸。钱不都是老农出的！"

莫须有先生不再追问下去了。他深知现代的教育与国家完全无关，连科举都谈不上！从前的科举人才也还出自民间，知道勤求民隐了。现代的读书人只能算是宦官，他们的主子是科学与民主，他们的皇宫是大都市了。

和尚后来又谈到一个具体的问题，他试探莫须有先生，看莫须有先生能不能做一个土豪劣绅，如果莫须有先生做到了，也并不是土豪劣绅，只是读书人有本领罢了，因为读书人都是会做翻案文章的，无论受害的方面或者得福的方面，都是一致崇拜的。按和尚的意思确是如此。社会的情形亦确是如此。他这样问莫须有先生：

"莫须有先生，有一件事情，你说古怪不古怪，我们村里，前后两姓人住着，前面是我们姓冯的，后面是姓洪的，姓冯的据说还在先，但村前一口塘，就在姓冯的门口，而说是姓洪的塘，姓冯的可以洗衣服，可以洗粪桶，不能车塘里的水！天旱时，最后别的塘

都车干了，门口塘的水，我们眼看着有水，我们不能车，只看着姓洪的车！这是一件事。这是用水塘。还有饮水塘，在村子的左边，先生将来自然会知道了，这口饮水塘比用水塘要大得多，天旱时，姓冯的姓洪的十几乘水车在里面车水，一天两天便车干了。塘水干，浸水不干，浸水又是姓洪的不是姓冯的，姓冯的不能车！气死人！你说有没有法子打一场官司？反正姓洪的拿不出契据来。"

和尚的口吻又像是真话又像是戏言，但莫须有先生沉思不语了。慢慢地莫须有先生回答道：

"这总一定是相传下来如此的，当初总一定有原故。"

"相传倒是相传下来的，我想皇帝未必总是一姓人做的。"

"你这个比方不对，你所说的是人与人之间的信义，也便是法理，信义与法理是社会的灵魂，永远存在的，皇帝不好本来可以革命的，革命正是信义与法律所许可的，你的比方不对。"

"不对我的话就拉倒，哈哈哈。"

"我将来一定要打官司，要把这个塘归给姓冯的，或改为两姓人公共的。"

纯忽然加入说话，和尚又哈哈大笑了，他觉得纯将来对于他们比莫须有先生对于他们还有好处了。莫须有先生也笑了。莫须有先生笑时，心里起了许多问题，纯将来很有成为绅士的可能，或者是好的绅士，或者不好，完全为习气所转移，比如他说他要把塘水归给姓冯的，未必出于利害观点，但是意气，天下许多坏事都是意气用事了，一念之微所关甚大，《大学》所谓"其机如此！"他又说"改为两姓人公共"，这便又有做社会改革者的可能，他说这话一定是出于公心，小小的心灵觉得此事有点奇怪，不如破除习惯，新立一个公平的法则了。无论如何，纯之出此言也，完全不是儒家态度，从好处著想，不说他是劣绅，他也一定是法家者流。莫须有先生则完全是儒家态度了。是的，儒家或者是理想，法家才是事实，因为生活本是习气所役使，道理其为少数人的觉悟乎？更确切地说，儒家是理想，佛教所说的是生活，因为生活是习气，是业。莫须有先生记起他从前做大学生时读一部英国小说，里面写一男孩子喜欢拿着刀学一个兵的模样，著者很有趣地加着论断曰，人类战争是不可免的，因为小孩子天性上喜欢做兵了。这便是业。中国的小孩子或者天性上喜欢做绅士了。做绅士便容易做劣绅，所谓小人儒。儒家哲学则是教人做君子儒而已。道理又不是悲观的，因为儒家之为事实毕竟是颠扑不破的，孔子曰，"后生可畏也，焉知来者之不如今也"，莫须有先生最喜欢孔子这个心情，他自己幼时也同纯一样，窃听了大人的话爱发表意见，意见也便是"我将来一定要打官司，要把这个塘归给姓冯的，或改为两姓人公共"之类，小孩子也正是在习气中打转，无所谓天真，然而莫须有先生现在的造就却是慢慢与习气相远了。

今天的路上有许多可写的，为节省篇幅起见，且从略。且说莫须有先生太太走到祠堂，已是煮午饭时候，她总是守她的岗位，煮饭的时候到了便预备煮饭，而且一看已经有厨房，而且一看已经有灶，都是新办的，其余的东西则都是自己之所有，搬家都替她搬来了，即是油、盐、柴、米，而且预备有腌肉，临时难买菜故事先预备好了，挑担人必定饿了，赶快来煮饭吃，真是英雄有用武之地，巧妇有有米之炊，高兴极了。而有一本家，是晚辈，其人最不爱说话，平常有点喜欢赌博，因此他未见莫须有先生即已惧怕莫须有先生，故更不爱说话，今天他是二推车者之一，所推的有柴炭，他看见莫须有先生太太甫下那个车连忙到这个车边来拿柴拿炭，问道：

"二奶奶，你做什么？"

"我拿柴煮饭你们吃。"

"你老人家真是说得好笑，今天还用你老人家煮饭？我们都各人自己回家吃饭，莫须有先生爹爹，你老人家，慈同纯在季爹爹家里吃饭。"

莫须有先生太太还争着要拿柴煮饭，于是大家都来包围她了，

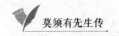

都笑她老人家不知道入乡问俗了。此时人多嘴众，都是刚才搬家挑担子推车之徒，把负担一轻，肚子也还不饿，因为在苦竹口"打了中火"，于是都以莫须有先生太太拿柴煮饭为论题，一时的杰作纷至沓来了。

"你有什么好东西给我们吃，等你把我们的芋头饭吃完了以后，我们再来吃。"

和尚说。

"我们乡下的规矩，来了本家，不吃个临头转，便分别亲疏了，今天吃季爹爹的饭，过几天还要请你老人家吃我的，我的虽然没有好的吃，不吃不就疏了我吗？"

"临头转"是轮转一周的意思，即是家家依次请吃饭了。出此言者，名字叫做有田，是晚辈，莫须有先生太太尚只认识和尚伯伯一人，有田却自己介绍，人群之中攘背而见了。

"二奶奶，你且休息，我们都不是籴米吃的，屠户铺里也有帐，不像你们城里要拿现钱出买的。"

此是季爹爹出面说话。他今天没有到水磨冲去，因为年纪老了，但在家里盼望了一天，他最喜欢有事，长日坐在家里总没有事了。因为是第一个年长，故招待之席从他开始。

接着一位最爱说话的年青的娘子军来了，即季爹爹的媳妇儿，名叫细毛，因为她没有婆，故她是女主人了，连忙由她把莫须有先生太太接待到她家里去了。

一共有九天，莫须有先生太太从来没有像这九天这样有闲，专门作客，不作别事了。心里却在那里计算，将来要怎样报答这诸位本家。后来曾命令慈做了一双花鞋送细毛的小儿子，因为细毛爱说话，也很忙，没有工夫做"细活"了，而且战时乡下已没有做花鞋的材料，莫须有先生太太偶有太平时剩余之物了，所以此鞋甚贵重，细毛大喜悦。有一回慈在洗衣塘里洗衣，有名叫翟妈者，据说她手下最有钱，最悭吝，最吃苦，最服劳，见慈洗衣用肥皂，便向慈借肥皂，说道："借我洗一下，我只洗一下。"慈便给她洗一下，洗一下，又洗一下了，慈觉得很好玩："乡下人真有趣！"这时肥皂的价值贵，十块钱一块，慈有所不知。亦非完全不知，慈有点文学家的嗜好，喜欢观察女性方面的事情，尤其是老婆婆们的动作，回家去便向母亲把翟妈描写一番了，即是向她讨肥皂的题目。不过慈太喜欢笑，描写时自己笑得个前仰后合，翟妈的神情一点没有写出，熟知翟妈者可以想像得出罢了。莫须有先生太太得了一个很大的启发，有一回门口有挑货担子的，货中有肥皂，莫须有先生太太买十连，一连是两块，乡下人便在肥皂不贵时也没有买过两块肥皂了，莫须有先生太太每人赠送一连。和尚一家又额外送一连，即一家得了两连，莫须有先生太太并细声叮咛和尚太太守秘密。如果不守秘密让别家知道了，则前功尽弃了，嚷道："她为什么得两连呢？"莫须有先生太太煞费苦心的事情多得很，然而都不失为公平。

接连九天总是下雨，各家席上，主要的客人，即莫须有先生全家。于此之外，尚有两个附客，也是本家，也是城里人，父子二人，在停前避难，因事来此，因下雨而未能归去。其父辈分甚高，莫须有先生称之曰祖，但年纪不高。其子因无母之故，状殊可悯。每饭，都有酒有肉，其丰盛的程度虽各有不同，不同正是各主人的性情，当然是为得招待莫须有先生一家人，而二位附客亦殷勤受招待，主客都极其和谐，莫须有先生观之，甚喜，亦甚惊异，何以乡村间如此好客，如此殷勤，如此自然，莫须有先生生平只有在北平苦雨斋中有此光景，此外没有遇见过。莫须有先生后来知道，后来偶尔到别处也受本家同样招待，乡下人对"本家的先生"是这般看得贵重，即农村间重"士"。不过以今番为最见性情。那位同席之祖，从前叫做"做柜书的"，但没有徽章，现在他把徽章给人看，叫做"黄梅县田粮处征收员"。其人懦弱无能，而有一技之长，精于珠算，所以田粮处征收员常易人，这位懦弱无能的人总不能易

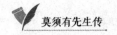

了。不久他死了，据说是很大的损失，因为他的算盘总无须复盘，绝没有差错的，节省时间尚在其次，绝对的信任是第一义了。在他死时，和尚同莫须有先生说道：

"和爹死了，我们以后完粮没有那么容易了，有和爹在柜上，我们当天去当天回来，走到就替我们算，算了就替我们裁券，我们像到钱粮柜上去玩一趟！要看着别人完粮就可怜死了，等一天也还在那里等。"

和尚说着实在是叹息，莫须有先生也实在是叹息。